MARIE FERRARELLA

La fiancée de Blake Fortune

Passions

éditions HARLEQUIN

Collection : PASSIONS

Titre original : FORTUNE'S VALENTINE BRIDE

Traduction française de MARION BOCLET

HARLEQUIN®
est une marque déposée par le Groupe Harlequin

PASSIONS®
est une marque déposée par Harlequin S.A.

Photos de couverture

Cristaux : © JOHNER RF/GETTY IMAGES
Femme : © DREAMPICTURES/GETTY IMAGES

Réalisation graphique couverture : E. COURTECUISSE (HarlequinSA)

83-85, boulevard Vincent-Auriol, 75646 PARIS CEDEX 13.

Service Lectrices — Tél. : 01 45 82 47 47
www.harlequin.fr

ISBN 978-2-2802-8275-8 — ISSN 1950-2761

- 1 -

— Ne le prends pas mal, Blake, dit Wendy Mendoza à son frère, mais quand tu m'observes tout le temps, comme ça, j'ai l'impression d'être une casserole de lait sur le feu.

Elle essaya, apparemment sans succès, de trouver une position confortable sur le lit.

Blake Fortune s'assit sur une chaise au chevet de sa sœur.

— Oui, eh bien, de la même façon que le lait n'est pas censé déborder, tu n'es pas censée accoucher avant terme.

Les médecins lui avaient administré de la terbutaline par injection pour interrompre les contractions, et lui avaient dit de rester alitée, ce qui la contrariait beaucoup, elle de nature plutôt dynamique.

— Tu n'as rien à faire ? insista-t-elle, perturbée de le voir aussi inquiet. J'apprécie vraiment que tu aies tout laissé tomber pour revenir à Red Rock t'occuper de moi, mais cela me rend nerveuse de voir tout le monde marcher sur des œufs autour de moi…

— Ce n'est pourtant pas l'effet recherché.

— Si ça continue, reprit Wendy, je vais mettre au monde un enfant complètement névrosé, qui passera directement de la maternité au service de psychiatrie !

Blake rit et secoua la tête. Au moins, sa sœur n'avait pas perdu son sens de l'humour… Toute la famille avait été traumatisée par le passage de la tornade et, peu de temps après, elle avait failli accoucher avant terme, ce qui avait effrayé tout le monde.

Heureusement, les médecins étaient intervenus à temps. Elle était redevenue elle-même et, même si elle devait restée alitée, elle n'avait rien perdu de sa fougue et de son énergie.

— Il semblerait que la tornade n'ait eu aucun effet sur ton imagination débordante, plaisanta-t-il.

Cependant, à en juger par son expression, elle était sérieuse : elle voulait qu'il sorte de sa chambre. A sa place, lui aussi se sentirait probablement un peu agacé.

— Tu m'as déjà mis dehors pour que j'aille dormir chez Scott… Tu veux que je parte pour de bon, maintenant ?

Wendy tendit le bras et lui prit la main. C'était la petite dernière de la fratrie, et elle était très proche de lui.

— Non, je ne veux pas que tu partes, dit-elle avec douceur, mais je ne veux pas non plus que tu mettes ta vie entre parenthèses à cause de moi. Cela fait déjà deux jours que tu es aux petits soins pour moi, il est temps que tu retournes à ta carrière, à ta vie. Avec un ordinateur et un téléphone portable, tu peux travailler de n'importe où… Pourquoi est-ce que tu ne t'installerais pas un bureau temporaire chez Scott pour te mettre au travail avant que papa te reproche de ne pas être à la hauteur ?

John Michael Fortune, qui, à sa façon, aimait sa famille, était en définitive responsable de la tournure que la vie de Wendy avait prise : si leur père ne l'avait pas envoyée ici, à Red Rock, dans l'espoir de lui forger le caractère, elle n'aurait jamais rencontré Marcos, l'homme de sa vie, et ne se serait jamais découvert une passion pour la pâtisserie.

A son arrivée à Red Rock, elle avait été engagée au restaurant que Marcos dirigeait pour le compte de son oncle et de sa tante, qui étaient amis avec les Fortune. De prime abord, Marcos avait d'abord eu l'impression que Wendy n'était qu'une petite fille gâtée, incapable de faire quoi que ce soit. Tandis qu'il cherchait un prétexte pour la renvoyer, elle avait fait ses preuves ; mais ils ne s'étaient certainement pas attendus à trouver l'amour. Maintenant, ils étaient mariés et allaient avoir un enfant.

Toute la famille était venue d'Atlanta pour assister à leur mariage, qui avait eu lieu la veille de Noël. Alors qu'ils s'apprêtaient tous à repartir, Red Rock s'était trouvé sur le passage d'une tornade, et ils avaient été pris sous les décombres de l'aéroport dévasté. Le frère de Marcos, Javier, gravement blessé, avait été plongé dans un coma artificiel. Tous ces événements avaient donné un choc à Wendy, qui avait failli accoucher prématurément.

Blake s'inquiétait pour elle et, de toute évidence, sa présence semblait accroître la nervosité de sa sœur. A vrai dire, il la comprenait : à sa place, il n'aimerait pas non plus se sentir épié, même par les gens qu'il aimait.

— Tu as probablement raison, répondit-il enfin, s'arrachant à ses pensées.

Wendy sourit, visiblement soulagée qu'il ne soit pas vexé.

Justement, il devait se concentrer sur un projet, qu'il reléguait au second plan depuis trop longtemps.

— A vrai dire, il y a quelque chose dont j'ai envie de m'occuper depuis le passage de la tornade, avoua-t-il à sa sœur.

Elle le regarda, perplexe.

— Tu pensais à ton travail dans un moment pareil ? On dirait que tu ressembles plus à papa que je ne le croyais…

Leur père vivait pour son travail et attendait la même chose de ses enfants, mais aucun d'eux ne semblait être à la hauteur de ses espérances.

— Il ne s'agit pas de travail.

Il rapprocha sa chaise du lit de sa sœur et baissa la voix, prenant un ton de conspirateur :

— Quand la tornade est passée et que l'aéroport s'est effondré autour de nous, j'ai compris que nous n'allions peut-être pas nous en sortir. Alors je me suis dit que *si* je m'en sortais, je ferais ce que j'aurais dû faire il y a des années.

Intriguée, elle se redressa dans son lit et cala son dos avec un oreiller supplémentaire.

— Continue, dit-elle avec une curiosité évidente.

— Je me suis promis que, si je survivais, je partirais à la conquête de la femme que j'ai laissée filer il y a des années…

Content de lui et du plan qui commençait à prendre forme dans son esprit, il eut un grand sourire. Il s'interrompit un instant pour ménager son effet, puis ajouta :

— Brittany Everett.

Wendy poussa un profond soupir.

— J'ai changé d'avis, dit-elle. Je préfère ne rien entendre de plus.

Elle était très déçue par la révélation de son frère. Elle avait espéré que Brittany Everett faisait partie de son passé et que, lorsqu'il aurait tourné la page, il s'intéresserait à Katie Wallace, son assistante. Apparemment, tout le monde sauf lui se rendait compte que Brittany était une fille à papa.

— Qu'est-ce que tu peux bien lui trouver ? demanda-t-elle. D'accord, elle est jolie, mais elle est sotte, outrageusement gâtée, et elle n'a pas de cœur.

— Tu ne connais pas Brittany, rétorqua-t-il, sur la défensive.

Elle le regarda d'un air exaspéré.

— Détrompe-toi ! Je la connais très bien ! Elle n'est pas assez bien pour toi, Blake.

Il rit. Quand Wendy était petite, elle était très possessive avec lui et se montrait jalouse de toutes les personnes avec lesquelles il passait du temps. Sa sœur était adulte, mais peut-être restait-il en elle un peu de la petite fille qu'elle était…

— Tu dirais ça de n'importe qui.

De nouveau, elle pensa à Katie. Sa famille habitait tout près de la leur, à Atlanta ; ils avaient grandi ensemble. Elle avait tout pour elle : elle était très gentille, intelligente, jolie et généreuse. Brittany, en revanche, se prenait pour le centre du monde et était affreusement égoïste. Blake et elle étaient en terminale quand ils étaient sortis ensemble, mais à ce que Wendy avait entendu dire, Brittany n'avait pas du tout changé.

— Non, répondit-elle d'un ton catégorique, certainement pas.

— Si, mais peu importe ! Ma décision est prise. Je vais mener une campagne…

— Une campagne ? répéta sa sœur, l'air incrédule.

— Exactement, une campagne !

Jusque-là, sa stratégie avait laissé à désirer. Il devait

désormais aborder les choses en se servant de ses atouts et de ses compétences s'il espérait atteindre son but.

— C'est ce que j'aurais dû faire dès le début, au lieu d'abandonner, reprit-il.

Plus il en parlait, plus il était persuadé d'avoir trouvé la bonne approche.

— Si je m'y étais pris avec Brittany comme je m'y prends avec un nouveau client, je serais parvenu à mes fins depuis longtemps.

Il indiqua d'un hochement de tête le ventre arrondi de sa sœur.

— Ma petite nièce aura une tante gâteuse de plus quand elle naîtra ! Tu sais, poursuivit-il, suivant le fil de ses pensées, ton idée n'est pas mauvaise du tout : je crois que je vais m'installer un bureau chez Scott.

Wendy résista à l'envie de dire à son frère qu'elle regrettait d'avoir parlé trop vite et qu'elle avait envie qu'il lui tienne compagnie.

Cependant, si Blake était vraiment décidé, il continuerait à lui parler de Brittany, lui répéterait combien il la trouvait merveilleuse, s'extasierait sur ses prétendues qualités. Elle ne le supporterait pas.

Il fallait qu'elle trouve un moyen de contrecarrer son plan absurde. Elle ne pensait pas vraiment que l'horrible Brittany épouserait un jour son frère : elle la connaissait, elle savait qu'elle était bien trop habituée à être entourée d'une horde d'admirateurs pour y renoncer pour un seul homme.

Cependant, si Blake s'entêtait, il finirait par avoir le cœur brisé, et elle était prête à tout pour épargner à son frère souffrance et humiliation.

Malheureusement, elle n'était pas en mesure de faire grand-chose, pour l'instant, étant donné son état.

Les sourcils froncés, elle regarda le lit auquel elle était condamnée. Elle n'avait été autorisée à quitter l'hôpital de San Antonio qu'en échange de la promesse de rester alitée.

Elle allait donc avoir besoin d'une alliée pour agir à sa place ou, plus précisément, de la seule femme capable de convaincre son frère de renoncer à son projet insensé.

— Si tu travailles d'ici, l'interrompit-elle, tu ferais aussi bien de demander à Katie de venir t'aider.

Blake fronça les sourcils, perplexe.

— Katie ?

— Katie Wallace, précisa-t-elle inutilement. Tu sais, ton assistante marketing… Vingt-quatre ans, jolie, un mètre soixante-cinq, cheveux bruns, yeux noisette…

— Je sais très bien qui est Katie, l'interrompit-il.

L'air songeur, il hocha lentement la tête.

— Ce n'est pas une mauvaise idée…

— Bien sûr que non, dit-elle d'un ton faussement désinvolte. C'est même une excellente idée. Elle pourra t'aider dans ton travail.

Elle espérait détourner son attention de Brittany et le remettre ainsi dans la bonne voie. Avec un peu de chance, il reviendrait bientôt à la raison et oublierait ses élucubrations insensées.

— Katie est merveilleusement bien organisée, lui rappela-t-elle.

Si son frère passait du temps avec elle, il ne penserait plus à Brittany ou, du moins, il se sentirait trop stupide pour en parler en présence de son assistante. Il ne pourrait donc pas mettre à exécution son projet délirant.

Elles n'en avaient jamais parlé, mais Wendy était

persuadée que Katie avait des sentiments pour Blake. Cela se voyait dans ses yeux. Peut-être même l'aimait-elle.

Bien sûr, Blake ne s'était aperçu de rien.

— Je m'en occupe tout de suite ! annonça-t-il d'un ton enjoué.

Il se leva et se pencha pour lui déposer un baiser sur la joue.

— Tu es la meilleure ! affirma-t-il avec enthousiasme.

— Evidemment, répondit-elle alors qu'il se dirigeait vers la porte.

— Katie, j'ai besoin de toi.

Katie Wallace faillit lâcher le combiné en entendant Blake Fortune prononcer les mots qu'elle avait envie d'entendre depuis toujours et qu'elle avait cru ne jamais entendre.

Katie, j'ai besoin de toi. Il l'avait dit, il le lui avait dit, à *elle*.

Ils n'étaient pas en plein milieu d'une réunion incroyablement longue ni en train de passer la soirée à travailler, comme cela leur arrivait trop souvent. Blake l'appelait de Red Rock, où il était allé voir sa sœur.

Depuis le passage de la tornade, Katie suivait avec assiduité les journaux télévisés et lisait tout ce qu'elle trouvait sur la charmante petite ville texane où Wendy, son amie d'enfance, s'était installée.

Elle aurait voulu assister au mariage de Wendy, mais n'avait pas pu se libérer.

Elle était devant la télévision quand la tornade était passée, et l'émission qu'elle regardait avait été interrompue pour un flash d'informations spécial. Elle avait écouté le journaliste avec l'impression que le monde s'arrêtait de tourner et que son cœur cessait de battre.

Elle savait que Blake, Wendy et le reste de la famille Fortune se trouvaient à Red Rock, sur le passage de la tornade. Cette pensée l'avait bouleversée, et elle avait tout de suite cherché à en apprendre davantage.

Elle avait même failli prendre le premier avion pour le Texas, mais le trafic aérien était interrompu en direction et en provenance de Red Rock. Apparemment, l'aéroport avait été détruit.

Le jour de la catastrophe, elle était restée éveillée vingt-quatre heures d'affilée, avait consacré toute son énergie à collecter des informations à la télévision, sur internet, à lire les noms des personnes décédées, priant de toutes ses forces pour n'en reconnaître aucun, et surtout pas celui de l'homme qu'elle aimait depuis toujours.

Blake Fortune, pourtant, ne l'avait jamais remarquée. Il ne l'avait jamais vue comme elle aurait voulu qu'il la voie. Pour lui, elle n'était que l'amie de sa sœur, la voisine. Quand il avait appris qu'elle avait obtenu son diplôme de marketing, il avait été suffisamment impressionné par ses compétences pour l'embaucher, mais il ne l'avait pas davantage vue pour ce qu'elle était : une femme capable de l'aimer comme il désirait être aimé.

Enfant, elle s'était contentée de ses taquineries, de ses farces, feignant l'indignation alors qu'elle était en fait enchantée de l'attention qu'il lui accordait. A l'époque, elle estimait que tout ce qui le poussait à s'intéresser à elle était bon à prendre.

Bien sûr, en grandissant, elle avait espéré plus. Elle

avait souhaité qu'il ne voie plus seulement en elle la petite voisine.

C'était pour cela qu'elle avait fait des études de commerce : pour se rapprocher de lui, sinon personnellement, du moins professionnellement. Secrètement, elle avait nourri l'espoir, en travaillant dur pour lui devenir indispensable, de le voir un beau jour se rendre compte qu'il avait des sentiments pour elle.

Aujourd'hui, elle avait du mal à croire qu'elle ne rêvait pas. Blake venait-il vraiment de lui dire ce qu'elle croyait qu'il venait de lui dire ? Après tout ce temps ?

Elle sentait son cœur cogner dans sa poitrine.

— Pardon ? Tu peux répéter ? demanda-t-elle dans un souffle.

Craignant qu'il prenne son étonnement pour de la fausse timidité, elle s'éclaircit la voix et s'empressa d'ajouter :

— Je n'ai pas entendu.

— J'ai dit que j'avais besoin de toi. Je vais devoir rester ici plus longtemps que prévu, deux semaines, peut-être trois… Quand peux-tu me rejoindre ?

Elle s'octroya quelques secondes pour savourer les paroles de Blake. Il voulait qu'elle le rejoigne, et c'était exactement ce dont elle avait envie.

Elle savait très bien qu'il devait s'agir de travail, qu'il avait besoin d'elle pour des raisons professionnelles, mais elle voyait la formulation qu'il avait choisie comme le premier pas dans la bonne direction. Un jour, Blake s'apercevrait qu'il avait bel et bien besoin d'elle, et pas seulement comme assistante.

— Je vais prendre le premier avion pour le Texas, promit-elle.

Alors même qu'elle répondait, elle commença à

regarder les horaires des vols sur internet pour réserver ses billets.

— Je t'appellerai dès que j'aurai mes billets.

— Je savais que je pouvais compter sur toi.

Je savais que je pouvais compter sur toi. Ces mots résonnaient encore dans sa tête quand elle quitta son bureau pour rentrer chez elle faire ses valises.

Je savais que je pouvais compter sur toi.

Heureuse, elle se répéta qu'il s'agissait indéniablement du premier pas dans la bonne direction.

- 2 -

— Tu es sûr que ça ne te dérange pas que j'installe mon bureau chez toi ? demanda Blake à son frère Scott, âgé de cinq ans de plus que lui.

En temps normal, il aurait utilisé l'un des bureaux de la Fortune Foundation, au centre-ville de Red Rock, mais la tornade avait causé de nombreux dégâts matériels dans le bâtiment.

Scott avait récemment décidé de quitter Atlanta pour Red Rock, et il venait d'y acheter un ranch. Sa femme, Christina, et lui retapaient la maison et n'utilisaient pour l'instant que certaines pièces. Blake avait donc demandé à son frère s'il pouvait se servir de l'une des pièces inoccupées comme bureau.

— Après tout, reprit-il, je suis déjà dans tes jambes, à dormir ici… Je ferais peut-être mieux de louer un local en ville.

Scott écarta la suggestion d'un geste de la main.

— Depuis le passage de la tornade, tous les logements disponibles ont été réquisitionnés pour abriter temporairement les gens qui ont perdu leurs maisons. Et puis, je remonterai peut-être dans l'estime de papa s'il y a un bureau de FortuneSouth-West chez moi. J'en doute, mais on ne sait jamais !

Leur père était un homme extrêmement exigeant

envers sa famille. En ce moment, Scott trouvait d'autant moins grâce à ses yeux qu'il avait décidé de s'installer à Red Rock pour vivre avec une femme qu'il savait être son âme sœur et qu'il connaissait depuis à peine un mois. Leur père était persuadé qu'il avait complètement perdu la tête.

— Tu es sûr que je ne te dérangerai pas ? insista Blake.

Il allait avoir besoin d'un peu de temps pour s'habituer à voir Scott aussi détendu. Un mois plus tôt, son frère était encore un bourreau de travail, comme leur père et leur frère aîné, Michael. En tous les cas, ce changement d'attitude était une nette amélioration.

— Sûr et certain, à moins que tu restes constamment dans le passage, répondit Scott avec un grand sourire. Je suis content de pouvoir passer un peu de temps avec toi. Nous ne nous voyons plus aussi souvent qu'avant…

La remarque amusa Blake.

— Tu es tout le temps pris par ton travail !

— Plus maintenant… Le passage de la tornade m'a fait réévaluer l'ordre de mes priorités. C'est ce qui se passe quand on frôle la mort. J'ai l'impression d'avoir une deuxième chance, et je n'ai pas l'intention de la gâcher en passant ma vie à travailler.

Scott paraissait sincère et très sérieux. Apparemment, ce qu'il éprouvait n'avait rien d'une lubie passagère.

— Oui, je vois ce que tu veux dire. Moi aussi, j'ai revu l'ordre de mes priorités.

Scott leva un sourcil interrogateur.

— Comme je l'ai dit à Wendy, expliqua Blake, j'ai l'impression d'avoir trop longtemps traversé la vie en spectateur. Il est grand temps que ça change.

— Qu'est-ce que tu manigances ? demanda Scott, amusé.

— Je vais récupérer la femme qui m'a échappé.

Scott hocha la tête en souriant. Il travaillait peut-être avec acharnement quand il était à Atlanta, mais cela ne signifiait pas pour autant qu'il ne voyait pas ce qui se passait autour de lui. Il avait bien remarqué que Katie Wallace, l'assistante de son frère, regardait Blake quand elle croyait que personne ne l'observait. Il s'en était toujours amusé, mais maintenant qu'il avait rencontré la femme de sa vie, il comprenait mieux ce qu'elle avait dû, et devait encore, ressentir.

Soudain, il s'aperçut que quelque chose clochait. Il avait été tellement occupé, ces derniers temps, il avait dû rater un épisode.

— Je ne savais pas qu'elle t'avait échappé.

— Eh bien, si…

— Alors tu vas essayer de récupérer…

— Brittany Everett, exactement !

L'espace d'un instant, Scott se contenta de le regarder fixement, puis il murmura :

— Ah…

— Comment ça, *ah* ?

Inutile de mentionner Katie si Blake avait des vues sur une fille aussi capricieuse et insipide que Brittany Everett. Sa famille et la leur évoluaient dans le même milieu, et, le peu qu'il la connaissait, Scott ne l'appréciait pas du tout.

Il se contenta de hausser négligemment les épaules.

— Non, rien… Je suis surpris que tu tiennes absolument à renouer avec elle, c'est tout. Brittany t'avait plaqué juste après la remise des diplômes, n'est-ce pas ?

— Personne n'a plaqué personne, répondit Blake

d'un ton bourru, nous nous sommes simplement éloignés l'un de l'autre.

— Oui, quand tu l'as surprise en train d'embrasser un autre gars, si ma mémoire est bonne.

— J'aurais dû me battre pour elle.

Tu aurais surtout dû la quitter bien avant cela ! pensa Scott. Mais son frère était adulte, en mesure de prendre ses propres décisions. Par ailleurs, il avait l'intuition que plus il critiquerait Brittany, plus Blake s'entêterait. Sur ce point, ils se ressemblaient.

Il jugea donc préférable de changer de sujet, non sans espérer que tout irait pour le mieux.

— Si tu le dis ! Ecoute, je vais devoir y aller, j'ai promis à Christina de la retrouver pour déjeuner. Bonne chance pour tes projets…

J'espère que tu reviendras à la raison le plus rapidement possible !

Blake jeta un coup d'œil à sa montre.

— Hé ! Je ferais mieux d'y aller, moi aussi. Je vais chercher Katie à l'aéroport de San Antonio, dit-il en suivant son frère dans le couloir. Elle vient m'aider à mettre au point une stratégie pour reconquérir Brittany.

Scott le regarda, abasourdi. Il avait dû mal entendre.

— Tu es sérieux ? Tu as dit à Katie que tu comptais mettre au point un plan pour persuader Brittany de devenir Mme Blake Fortune ?

— Pas explicitement.

Scott ne put s'empêcher de sourire.

— Quoi ? demanda Blake.

— Rien, répondit Scott en balayant la question d'un geste de la main, prenant sur lui pour ne pas rire. Enfin… Bonne chance ! Combien veux-tu de personnes pour porter ton cercueil, à ton enterrement ? ne put-il s'empêcher de demander, d'un ton ironique.

Blake le dévisagea, déconcerté.

— Qu'est-ce que tu racontes ?

Sans cesser de sourire, Scott lui tapota l'épaule.

— Tu comprendras bientôt !

Il s'éloigna dans le couloir et quitta la maison.

Perplexe, Blake secoua la tête et chassa de son esprit la curieuse conversation qu'il venait d'avoir avec son frère, puis il sortit à son tour et se dirigea vers la voiture qu'il avait garée dans l'allée.

En partant immédiatement, il arriverait juste à temps si l'avion en provenance d'Atlanta était à l'heure.

Katie avait pris soin de ne prendre qu'un bagage à main, pour éviter de perdre du temps à l'aéroport. Elle avait réussi à trouver rapidement un billet pour un vol au départ d'Atlanta, à destination de San Antonio et, par souci de rapidité et d'efficacité, elle avait mis dans une seule petite valise tout ce dont elle allait avoir besoin et qu'elle n'allait pas pouvoir acheter sur la route entre l'aéroport et Red Rock.

Elle n'avait pas réussi à se détendre de toute la durée du vol. Les mots de Blake dansaient dans sa tête.

J'ai besoin de toi.

Elle avait peine à croire que ce dont elle rêvait depuis si longtemps était enfin sur le point de se produire.

C'est encore un peu tôt pour envoyer les faire-part de mariage, se rappela-t-elle intérieurement. Elle avait pour habitude de rester sur ses gardes.

Cependant, même si elle s'efforçait de ne pas

s'emballer, elle avait du mal à tempérer sa joie et son optimisme.

L'avion atterrit enfin. Elle hésitait entre louer une voiture pour aller à Red Rock par ses propres moyens et prendre la navette. La deuxième option serait probablement la plus onéreuse, étant donné la distance qui séparait l'aéroport de San Antonio de Red Rock, mais elle n'avait pas vraiment envie de conduire. Elle était fatiguée et craignait de s'endormir au volant.

Alors qu'elle pesait le pour et le contre, on annonça par haut-parleur qu'elle était attendue à l'accueil. Elle se dirigea aussitôt vers le hall, et fut stupéfaite de voir Blake, qui s'approchait d'elle avec un grand sourire.

Elle repensa à leur conversation téléphonique. Il ne lui avait pas dit qu'il viendrait la chercher à l'aéroport, du moins, elle n'en avait pas le souvenir. Il lui avait envoyé un message pour lui donner l'adresse de Scott, chez qui il logeait, et il lui avait dit que l'entreprise paierait pour ses billets d'avion : elle en avait conclu qu'elle se débrouillerait pour aller à Red Rock, et qu'on lui rembourserait également la location d'une voiture ou le prix de la navette. Elle avait essayé de trouver la solution la plus raisonnable dans le seul but de ne pas dépenser inconsidérément de l'argent qui ne lui appartenait pas.

Blake avait-il à ce point hâte de la voir ?

A cette pensée, elle sentit son cœur faire un bond dans sa poitrine.

La sensation d'épuisement qu'elle éprouvait un instant plus tôt se dissipa, et elle accéléra le pas.

— Tu as réussi à te libérer ! dit Blake, manifestement ravi qu'elle se soit mise en route tout de suite après son coup de téléphone.

Elle le regarda en souriant, rayonnante.

— Rien n'aurait pu me retenir à Atlanta.

— Tant mieux, dit-il avec un hochement de tête approbateur. Nous pourrons nous mettre au travail dès que tu seras prête… Attends, je m'en occupe, ajouta-t-il en posant une main sur la poignée de sa valise roulante, lui effleurant involontairement les doigts.

Ce simple contact la troubla, mais les mots qu'il avait employés avaient retenu son attention.

— Au travail ? répéta-t-elle, le cœur serré.

Apparemment, Blake était toujours dans une optique professionnelle. Elle avait espéré qu'il serait un peu plus décontracté, un peu moins… professionnel, mais de toute évidence, elle s'était fait des illusions.

Katie avait l'air un peu étrange, mais Blake se dit qu'elle devait tout simplement être fatiguée à cause du décalage horaire. Elle avait peut-être besoin d'un peu de repos, même si elle était capable de travailler avec acharnement quand il le fallait.

— Oui, répondit-il, au travail… C'est pour ça que je t'ai fait venir. A vrai dire, c'était une idée de Wendy, elle a pensé que tu pourrais m'aider à mettre au point ma campagne.

— Ta campagne, répéta-t-elle d'un ton vaguement interrogateur, un peu hébétée.

Etait-ce pour cela qu'il avait besoin d'elle ? Pour travailler sur une campagne de marketing ? Ici, à Red Rock ? Elle ne comprenait pas, mais sentait déjà sa chance de bonheur lui échapper.

— Oui, ma campagne… pour reconquérir Brittany Everett.

Elle sentit son visage se décomposer, mais Blake ne sembla pas s'en apercevoir.

Il eut un petit rire gêné et ajouta :

— Je sais que tu n'as pas l'habitude de m'aider pour ce genre de choses, mais je me suis dit que si je voulais être sûr de récupérer Brittany, il fallait que j'aborde les choses comme je le ferais avec un client potentiel.

Elle était sous le choc, abasourdie, à la fois consternée et profondément déçue. Son cœur, qui continuait de marteler sa poitrine, lui paraissait s'être changé en plomb.

— Et c'est Wendy qui t'a conseillé de faire appel à moi pour que je t'aide à te procurer cette femme ? demanda-t-elle, incrédule.

Il fit la grimace.

— A me la procurer ? Présenté de cette façon-là, ça a quelque chose de sordide.

Il fallait qu'il mette les choses au clair tout de suite car, si Katie se méprenait sur ses intentions, elle ne lui serait pas d'un grand secours. Il devait bien admettre qu'il avait pris l'habitude de se reposer sur sa perspicacité et son instinct infaillible, au cours des deux dernières années.

— Brittany et moi sortions ensemble, quand nous étions étudiants…

— Oui, dit-elle d'un air sombre tandis qu'ils se dirigeaient vers l'escalator, je m'en souviens.

— … mais nous nous sommes perdus de vue, reprit Blake d'une voix empreinte de regret. Je veux absolument la reconquérir. Je vais l'emmener au dîner organisé pour collecter des fonds, le soir de la Saint-Valentin, à Atlanta. Ce n'est que dans quelques semaines… Je mettrai mon plan à exécution à ce moment-là.

Parlaient-ils vraiment de la même personne ?

Dans son souvenir, la jeune femme en question était capricieuse.

— Cela risque d'être difficile d'approcher quelqu'un qui s'entoure toujours d'une foule d'admirateurs.

Blake trouva la remarque injustifiée, voire déplacée.

— Brittany ne s'entoure pas d'une foule d'admirateurs.

— Très bien, d'un essaim, alors, rectifia-t-elle sèchement.

Comment pouvait-il seulement envisager de sortir de nouveau avec une fille comme Brittany Everett ? Elle ne comprenait même pas ce qui avait pu le pousser à s'intéresser à elle en premier lieu. Bien sûr, Brittany était belle, mais elle avait d'innombrables défauts et n'était absolument pas faite pour lui.

Ils sortirent du terminal.

— Je te sens un peu hostile…

— Juste un peu ? marmonna-t-elle.

Il y avait encore plus de bruit à l'extérieur de l'aéroport qu'à l'intérieur. Blake se pencha légèrement vers elle.

— Qu'est-ce que tu as dit ?

Elle s'empressa de secouer la tête. Inutile d'argumenter…

— Rien.

A quoi s'était-elle attendue, au juste ? A ce que tout change subitement ? A ce que Blake se réveille, revienne brusquement à la raison, et prenne conscience de ce qu'il avait sous les yeux ? Une femme qui était prête à l'aimer, tel qu'il était, avec ses défauts, pour le restant de ses jours…

Les gens ne changeaient pas, et elle était persuadée que Brittany Everett n'était pas davantage faite pour Blake aujourd'hui qu'elle ne l'était dans le passé.

Qu'est-ce qui cloche, chez lui ? se demanda-t-elle, furieuse. A peine se fut-elle posé la question qu'elle se dit que c'était *elle* qui avait un sérieux problème : après tout, Blake ne lui avait jamais laissé à entendre qu'il avait des sentiments pour elle, en dehors de l'estime d'un patron satisfait du travail de son employée. Il ne lui faisait même pas vraiment sentir qu'il ne pourrait se passer d'elle professionnellement.

Elle s'était fait des illusions, et en était seule responsable. Elle péchait par excès de zèle, non seulement dans l'espoir de se rendre indispensable, mais aussi pour qu'il la remarque enfin, pour qu'il se rende compte à quel point elle était bonne non seulement pour l'entreprise, mais aussi pour lui. Il pourrait alors peut-être se passer quelque chose entre eux…

A ses yeux, Blake ferait une grossière erreur en choisissant Brittany Everett comme épouse et, de toute évidence, tel était pourtant l'objectif de cette stupide « campagne », comme il la qualifiait lui-même.

Elle ne pourrait pas faire ce qu'il lui demandait, elle n'y arriverait pas. Elle ne pourrait pas lui servir de stratège, l'aider à conquérir une femme qui finirait par briser le cœur qu'il était sur le point de lui offrir sur un plateau d'argent.

Elle s'apprêtait à protester, mais, brusquement, elle se ravisa.

Blake allait mettre son projet à exécution, avec ou sans son aide, et si elle protestait, il risquait de se rendre compte que c'était par dépit. En revanche, si elle restait à ses côtés pour l'aider dans cette épouvantable entreprise, il finirait peut-être par s'apercevoir qu'elle possédait les qualités et les atouts qu'il croyait voir en Brittany.

De plus, si son plan échouait lamentablement, elle serait là pour lui apporter son soutien et l'aider à recoller les morceaux de son cœur brisé.

Elle serait dans le secret des moindres détails de son plan, et saurait exactement comment s'y prendre pour contrecarrer ses projets. Ce faisant, elle pourrait lui éviter de se ridiculiser et, surtout, de faire l'erreur de sa vie.

Et qui sait ? Par la même occasion, peut-être parviendrait-elle à lui faire prendre conscience que c'était *elle* qui était faite pour lui !

— Ecoute, dit Blake, l'arrachant à ses pensées, si je t'en demande trop, il vaut peut-être mieux…

— Non, l'interrompit-elle, ce n'est pas que tu m'en demandes trop, c'est juste que je ne suis pas sûre d'être la mieux placée pour faire ce travail. C'est un peu différent des campagnes sur lesquelles nous travaillons d'habitude.

— Au contraire, tu es la personne idéale. Après tout, il s'agit pour moi de savoir ce qui plaît à une femme. Brittany est une femme, et toi aussi, n'est-ce pas ?

Elle le regarda, les yeux écarquillés, abasourdie.

— C'est une question ? Une vraie question ?

— Non, non, bien sûr que tu es une femme. C'est précisément là-dessus que je compte.

Soit il était excessivement naïf, soit il était simplement insultant. Elle se demandait ce qui était le pire.

— Tu penses que toutes les femmes se ressemblent ?

Blake se sentait un peu dépassé par la tournure que prenait la conversation. Il aurait eu besoin d'un moment pour mettre de l'ordre dans ses pensées et reformuler sa théorie.

Il était intimement persuadé que Katie était la personne tout indiquée pour l'aider. Après tout, elle était très attirante, et les hommes devaient souvent tenter de la séduire. A quelles attentions d'un homme était-elle sensible ? C'était ce qu'il lui fallait découvrir. Il devait choisir ses mots avec soin pour le lui faire comprendre sans risquer de lui donner à penser qu'il lui faisait des avances. Ce n'était pas le cas, même si, parfois, quand elle le regardait, il se sentait profondément troublé malgré lui.

Il prit une profonde inspiration.

— Et si je te conduisais chez Wendy ? Elle meurt d'envie de te voir.

Au moins, Wendy, elle, a envie de me voir, pensa Katie, dépitée.

- 3 -

— Eh bien, ça alors, regarde-toi ! s'écria Katie d'un ton enjoué en entrant dans la chambre de Wendy.

Après avoir appris que son amie avait failli accoucher prématurément, elle s'était attendue à la trouver pâle et faible dans son lit. Pourtant, comme à son habitude, Wendy était radieuse, enjouée, et jolie comme un cœur.

Elle eut un grand sourire.

— Je sais, je sais, je suis une vraie baleine !

— J'allais dire que tu es rayonnante, répliqua Katie avec délicatesse.

Bien sûr, Wendy avait pris du poids par rapport à la dernière fois qu'elles s'étaient vues, mais elle était loin d'être aussi grosse qu'elle le disait.

— C'est peut-être ce que tu allais dire, mais tu pensais que j'étais une vraie baleine ! insista-t-elle.

Katie la connaissait trop bien pour se risquer à argumenter. Wendy avait toujours le dernier mot.

— Pas une baleine adulte, mais peut-être un petit baleineau…

Wendy éclata de rire et lui tendit les bras. Katie avait toujours eu le don de lui remonter le moral.

— Viens ici et serre-moi dans tes bras !

Katie se pencha et embrassa Wendy, la gardant

quelques instants serrée contre elle. Elle était heureuse de la voir enfin.

— Tu m'as tellement manqué ! dit-elle avec tendresse. Je suis vraiment désolée de ne pas avoir pu assister à ton mariage.

Wendy écarta cette remarque d'un geste de la main.

— Je t'en prie, tu n'as pas à t'excuser, tu es et tu resteras toujours ma meilleure amie.

Elle regarda Blake d'un air accusateur.

— Et je sais que mon esclavagiste de frère t'a obligée à monter la garde.

— Eh ! Je ne suis pas un esclavagiste ! protesta Blake. Et puis, ajouta-t-il avec un haussement d'épaules désinvolte, je n'y peux rien si Katie est très compétente dans son travail, et donc indispensable.

Grâce à elle, il avait pu s'octroyer une semaine de congé et prendre un avion pour assister au mariage de sa sœur avec le reste de la famille.

— Tu n'y peux rien ? s'écria Wendy d'un ton ironique. Tu aurais peut-être pu dire quelque chose comme : « Katie, étant donné que tu es la meilleure amie de ma sœur, prends des congés pour assister à son mariage à Red Rock. »

— Nous avons eu un problème de dernière minute avec un client qui voulait modifier un contrat, et un membre du service marketing devait s'en occuper, rappela Katie. Je savais que Blake ne pouvait pas rater ton mariage, alors je me suis proposée pour rester et gérer la situation. C'était en quelque sorte mon cadeau de mariage !

— D'une certaine façon, remarqua Blake, c'était mieux ainsi : si Katie était venue, elle aurait été coincée à l'aéroport quand la tornade est passée, comme nous tous. Qui sait ? Elle aurait peut-être même été blessée. Rester à Atlanta pour s'occuper de ce client lui a peut-être sauvé la vie !

Wendy leva les yeux au ciel.

— Tu exagères, Blake.

Katie avait toujours été une bonne médiatrice. Ne voyant pas l'intérêt de discuter de ce qui aurait ou n'aurait pu arriver, elle changea de sujet subtilement.

— En parlant de ça, comment va Javier ?

— Il est enfin sorti du coma. Pendant un moment, sa vie n'a tenu qu'à un fil… Marcos avait vraiment peur que son frère ne s'en sorte pas. Nous ne savons pas encore quelles conséquences l'accident aura sur sa colonne vertébrale et sur ses jambes. Pour l'instant, il ne peut pas les bouger, mais les médecins disent que si tout se passe bien, il devrait pouvoir remarcher.

Le mot-clé était *devrait*. Comme son amie, Katie croyait qu'il était important de rester positif.

— Il va remarcher, c'est sûr, dit-elle d'un ton assuré.

Wendy eut un grand sourire, lui prit la main et la serra dans la sienne.

— Je suis tellement contente que tu sois là !

Katie se tourna vers Blake.

— Tu ne m'as pas dit où j'allais loger. J'aimerais poser ma valise.

— Chez Scott, dit Blake.

— Ici, avec moi, bien sûr ! s'écria Wendy au même moment. Ce sera beaucoup plus pratique.

Comment son frère pouvait-il penser qu'elle laisserait Katie dormir ailleurs que chez elle ?

Blake ne comprenait pas. Bien sûr, sa sœur et Katie étaient amies, mais lui faisait partie de la famille. Cela n'avait aucun sens…

— Katie va rester ici alors que tu m'as mis dehors ?

— Je ne t'ai pas mis dehors, je t'ai demandé d'aller chez Scott parce que tu étais tout le temps dans mes jambes, ce n'est pas pareil. Et puis, Katie et moi avons beaucoup de choses à nous dire.

Blake était profondément blessé.

— Tandis que nous, non ?

— Si, bien sûr, mais nous nous sommes vus il n'y a pas longtemps… Tu n'étais parti que depuis une semaine quand tu es revenu.

Malgré tout, il faisait partie de la famille, et ce n'était pas le cas de Katie.

— La question n'est pas là.

Wendy se redressa un peu et lui prit la main.

— Tu sais très bien que j'apprécie *sincèrement* que tu sois venu me tenir compagnie, Blake, déclara-t-elle d'une voix douce, mais je n'ai pas besoin de te voir vingt-quatre heures sur vingt-quatre, sept jours sur sept… et je ne vais pas non plus voir Katie vingt-quatre heures sur vingt-quatre, sept jours sur sept, s'empressa-t-elle d'ajouter. Je sais qu'elle va travailler la plupart du temps.

Elle reporta son attention sur Katie.

— Ne le laisse pas te faire travailler jour et nuit, tu m'entends ? Peu importe s'il croit être ton patron !

— Je ne crois pas être son patron, lui fit remarquer Blake, je suis son patron.

— Blake ne me surmène pas, Wendy, intervint Katie. C'est un bon patron, tu sais !

— Merci, dit-il avec un petit hochement de tête. Il y a au moins une personne ici qui m'apprécie, ajouta-t-il en regardant sa sœur.

Wendy jeta un coup d'œil à Katie. Un petit sourire se dessina sur ses lèvres, et elle secoua lentement la tête.

— Si tu savais…

Il ne voyait vraiment pas ce qu'elle sous-entendait. De toute façon, ces derniers temps, sa sœur disait beaucoup de choses étranges, encore plus étranges que d'habitude, probablement parce qu'elle était enceinte.

Il était peut-être temps pour lui de s'éclipser un moment. Après tout, il avait beaucoup de choses à faire, et allait être très occupé.

— Très bien… Je vais vous laisser discuter tranquillement, puisque c'est ce que vous voulez, et je vais en profiter pour aller chez Scott m'occuper de deux ou trois choses. Est-ce que cela vous conviendra, Votre Altesse, si je viens rechercher mon assistante dans deux heures ? demanda-t-il d'un ton affecté en feignant de prendre de grands airs.

— C'est à Katie d'en décider, répondit Wendy en levant les mains comme si elle déclinait toute responsabilité.

Il fallut quelques secondes à Katie pour se rendre compte que la balle était dans son camp et que Blake attendait sa réponse.

— Parfait, dit-elle avec chaleur. Dans deux heures, ou moins si cela t'arrange.

Wendy avait hâte d'être seule avec Katie. Elle avait des choses importantes à lui demander… Elle agita la main pour faire signe à son frère de s'en aller.

— Tu as entendu, reviens dans deux heures !

Blake fut tenté de lui rappeler que Katie avait dit « ou moins », mais il se ravisa. Il n'allait pas ergoter, surtout si cela risquait de contrarier sa sœur.

— Très bien, à dans deux heures, alors !

Dès qu'il fut sorti de la chambre, Katie se tourna vers Wendy.

— Wendy, je…

Wendy leva une main pour l'interrompre, la tête légèrement inclinée sur le côté, l'oreille tendue. Enfin, elle reporta son attention sur son amie.

— Il est parti ?

— Blake ?

Wendy hocha la tête. Elle voulait être sûre que son frère n'entendrait pas un mot de ce qui allait suivre. Katie fit un pas dans le couloir pour vérifier que Blake était bien parti.

— Oui, il est parti. Pourquoi ? demanda-t-elle en s'approchant de nouveau du lit, visiblement curieuse.

— Je ne veux pas qu'il entende nos histoires de filles, c'est tout. J'ai un grand service à te demander : veille à ce que Blake soit le plus occupé possible pendant ton séjour à Red Rock. S'il est désœuvré, il va trouver des excuses pour venir ici à longueur de temps, et il va passer ses journées à me regarder fixement comme si j'étais sur le point d'exploser, ou pire encore.

Depuis qu'elle était enceinte, elle se sentait terriblement vulnérable, et plutôt bougonne. Elle avait hâte de mettre au monde son bébé.

— Bien sûr, dit Katie. J'aurais voulu que la campagne pour laquelle Blake a besoin de mon aide ait vraiment quelque chose à voir avec le travail.

Wendy la regarda, les yeux écarquillés, incrédule. Son frère n'avait quand même pas exposé son plan stupide à Katie !

— Ne me dis pas qu'il t'a demandé de…

Elle ne put se résoudre à finir sa phrase, mais de

toute façon, c'était inutile : l'expression de Katie était éloquente.

Wendy se couvrit le visage des deux mains.

— Bon sang ! Même Blake ne peut pas être à ce point stupide…

Cependant, en dépit de ce qu'elle affirmait, elle en doutait sérieusement.

Katie eut un sourire hésitant, voire un peu triste.

— Je ne m'avancerais pas trop sur ce point, si j'étais toi…

Wendy était abasourdie. Lui faire part à elle, sa sœur, de ses intentions, était une chose, mais elle aurait cru Blake assez fin pour revenir à la raison rapidement après avoir échafaudé ce projet insensé.

Elle ferma les yeux un instant et prit une profonde inspiration pour se donner du courage.

— Seigneur, Katie… Il t'a vraiment demandé de l'aider à reconquérir cette horrible femme ?

— Eh bien, je ne sais pas si elle est horrible, mais il m'a bel et bien demandé de l'aider à reconquérir Brittany Everett.

Exaspérée, Wendy leva les yeux au ciel.

— Pour la reconquérir, il faudrait déjà que mon idiot de frère l'ait conquise !

— Attends, je suis perdue… Brittany et lui ne sortaient-ils pas ensemble quand ils étaient étudiants ?

Katie se souvenait très bien de ce qu'elle avait ressenti quand elle avait appris que Blake sortait avec la jeune et belle mondaine. Elle en avait été bouleversée ! Elle avait eu l'impression que le monde s'effondrait autour d'elle. Il lui avait fallu un moment pour se ressaisir et se concentrer de nouveau sur ses études.

Si Blake semblait avoir oublié ce qui s'était passé, Wendy, elle, s'en souvenait très bien.

— Ils sortaient peut-être ensemble, mais apparemment, cela ne signifiait rien pour Brittany. Et puis, elle ne soutient pas la comparaison avec toi. Tu as un cœur, toi… Quand mon imbécile de frère t'a recrutée pour son projet ridicule, t'a-t-il dit comment Brittany et lui s'étaient séparés ?

Katie secoua la tête.

— Non, il n'est pas entré dans les détails.

— Dans ce cas, permets-moi de te l'expliquer, dit Wendy en s'animant. Ils étaient à une soirée, juste après la remise des diplômes… A un moment donné, ils se sont séparés et, un peu plus tard, Blake est parti à sa recherche. Il l'a trouvée en train d'embrasser un autre garçon.

— Il a trouvé Brittany en train d'embrasser un autre garçon ? répéta Katie, stupéfaite.

Intérieurement, elle ne put s'empêcher de le plaindre. A la place de Brittany, elle n'aurait jamais fait une chose pareille.

Wendy secoua la tête, dépitée.

— Tu comprends pourquoi je suis atterrée par le comportement de mon frère… Je ne comprends pas comment il peut avoir envie de la récupérer. A sa place je ne voudrais même pas me trouver dans la même pièce qu'elle.

— Elle est très belle…

Wendy leva le menton avec détermination.

— Toi aussi, dit-elle avec loyauté.

Ce fut au tour de Katie de lever les yeux au ciel.

— Oh ! je t'en prie, Wendy ! Je me suis déjà regardée dans une glace, je sais exactement à quoi je ressemble.

Wendy secoua la tête. De toute évidence, Katie n'avait pas conscience de son pouvoir de séduction. Elle était tellement sérieuse, se consacrait à son travail depuis si longtemps, qu'elle ne savait même plus comment se servir de ses atouts féminins. Qu'à cela ne tienne : Wendy était experte en la matière, et elle allait se charger de lui rafraîchir la mémoire.

— Le seul avantage que cette femme a sur toi, c'est qu'elle sait se mettre valeur. Tu peux très bien apprendre à le faire, toi aussi, dit-elle d'un ton catégorique.

— Peut-être, mais pas aussi facilement que cela, et pas assez rapidement. Le temps que j'apprenne, Blake et Brittany auront déjà échangé leurs anneaux.

Wendy écarta la remarque d'un geste de la main.

— Certainement pas ! Je te le garantis.

Wendy était sûre d'elle. Elle connaissait les femmes comme Brittany : elles étaient séduisantes, quand on n'y regardait pas de trop près. Leurs attraits étaient superficiels. Katie, elle, avaient de réelles qualités.

Wendy resta silencieuse un moment, tandis qu'elle réfléchissait à la situation. Une idée commença à germer dans sa tête.

Cela pouvait marcher !

— Tu sais…

Elle ne termina pas sa phrase, se contentant de sourire. Voyant son expression, Katie fut aussitôt sur ses gardes.

— Oh ! Je connais ce regard… Toi, tu manigances quelque chose. Je t'écoute !

Wendy la regarda, rayonnante.

— Je me disais simplement que mon cher frère venait peut-être de nous donner l'occasion rêvée de lui montrer à quel point tu es séduisante.

— Mais bien sûr ! s'écria Katie en riant, prenant soin de ne pas relever le compliment.

Wendy se tut, et son amie sembla comprendre qu'elle ne plaisantait pas.

— Très bien, explique-moi comment l'aide que je vais apporter à Blake pour qu'il mette au point une stratégie dans le but de reconquérir Brittany pourrait bien lui faire prendre conscience que je suis soi-disant extrêmement séduisante ?

— Il n'y a pas de *soi-disant* qui tienne. Il faut que tu commences à être positive, Katie, sinon, cela ne marchera jamais.

— Ce n'est pas parce que j'aurai une attitude positive que je…

— Mon frère va devoir s'entraîner avec toi, l'interrompit Wendy.

Prise au dépourvu, Katie cilla.

— Pardon ?

— Blake va devoir tester toutes les techniques de séduction dont il va se servir avec Brittany, il va devoir les affiner grâce à quelqu'un d'autre. Eh bien, ce quelqu'un, ce sera toi. Il va t'emmener au restaurant, vous allez danser dans les bras l'un de l'autre, il va se promener avec toi au clair de lune, faire ce qu'il faut pour te séduire et…

Katie leva une main pour l'interrompre.

— C'est bon, j'ai compris.

Ses joues s'empourprèrent. Wendy eut un sourire satisfait.

— Oui, je vois ça ! Quand nous aurons fini, quand tu auras fini, mon frère ne se rappellera même plus l'existence de Brittany Everett.

Katie était plus que dubitative, mais elle devait

bien reconnaître que l'idée lui plaisait. Elle s'autorisa à savourer ce qui, pour elle, était un rêve irréalisable. C'était le moins qu'elle puisse faire : après tout, Wendy s'était donné du mal pour élaborer ce plan… même s'il était probablement voué à l'échec.

- 4 -

— Tu sais, si tu t'inquiétais vraiment pour moi, tu trouverais un moyen de me faire sortir d'ici, déclara Javier Mendoza, prenant sur lui pour de ne pas trop hausser la voix comme il se plaignait à son frère, Marcos.

On l'avait installé dans une chambre individuelle, mais malgré cela il avait de plus en plus de mal à supporter l'hôpital. Les sourcils froncés, il semblait sur le point de perdre le peu de patience qui lui restait.

Marcos compatissait de tout son cœur. A la place de son frère, il ressentirait la même chose, il le savait. Pourtant, Javier ne pouvait absolument pas quitter l'hôpital pour l'instant.

— Je m'inquiète pour toi, et c'est précisément pour ça que je ne vais pas te faire sortir d'ici clandestinement, dit-il d'un ton sans réplique.

Quand il prenait cette voix, personne, à part Wendy, son épouse, n'osait le contredire. Cependant, son frère était trop exaspéré pour que le ton catégorique de Marcos ait le moindre effet sur lui.

Il était un jeune homme fort et viril, en parfaite condition physique, et, soudain, il rouvrait les yeux et découvrait qu'il venait de perdre un mois de sa vie, plongé dans le coma, et qu'il devait réapprendre à son corps des choses élémentaires, des choses que la plupart des gens tenaient pour acquises, que lui-même avait tenues pour acquises, et qui représentaient maintenant de véritables défis. Ses jambes ne lui obéissaient plus, et, même s'il ne le lui avait pas dit explicitement, Marcos savait que cela l'exaspérait et l'effrayait.

Il posa une main sur l'épaule de son frère dans un geste réconfortant.

— Ecoute, Javier, il faut que tu fasses confiance aux médecins. Ils savent ce qu'ils font, ils ont bien plus l'habitude de ce genre de… problèmes que toi.

Javier plissa les yeux, l'air furibond.

— C'est mon corps et personne ne le connaît mieux que moi, dit-il avec colère, personne ne sait mieux que moi comment il devrait fonctionner. Ne me prends pas pour un imbécile… Les médecins voulaient que Wendy reste ici, elle ne s'est pas laissé faire, ils ont fini par céder et tu l'as ramenée à la maison, comme elle le voulait.

Marcos secoua la tête.

— C'est différent.

— Pourquoi est-ce différent ? Parce que c'est ta femme, et pas moi ?

— Sans vouloir t'offenser, tu ferais une épouse très laide, dit Marcos en riant.

Il espérait dérider son frère. En vain.

— Non, c'est différent parce que nous ne savons pas combien de temps Wendy devrait rester ici avant l'accouchement. Elle a pu rentrer à la maison, mais elle doit quand même rester alitée jour et nuit, et elle ne peut pas faire ce qu'elle veut.

Javier avait détourné les yeux, mais Marcos insista.

— Maintenant que les médecins t'ont fait sortir de ce coma artificiel, ils ont mis au point un protocole.

— Je me fiche de leur protocole ! répliqua Javier d'un ton sec.

Marcos comprenait ce que son frère ressentait, mais il était là pour le persuader de se montrer raisonnable.

— Eh bien, tu ne devrais pas, répondit-il d'un ton ferme. Crois-moi, eux aussi ont envie que tu quittes cet hôpital le plus vite possible, mais c'est ici qu'ils peuvent t'aider et travailler avec toi.

— Je n'ai pas ce qu'il faut pour travailler, rétorqua Javier en regardant fixement ses jambes immobiles. Ecoute, si je dois rester ici, très bien, je resterai… mais je veux que tu dises à tout le monde d'arrêter de me rendre visite.

— Pourquoi ? demanda Marcos, abasourdi.

— Parce que je ne veux pas que l'on me voie comme ça, voilà pourquoi, répondit Javier entre ses dents.

Javier était l'aîné, et Marcos l'avait toujours admiré. En temps normal, il n'aurait pas insisté. Mais cette situation n'avait rien de normal.

— Comment, comme ça ?

— Comme la moitié d'un homme ! cria Javier. Voilà, je l'ai dit ! Tu es content ? Comme la moitié d'un homme !

— C'est provisoire.

— Qu'est-ce que tu en sais ? demanda Javier d'un ton de défi.

— Je le sais, c'est tout, s'emporta Marcos.

Il se reprit et baissa la voix.

— Tu retrouveras complètement l'usage de tes jambes, et quand bien même ce ne serait pas le cas, tu ne te résumerais pas à cela. Tu n'es pas celui que tu es à cause de tes jambes, de tes bras ou de n'importe quelle autre partie de ton corps. Ce qui fait que tu es Javier Mendoza, c'est ce qu'il y a en toi, ici, ajouta-t-il en pointant le doigt sur sa poitrine. C'est compris ? Alors, arrête de te plaindre et utilise ton énergie pour te remettre.

— Tu as un sacré culot, tu sais, dit Javier en se radoucissant. C'est le fait de t'être marié qui t'a donné cette assurance ?

Marcos savait très bien que cette question n'était que pure rhétorique. Wendy et lui étaient mariés seulement depuis un peu plus d'un mois, un mois que Javier avait passé dans le coma.

— Non, c'est le passage de la tornade. Je suis sérieux, arrête tes jérémiades, réjouis-toi d'être encore en vie et en voie de guérison, tout le monde n'a pas eu cette chance, dit-il sombrement en pensant aux personnes qui avaient perdu la vie lors de la catastrophe.

Le visage tourné vers la fenêtre, Javier haussa les épaules d'un air faussement désinvolte.

— C'est facile à dire pour toi.

— Facile ? répéta Marcos, incrédule.

Il avait l'impression de ne pas avoir dormi plus de cinq heures d'affilée au cours des cinq dernières semaines.

— Depuis que la tornade est passée et qu'on t'a sorti des décombres, je me partage entre Wendy et toi.

— J'étais dans le coma, ce n'était pas la peine…

— Si, c'était la peine, l'interrompit Marcos avec conviction. Nous t'avons tous fait la lecture tour à tour, nous t'avons fait écouter de la musique… Ce n'est pas parce que tu étais dans le coma que tu n'entendais rien. Et, en plus de mes allers et retours entre ici et la maison, j'avais aussi mon travail au restaurant.

C'était au Red Restaurant, qu'il gérait pour son oncle et sa tante, qu'il avait rencontré Wendy. Certes, la cadette de la famille Fortune et lui ne s'étaient pas immédiatement bien entendus, ce dont il était en grande partie responsable, mais le restaurant avait pour lui une grande valeur affective. Il ne voulait pas manquer à ses devoirs et laisser les membres du personnel faire son travail à sa place, même dans les circonstances actuelles.

Javier continuait à regarder obstinément la fenêtre.

— Eh bien, ne te sens pas obligé de revenir ici avec des paroles d'encouragement agaçantes.

Marcos contourna le lit et se campa devant son frère, entre lui et la fenêtre. Il l'observa un long moment en silence.

— Tu es sûr que tu veux vraiment que je m'en aille et que je ne revienne pas te voir ?

Javier s'apprêtait à répondre, mais il se ravisa. Posant de nouveau les yeux sur ses jambes immobiles, il poussa un profond soupir.

— Non, marmonna-t-il enfin. Je ne veux pas réellement que tu t'en ailles et que tu ne reviennes pas, c'est juste que…

— Tu es horriblement frustré, dit Marcos avec un hochement de tête compréhensif. Je sais, je comprends. C'est dur d'être patient quand on n'a aucun contrôle sur les choses. Mais les médecins disent que ton état de santé s'améliore de jour en jour.

— Eh bien, cela ne va pas aussi vite que je le souhaiterais.

Marcos ne put s'empêcher de rire. Il connaissait

son frère : Javier aurait voulu être déjà complètement rétabli.

— Tu guéris aussi vite qu'il est humainement possible de le faire. A moins que tu aies le pouvoir de régénération de Wolverine ! ajouta-t-il, faisant allusion au héros de leur enfance.

Wolverine avait toujours été son héros préféré, parce que c'était le personnage de bande dessinée favori de Javier. Quand ils étaient plus jeunes, Marcos prenait exemple sur son grand frère et voulait en tout point lui ressembler. En y repensant, il se rendait compte qu'à l'époque, il l'idolâtrait.

Il regarda Javier et se dit qu'il n'aurait pas dû avoir à lui expliquer pourquoi il ne pouvait pas encore quitter l'hôpital. Son frère aurait dû le comprendre de lui-même.

— Essaie de ne pas t'énerver. Ecoute les médecins, suis leurs conseils et efforce-toi de faire le plus de progrès possible pendant les séances de rééducation, même si cela te paraît long. Tout cela ne sera bientôt plus qu'un mauvais souvenir, je t'assure.

Javier ne paraissait pas convaincu : il avait l'expression d'un homme qui venait d'être condamné à perpétuité.

— Oui, bien sûr…

— A moins que tu trouves un moyen d'arrêter le temps.

Cette remarque, qui lui était venue sans vraiment qu'il réfléchisse, le fit sourire. C'était exactement ce que Wendy avait fait pour lui : elle avait arrêté le temps.

Pas au tout début, bien sûr… Au tout début, il l'avait trouvée exaspérante, d'autant plus qu'on lui avait imposé sa présence au restaurant. Il avait vu en elle une « pauvre petite fille riche », qui s'imaginait vivre à la dure en travaillant, et qui finirait par se lasser. Ses parents l'avaient envoyée à Red Rock et confiée à leurs amis, son oncle et sa tante à lui, dans l'espoir de lui forger le caractère. Ils ne savaient alors pas qu'elle y rencontrerait l'homme de sa vie.

— Tu as sûrement raison, dit Javier, l'arrachant à ses pensées.

Il fronçait encore les sourcils, mais avait l'air un peu penaud.

— Ça m'arrive ! répondit Marcos en riant.

Il jeta un coup d'œil à sa montre. Il allait encore être en retard.

Il posa une main sur l'épaule de son frère.

— Ecoute, il faut vraiment que j'y aille. Promets-moi de ne rien faire de stupide.

— Comme par exemple me déguiser en infirmier et m'enfuir discrètement ? demanda Javier d'un air faussement innocent.

Marcos écarquilla les yeux. Pour la première fois depuis qu'il était sorti du coma, son frère éclata de rire.

— Détends-toi, je plaisante ! Si je voulais m'en aller d'ici par mes propres moyens, je serais obligé de ramper… Je te rappelle que mes jambes ne m'obéissent plus.

— Donc, tu seras toujours là quand je viendrai te voir, demain ? demanda Marcos, qui avait quand même besoin d'être rassuré.

— Oui, sauf si les médecins changent d'avis et décident finalement de me laisser sortir.

Les probabilités étaient faibles, mais étant donné que le moral de son frère était au plus bas, Marcos se contenta de hocher la tête.

— D'accord... A demain, alors, dit-il en se dirigeant vers la porte.

— Passe le bonjour à Wendy !

Dans l'embrasure de la porte, Marcos se retourna et sourit à son frère.

— Je n'y manquerai pas, ça lui fera plaisir.

Wendy, qui avait longtemps été la rebelle de la famille Fortune, était devenue très famille, surtout depuis qu'elle attendait un enfant.

Dès qu'il fut sorti de la chambre de son frère, Marcos se dirigea d'un pas rapide vers l'ascenseur, espérant arriver au restaurant à une heure raisonnable.

— C'est un plan en trente jours, annonça fièrement Blake à Katie le lendemain matin.

Elle était arrivée quelques minutes plus tôt chez Scott, et il l'avait entraînée dans son bureau improvisé. Il n'arrivait toujours pas à croire que son frère était propriétaire d'un ranch, maintenant, et qu'il avait quitté l'entreprise familiale. Depuis des années, Scott et Michael, leur frère aîné, rivalisaient constamment l'un avec l'autre.

Comment un homme d'affaires comme Scott devenait-il aussi détendu du jour au lendemain ? Blake avait peine à le concevoir.

Pourtant, Scott avait bel et bien changé de vie, et semblait maintenant beaucoup plus épanoui, beaucoup plus heureux... et tout cela grâce à une femme, la femme avec laquelle il s'était retrouvé coincé sous les décombres de l'aéroport, lors du passage de la tornade.

Puisque Scott avait pu changer radicalement de mode de vie, lui pouvait certainement mettre au point un plan pour reconquérir la femme dont il rêvait, celle qui lui était destinée.

— Alors, tu es sérieux ? Tu veux vraiment aborder Brittany comme tu aborderais n'importe lequel de nos clients ? demanda Katie en prenant place à côté de lui.

Elle avait espéré qu'à tête reposée, après une bonne nuit de sommeil, Blake se rendrait compte de l'absurdité de son projet et y renoncerait. Après tout, ils avaient du travail, du *vrai* travail.

Malheureusement, la nuit n'avait pas eu l'effet escompté, et Blake n'avait pas l'intention de passer à autre chose. Elle allait donc devoir se résoudre à l'aider.

Parfois, elle regrettait de l'aimer à ce point, mais elle n'avait aucune prise sur ses sentiments.

Blake avait perçu une pointe d'incrédulité dans la voix de Katie, et, même s'il était persuadé de faire exactement ce qu'il fallait pour récupérer Brittany, l'avis de son assistante lui importait beaucoup. Au cours des deux dernières années, il s'était aperçu que l'amie d'enfance de sa sœur était extrêmement compétente.

Pendant quelques instants, il se contenta de l'observer attentivement, cherchant à comprendre où elle voulait en venir.

— Tu as l'air de penser que je fais n'importe quoi, que je n'ai pas tous les atouts en main.

Katie secoua la tête. Elle n'avait pas l'intention de lui dire quoi que ce soit de désobligeant. Quand elle voyait les jeunes femmes qui aspiraient à être à sa place, elle les sentait prêtes à tout pour obtenir son poste. Elle n'aurait jamais pu rivaliser avec elles, à part en faisant preuve d'une grande compétence, et elle n'allait certainement pas donner à Blake une raison de chercher quelqu'un pour la remplacer.

— Oh ! non ! Ce n'est pas ça… La situation est un peu inhabituelle, c'est tout.

Elle prit une profonde inspiration pour se donner du courage. Le matin même, elle avait de nouveau discuté du projet de Blake avec Wendy, qui avait insisté pour qu'elle mette en pratique l'idée qu'elle avait eue la veille au soir, et qu'elle suggère à son frère de tester préalablement chaque étape de son plan sur elle. Katie doutait fort qu'il accepte.

Allez, c'est parti, lance-toi !

— Tu sais, commença-t-elle d'une voix hésitante, cherchant ses mots, étant donné que ton plan est… peu commun, tu devrais peut-être commencer par faire un essai, une sorte de… répétition.

— Une sorte de répétition ? Je ne suis pas sûr de te suivre.

Elle avait envie de faire marche arrière, mais c'était trop tard.

— Tu veux que tout soit parfait, n'est-ce pas ?

— Oui, évidemment, c'est pour ça que je compte tout mettre par écrit et tout revoir, répondit-il en tapotant le bloc-notes posé sur son bureau avec son stylo.

— Ce n'est pas en mettant tout par écrit que tu te feras une idée de l'efficacité de ton plan, se surprit-elle à dire.

D'où ces mots lui venaient-ils ? Se pouvait-il qu'elle canalise l'énergie de Wendy ? C'était la seule explication possible ! L'enjeu était très important, mais elle ne se serait pas crue capable de faire preuve d'une telle assurance.

Les bras croisés sur son torse, Blake se laissa aller en arrière dans son fauteuil et l'observa attentivement.

— Et qu'est-ce qui me permettrait de m'en faire une idée ?

— T'entraîner sur quelqu'un d'autre, répondit-elle un peu trop rapidement. Par exemple, tu devrais emmener quelqu'un d'autre au théâtre avant d'y emmener Brittany…

Elle voyait qu'il avait du mal à la suivre, mais elle ne se laissa pas décontenancer.

— Comme ça, tu verrais si la pièce que tu as choisie est susceptible de lui plaire. Ce serait affreux si elle ne l'aimait pas. On ne sait jamais, elle pourrait même croire que tu l'as emmenée la voir avec une arrière-pensée, pour une raison ou pour une autre.

Nerveuse, elle pressa ses lèvres l'une contre l'autre. Commençait-il à comprendre ce qu'elle lui suggérait ? Il n'y avait qu'une seule façon de le savoir.

— Tu vois où je veux en venir ?

Il eut un large sourire. Aussitôt, son cœur fit un bond dans sa poitrine. Son sourire la bouleversait toujours.

— Oui, tu veux veiller à ce que tout soit parfait pour Brittany, tu veux que je réussisse autant que je le veux moi-même.

Il la prit par les épaules et l'attira vers lui pour la serrer dans ses bras.

— Tu es vraiment exceptionnelle, Katie, tu le sais ? Tu es absolument unique.

Il finit par la relâcher. La tête lui tournait tant elle était troublée.

— Très bien ! reprit-il d'un ton résolu. Nous allons faire les choses à ta façon, Katie. Nous allons tester chaque étape de ce plan, une par une, ensemble.

Elle s'efforça de dissimuler son excitation. Ils allaient sortir, faire des tas de choses amusantes ensemble…

Elle lui servirait de doublure, mais tant pis ! Elle allait passer du temps avec lui, et il finirait peut-être par se rendre compte qu'ils étaient faits l'un pour l'autre.

— Comme ça, dit-elle d'un ton faussement neutre, se réjouissant intérieurement, si quelque chose ne fonctionne pas, tu pourras faire autre chose à la place, et elle n'en saura jamais rien.

Il hocha la tête, visiblement satisfait.

— Tu es vraiment exceptionnelle, Katie ! répéta-t-il.

Oui, c'est vrai, je suis exceptionnelle, et tu es trop borné pour t'en rendre compte par toi-même, songea-t-elle alors même qu'elle continuait à sourire, *mais tu finiras par t'en apercevoir, Blake, avant qu'il ne soit trop tard… Tu finiras par t'en apercevoir.*

- 5 -

— Danser ? répéta Blake, incrédule, regardant Katie d'un air hésitant.

Dans le but d'attirer l'attention de son père, il s'était fait une place dans le monde des affaires en sacrifiant au passage certaines choses, certains rites. Il n'avait, entre autres, jamais appris à danser. A vrai dire, il n'avait jamais eu le sentiment de rater grand-chose.

Il indiqua d'un hochement de tête la liste que Katie avait posée sur son bureau. Il avait d'abord cru qu'il s'agissait d'un récapitulatif de son programme. Apparemment, il s'était trompé.

— Je n'avais pas envisagé de l'emmener danser.

Il pensait avoir d'autres façons de séduire Brittany, et préférait l'emmener au théâtre et au restaurant plutôt que de créer une situation qui risquait de le mettre mal à l'aise et de lui donner l'impression de ne pas être à la hauteur.

— Je sais, mais tu aurais dû.

Katie paraissait sûre d'elle, mais il ne se laissa pas décontenancer.

— L'emmener danser me paraît un peu… vieux jeu, dit-il en haussant négligemment les épaules.

— C'est bien d'être un peu vieux jeu, répliqua Katie avec conviction.

Elle savait qu'elle n'arriverait à supporter cette situation que si elle parvenait à se persuader qu'elle le faisait pour lui, pour l'aider à atteindre son but. Même si elle n'était pas dupe. Cependant, si elle songeait à ses véritables motivations, elle n'était pas sûre d'y parvenir.

— Courtiser une femme est un peu vieux jeu, insista-t-elle, et pourtant, c'est bien ce que tu veux faire, n'est-ce pas ? Tu veux courtiser Brittany, flirter avec elle ?

La question était purement rhétorique, et le simple fait de la poser lui était pénible. Elle devait faire appel à toute sa volonté pour continuer à parler et à sourire comme si de rien n'était.

— Oui, dit Blake d'une voix hésitante, l'air un peu gêné, mais… tu es sûre que c'est une bonne idée ?

— Oui, j'en suis sûre. Emmène-la danser.

Il prit une profonde inspiration.

— Je ne peux pas.

Elle le regarda d'un air faussement innocent.

— L'emmener danser ?

Il secoua la tête. Il détestait reconnaître ses défauts, même les plus insignifiants, elle en avait conscience.

— Non, je ne sais pas danser.

Elle le savait pertinemment ; elle savait tout de lui. Ce qu'elle ignorait, en revanche, c'était pourquoi un homme aussi intelligent que lui tenait absolument à reconquérir une écervelée comme Brittany Everett. Elle était tellement superficielle ! Etait-ce vraiment ce qu'il recherchait chez une femme ? Voulait-il seulement une belle épouse à son bras ?

Elle refusait de le croire. Elle connaissait Blake, savait qu'il aimait les conversations intelligentes, sur des sujets divers et variés. Brittany Everett, quant à elle, avait des sujets de conversation bien spécifiques… et limités : les couleurs qui faisaient le mieux ressortir la nuance délicate de ses yeux, les dernières collections de mode parisiennes les plus flatteuses pour sa silhouette et son teint de porcelaine.

Katie, en revanche, n'aurait pu disserter sur ces sujets plus de trente secondes, et elle n'en avait d'ailleurs pas le désir.

Blake ne pouvait pas s'intéresser à une femme comme Brittany !

Pourtant…

Pourtant, ils étaient bel et bien là, à échafauder un plan pour qu'il parvienne à la séduire.

Tu es censée tirer le meilleur parti de la situation, tu te souviens ? Pour apprendre à danser, il sera obligé de te prendre dans ses bras…

L'espace d'un instant, il lui sembla que c'était la voix de Wendy qu'elle entendait dans sa tête et qui l'encourageait.

Il fallait qu'elle arrête de penser à Brittany et qu'elle se concentre sur l'aspect positif de la situation : elle allait passer beaucoup de temps avec Blake.

— Ce n'est pas un problème, répondit-elle enfin, avec un grand sourire. Moi, je sais danser, et je serais ravie de t'apprendre.

Toujours aussi dubitatif, Blake continuait à regarder fixement Katie. De toute évidence, elle le surestimait. Il était assez sportif, mais avait une très mauvaise coordination quand il s'agissait de danser. Une de ses sœurs avait vaguement essayé de lui apprendre le tango quand il était au collège, mais elle avait rapidement abandonné.

— Pourquoi ne pas reléguer l'apprentissage de la danse tout en bas de la liste ?

Il prit un stylo, s'apprêtant à rayer la première ligne, mais elle lui arracha le bloc-notes des mains et secoua la tête.

— Non. Il vaut mieux s'attaquer aux projets les plus difficiles en premier. N'est-ce pas ce que tu dis toujours ?

Il acquiesça d'un hochement de tête, mécontent de l'entendre se servir de ses propres arguments contre lui.

— Si, mais je ne m'attendais pas à ce que cela se retourne contre moi. Tu écoutes vraiment tout ce que je dis, n'est-ce pas ? demanda-t-il, l'air un peu étonné.

Elle buvait ses paroles, mais elle n'avait pas l'intention de le lui avouer. Elle se servit donc de la nature professionnelle de leurs relations comme d'une excuse.

— C'est toi le patron.

— Eh bien, justement, puisque c'est moi le patron…

— A part dans la situation présente, s'empressa-t-elle de préciser.

Voyant à quel point il était contrarié, elle lui rappela la raison de sa présence dans son bureau.

— Tu m'as bien dit que tu avais besoin de mon aide, n'est-ce pas ?

— Oui, grommela-t-il.

— Eh bien, c'est comme ça que je vais t'aider !

— En me faisant passer pour un imbécile ?

Elle savait qu'il allait effectivement se sentir ridicule quand il essaierait de danser et ne ferait en réalité que trébucher.

— En te prouvant que tu es tout à fait capable de danser. Tu es capable de faire absolument tout ce que tu entreprends, ajouta-t-elle d'une voix plus douce, mais avec la même conviction.

Il se laissait fléchir, elle le voyait.

— Quand ton père t'a confié la direction du service marketing, tu m'as dit que tu l'avais surpris à dire à quelqu'un qu'il était persuadé que tu étais complètement dépassé, n'est-ce pas ?

— Oui…

— Et ne m'as-tu pas dit aussi que tu avais mis les bouchées doubles pour lui prouver qu'il avait tort et lui montrer que tu étais en mesure de relever n'importe quel défi ?

— Tu écoutes tout ce que je te dis ? demanda-t-il de nouveau.

Il paraissait à la fois dérouté et flatté. Elle haussa les épaules avec une désinvolture feinte.

— Oui, presque tout… Bon ! Je vais te donner ta première leçon tout de suite.

— Ici ? Maintenant ?

Il regarda autour de lui.

— Nous n'allons pas avoir besoin de plus de place ? La pièce n'est pas assez grande, nous allons nous cogner dans les meubles ! Nous devrions au moins rouler le tapis avant de commencer…

Elle avait demandé à Christina ce que Scott et elle avaient prévu.

— Scott et Christina se sont absentés pour la matinée. Nous pouvons donc nous entraîner dans le salon ou dans la véranda.

— Et la musique ? Nous allons avoir besoin de musique, n'est-ce pas ?

Manifestement, il espérait la dissuader de lui

apprendre à danser. S'il s'était attendu à ce qu'elle se laisse décourager aussi facilement, il allait être déçu...

— Tout à fait !

Elle ouvrit son porte-documents et en sortit son iPod, qu'elle relia ensuite à un petit haut-parleur bleu métallisé.

Sentant qu'il suivait du regard le moindre de ses mouvements, elle leva les yeux vers lui et lui adressa un sourire triomphant.

— Heureusement, j'ai tout prévu ! J'ai toute la musique dont nous aurons besoin ici, des tangos, des valses, tout y est !

Il la regarda d'un air incrédule.

— Tu plaisantes ?

Elle ne répondit pas, se contentant d'allumer son iPod. Une valse de Strauss s'éleva dans le silence. Les yeux écarquillés, Blake regarda l'enceinte, puis il reporta son attention sur elle, stupéfait.

— Tu emportes ça partout avec toi ?

— Mon iPod, oui, le haut-parleur, non, répondit-elle avec nonchalance. Mais je me doutais que tu aurais au moins besoin de revoir quelques pas, alors j'ai concocté une compilation spécialement pour toi !

Blake se dit qu'il avait eu raison de demander de l'aide à Katie. Elle était extrêmement méthodique, faisait les choses à fond, et semblait avoir toujours une longueur d'avance sur lui. Il avait tendance à hésiter à aller de l'avant quand il se sentait mal à l'aise, mais Katie le poussait à l'action sans le moindre scrupule. C'était exactement ce dont il avait besoin.

Quoi qu'il en soit, il n'avait vraiment pas envie de se ridiculiser devant elle, même s'il la connaissait depuis toujours et ne l'avait jamais vue s'ériger en juge.

— Je sais que je me répète, mais tu es vraiment unique, Katie Wallace.

Elle le regarda droit dans les yeux.

— Tu essaies de gagner du temps.

Il rit. Décidément, il était impossible de l'embobiner…

— J'espérais que tu ne le remarquerais pas !

— Raté ! répliqua-t-elle d'un ton neutre. Allons dans le salon, ajouta-t-elle en se levant.

Elle passa devant, et il la suivit à contrecœur. Elle semblait n'avoir aucun mal à se repérer dans la maison, qu'il lui avait rapidement fait visiter la veille.

Une fois dans le salon, elle remit la valse de Strauss.

— Bon ! Très bien… J'ai pensé que nous commencerions lentement. Je suis sûre que tu connais les pas de base, dit-elle, prenant position en face de lui.

Quand il la prit dans ses bras, elle fut parcourue d'un frisson. Pourtant, les vêtements qu'elle portait étaient bien plus sages que la robe de soirée que Brittany ne manquerait pas de mettre lorsqu'il l'emmènerait danser.

Elle se rendit compte que, pendant un moment, elle avait oublié que Blake serait obligé de la toucher pour cette leçon de danse. Chaque fois que sa peau était en contact avec la sienne, elle sentait une douce chaleur l'envahir.

Concentre-toi, Katie, concentre-toi, s'admonesta-t-elle. Elle ne pouvait pas se permettre de se laisser aller. Elle devait tenir le coup, faire preuve du plus grand sérieux.

Pour qu'il puisse séduire Brittany, dit une petite voix railleuse dans sa tête.

— Très bien, dit-elle, la bouche toute sèche, lorsqu'il lui passa un bras autour de la taille. Maintenant, prends ma main gauche dans ta main droite.

Blake n'était vraiment pas dans son élément. On lui disait souvent qu'il était suave et charmant, mais à la perspective de danser, il avait l'impression d'être un gros ours maladroit.

— Comme ça ?

Elle eut un sourire encourageant.

— Comme ça. Tu ne peux pas te tromper, ajouta-t-elle d'un ton taquin, je n'ai qu'une main gauche, et tu n'as qu'une main droite.

Elle semblait plus audacieuse que d'habitude, et cela lui plaisait. A vrai dire, tout en Katie lui plaisait ou, du moins, il n'avait jamais rien vu en elle d'antipathique.

— Non, dit-il, jusque-là, c'est facile… C'est quand je commencerai à te marcher sur les pieds que les choses vont se compliquer.

— Tu ne vas pas me marcher sur les pieds.

Il haussa les sourcils, perplexe.

— Tu sais quelque chose que j'ignore ?

Elle inclina légèrement la tête en arrière, levant les yeux vers lui.

— Oui. Je sais que tu es Blake Fortune, et que tu es capable de faire tout ce que tu entreprends, dit-elle de nouveau.

Il soupira, prêt à donner tout ce qu'il avait, en espérant que cela suffirait.

— J'aimerais avoir confiance en moi comme tu sembles avoir confiance en moi !

— *J'ai* confiance en toi, rétorqua-t-elle.

Elle commença à danser, mais lui ne bougea presque pas.

— Allez, dit-elle d'un ton encourageant, laisse la musique te parler !

— Il n'y a pas de paroles…

— Ce n'est pas la peine. Sens la musique.

Comme il la regardait d'un air ébahi, elle expliqua :

— Sens le rythme, imprègne-t'en…

Pour l'aider, elle se mit alors à compter les pas à voix haute.

Au début, il ne se rendit pas compte à quel point le corps de Katie était proche du sien tant il se concentrait pour la suivre. Puis il commença à s'apercevoir qu'il sentait tous ses mouvements, que ceux-ci résonnaient en lui, l'incitant à calquer ses gestes sur les siens. Il perçut ensuite la chaleur qui émanait de son corps, sans vraiment savoir ce qui en était la cause.

Il se surprit à la regarder, à la regarder vraiment. Soudain, il fit un faux pas et lui marcha sur le pied, rompant aussitôt le charme.

— Je suis désolé, s'empressa-t-il de dire. Je t'avais prévenue… Je t'avais dit que je n'y arriverais pas.

— Tu ne peux pas t'attendre à ce que ce soit parfait la première fois.

Elle s'efforça d'ignorer la douleur et se remit à danser. Elle ne voulait surtout pas montrer à Blake qu'elle avait mal : cela aurait achevé de le décourager.

— A vrai dire, reprit-elle d'un ton chaleureux, tu t'en sors mieux que je ne m'y attendais.

— C'est vrai ?

A en juger par son ton incrédule, il se trouvait très mauvais.

Elle hocha la tête.

— Oui, c'est vrai.

Le visage de Blake s'éclaira. On aurait dit un petit garçon… Elle eut un élan de tendresse pour lui.

— Bon, reprenons ! Cette fois-ci, ajouta-t-elle, ne t'arrête pas, même si tu fais un faux pas. C'est la clé !

Quoi qu'il arrive, n'arrête pas de danser avant la fin du morceau, sauf si on percute l'iceberg.

— L'iceberg ? Ah ! Oui…

Blake ignorait si c'était grâce à la musique, ou aux encouragements de Katie, mais il eut une soudaine bouffée d'enthousiasme. Il se sentait… grisé.

Sans doute était-ce parce qu'il dansait sur une piste de danse imaginaire, avec une belle jeune femme dans les bras. S'il ne restait pas sur ses gardes, il risquerait de se passer des choses qui ne devaient pas arriver. Après tout, il n'était pas de marbre et, même s'il n'avait certainement pas l'intention de le reconnaître devant sa sœur ou devant elle, Katie était extrêmement séduisante. S'il n'était pas à ce point absorbé par son projet actuel de reconquérir Brittany…

Mais il était absorbé par ce projet, et Katie était là pour l'aider. Elle aurait probablement été contrariée si elle avait su ce qu'il avait en tête en cet instant même.

Il chassa ses pensées de son esprit et fit un effort pour se concentrer exclusivement sur la danse.

A la fin de leur première journée de « travail », Katie était satisfaite des progrès de Blake. Elle lui avait déjà appris les bases de plusieurs danses.

Pour la dernière, quand elle lui avait expliqué les pas principaux et qu'il l'avait regardée d'un air perplexe, elle lui avait pris les mains et les avait posées sur ses propres hanches, puis s'était mise à bouger le bassin en rythme, exagérant chacun de ses mouvements. Il l'avait alors regardée fixement, les yeux écarquillés. Aussitôt, elle avait senti son cœur fondre…

Etait-il surpris qu'elle se montre si effrontée, ou

avait-il autre chose en tête ? Elle aurait été bien incapable de le dire.

Au départ, son intention était de l'aider à s'imprégner du rythme, pour qu'il puisse au moins essayer de reproduire les pas qu'elle lui avait montrés. Puis elle avait eu l'impression de se prendre à son propre piège.

Elle n'était pas douée pour jouer les séductrices, elle n'était pas faite pour cela. Elle était simplement une femme amoureuse d'un homme qui avait ravi son cœur des années plus tôt, quand ils étaient encore enfants.

Il savait qu'elle s'efforçait uniquement de l'aider, mais il se passait quelque chose… Les mains posées sur ses hanches, il sentait leur balancement langoureux, qui se répercutait dans tout son corps.

L'espace d'un instant, il ne pensa plus du tout à séduire Brittany. La seule chose dont il avait pleinement conscience était la réaction que lui inspirait son assistante, la meilleure amie de sa sœur, cette femme qu'il connaissait depuis toujours.

C'était mal, et pourtant, étrangement excitant. Il savait pertinemment qu'il aurait dû retirer ses mains de ses hanches, prétendre avoir compris ce qu'elle tentait de lui expliquer, et se retrancher sur un territoire moins dangereux. Pourtant, il laissa ses mains là où elles étaient, savourant l'instant présent.

Katie se demandait comment Blake pouvait ne pas entendre les battements de son cœur : ils lui semblaient assourdissants. La sensation de ses mains sur ses hanches alors qu'elle continuait à bouger sensuellement la troublait profondément. Chaque fibre de son corps réagissait. En dépit du rythme endiablé de la musique, le temps semblait s'être arrêté.

Ils étaient si proches l'un de l'autre qu'elle sentait

la tiédeur de son souffle sur son visage et sur sa gorge. Leurs bouches étaient à quelques centimètres seulement l'une de l'autre. Il avait légèrement incliné la tête… S'apprêtait-il à dire quelque chose ? Ou ne s'était-il même pas rendu compte qu'il s'était autant approché ? Elle l'ignorait, mais ce qui était sûr, c'était qu'elle avait de plus en plus de mal à ne rien faire alors qu'elle était aussi proche de lui.

Son cœur martelait sa poitrine avec tant de force qu'elle avait peine à respirer normalement. Elle mourait d'envie de l'embrasser, de poser ses lèvres sur les siennes pour les goûter, juste une fois…

Mais elle ne pouvait pas, elle le savait. Elle ne pouvait pas faire le premier pas alors que lui ne le faisait pas : de toute évidence, il n'en avait pas envie, elle n'allait tout de même pas se ridiculiser en forçant les choses.

Bon sang ! Pourquoi est-ce que tu ne m'embrasses pas ? Tu ne sens pas l'électricité dans l'air ?

Elle s'efforça de se reprendre.

Tu peux y arriver, Katie… Si tu te laisses aller maintenant, tu devras donner ta démission, tu le sais. Alors ressaisis-toi !

Elle se rendit soudain compte qu'elle s'agrippait aux épaules de Blake. Quand il releva la tête pour plonger ses yeux dans les siens, elle vit qu'il s'était aperçu que quelque chose avait changé.

- 6 -

Blake n'avait pas suffisamment réfléchi avant d'agir. Pourtant, d'habitude, il faisait preuve d'une prudence extrême pour éviter certains écueils. En travaillant pour son père, il avait été à rude école : la moindre erreur prenait aux yeux de John Michael une importance démesurée. Il appliquait donc cette règle de précaution dans tous les domaines de sa vie.

Cependant, cette fois, il avait agi inconsidérément. Il avait suivi son instinct, faisant fi de son discernement.

Pris avec Katie dans l'intensité du moment, avec la musique douce en fond sonore, il avait posé ses lèvres sur les siennes pour l'embrasser.

C'était bel et bien Katie qu'il avait eu envie d'embrasser.

Tandis qu'elle tentait de lui apprendre à danser, il avait passé l'après-midi à la regarder, non pour elle-même, mais comme la remplaçante de Brittany.

En revanche, ce n'était certainement pas parce qu'elle jouait le rôle de Brittany qu'il l'avait embrassée. C'était elle, Katie, qu'il avait trouvée irrésistible, et il l'avait embrassée parce qu'il était incapable de résister plus longtemps à la tentation, soudain submergé de curiosité et de désir.

Le pire, c'était que l'embrasser n'avait absolument

pas satisfait sa curiosité. Au contraire : cela n'avait fait qu'attiser la flamme d'un désir apparemment insatiable. Jamais il n'aurait dû éprouver ce désir intense.

Encore une seconde… Encore une seconde, et il détacherait ses lèvres des siennes, s'écarterait et reviendrait à la réalité.

Il s'octroya quelques instants de plus.

Après tout, que pourraient bien changer quelques secondes à l'ordre des choses ? *Quelques secondes insignifiantes…*

Il serra Katie plus étroitement contre lui. Perdant le fil de ses pensées, il renonça à essayer de réfléchir.

Seigneur… Seigneur !

Complètement affolée, Katie se rendit compte que cela avait fini par se produire. Elle avait fini par capituler devant la violence de son désir.

Non, elle devait être victime d'une hallucination, cela ne pouvait pas être réel !

Bien sûr, elle avait souhaité que cela arrive, de toutes ses forces. D'ordinaire, le simple fait de souhaiter quelque chose ne rendait pas la chose réelle. Pourtant, d'une façon ou d'une autre, cette fois, le rêve était devenu réalité.

Elle était bel et bien en train d'embrasser Blake, de s'abandonner dans ses bras. Tout son corps brûlait de désir. Sur la pointe des pieds, plaquée contre lui, elle absorbait la chaleur qui émanait de son torse puissant. Les pensées se bousculaient dans sa tête.

Le monde hallucinatoire dans lequel elle avait sombré l'enchantait, mais il fallait bien qu'elle retourne à la réalité.

Avec un effort surhumain, elle rassembla tout son courage et détacha ses lèvres de celles de Blake, créant entre eux un espace infime.

— Je suis désolé, dit-il aussitôt.

Ces mots la glacèrent. Elle eut l'impression que son cœur se racornissait dans sa poitrine. Comme dans un état second, elle s'entendit lui demander :

— De quoi ?

Il entendit à peine la question qu'elle lui avait posée dans un murmure presque inaudible. Il se sentait à la fois singulièrement vivant et complètement désorienté.

Il avait profité de Katie, de la situation… Cela ne lui ressemblait pas.

Vraiment ? se demanda-t-il, mal à l'aise.

— De t'avoir embrassée, répondit-il.

Profondément blessée par ses excuses, elle fit de son mieux pour paraître indifférente à ce qui venait de se passer, alors que cet instant resterait pourtant éternellement gravé dans sa mémoire.

— Ce n'est pas comme si tu m'avais marquée au fer rouge, dit-elle avec une désinvolture feinte.

C'était pourtant exactement l'impression qu'elle avait : le baiser de Blake, ce baiser dont elle rêvait depuis toujours, s'était révélé encore plus délicieux que tout ce qu'elle avait pu imaginer.

Le temps s'était arrêté alors que la terre avait tremblé sous leurs pieds : si absurde que cela puisse paraître, c'était la seule façon dont elle aurait pu décrire ce qu'elle avait ressenti.

Elle ne voulait surtout pas qu'il gâche tout avec des remords, des excuses qui n'avaient pas lieu d'être. Peut-être regrettait-il ce qui venait de se passer, mais elle, non.

— Ce sont des choses qui arrivent, ajouta-t-elle avec une nonchalance étudiée. N'y pense plus.

Justement, se dit Blake, *je vais y penser ! Tout le problème est là.*

Eprouvant soudain le besoin de mettre un peu de distance entre eux, elle alla chercher son iPod et éteignit la musique. Lui tournant volontairement le dos, elle s'efforça de prendre un ton enjoué, alors qu'elle était en fait profondément ébranlée.

— Je crois que ça suffit pour une première leçon de danse.

— Oui.

Toujours aussi troublé, même s'il n'avait pas l'intention de l'admettre, il se raccrocha à la seule chose immuable : le quotidien.

— Et si je te raccompagnais chez Wendy ?

Elle se tourna vers lui et jeta un coup d'œil à sa montre. Il était un peu plus de 15 heures. En temps normal, leur journée de travail serait loin d'être terminée. Avait-il à ce point envie de se débarrasser d'elle ? Cette pensée la remplit d'amertume.

— Je pourrais rester et travailler vraiment… faire ce pour quoi je suis payée d'habitude, je veux dire.

Il aurait été bien incapable de se concentrer sur quoi que ce soit dans l'immédiat, étant donné ce qui venait de se passer. Comment Katie pouvait-elle faire comme si de rien n'était, alors que lui était à ce point bouleversé ? N'avait-elle pas ressenti la même chose que lui quand ils s'étaient embrassés ?

— Non, répondit-il, je crois que tu mérites de prendre le reste de l'après-midi.

Décidément, il voulait vraiment se débarrasser d'elle. Des questions l'assaillirent en foule : leur baiser avait-il été aussi désagréable que cela pour lui ? Elle avait été profondément ébranlée… Peut-être que lui aussi avait-il été décontenancé ? Sinon, pourquoi l'aurait-il renvoyée en plein après-midi ?

— Très bien…

Elle récupéra son iPod et l'enceinte, les remit dans son porte-documents.

— Si cela ne te dérange pas de me raccompagner, je serai prête dans cinq minutes.

Elle leva les yeux sur lui et fut aussitôt parcourue d'un frisson.

Il était tellement beau…

— Tu devrais rester chez ta sœur pour dîner avec nous, suggéra-t-elle.

— Tu crois que cela ne reviendrait pas à être tout le temps dans ses jambes, comme elle me l'a dit ?

Elle ne put s'empêcher de sourire.

— Non, cela reviendrait seulement à rester dîner… Wendy t'est très reconnaissante de t'être organisé pour venir veiller sur elle, ajouta-t-elle plus sérieusement.

Il sortit son trousseau de clés de sa poche, et ils se dirigèrent vers l'entrée.

— La dernière fois que je l'ai vue, elle m'a donné l'impression que je l'agaçais fortement.

Elle savait que Wendy en voulait à son frère de vouloir reconquérir Brittany, mais elle se garda bien de le lui dire.

— Elle s'inquiète pour toi, c'est tout.

— Elle s'inquiète ? répéta-t-il d'un ton incrédule. Pourquoi s'inquiéterait-elle pour moi ?

Wendy avait raison : parfois, les hommes étaient vraiment stupides.

— Elle ne veut pas te voir souffrir, et elle pense que Brittany va te briser le cœur…

Elle s'interrompit un moment, hésitante, puis ajouta :

— … comme elle l'a fait la dernière fois.

— Elle ne m'a pas brisé le cœur, protesta-t-il aussitôt, prenant la défense de Brittany. Nous nous sommes séparés à cause d'un malentendu.

Elle le regarda d'un air faussement innocent.

— Tu as mal interprété son attitude quand elle a embrassé un autre homme alors qu'elle t'accompagnait à une soirée ?

A peine eut-elle prononcé ces mots qu'elle eut conscience d'avoir fait un faux pas.

— C'est Wendy qui t'en a parlé ? demanda-t-il, contrarié.

Elle leva les mains dans un geste d'excuse. Wendy lui avait bien dit que les hommes n'aimaient pas qu'on leur fasse remarquer leurs erreurs, surtout les plus importantes. Etant fille unique et n'ayant que peu d'expérience avec les hommes, elle ne connaissait rien des petits jeux auxquels les gens jouaient. Elle croyait en la vertu de la sincérité, mais, de toute évidence, ce n'était pas le cas de tout le monde.

— Je suis désolée, cela ne me regarde pas, et puis, je ne connais pas les détails de l'histoire, j'ai peut-être mal compris.

A ses yeux, il était vraiment trop bien pour Brittany, mais elle ne pouvait pas se permettre de le lui dire. Son seul espoir était de voir le plan de Wendy porter ses fruits : parvenir à retenir son attention tout en prétendant lui donner des leçons de séduction.

Si cela ne fonctionnait pas, si elle faisait du trop bon travail et que, malgré elle, il parvenait à ses fins, elle aurait au moins passé de bons moments avec lui. Ce n'était pas grand-chose, mais elle s'en contenterait.

Ils montèrent dans la voiture qu'il avait louée. Il lui jeta un coup d'œil, attendant qu'elle attache sa ceinture de sécurité, puis démarra.

Le trajet jusque chez Wendy se fit dans le silence.

Dès que Wendy vit son frère et Katie entrer dans sa chambre, elle sentit qu'il s'était passé quelque chose. Cela ne faisait pas l'ombre d'un doute. Elle le devinait à leur attitude, à l'expression de son amie et à l'air hagard de son frère.

Quelque chose avait changé, et elle ne saurait de quoi il s'agissait que lorsqu'elle se retrouverait seule à seule avec Katie et qu'elle pourrait enfin la questionner.

Hélas, cela n'était pas prêt d'arriver : apparemment, Blake avait envie de rester dîner.

Elle ne pouvait pas le mettre dehors sans le vexer. Profondément contrariée, elle garda ses questions pour plus tard et, bouillant d'impatience, prit sur elle pour ne pas exploser.

Ils dînèrent tous les trois dans la chambre où elle était maintenant cantonnée nuit et jour. Comme elle ne pouvait rien faire dans son état, Marcos et elle avaient engagé une femme de ménage. Juanita, une dame d'un certain âge au sourire avenant, leur servit un repas qui arrivait tout droit du Red Restaurant, où Marcos était contraint de passer la soirée.

Un peu avant la fin du repas, Wendy commença à jouer une petite comédie : elle répéta avec insistance qu'elle s'était sentie fatiguée toute la journée, mais qu'elle n'avait jamais réussi à dormir, comme cela arrivait parfois quand on était cloué au lit.

— Enfin, dit-elle en étouffant un énième bâillement, après ce bon repas, je suis sûre que je vais tomber comme une masse.

Elle regarda son frère.

— Tu ne m'en voudras pas si je m'endors au beau milieu d'une phrase, hein, Blake ?

— Non seulement je ne t'en voudrais pas, répondit son frère en rassemblant leurs assiettes vides, mais je vais m'en aller et te laisser dormir.

Il se pencha sur le lit pour l'embrasser.

— Repose-toi bien, je te verrai demain matin quand je viendrai chercher Katie.

Il se tourna vers celle qui l'avait tellement troublé, l'après-midi même. Il essayait encore de comprendre ce qui était arrivé, et ce que tout cela signifiait, au juste. Pour l'heure, il se contenta de lui dire au revoir comme s'il ne s'était rien passé.

— A demain, Katie.

Celle-ci hésita à l'accompagner jusqu'à la porte, puis se ravisa. Le trajet jusqu'à chez Wendy s'était fait dans un silence un peu gêné. Ils avaient tous deux soigneusement évité de faire allusion au baiser qu'ils avaient échangé. Elle estimait qu'ils avaient bien besoin d'un peu de temps pour se ressaisir.

Le lendemain, les choses reprendraient sans doute leur cours normal.

— A demain, répondit-elle dans un souffle.

Tandis que Blake s'en allait, elle se tourna vers Wendy avec un sourire un peu inquiet.

— Bonne nuit…

Alors qu'elle s'apprêtait à prendre congé, elle fut

surprise d'entendre son amie, soi-disant épuisée, s'écrier d'une voix énergique :

— Attends un peu, toi ! Tu n'iras nulle part avant de m'avoir absolument tout raconté !

Elle se retourna et la regarda, éberluée. A peine quelques minutes plus tôt, Wendy paraissait à bout de forces.

— Je croyais que tu étais tellement fatiguée que tu avais peur de t'endormir au beau milieu d'une phrase !

Wendy éclata de rire.

— Et tu m'as crue ? s'étonna-t-elle. J'ai dit ça pour Blake. Je ne pouvais pas te demander ce qui s'était passé avec lui tant qu'il était là… Je voulais qu'il s'en aille, mais il est tellement susceptible, je savais qu'il serait blessé si je lui disais franchement !

Elle soupira et secoua la tête.

— Chaque fois qu'il en a l'occasion, il me rappelle que je lui ai dit qu'il était tout le temps dans mes jambes. Enfin… J'aurais cru que tu aurais vu clair dans mon jeu. Tu es vraiment dans la lune, hein ?

Katie haussa négligemment les épaules.

— Il faut croire… Je suis désolée.

— Je t'en prie, ce ne sont pas des excuses que je veux. Allez, raconte !

Perplexe, Katie la regarda fixement.

— *Raconte ?*

— Oui, raconte, donne-moi tous les détails ! Dis-moi ce qui s'est passé.

Elle ne voyait toujours pas où son amie voulait en venir. Wendy soupira, visiblement exaspérée.

— Vous faisiez vraiment de drôles de têtes quand vous êtes arrivés, Blake et toi, comme si vous aviez vu le soleil se lever alors que vous vous attendiez à le voir se coucher. Que s'est-il passé, entre vous ? Raconte-moi tout !

— J'ai suivi tes conseils, répondit lentement Katie. Je lui ai appris à danser.

Wendy fit la grimace.

— Blake a deux pieds gauches.

— C'est aussi ce qu'il m'a dit. A vrai dire, ce n'était pas aussi terrible que ce à quoi je m'attendais.

— Ça ne me dit toujours pas pourquoi vous aviez cet air hébété en arrivant, répliqua Wendy avec impatience. Tu vas me forcer à te supplier ?

— Bien sûr que non…

— Alors dis-moi ce qui s'est passé, bon sang !

Katie se sentait assez ridicule. Parler d'une chose pareille à son âge ! Elle avait presque l'impression de trahir Blake. Il lui fallut un moment pour se reprendre.

Elle prit une profonde inspiration et se lança.

— Il m'a embrassée.

Wendy écarquilla les yeux. Puis, lentement, un large sourire se dessina sur ses lèvres.

- 7 -

Il fallut à Wendy quelques secondes pour se ressaisir. L'excitation suscitée par la nouvelle que Katie venait de lui annoncer avait sur elle un effet inattendu et très perturbant : elle éprouvait d'intenses tiraillements semblables à ceux qu'elle avait ressentis quand elle avait failli accoucher prématurément.

Elle inspira profondément, se cramponnant à ses couvertures, espérant de tout son cœur que la sensation se dissiperait. Après un moment qui lui sembla durer une éternité, alors qu'il ne s'agissait en fait que de quelques minutes, cela s'arrêta enfin.

Son front était moite de sueur, et elle se sentait un peu étourdie. Avec un effort de concentration, elle parvint à rassembler ses esprits.

Elle s'aperçut soudain que Katie la regardait d'un air inquiet.

— Wendy, ça va ?

La voix de son amie lui sembla un peu étouffée, comme si elle lui parvenait de loin. Elle prit quelques secondes avant de répondre : elle ne voulait pas l'effrayer en paraissant essoufflée.

— Ça va, mentit-elle, ne t'inquiète pas. Je suis troublée par la nouvelle de ce baiser, c'est tout.

Désireuse de détourner l'attention de Katie de son état, elle insista pour avoir des détails.

— Alors, comme ça, Blake t'a embrassée… Et ensuite, que s'est-il passé ?

Katie n'était pas sûre de comprendre ce que son amie avait envie d'entendre.

— Je lui ai rendu son baiser.

L'impatience de Wendy grandissait.

— Et ?

— Et c'était merveilleux, reconnut Katie d'un ton un peu mélancolique.

Elle poussa un profond soupir.

Wendy la connaissait trop bien pour penser qu'elle jouait les timides ou qu'elle la faisait languir pour le plaisir. De toute évidence, Katie ne comprenait pas ce qu'elle lui demandait. Elle précisa sa question.

— Donc, il t'a embrassée, tu lui as rendu son baiser… Et ensuite ? Que s'est-il passé ensuite ?

Katie haussa naïvement les épaules.

— Nous sommes venus ici.

— Et entre les deux, il ne s'est rien passé ? demanda Wendy, les dents serrées, contenant à grand-peine son impatience.

— Eh bien, non.

Wendy se mordilla les lèvres, réprimant un gémissement plaintif. Il lui avait suffi d'un regard pour voir que Katie ne cherchait pas à la taquiner. Elle lui avait fait ce bref récit avec le plus grand sérieux. Certaines choses manquaient cruellement à son éducation. Elle avait d'excellents diplômes universitaires, mais cela ne suffisait pas dans la situation présente.

Il n'y avait aucune façon délicate de lui poser la question, et Wendy alla donc droit au but.

— Katie, est-ce que tu sais flirter ?

— Il n'y avait pas de cours de flirt dans mon cursus, répondit Katie, sur la défensive.

Ceci explique cela, pensa Wendy.

Elle était bien placée pour savoir que les gens changeaient, elle qui était devenue casanière après avoir été une jeune fille rebelle. Cela étant, et comme Katie et elle ne s'étaient pas vues depuis un moment, elle s'était dit que son amie avait peut-être appris à se servir de ses charmes.

De toute évidence, ce n'était pas le cas, mais ce n'était pas grave : elle était là pour l'aider à y remédier.

— Donc, la réponse est non…

Elle réprima un soupir et secoua la tête d'un air résigné.

— Assieds-toi, Katie, dit-elle en tapotant le bord du lit. Nous avons du pain sur la planche.

Katie fut prise d'un sentiment de panique. Wendy allait essayer de la changer. L'attitude exubérante et provocante de son amie lui allait à ravir, mais ce n'était pas dans sa nature à elle.

Wendy, avant de rencontrer Marcos, avait toujours été entourée de jeunes hommes prêts à faire ses quatre volontés. Mais aux yeux de Katie, flirter revenait à donner à quelqu'un de faux espoirs et, pour elle, cela n'avait aucun intérêt.

Cependant, elle ne voulait pas se monter ingrate.

— J'apprécie ce que tu essaies de faire pour moi, Wendy, commença-t-elle d'une voix hésitante, mais…

Wendy connaissait très bien Katie et sentait sa réticence.

La triste vérité, c'était que la plupart des filles bien n'étaient pas appréciées à leur juste valeur. Un petit coup de pouce pour faire pencher la balance en faveur de Katie était donc exactement ce qui s'imposait. Wendy savait exactement ce qu'elle avait à dire pour qu'elle se range à son avis.

— Tu préfères que Blake finisse avec cette fille trop gâtée ?

Katie secoua énergiquement la tête. Elle savait aussi bien que Wendy que Brittany se servirait de nouveau de Blake.

— Non ! répondit-elle avec chaleur.

Wendy s'était attendue à cette réaction.

— Très bien, dit-elle avec un hochement de tête décidé, dans ce cas, la question est réglée : je vais t'apprendre à flirter.

Manifestement, Katie n'avait pas son mot à dire. D'ailleurs, personne n'avait jamais le dernier mot avec Wendy.

Résignée, elle capitula et s'assit à côté de son amie pour écouter, en silence, ce qu'elle avait à lui dire. Elle n'avait absolument pas l'intention de mettre en application ses idées, mais l'écouter était bien plus facile que se disputer avec elle.

Par chance, Wendy fut brève et précise. Elle lui expliqua comment alterner regards énamourés et œillades séduisantes. Elle lui parla aussi de démarche chaloupée, de balancement de hanches discret mais aguichant. Elle aurait aimé lui en faire la démonstration, mais étant donné qu'elle devait rester alitée, elle dut se contenter d'en faire la description.

Katie se disait que Wendy n'allait pas tarder à avoir épuisé son sujet, quand cette dernière se mit à parler habillement.

Elle se mordit la lèvre et la regarda d'un air réprobateur.

— Tu n'as pas apporté d'autres types de vêtements ?

Prise au dépourvu, Katie baissa les yeux sur sa tenue. Elle portait un tailleur bleu marine et un chemisier rose pâle. L'ensemble était impeccable, discret et professionnel. Elle ne voyait vraiment pas où était le problème.

— Que reproches-tu à mes vêtements ?

Wendy ne voulait pas blesser son amie, mais l'enjeu était considérable, pour tout le monde : si Blake finissait avec Brittany, Katie aurait le cœur brisé, et elle-même irait en prison pour homicide, car elle ne pourrait supporter Brittany bien longtemps.

Bien sûr, Brittany finirait par quitter Blake. Non seulement son frère aurait le cœur brisé, lui aussi, mais en plus, il serait blessé dans son orgueil.

Pour toutes ces raisons, Wendy était intimement convaincue qu'il était absolument essentiel que Katie gagne l'affection de Blake le plus rapidement possible.

— Rien, répondit-elle enfin, d'un ton ironique, si ton intention est d'obtenir le titre d'employée de l'année. En revanche, si tu cherches à te faire remarquer en tant que femme, il va te falloir quelque chose de plus soyeux et d'un peu plus moulant.

— Je suis venue ici pour travailler, Wendy, pas pour me faire remarquer.

Wendy la regarda droit dans les yeux.

— Oui, mais le « bureau » est l'une des pièces du ranch de Scott.

Katie ne voyait vraiment pas où Wendy voulait en venir.

— Oui, et alors ? Où est le rapport ?

— Blake a improvisé.

Voyant qu'elle ne se faisait pas comprendre, Wendy ajouta :

— Fais la même chose ! Improvise !

Soit Katie ne saisissait toujours pas le message qu'elle essayait de lui faire passer, soit elle tentait de résister.

— Ouvre le dressing, s'il te plaît, dit-elle en indiquant la double porte.

Katie ne voulait pas des vêtements de Wendy. Les siens lui convenaient très bien.

— Wendy, je…

— Ne contrarie pas une femme enceinte.

De nouveau, elle montra du doigt le dressing, avec un geste impérieux, telle une reine donnant un ordre à sa servante.

— Ouvre le dressing, répéta-t-elle d'un ton autoritaire. Nous faisons la même taille, ou du moins, nous faisions la même taille avant que je devienne aussi grosse qu'une baleine, ajouta-t-elle, dépitée.

Elle voulait ce bébé de toutes ses forces, de toute son âme, et elle l'aimait déjà de tout son cœur, mais elle en avait assez d'être enceinte.

— Choisis quelque chose de plus féminin.

— Pourquoi ? demanda Katie avec méfiance.

— Fais-le, c'est tout, ordonna Wendy d'un ton las. Puisque je n'arriverai pas à te pousser à flirter… et ce n'est pas la peine de le nier, s'empressa-t-elle d'ajouter, je sais très bien que tu n'as absolument pas l'intention de mettre en pratique ce que je viens de t'apprendre, je le vois à ton regard… eh bien, je pourrai au moins faire ce qu'il faut pour que tu arrêtes de cacher à quel point tu es jolie.

Où Wendy allait-elle chercher toutes ces idées ? C'était vraiment n'importe quoi !

— Je ne cache rien du tout, protesta-t-elle.

Wendy n'avait pas envie de perdre de temps à jouer sur les mots.

— Très bien, tu ne te caches peut-être pas, mais on ne peut certainement pas dire que tu te mettes en valeur. Ça te va, comme ça ?

Tout cela est complètement inutile, songea Katie. Si Blake ne voulait pas d'elle telle qu'elle était, ce n'était peut-être pas la peine de chercher à aller plus avant. Elle ne pourrait pas jouer le rôle d'un personnage qu'elle n'était pas, même pour avoir Blake dans sa vie.

— Wendy…

Les mains posées à plat de chaque côté de son corps, Wendy se redressa dans son lit.

— Est-ce qu'il faut que je me lève pour te choisir moi-même des vêtements ? Parce que si c'est le cas, je vais le faire !

Pour prouver qu'elle était sérieuse, elle repoussa les couvertures.

— Arrête ! s'écria Katie.

Elle se précipita vers elle et remit les couvertures en place.

Wendy réprima un sourire triomphant.

— Très bien, dit-elle calmement, alors choisis quelques vêtements appropriés. Rappelle-toi que tu me rendras service si tu attires Blake dans tes filets, parce que si jamais il sortait avec Brittany, ou pire, s'il l'épousait, je serais obligée de la tuer, et mon bébé grandirait avec une mère en prison.

Katie ne put s'empêcher de rire.

— Quand es-tu devenue aussi mélodramatique ?

— Quand tu es devenue aussi têtue.

Katie se radoucit.

— Touché ! C'est d'accord, je vais choisir quelque chose dans ton dressing.

Wendy ne se contenta pas de cette promesse. Elle voulait être sûre que ce n'était pas une supercherie.

— Et tu le porteras ?

Katie soupira et acquiesça d'un hochement de tête.

— Et je le porterai !

Wendy se détendit enfin : Katie ne mentait jamais, elle le savait. Elle la regarda se diriger vers le dressing, comme un bon petit soldat.

— C'est bien, dit-elle d'un ton encourageant.

— Je pourrais peut-être aller au travail en Bikini, demain, lui cria Katie depuis les profondeurs du dressing.

— La saison ne s'y prête pas, mais s'il ne faisait pas aussi froid, ce serait une bonne idée !

Passant la tête dans l'encadrement de la porte, Katie lui jeta un coup d'œil pour voir si elle plaisantait. Son expression impassible rendait la chose impossible à déterminer.

— Choisis cinq tenues et apporte-les-moi pour que je puisse les classer.

Katie leva les yeux au ciel. Apparemment, Wendy avait décidé de prendre les choses en main, avec le plus grand sérieux. Tenter de négocier serait parfaitement inutile.

Résignée, elle retourna dans le dressing en quête d'une tenue de combat.

— Je ne t'ai pas déjà vue dans cette robe ? lui demanda Blake le lendemain matin.

Il était passé la chercher pour une autre journée de travail ou, plutôt, d'élaboration de stratégies amoureuses. Tout en se dirigeant vers sa voiture, il lui annonçait le programme de la matinée quand il s'était brusquement arrêté pour la regarder plus attentivement, avec une drôle d'expression, et lui poser cette question.

— Non, répondit-elle posément.

Elle monta dans la voiture, côté passager, tandis qu'il allait s'installer au volant.

— Ah… Je te demande ça parce que j'ai l'impression de l'avoir déjà vue.

Elle portait une robe turquoise à manches longues et à col cheminée, qui lui arrivait juste au-dessus du genou et mettait en valeur ses formes. Comme la plupart des tenues de Wendy, elle était censée éveiller l'intérêt des hommes.

Elle était à deux doigts d'avouer que cette robe appartenait à Wendy, mais elle se retint : Blake lui aurait alors demandé pourquoi sa sœur la lui avait prêtée.

Elle n'avait pas l'habitude de mentir et n'aimait pas cela du tout, mais lui dire toute la vérité, lui expliquer pourquoi elle portait cette robe et pourquoi Wendy lui avait prêté d'autres tenues sexy, aux couleurs vives, aurait été horriblement embarrassant, pour lui comme pour elle.

Elle se contenta donc de faire une réponse évasive.

— Non, dit-elle d'un air faussement innocent, évitant soigneusement de croiser son regard, c'est la première fois que je porte cette robe.

Il hocha la tête distraitement.

— Elle te va bien.

Un point pour Wendy ! pensa-t-elle en souriant. Bien sûr, elle ne le dirait pas à son amie dans l'immédiat.

Wendy ne savait plus quoi faire de son temps et avait désespérément besoin de s'occuper l'esprit. Si elle savait que son idée avait porté ses fruits, impossible de dire ce qu'elle entreprendrait d'autre !

Katie savait que son amie se serait réjouie si une idylle passionnée naissait entre Blake et elle, mais cela n'arriverait jamais. Personne, en la regardant, quelle que soit la tenue qu'elle porterait, n'associerait dans son esprit le qualificatif « passionnée » à elle, et elle n'allait certainement pas essayer de jouer les femmes fatales. S'il avait su qu'elle manigançait une chose pareille, Blake aurait bien ri.

— Ecoute, dit-il, l'arrachant à ses pensées, à propos d'hier…

Il s'interrompit. A en juger par son expression, il était passablement mal à l'aise. Elle attendit, mais il resta silencieux.

— Oui ?

Les yeux rivés sur la route, droit devant lui, il s'éclaircit la voix.

— C'était une bonne idée, de m'apprendre à danser. Je crois que cela impressionnera vraiment Brittany.

— C'est le but recherché.

Elle s'était efforcée de prendre un ton enjoué, mais ne put empêcher une pointe de sarcasme de s'y glisser.

— Je me demandais si tu accepterais de continuer à m'apprendre… Je te promets de ne plus laisser la situation déraper.

Il prit une profonde inspiration.

— Je ne voulais pas t'offenser, ajouta-t-il en continuant à regarder droit devant lui.

Comment pouvait-il imaginer un seul instant qu'elle avait été offensée ? La prenait-il pour une espèce de vieille fille de l'époque victorienne, sujette à des vapeurs à la moindre émotion ?

— Tu ne m'as pas offensée. C'est déjà oublié, ajouta-t-elle, craignant qu'il continue à s'excuser.

— Oh…

Il lui lança un rapide coup d'œil, puis reporta son attention sur la route.

— Dans ce cas, tout va bien.

— Absolument.

Tu te comportes comme un imbécile, mais tout va bien.

Blake dut faire un effort considérable pour se concentrer sur les pas de danse que Katie essayait de lui apprendre, sans se laisser distraire par la sensation grisante qu'il éprouvait quand il la tenait dans ses bras.

Tantôt son corps souple le frôlait de façon terriblement troublante, tantôt il était étroitement serré contre le sien, de sorte qu'il en oubliait complètement les mouvements qu'il était censé exécuter.

Il perdait parfois brusquement le fil de ses pensées, soudain incapable de compter les pas dans sa tête. Il commençait alors à trébucher, se sentant ridicule malgré les encouragements de Katie, qui lui répétait que c'était tout à fait normal et qu'il s'en sortait plutôt bien.

Après lui avoir marché sur le pied pour la troisième fois au cours d'une rumba, il s'immobilisa et lui demanda s'ils pouvaient s'arrêter. Ils s'entraînaient depuis trois heures et n'avaient fait que quelques pauses. Il en avait assez.

— Ça ne marche pas, gémit-il.

Katie avait horriblement mal aux pieds. Elle avait failli pousser un cri de douleur la dernière fois qu'il lui avait écrasé les orteils, mais elle s'était retenue de justesse.

— J'ai une idée, dit-elle avec le plus d'enthousiasme possible. Et si tu te cantonnais aux danses lentes pour l'instant ? Tu les maîtrises parfaitement, maintenant, et elles ne nécessitent pas autant de mouvements.

Il se doutait de ce qu'elle pensait.

— Et je ne risquerai pas de marcher sur les pieds de ma partenaire !

— Effectivement.

Elle eut un grand sourire.

Tout fatigué et frustré qu'il était, il se demanda pourquoi il ne s'était pas rendu compte plus tôt que ses yeux pétillaient quand elle souriait.

Il s'efforça de chasser de son esprit cette pensée déroutante.

— Alors, qu'y a-t-il d'autre au programme ?

Moi, Blake… C'est moi *qui suis au programme, ou du moins, qui* devrais *y être. Brittany ne t'aimera jamais comme je t'aime !*

A quoi bon penser ce qu'elle ne pouvait dire à haute voix ?

— Eh bien, maintenant, tu vas écrire une lettre d'amour, se contenta-t-elle de répondre.

Il cilla, perplexe, puis la regarda fixement. Il avait sûrement mal entendu.

— Je vais écrire *quoi* ?

— Une lettre d'amour, répéta-t-elle d'un ton enjoué.

Bien… Ce n'était pas lui qui avait un problème d'audition, c'était elle qui perdait la tête.

— Tu plaisantes, n'est-ce pas ?

— Non, pas du tout.

A en juger par son expression, Blake était complètement désabusé.

Encore un homme qui n'aime pas mettre ses sentiments par écrit ! Dommage…

— Hé ! Tu m'as demandé de t'aider, je te rappelle.

Blake doutait de l'efficacité de la méthode qu'elle lui suggérait.

— Les femmes aiment-elles encore ce genre de choses ?

— Oui, beaucoup.

Si tu m'écrivais les mots je t'aime *au dos d'un pansement adhésif, je le garderais toute ma vie !*

— Mais je ne sais pas écrire de la poésie ! protesta-t-il.

— Qui a parlé de poésie ? Une lettre d'amour n'a pas besoin d'être écrite en vers ! Il te suffit d'être honnête, de dire à Brittany ce que tu ressens pour elle.

— Je l'apprécie… non, se reprit-il, sachant que Katie attendait plus, je l'aime.

Elle se força à sourire.

— C'est un bon début. Quoi d'autre ?

— Quoi d'autre ? répéta-t-il, décontenancé. Ça ne suffit pas ? Je ne vois vraiment pas ce qu'il y a de plus à dire.

Rien, quand on a affaire à une fille à papa narcissique comme Brittany. En dépit de ce qu'elle éprouvait, Katie savait qu'elle devait au moins faire mine d'aider Blake, même si elle déplorait que ce ne soit pas à elle qu'il écrive une lettre d'amour.

— Très bien, donne-moi quelques minutes, dit-elle en s'asseyant à son bureau et en retirant ses chaussures. Voyons ce que je peux trouver…

Il semblait soulagé qu'elle prenne sa place.

— Tu es la meilleure, Katie, tu le sais ?

— Je l'ai entendu dire, répondit-elle d'un ton badin.

Une dizaine de minutes plus tard, elle leva les yeux de la feuille sur laquelle elle venait d'écrire.

— Bon, c'est juste un premier jet, mais je crois que tout y est.

Alors même qu'elle commençait à lire à haute voix, elle sentit la colère monter en elle. Brittany ne méritait absolument pas de recevoir une telle lettre.

« Chère Brittany,

» Je t'aime depuis bien longtemps, maintenant. Quand tu n'es pas à mes côtés, j'ai l'impression que le monde entier est plongé dans les ténèbres, et le simple fait de t'apercevoir est pour moi un rayon de soleil. T'entendre rire emplit mon cœur de joie.

» Nos différends font partie du passé, et j'aimerais aujourd'hui que tu me donnes la chance de te montrer combien j'ai changé, combien j'ai mûri.

» Je me sais capable de t'aimer comme tu mérites d'être aimée. »

Dès qu'elle eut terminé sa lecture, elle se força à relever les yeux vers lui.

— Comme je te le disais, ce n'est qu'un premier jet, mais tu saisis l'idée générale. Qu'en penses-tu ?

L'espace d'un instant, il resta sans voix. Il avait besoin d'un moment pour se ressaisir. Il s'était laissé porter par la musique de ses mots et, regardant ses lèvres remuer tandis qu'elle lui lisait cette lettre, il avait ressenti quelque chose de troublant, de grisant, même. Il fit un effort pour sortir de sa torpeur, et cette étrange sensation se dissipa.

— Ce que j'en pense ? J'en pense que si je lui envoie ça, je ferai d'elle ce que je veux ! répondit-il, l'air satisfait. Je sais que je te l'ai déjà dit, Katie, mais tu es vraiment la meilleure. Tu avais raison, l'idée de la lettre d'amour était excellente. Tu peux l'envoyer tout de suite à Brittany !

Katie ne s'était certainement pas attendue à ce que sa lettre ait un tel succès. En fait, elle avait cherché à être à la limite du ridicule.

A en juger par l'enthousiasme de Blake, elle n'avait pas atteint son but.

- 8 -

— Tu as l'air aussi mal en point que moi, dit Wendy quand Katie passa la voir, le soir même.

Katie avait fini sa journée, et elle voulait seulement s'assurer que Wendy allait bien avant de regagner sa chambre et de se coucher.

— Dis-moi ce qui ne va pas, insista Wendy.

Katie n'était pas à ce point égoïste, elle n'allait certainement pas ennuyer son amie en lui confiant ses malheurs, surtout si celle-ci ne se sentait pas bien.

— Tu devrais te reposer, si tu n'es pas en forme, dit-elle avec un grand sourire. Nous discuterons tranquillement demain matin.

— Non, s'il te plaît, parlons maintenant…

Wendy tendit le bras, comme pour lui attraper la main, ce qu'elle ne pouvait pas faire étant donné que Katie se tenait encore dans l'embrasure de la porte.

— J'ai besoin d'un peu de distraction. Juanita vient de partir et Marcos est coincé au restaurant.

Wendy, qui d'ordinaire débordait d'énergie, semblait assez abattue. Katie eut un élan de compassion pour elle : elle devait s'ennuyer à mourir, allongée dans son lit à longueur de journée. Cependant, quelque chose dans sa voix lui laissait à penser qu'elle avait une autre raison de vouloir se distraire, une raison qu'elle lui cachait délibérément.

— Pourquoi as-tu autant besoin de te changer les idées ?

Wendy secoua la tête. Elle n'avait pas envie de parler, pas envie de penser.

— Toi d'abord ! Pourquoi fais-tu cette tête ? Tu as l'air désespérée.

Katie se dirigea vers la fenêtre et regarda le jardin plongé dans l'obscurité à travers la vitre.

— Tu sais, le Projet Brittany ?

— Oui ?

— Eh bien, je crois qu'il est sur le point de réussir.

Et je ne peux m'en prendre qu'à moi !

— Mais non, protesta Wendy, tu étais censée retourner la situation à ton avantage et te débrouiller pour que Blake tombe amoureux de toi !

Katie posa les mains sur l'appui de fenêtre et poussa un profond soupir.

— Effectivement, c'était ce qui était prévu. Malheureusement, j'ai un peu trop aidé Blake dans son entreprise, et il est persuadé que Brittany va lui tomber dans les bras.

— Oh ! non…

Katie sourit tristement.

— Oui, ça résume bien ce que je pense aussi, dit-elle d'un ton légèrement ironique.

— Oh non ! Oh non !

Apparemment, Wendy prenait la chose encore plus mal qu'elle. Katie éprouva une pointe de culpabilité.

— Ne t'inquiète pas pour ça, ce n'est pas la fin du monde, tu sais.

Elle se tourna vers son amie.

— Wendy, je… Oh ! mon Dieu ! s'écria-t-elle, affolée, en voyant son expression. Qu'est-ce qui t'arrive ?

Le front de Wendy était trempé de sueur, ses mains étaient crispées sur les couvertures. Elle semblait souffrir terriblement, et on aurait dit qu'elle cherchait à se cramponner au lit pour ne pas perdre ses derniers points de repère.

— Le… bébé, murmura-t-elle entre ses dents. Je… Je vais accoucher !

Katie fut parcourue d'un frisson. Elle devait conduire Wendy à l'hôpital, mais le San Antonio Memorial était à plus de trente kilomètres, et elle doutait que son amie soit en état de faire le trajet.

— Tiens bon, je vais te conduire à l'hôpital, promit-elle néanmoins.

Elle n'avait pas de voiture, mais elle prendrait celle de Wendy.

— Allez, ma chérie, il va falloir te mettre debout, maintenant…

Alors qu'elle tendait les bras vers elle pour l'aider, Wendy lui saisit le poignet et le serra de toutes ses forces avec une expression épouvantée.

— On n'a pas le temps !

En temps normal, Katie se serait dit que Wendy exagérait, mais en l'occurrence il lui suffit de plonger ses yeux dans les siens pour voir qu'elle disait la vérité.

Elle ne voulait pas prendre de risques. Si le bébé était réellement sur le point de venir au monde, il valait mieux que ce soit dans cette chambre plutôt que sur la banquette arrière d'une voiture.

Elle dégagea son poignet de l'étreinte de Wendy.

— Très bien, on va rester ici.

Elle prit le téléphone sans fil sur la table de chevet.

— Je vais appeler les pompiers, ils vont nous envoyer une ambulance et quelqu'un qui saura ce qu'il fait.

Wendy secoua énergiquement la tête.

— Pas… le temps. Je… Je vais accoucher… *maintenant* ! dit-elle d'une voix haletante, les yeux comme des soucoupes.

Ne sachant pas quoi faire d'autre, Katie appela les pompiers.

La dame d'un calme exaspérant qui décrocha lui demanda la nature de l'urgence et lui posa plusieurs questions pour avoir des détails. Le ventre noué, Katie répondit de la façon la plus cohérente possible, lui expliquant le problème et lui donnant l'adresse de Wendy. Enfin, elle demanda à ce qu'on leur envoie une ambulance immédiatement.

— Et un médecin, ajouta-t-elle presque après coup, passez-moi un médecin !

Au même instant, les traits de Wendy se crispèrent de nouveau.

— Nous n'avons pas de médecin ici, lui répondit la dame, je suis désolée.

— Appelle… le mien, murmura Wendy entre deux halètements.

Elle se recroquevilla et se balança d'avant en arrière.

— Appuie longuement sur… la touche un, c'est… c'est un raccourci.

Katie raccrocha sans attendre et suivit les instructions de Wendy, espérant de tout son cœur que la personne à laquelle elle venait de parler leur enverrait l'ambulance qu'elle avait réclamée.

Le médecin n'était pas là, comme on pouvait s'y attendre étant donné l'heure tardive. Elle pria pour réussir à le joindre à temps.

— Le docteur Nickelson fait ses visites à l'hôpital, lui dit la personne qui assurait la permanence téléphonique. Il sera de retour au cabinet demain matin à…

— Ecoutez-moi bien, l'interrompit Katie en resserrant sa prise autour du combiné, luttant pour maîtriser son émotion. Demain matin, ce sera trop tard. C'est maintenant que le bébé va venir au monde, et je suis seule avec Wendy. Débrouillez-vous pour me passer le docteur Nickelson tout de suite. Il faut qu'il me dise ce que je dois faire et qu'il m'assiste par téléphone, sinon, Dieu sait ce qui arrivera ! Vous comprenez ce que je vous dis ?

— Je comprends, répondit la dame, d'un ton soudain beaucoup plus humain et compatissant. Donnez-moi un instant, je vais vous le passer. Ne quittez pas.

— Il n'y a pas de risque !

La dame la mit en attente.

Wendy poussa un cri de douleur. Katie lui pressa l'épaule dans un geste qui se voulait réconfortant. Elle était submergée par un atroce sentiment d'impuissance.

Pourvu que le médecin soit joignable !

— Tiens bon, Wendy, je vais faire tout ce que je peux pour que nous ayons de l'aide.

Quelques secondes plus tard, une voix grave s'éleva dans le combiné.

— Docteur Nickelson à l'appareil.

Alors que Katie s'apprêtait à résumer la situation au médecin, Wendy cria de nouveau de douleur, rendant toute explication superflue.

— Où en est-elle ? demanda aussitôt le médecin.

— Elle est sur le point d'accoucher, répondit Katie, sans quitter des yeux le visage tordu de douleur de Wendy.

Le docteur Nickelson avait besoin d'une réponse plus précise. Il reformula donc sa question.

— De combien est-elle dilatée ?

Oh mon Dieu…

— Désolée, marmonna Katie en regardant Wendy d'un air contrit.

D'une main, elle écarta les couvertures et releva la robe de nuit de son amie.

— Aide… Aide-moi ! cria Wendy d'une voix suppliante, des larmes coulant sur ses joues.

Le cœur de Katie martelait sa poitrine. Elle en avait le souffle coupé.

— Je vois la tête du bébé !

— Mettez-moi sur haut-parleur, dit le médecin d'un ton calme et apaisant. Vous allez avoir besoin de vos deux mains. Est-ce que Wendy est allongée sur le lit ?

Qu'est-ce que ça peut bien faire ? se demanda Katie avec impatience.

— Oui, répondit-elle sèchement.

— Bien. Il faut que vous l'aidiez à se redresser et à s'adosser à la tête de lit pour qu'elle puisse s'y appuyer quand elle commencera à pousser.

Le plus rapidement et le plus délicatement possible, Katie hissa Wendy jusqu'à ce que ses épaules reposent contre la tête de lit.

— C'est fait ! cria-t-elle au médecin.

— Parfait. Maintenant, placez-vous devant elle, dit-il d'un ton posé, comme si la situation était tout à fait ordinaire. A trois, je veux que vous l'encouragiez à pousser de toutes ses forces. Un, deux…

— Trois ! hurla Wendy.

Elle poussa de toutes ses forces, comme le médecin l'avait dit, essayant désespérément de faire sortir son bébé et, du même coup, de se libérer de la douleur qui la submergeait.

Elle ne parvint cependant qu'à laisser échapper un cri guttural.

— Maintenant, arrêtez ! ordonna le médecin.

— Je… Je n'y arriverai pas, sanglota Wendy.

— Si, tu peux y arriver, et tu *vas* y arriver, répliqua Katie d'une voix ferme.

Elle sentait que, si elle s'apitoyait sur son sort, son amie s'effondrerait. Elle espérait de tout son cœur ne pas être complètement dépassée dans les minutes à venir.

Blake sortit de sa poche la clé que Wendy lui avait donnée et l'introduisit dans la serrure. Il était déjà passé le soir même, mais uniquement pour déposer Katie. Pour la première fois, il n'était pas entré avec elle, et c'était un profond sentiment de culpabilité qui l'avait poussé à revenir.

Après tout, s'il était venu à Red Rock, c'était pour s'occuper de sa sœur, qui devait garder le lit jusqu'à la naissance du bébé. Il s'en voulait vraiment de s'être laissé happer par ses projets amoureux au point d'en oublier de passer un peu de temps avec elle.

Heureusement, elle n'était pas toute seule, Katie était là pour lui tenir compagnie. Quoi qu'il en soit, ce n'était pas Katie, mais bien sa sœur qu'il venait voir.

Il s'arrêta net, juste après avoir franchi la porte, en entendant des pleurs de nouveau-né.

Il monta l'escalier quatre à quatre. Il entendit la voix de Katie dans la chambre de Wendy. Il entra en trombe et resta muet de saisissement, submergé par un flot d'émotions devant le spectacle qui s'offrait à lui.

— Ça y est ! annonça Katie d'un ton triomphant, tremblant de tous ses membres alors qu'elle tenait dans ses mains le minuscule nouveau-né encore tout humide. C'est une fille, Wendy, dit-elle d'une voix chargée d'émotion, au bord des larmes. Tu as eu une petite fille !

La tête lui tournait. Elle dut faire un effort considérable pour ne pas perdre connaissance. Il restait certainement beaucoup à faire, mais elle ne savait absolument pas quoi.

Soudain, on sonna à la porte.

— Ce doit être l'ambulance.

Elle se tourna et se trouva nez à nez avec Blake.

— Tu en as fait plus qu'assez pour ce soir, dit-il avec bienveillance. Reste ici, je vais leur ouvrir.

Il s'apprêtait à sortir mais, sur le pas de la porte, tourna la tête pour la regarder par-dessus son épaule.

— Tu as été merveilleuse, ajouta-t-il d'une voix pleine d'admiration.

Son sourire chaleureux lui alla droit au cœur, pour y rester gravé à jamais.

- 9 -

Un peu plus tard, en repensant à tout ce qui s'était passé, Katie se rendit compte qu'elle n'avait pas vraiment eu l'intention d'accompagner Wendy et le bébé à l'hôpital, et encore moins de monter dans l'ambulance avec elles.

Maintenant qu'elle était sûre que le bébé était en sécurité, elle voulait seulement laisser le personnel médical s'occuper de la jeune maman et de son enfant. Après tout, c'étaient des professionnels, ils n'avaient besoin de personne pour prendre soin d'elles.

Cependant, il lui suffit de jeter un coup d'œil à Wendy pour voir que, malgré son apparente assurance, elle était encore bouleversée. De toute évidence, elle avait besoin d'être réconfortée et de se sentir soutenue par la présence d'une amie.

Au dernier moment, juste avant le départ de l'ambulance, Katie se surprit à crier :

— Attendez ! Je l'accompagne.

L'espace d'un instant, l'ambulancier à l'arrière du véhicule la considéra d'un air dubitatif, puis il acquiesça d'un hochement de tête.

— D'accord, montez.

Elle accepta la main qu'il lui tendait et monta, se

plaçant à côté du brancard sur lequel Wendy était allongée.

Elle ne savait absolument pas comment elle ferait pour retourner à Red Rock, mais pour l'instant cela n'avait pas d'importance. La seule chose qui importait, c'était que son amie avait encore besoin d'elle. Elle resterait à ses côtés jusqu'à ce que Marcos la rejoigne à l'hôpital.

— Elle est tellement petite, murmura Wendy.

Sa voix trahissait son épuisement et son inquiétude, toute maternelle.

— Tu crois qu'elle va s'en sortir ?

— Bien sûr, répondit Katie avec assurance, elle est coriace, comme sa mère !

Wendy leva les yeux vers elle.

— Merci.

Katie haussa les épaules négligemment.

— Je te dis simplement la vérité.

— Non, je veux dire, merci pour tout. Merci d'avoir été là et d'avoir mis mon enfant au monde.

Katie sourit.

— C'est toi qui l'as mise au monde, moi, je me suis contentée de t'encourager.

Elle regarda le petit bébé emmailloté qui dormait tout contre le sein de sa mère.

Wendy déposa un baiser sur le sommet de son crâne, puis elle reporta son attention sur elle. On lisait dans son regard un mélange d'incrédulité et d'émerveillement.

— Je suis maman, Katie ! dit-elle dans un murmure admiratif.

Katie sourit.

— Je sais. J'étais là.

*
* *

Quand l'ambulance arriva enfin devant l'entrée des urgences du San Antonio Memorial, une équipe d'infirmières et un médecin les attendaient.

On emmena sur-le-champ la mère et l'enfant, séparément, dans des directions opposées. Wendy parut profondément affligée quand on lui prit son bébé des bras, mais elle savait que c'était pour son bien. Le nouveau-né étant assez petit, il devait être placé en couveuse, au moins pour quelque temps.

Katie se retrouva bientôt seule, reléguée dans le couloir. N'ayant nulle part où aller, ne connaissant pas l'hôpital et étant trop épuisée pour partir en exploration à cette heure tardive, elle se résigna à rester là où elle était en attendant qu'on emmène Wendy au service de maternité.

Elle poussa un profond soupir, s'adossa au mur et ferma les yeux. C'était seulement maintenant qu'elle prenait pleinement conscience de sa fatigue. Elle se demanda si quelqu'un dirait quelque chose si elle s'allongeait là, par terre, du moment qu'elle n'était pas dans le passage. Les choses étaient assez calmes, pour le moment.

Ses pensées vagabondèrent paresseusement alors qu'elle se laissait peu à peu gagner par le sommeil.

Soudain, elle sentit une main se poser sur son épaule.

— Elle est là ?

Elle sursauta et rouvrit brusquement les yeux.

C'était Blake. Elle ne s'était pas attendue à ce qu'il vienne. Il ne lui avait pas dit qu'il comptait les suivre jusqu'à l'hôpital.

— Que fais-tu ici ?

La question surprit Blake et l'amusa tout à la fois.

— C'est ma sœur, tu te souviens ? Et puis, je me suis dit que tu serais peut-être contente que je te raccompagne… à moins que tu aies déjà trouvé un autre moyen de rentrer, ajouta-t-il.

Elle secoua la tête.

— Non, je ne sais pas comment rentrer. Tout s'est passé très vite, j'avoue que je n'ai pas réfléchi à ça.

Il semblait abasourdi.

— Eh bien ! Katie Wallace, prise au dépourvu ? Décidément, c'est un jour à marquer d'une pierre blanche !

Elle prit une profonde inspiration, s'efforçant de se ressaisir.

— On peut le dire !

Elle avait quelque chose à lui demander, mais quoi ? *Ah, oui !*

— Tu as appelé Marcos ?

Il hocha la tête.

— Oui, dès que tu es montée dans l'ambulance et que vous êtes parties. Il est en chemin. Je lui ai proposé d'aller le chercher, mais il m'a dit qu'il ne voulait pas attendre une seule seconde. Je crois qu'il s'est précipité dans sa voiture dès qu'il a entendu le son de ma voix !

Il eut un sourire songeur, puis une lueur inquiète passa dans son regard et il secoua la tête.

— J'espère que les routes sont dégagées, ce soir… Ce ne serait vraiment pas le bon moment pour avoir un accident.

La formulation amusa Katie.

— Et quand est-ce que ce serait le bon moment, au juste ? demanda-t-elle.

Il la regarda fixement, perplexe. Il songea qu'il était de plus en plus perplexe, face à Katie. Depuis quelque temps, elle disait des choses qui le déconcertaient. Depuis qu'ils s'étaient embrassés, surtout.

— Quoi ?

— Pour avoir un accident. Tu as dit : « Ce ne serait vraiment pas le bon moment pour avoir un accident », alors je te demande *quand* ce serait le bon moment pour en avoir un, répondit-elle d'un air faussement innocent.

Cela ne faisait plus l'ombre d'un doute : elle cherchait à le décontenancer.

— Très juste !

Il se tut et resta à son côté, les bras ballants.

— Tu ne devrais pas appeler ta famille ? ne put-elle s'empêcher de lui demander.

Il avait été tellement subjugué par le miracle de la naissance qu'il avait complètement oublié qu'il était censé prévenir le reste de la famille.

Heureusement, Katie était là pour le lui rappeler. Elle pensait vraiment à tout.

— Qu'est-ce que je ferais sans toi ? demanda-t-il en secouant la tête, sortant son téléphone portable de sa poche.

— Tu commencerais peut-être à consulter ton agenda, répondit-elle d'un ton espiègle.

Elle se refusa à accorder trop d'importance à ses propos. Il n'avait rien voulu dire par là, ce n'était qu'une façon de parler.

— Tu le fais bien mieux que moi, dit-il avec sérieux.

Il s'éloigna pour téléphoner. Plutôt que de passer cinq appels, il décida de prévenir uniquement sa sœur Emily.

Elle décrocha à la quatrième sonnerie.

— Allô ? fit-elle d'une voix endormie.

Il avait oublié le décalage horaire.

— Emily, c'est Blake. Je suis désolé, je ne voulais pas te réveiller…

En entendant sa voix, Emily fut aussitôt sur le qui-vive.

— Qu'est-ce qui se passe ? Pourquoi est-ce que tu appelles ?

— J'ai pensé que tu serais heureuse d'apprendre que tu es officiellement tata ! Wendy a accouché il y a environ une heure, elle a eu une petite fille.

Il allait devoir s'habituer à l'idée qu'il était désormais l'oncle de ce petit être.

— Je veux tout savoir ! Combien pèse-t-elle ? demanda Emily, avide de détails. Comment est-elle ?

Il se rendit compte avec regret qu'il ne pouvait répondre à aucune de ces questions.

— Je n'en sais pas plus, pour l'instant. Wendy a accouché chez elle, c'est Katie qui a mis le bébé au monde.

Emily s'inquiéta aussitôt.

— Oh mon Dieu ! Wendy va bien ?

— Très bien. Elle et le bébé sont à l'hôpital, maintenant. Je te rappellerai quand j'en saurai davantage. En attendant, tu peux me rendre un service ? Tu peux appeler tout le monde pour leur annoncer la nouvelle ?

— Bien sûr, pas de problème ! J'ai tellement hâte de la voir, dit-elle, émerveillée. Embrasse Wendy de ma part et dis-lui que je viendrai le plus vite possible.

Puis Emily raccrocha pour appeler leurs parents et leur annoncer qu'ils avaient une petite-fille.

Blake remit son téléphone dans sa poche. Il sentait la fatigue s'abattre de nouveau sur lui. Il avait besoin d'un café, correct si possible et, quoi qu'il en soit, noir.

En fin de compte, il dut se contenter de café acheté au distributeur automatique, forcément médiocre. Il repartit avec deux gobelets, l'un contenant un café noir, l'autre un café au lait tellement léger que le breuvage ne semblait contenir que du lait.

Katie était exactement là où il l'avait laissée, appuyée contre le mur comme si elle allait s'endormir sur place.

— Tu prends ton café avec du sucre et beaucoup de lait, n'est-ce pas ? demanda-t-il en lui tendant son gobelet.

Instantanément, sa question lui redonna de l'énergie.

— Tu t'en es souvenu, s'étonna-t-elle.

Sa mémoire était peut-être bonne, mais quoi qu'il en soit, il ne lui avait jamais apporté de café. Elle, en revanche, lui avait apporté le sien plus d'une fois. Ce qui, d'ailleurs, ne la dérangeait pas du tout. Elle n'avait jamais éprouvé le besoin de se définir en fonction de ce qu'elle faisait ou ne faisait pas. Et puis, être aux petits soins pour lui n'était pas grand-chose en comparaison de ce qu'elle avait accepté de faire ces derniers temps.

Cette attention nouvelle la toucha beaucoup.

— Hé ! protesta Blake. Je fais attention à ce qui se passe autour de moi… parfois, ajouta-t-il lorsqu'elle le regarda d'un air entendu.

Elle eut un sourire reconnaissant.

— Merci, dit-elle en enlevant le couvercle en plastique de son gobelet.

Elle but une gorgée de café.

— J'avais bien besoin de ça, je suis morte de fatigue.

Il l'observa attentivement. Pour quelqu'un d'épuisé, elle était toujours aussi ravissante. *Peut-être un peu trop ravissante !*

Il chassa ces pensées de son esprit. La fatigue lui jouait des tours : certaines choses s'imposaient à lui, indépendamment de sa volonté.

— En tout cas, ça ne se voit pas, remarqua-t-il.

Il y eut un silence.

— Tu n'as pas vu Marcos ? demanda-t-il, désireux de changer de sujet.

A peine avait-il posé la question que son beau-frère apparut au bout du couloir. Il courait et, à en juger par son air affolé, il avait fait le trajet du Red Restaurant jusqu'à l'hôpital dans un état avancé de nervosité.

— Où est-elle ? cria-t-il en lui saisissant le bras. Où est Wendy ?

— Reprends ton souffle, Marcos, dit Katie. Wendy est encore en observation.

— Pourquoi ? s'écria Marcos, dans tous ses états. Que fait-elle en observation ?

— Elle se remet tranquillement, répondit simplement Katie. Cela a été une rude épreuve pour elle… Le médecin veut être absolument sûr qu'elle va bien avant de l'installer dans une chambre.

Soudain, Marcos prit conscience que Katie n'avait mentionné que Wendy.

— Et le bébé ? Où est le bébé ?

— Elle est en couveuse, répondit Katie. Elle va bien, s'empressa-t-elle d'ajouter en voyant à l'expression de Marcos qu'il s'inquiétait encore davantage. Elle est un peu petite, mais le médecin vous avait prévenus que ce serait le cas, tu te souviens ?

Elle lui posa une main sur l'épaule dans un geste rassurant.

— Elle est parfaite, crois-moi.

Brusquement, Marcos la prit dans ses bras et la serra de toutes ses forces. Prise de court, elle resta là, les bras ballants, stupéfaite.

— Marcos ? Tout va bien ? demanda-t-elle enfin, un peu hésitante.

— Blake m'a raconté tout ce que tu as fait, il m'a dit que tu avais aidé Wendy à rester calme et à mettre le bébé au monde. Je ne sais pas si elle s'en serait sortie, sans toi. Merci ! s'écria-t-il en la serrant de nouveau contre lui. Merci mille fois !

Il resserra son étreinte, au point qu'elle peinait à respirer.

— Je t'en prie, dit-elle d'une voix haletante.

Il finit par la lâcher. Elle eut l'impression que tous ses muscles l'abandonnaient, mais elle parvint à tenir sur ses jambes et inspira profondément.

— Je suis contente d'avoir été là et d'avoir pu me rendre utile. C'était une expérience exceptionnelle, et une vraie leçon d'humilité.

Marcos s'apprêtait à dire quelque chose, mais, à cet instant, la double porte des urgences s'ouvrit. Une infirmière apparut, suivie d'un lit à roulettes poussé par un brancardier.

Marcos s'écarta instinctivement, juste avant de se rendre compte que c'était Wendy qui était allongée sur le lit. Aussitôt, son visage s'éclaira.

— Wendy !

Il lui prit la main et marcha à côté d'elle tandis que

le brancardier poussait le lit en direction de l'ascenseur de service.

— Je regrette tellement de ne pas avoir été là. Si j'avais eu la moindre idée…

— Moi, je n'ai aucun regret, l'interrompit Wendy. Je n'étais vraiment pas à mon avantage, tu sais !

Marcos la regarda avec amour.

— Tu mettais notre bébé au monde. Je suis sûr que tu étais magnifique.

Katie, qui les avait suivis, s'arrêta pour leur laisser un peu d'intimité.

— Voilà un couple qui va durer toute la vie, murmura-t-elle avec un mélange d'admiration et d'envie.

— Tu crois ? demanda Blake.

Elle ne s'était pas rendu compte qu'elle s'était exprimée à voix haute et que Blake était si près d'elle. Embarrassée, elle rougit. Elle ne pouvait pas prétendre que ce n'était pas ce qu'elle avait voulu dire, ou qu'elle n'était pas envieuse.

— Oui, répondit-elle avec conviction. Marcos sait exactement ce qu'il a à dire pour qu'elle se sente rayonnante, même si, au fond, elle sait très bien qu'elle n'est pas au mieux de sa forme.

Il hocha la tête, comme s'il comprenait ce qu'elle voulait dire. C'était vraiment un jour à marquer d'une pierre blanche… ou alors elle s'était endormie et était en train de rêver.

— Tu es prête à rentrer, ou tu veux monter voir Wendy dans sa chambre ? demanda Blake.

Malgré le café qu'elle avait bu, elle avait du mal à lutter contre la fatigue et se sentait sur le point de s'écrouler.

— Oh ! je suis plus que prête !

Il hocha la tête en souriant. Lui aussi avait envie de rentrer se coucher.

— Allons-y, alors.

Katie s'endormit presque aussitôt qu'il eut quitté le parking de l'hôpital. Elle dormait encore quand ils arrivèrent chez Wendy. Il se gara, coupa le contact, et l'observa un moment. Il songea à la réveiller, mais se ravisa.

Il descendit de voiture et alla ouvrir la porte de la maison, puis retourna chercher Katie. Elle avait l'air plus douce, quand elle dormait, plus détendue.

Il n'aurait pas su dire combien de temps il resta là, à la regarder, laissant ses pensées vagabonder, avant de revenir à la réalité. Heureusement, il n'y avait personne pour le voir.

Il inspira profondément et prit Katie dans ses bras. Elle était tellement légère !

Il se tourna vers la maison et, comme un jeune marié portant son épouse, franchit le seuil et la porta à l'étage.

Alors qu'il arrivait sur le palier, elle gémit doucement dans son sommeil, puis poussa un petit soupir de contentement avant d'ouvrir lentement les yeux.

Prenant peu à peu conscience de ce qui l'entourait, Katie s'aperçut qu'elle était dans sa chambre, chez Wendy. Elle sentit qu'on la déposait délicatement sur le lit et regarda l'homme qui l'avait portée dans ses bras.

— Blake ?

— Tu t'es endormie. Je n'avais pas le cœur de te réveiller, et je ne pouvais pas décemment te laisser dormir dans la voiture.

— Alors tu m'as prise dans tes bras pour me porter dans la maison ? s'étonna-t-elle.

Aucun autre homme n'aurait fait cela. C'était tellement chevaleresque ! L'idée lui plut énormément.

Il haussa les épaules négligemment.

— Cela m'a semblé être la seule chose à faire, sur le moment.

— Je suis désolée, dit-elle, un peu embarrassée. Tu aurais dû me réveiller.

Il rit.

— Où aurait été la galanterie dans tout ça ?

— Je ne sais pas, mais au moins, tu ne te serais pas fait mal au dos !

— Je n'ai pas mal au dos, tu ne pèses pas plus lourd qu'un sac de farine.

Elle eut un petit rire gêné.

— J'ai entendu des comparaisons plus flatteuses.

— J'en suis sûr, mais peut-être pas d'aussi sincères.

Elle fit un mouvement pour se lever.

— Reste au lit, Katie.

— C'est un ordre ? demanda-t-elle malicieusement. *Ou une invitation ?*

— C'est un ordre si tu as besoin d'un ordre. Est-ce que c'est le cas ?

Il sourit. Elle s'était déjà rendormie. La journée avait dû être éprouvante pour elle. Elle l'avait été aussi pour lui, mais c'était sans commune mesure.

C'était amusant : il croyait savoir quelles étaient les limites de Katie, lui qui la connaissait depuis toujours. Pourtant, elle l'avait surpris, aujourd'hui, à la fois en s'occupant de sa sœur quand celle-ci avait mis au monde son bébé, et par la résistance et la détermination dont elle avait fait preuve en attendant l'arrivée de Marcos.

En outre, alors même qu'elle devait être absolument épuisée, c'était elle qui lui avait rappelé qu'il devait téléphoner à ses proches pour leur annoncer la nouvelle, alors qu'il n'avait pas eu la présence d'esprit de le faire.

Au bout du compte, même quand on croyait bien connaître quelqu'un, cette personne pouvait se révéler pleine de surprises.

Il tira les couvertures sur Katie et lui écarta une mèche de cheveux du visage, puis resta un moment à l'observer. Elle avait l'air tellement paisible…

Il la laisserait faire la grasse matinée, le lendemain. Elle l'avait bien mérité, et ils n'avaient pas besoin de se mettre au travail aux premières lueurs de l'aube.

D'ailleurs, ils passeraient sûrement un bon moment au chevet de Wendy et de la petite MaryAnne. Il eut un élan de tendresse à cette pensée.

Il n'était pas pressé de se replonger dans le Projet Brittany. Ils avaient déjà de l'avance sur leur planning et, de toute façon, Brittany n'allait pas s'envoler.

Il lui restait plus d'une semaine avant le dîner de la Saint-Valentin organisé pour collecter des fonds, au cours duquel il prévoyait de déclarer sa flamme à Brittany, et elle avait déjà accepté de l'y accompagner.

Elle n'avait pas eu un regain d'affection pour lui, il n'allait pas se leurrer sur ses intentions. Elle avait tout simplement besoin d'un cavalier, et il s'était trouvé au bon endroit au bon moment. Elle n'aurait manqué l'événement annuel pour rien au monde. Il y aurait énormément d'invités, et elle aimait, adorait même, être vue.

A vrai dire, elle ne ratait jamais une occasion d'être admirée et flattée. Elle était belle et avait besoin d'un public. Faire tourner les têtes sur son passage flattait son ego et était l'un de ses passe-temps favoris. Depuis toujours, semblait-il, elle débordait d'assurance.

Contrairement à Katie, se surprit-il à penser.

Il la regarda une dernière fois, puis éteignit la lumière et sortit, refermant la porte de la chambre derrière lui.

Il s'efforça alors consciencieusement d'ignorer le sentiment étrange et perturbant qui l'envahissait et lui laissait à penser que la petite voisine auprès de laquelle il avait grandi était devenue le genre de femme avec laquelle il aurait aimé vieillir.

- 10 -

Le rêve dans lequel elle était plongée était tellement pénétrant, tellement émouvant, qu'elle avait l'impression que tous ses sens étaient en éveil. Chaque seconde qui s'écoulait lui apportait de nouveaux éléments, qui venaient s'imbriquer dans les précédents.

En même temps, elle avait vaguement conscience que ce n'était qu'un rêve, car Blake était plein d'attentions pour elle.

Alors qu'il écrivait une brûlante lettre d'amour, il utilisait son prénom à elle, au lieu de celui de Brittany. Quand elle le lui faisait remarquer, il levait les yeux vers elle et lui disait que, pour la première fois de sa vie, il ne faisait pas d'erreur, ajoutant que sa seule véritable méprise avait été de se croire amoureux de Brittany.

Il la prenait alors dans ses bras pour danser, mais, soudain, ils ne dansaient plus. Il l'embrassait, la caressait, lui faisait l'amour. Elle ne se rappelait pas avoir jamais été aussi heureuse.

Hélas, la lumière du jour commença insidieusement à filtrer à travers ses paupières closes, et elle finit par se réveiller. Elle garda délibérément les yeux fermés, dans l'espoir de plonger de nouveau dans le monde d'illusions que son esprit avait créé pour elle. En vain.

Son rêve partit en fumée, se dissipant peu à peu.

Avec un soupir résigné, elle se leva et alla prendre une douche rapide.

Elle était descendue et entrait dans la cuisine quand elle prit pleinement conscience du silence qui régnait dans la maison. Elle était toute seule. Marcos devait être resté à l'hôpital avec Wendy.

Elle avait envie d'aller voir son amie, mais comment se rendre à San Antonio ?

Sa première impulsion fut d'appeler Blake, qui lui servait de chauffeur depuis son arrivée à Red Rock, mais, hélas, elle tomba directement sur son répondeur. Elle ne voyait pas l'intérêt de lui laisser un message, ne sachant pas quand il l'écouterait.

Elle raccrocha, marmonnant un juron.

Contrariée et agitée, elle se dirigea vers le garage. La voiture de Marcos n'était pas là, mais celle de Wendy était disponible. Son amie avait proposé plusieurs fois de la lui prêter depuis son arrivée à Red Rock. Katie avait refusé parce qu'elle n'aimait pas être responsable de la voiture de quelqu'un d'autre, au cas où elle aurait un accident, mais les circonstances étaient particulières, et elle considérait que c'était un cas de force majeure.

Elle hésita néanmoins pendant quelques minutes avant de se décider. Puis elle retourna dans la cuisine prendre les clés, que Wendy gardait accrochées à une patère au-dessus de l'évier.

Une dizaine de minutes plus tard, elle quittait Red Rock et prenait la route de San Antonio.

Une fois arrivée à l'hôpital, elle se gara et, débordante d'enthousiasme, décida d'aller d'abord voir le petit bébé qu'elle avait aidé à mettre au monde.

Elle prit l'ascenseur et descendit à la maternité, songeant avec un grand sourire que le nourrisson n'avait même pas encore un jour. Elle n'avait jamais connu quelqu'un d'aussi jeune.

Elle tourna dans le couloir et aperçut Marcos. L'espace d'un instant, elle hésita à s'éclipser discrètement pour le laisser seul. Il observait sa fille à travers la vitre de la nurserie.

Le bébé paraissait encore plus petit, là-dedans. L'expression profondément inquiète de Marcos aida Katie à se décider. Elle s'approcha de lui.

— Elle va bien, Marcos, dit-elle en lui posant une main sur l'épaule dans un geste réconfortant.

Perdu dans ses pensées tandis qu'il regardait sa fille, Marcos sursauta et se retourna vivement. Il se détendit en voyant Katie.

— Oh ! c'est toi !

Elle recula d'un pas.

— Je suis désolée, je ne voulais pas te faire peur.

Il écarta ses excuses d'un geste de la main.

— Ce n'est rien. C'est moi, j'étais préoccupé… Je ne t'ai même pas entendue arriver.

Elle repensa à l'expression angoissée qu'elle venait de voir sur son visage.

— Tu n'as pas à t'inquiéter, le médecin a dit qu'elle était en parfaite santé, lui rappela-t-elle.

Il hocha la tête avec un sourire las.

— Je sais… Ce n'est pas pour elle que je m'inquiète.

Elle tira la conclusion qui s'imposait : si ce n'était pas pour le bébé qu'il se faisait du souci, cela ne pouvait vouloir dire qu'une seule chose.

— Il est arrivé quelque chose à Wendy ? demanda-t-elle, se tournant déjà à demi, prête à s'élancer vers la chambre de son amie.

Il s'empressa de la rassurer.

— Non, Wendy va très bien, grâce à toi !

Pour cela, elle avait sa reconnaissance éternelle.

— C'est pour Javier que je m'inquiète, expliqua-t-il. J'ai passé la nuit ici, avec Wendy. Une infirmière m'a installé un lit de camp dans la chambre. Ce matin, je suis allé voir Javier pour lui dire que le bébé était né, il m'a demandé de féliciter Wendy de sa part, mais j'ai bien vu qu'il avait encore du mal à accepter sa situation. Il a toujours eu une santé de fer, alors il ne sait pas comment réagir à son état actuel.

Frustré, Marcos résista à l'envie de se mettre à faire les cent pas. S'énerver ne servirait à rien. La seule chose utile aurait été de faire entendre raison à son frère.

— Je sais qu'il croit qu'il ne remarchera jamais et qu'à ses yeux ça ne fait plus de lui que l'ombre d'un homme. C'est complètement insensé, mais pour être honnête, ajouta-t-il en baissant la voix, je sais que si j'étais à sa place, je penserais exactement la même chose.

Elle prit sa main avec tendresse, comme pour lui insuffler du courage.

— Il va remarcher, Marcos. Il faut vraiment qu'il en soit persuadé.

Elle le regarda droit dans les yeux.

— Tu dois l'en convaincre. C'est très important d'adopter une attitude positive dans ce genre de situation. Et puis, des miracles se produisent tous les jours… Pourquoi pas pour Javier ?

Il soutint son regard et se rendit compte qu'elle ne disait pas cela uniquement pour qu'il se sente mieux.

— Tu y crois sincèrement, n'est-ce pas ?

Elle hocha énergiquement la tête.

— De toute mon âme.

Il était prêt à se raccrocher à n'importe quel espoir, du moment que cela pouvait aider son frère à se rétablir.

— Je présume que tu as raison, dit-il avec prudence. Il y a bel et bien des miracles, parfois. Si tu n'avais pas été là pour Wendy et pour le bébé hier soir, j'aurais pu les perdre toutes les deux.

Elle préférait bannir les sombres pensées de son esprit.

— Heureusement, elles sont toutes les deux en parfaite santé et heureuses, dit-elle d'un ton joyeux. Si tu veux, je peux parler à Javier pour l'aider à prendre conscience qu'il a toutes les raisons du monde de croire à son rétablissement. Il a seulement besoin de temps et de patience.

Emu, il l'embrassa sur la joue.

— Non, tu en as déjà fait bien assez pour la famille Mendoza, répondit-il. C'est à moi de m'occuper de mon frère. Et si tu allais plutôt voir Wendy ? Elle meurt d'envie de passer un peu de temps avec toi ! Tu devrais y aller tout de suite, avant que tout le monde débarque et que la chambre soit bondée.

— Bondée ? répéta-t-elle, perplexe.

Il hocha lentement la tête.

— Aux dernières nouvelles, ils étaient tous prêts à prendre l'avion pour venir ici.

Il aimait beaucoup les proches de Wendy, mais aurait préféré qu'ils ne viennent pas tous en même temps, étant donné les circonstances.

— Tout le monde va être debout autour de son lit.

— Quand tu dis « tout le monde », tu fais allusion à ses frères et sœurs, n'est-ce pas ?

Elle connaissait le père de Wendy et savait qu'il s'était difficilement laissé convaincre de quitter son bureau juste assez longtemps pour assister au mariage de sa fille.

— Et ses parents, précisa Marcos.

Elle ne chercha pas à dissimuler son étonnement.

— Tu plaisantes ? Son père vient aussi ?

Elle s'était attendue à ce que la mère de Wendy ait envie de venir, mais ne puisse pas : elle faisait peu de choses toute seule, et son mari ne pensait qu'à son travail. En fait, John Michael était marié à son travail, et Virginia n'était que sa maîtresse.

Marcos eut un petit rire, content de voir qu'il n'était pas le seul à être surpris.

— Cela m'a étonné, moi aussi. John Michael Fortune aura quitté son bureau deux fois en l'espace d'un peu plus d'un mois ! Je n'aurais jamais cru voir ça un jour. Comme quoi, les bébés ont vraiment un pouvoir d'attraction irrésistible ! dit-il en riant.

Elle se dit que Marcos avait l'air plus en forme que lorsqu'elle était arrivée, quelques minutes plus tôt. Un sentiment de satisfaction l'envahit à l'idée de s'être rendue utile.

— Bon, je ferais mieux d'aller voir Wendy tout de suite !

Marcos hocha la tête et se retourna vers la nurserie.

— Dis-lui que j'irai la voir après avoir passé un moment avec MaryAnne.

— Je lui dirai.

Cette petite fille avait de la chance, Marcos ferait vraiment un bon père.

Elle remonta le couloir, sourire aux lèvres, jusqu'à la chambre de Wendy. Elle frappa à la porte et entra sans attendre de réponse. Elle n'allait pas faire de manières : la veille au soir, l'amitié entre Wendy et elle avait atteint un nouveau degré. Un lien plus intense encore les unissait.

Wendy semblait ravie de la voir. Blake, à son chevet, parut plus étonné.

— Après hier soir, je pensais que tu ferais la grasse matinée pour recharger tes batteries !

Son cœur se mit à battre la chamade. Le rêve qu'elle avait fait était encore très net dans son esprit, et le simple fait de le voir la troubla profondément. Elle espérait ne pas avoir rougi, trahissant ainsi ses pensées les plus secrètes.

Elle fit de son mieux pour se concentrer sur la situation présente, et non sur un rêve qui ne se réaliserait probablement jamais.

— Je n'ai pas besoin de beaucoup de sommeil, répondit-elle avec raideur.

Après tout, il s'était couché aussi tard qu'elle et était là, lui aussi, en pleine forme. Pourquoi supposait-il qu'elle le serait moins que lui ? Voyait-il en elle une pauvre petite chose fragile ?

— J'ai aidé Wendy à mettre son bébé au monde, je n'ai pas creusé le Grand Canyon avec une petite cuillère.

Il haussa les épaules négligemment. Les hommes étaient censés être plus coriaces que les femmes, mais il se garda bien de le faire remarquer. De plus, Katie était au moins aussi coriace que lui, c'était indéniable.

Une pensée lui traversa soudain l'esprit.

— Attends un peu ! Comment as-tu fait pour venir à l'hôpital ?

Katie faisait extrêmement attention à la dépense, il la voyait mal en train d'appeler un taxi pour venir. Or, il n'y avait pas de transports en commun entre Red Rock et San Antonio.

— Ah, ah, fit-elle d'un ton mystérieux, c'est de la magie !

Puis elle se tourna vers Wendy et expliqua :

— Je t'ai emprunté ta voiture, tu m'avais dit que je pouvais la prendre.

Elle espérait sincèrement n'avoir pas mal fait.

Wendy posa une main sur la sienne et sourit chaleureusement.

— Après ce que tu as fait hier soir, tout ce qui est à moi est à toi !

Soulagée, Katie eut un petit rire.

— Marcos ne sera peut-être pas d'accord ! Tout ce que je demande en guise de récompense, c'est de pouvoir utiliser ta voiture pour venir te voir.

— Bon, je vais vous laisser un peu toutes les deux, intervint Blake. Je vais aller voir ma petite nièce encore une fois, et ensuite, je retournerai à Red Rock.

— Mais tu reviendras tout à l'heure ? lui demanda Wendy, pleine d'espoir.

Il savait très bien où elle voulait en venir.

— Tu veux dire, quand le reste de la famille arrivera en masse ? Bien sûr, je serai là. Je ne raterai pour rien au monde l'expression de papa quand il verra sa petite-fille pour la première fois.

Leur père aurait préféré que son premier petit-enfant soit un garçon, à n'en pas douter, mais Blake évita soigneusement de le mentionner.

— Il va sûrement lui apporter un petit bureau et une petite chaise pour qu'elle puisse commencer à travailler pour l'entreprise familiale dès qu'elle aura appris à s'asseoir !

Il imita la voix grave de leur père.

— Il ne faut jamais remettre au lendemain ce que l'on peut faire le jour même, Wendy ! On n'est jamais trop jeune pour s'engager dans la bonne voie.

— Votre père n'est pas si terrible, protesta Katie.

Quand son propre père, maintenant décédé, avait fait faillite, John Michael Fortune lui avait offert une place au sein de son entreprise.

Elle lui serait toujours reconnaissante d'avoir permis à son père de retrouver sa fierté.

— Oh ! si ! s'écrièrent Wendy et Blake d'une seule voix.

Elle décida de ne pas se laisser entraîner sur ce terrain. John Michael avait du mal à exprimer ses sentiments, comme beaucoup d'hommes, d'ailleurs, mais l'important était qu'il vienne voir sa fille et sa petite-fille.

Avec un haussement d'épaules désinvolte, elle capitula.

— Je ne peux pas argumenter contre vous deux.

Blake posa sur elle un regard d'une telle intensité qu'elle fut parcourue d'un frisson, ce qu'elle eut bien du mal à cacher.

— Bien sûr que tu peux, dit-il en se dirigeant vers la porte, et tu le feras probablement, d'ailleurs.

Wendy appuya sur un bouton et le haut de son lit se redressa, lui permettant presque de s'asseoir.

— Alors, comment ça se passe ? demanda-t-elle avec empressement dès que son frère eut refermé la porte derrière lui.

L'espace d'un instant, Katie avait laissé ses pensées vagabonder et s'était replongée dans son rêve. La voix de Wendy la rappela à la réalité.

— De quoi parles-tu ? lui demanda-t-elle, un peu perdue.

Wendy leva les yeux au ciel.

— A ton avis ? Du fameux Projet Brittany !

Katie était surprise que son amie ait envie d'aborder le sujet, alors qu'elle venait de mettre au monde son bébé, mais Wendy la regardait avec l'air d'attendre un compte rendu de l'évolution de la situation.

Elle haussa les épaules.

— Je devais lui apprendre à cuisiner, aujourd'hui, mais je ne suis pas sûre que ce soit encore d'actualité, étant donné les circonstances.

— Les circonstances ? répéta Wendy, visiblement perplexe.

Comment pouvait-elle ne pas comprendre ?

— Tu viens d'avoir un bébé, tu te rappelles ?

Comment pouvait-elle penser à quoi que ce soit d'autre ? Si elle avait un bébé… Non, cela ne lui arriverait jamais. Elle resterait probablement l'éternelle « tante Katie » et finirait sa vie seule.

— Ne t'avise pas de changer tes plans à cause de moi, tu m'entends ? s'écria Wendy. Je veux que tu t'attèles à la tâche comme prévu et que tu passes le plus de temps possible avec mon écervelé de frère, jusqu'à ce qu'il se rende compte que tu es en tout point supérieure à Brittany.

Katie secoua la tête. Son combat était peut-être vain, peut-être s'illusionnait-elle en s'imaginant pouvoir amener Blake à voir les choses sous un jour différent.

— Je ne suis pas sûre que ce soit possible, Wendy. Brittany est mondaine, elle vient du même milieu que vous.

— Peu importe le milieu, tu es quelqu'un d'exceptionnel. Si tu ne le fais pas pour toi, fais-le pour lui, je t'en prie !

Katie fronça les sourcils. Elle se sentait soudain profondément abattue.

— Blake veut Brittany, tu te souviens ?

— Non, il croit qu'il veut Brittany, ce n'est pas la même chose. Et si, par un horrible coup du sort, il parvient à l'avoir temporairement, j'insiste sur le mot *temporairement*, il se retrouvera avec de la barbe à papa, rien de plus.

— De la barbe à papa ? Qu'est-ce que tu racontes ?

Wendy hocha énergiquement la tête.

— Exactement, de la barbe à papa : aucune consistance, que de l'air et du sucre. Et en plus de ça, elle lui brisera le cœur. Elle l'a déjà fait une fois, elle recommencera. Elle a toujours été superficielle, et elle ne changera jamais.

Elle serra la main de Katie dans la sienne.

— Crois-moi, reprit-elle avec ferveur, mon frère a besoin d'une femme bien dans sa vie, et je n'en vois qu'une seule qui soit faite pour lui : toi.

Soudain épuisée, elle lâcha la main de Katie et se laissa aller en arrière sur ses oreillers, avec un profond soupir.

— Allez, va le rejoindre et remets-toi au travail. Empêche mon idiot de frère de faire la pire erreur de sa vie. Tue Brittany s'il le faut, ajouta-t-elle en plissant les yeux d'un air menaçant, tu as ma permission.

L'atmosphère, jusque-là assez grave, se détendit aussitôt. Katie éclata de rire et secoua la tête.

— Tu n'y vas pas par quatre chemins !

— Allez, dit Wendy en souriant, vas-y.

Katie fit un salut militaire, comme un soldat discipliné.

— D'accord !

— Et n'oublie pas de m'appeler pour me dire comment ça se passe.

— Je n'y manquerai pas, répondit Katie juste avant de refermer la porte derrière elle. A condition qu'il se passe quoi que ce soit ! murmura-t-elle pour elle-même.

Surpris, Blake leva les yeux des notes qu'il était en train de prendre, assis à son bureau. Il n'avait pas entendu frapper, peut-être même Katie n'avait-elle pas frappé, mais il avait senti sa présence dès qu'elle était entrée dans la pièce. Comme s'il s'attendait à la voir arriver.

Qui sait ? Ils travaillaient ensemble depuis plus de deux ans, maintenant. Au bout d'un certain temps, on s'habituait à une personne, à son parfum.

— Je ne m'attendais pas à te voir ici aujourd'hui, dit-il, s'efforçant de dissimuler son étonnement.

Elle posa son sac à main.

— Pourquoi ? C'est une journée de travail comme les autres, non ? Tu n'as pas pris de congé, puisque tu es ici.

Tu es bien trop pressé de séduire une femme qui n'est absolument pas faite pour toi ! ajouta-t-elle intérieurement, sans cesser de sourire.

Il indiqua d'un hochement de tête la feuille de papier qu'il avait sous les yeux.

— Je me suis dit que j'allais peaufiner la lettre que tu as écrite pour moi hier, tu sais, y apporter une touche personnelle.

Il la regarda, l'air un peu hésitant. Peut-être s'inquiétait-il de ce qu'elle ressentait pour lui ? Non, bien sûr que non. Elle prenait ses désirs pour des réalités.

— Ça ne te dérange pas, n'est-ce pas ?

Elle haussa les épaules avec une désinvolture feinte.

— C'est ta lettre d'amour.

Seigneur ! Etait-il aussi gêné qu'elle ?

A son grand étonnement, il mit la lettre de côté.

— Je m'en occuperai plus tard. Alors, qu'y a-t-il au programme, aujourd'hui ? demanda-t-il avec enthousiasme, comme un élève attentif.

Bon sang ! Brittany ne saura jamais apprécier cet homme à sa juste valeur, pensa-t-elle, au comble du désespoir.

— Je pensais t'apprendre à cuisiner.

— A cuisiner ? répéta-t-il, les sourcils froncés. Est-ce vraiment nécessaire ? Si ce sont les hommes qui ont la reconnaissance du ventre et non les femmes, c'est parce qu'elles savent bien mieux cuisiner. Enfin, je ne crois pas que Brittany sache faire cuire un œuf à la coque, cela dit.

Effectivement, songea Katie, *elle mettrait probablement le feu à la maison si elle essayait.*

— Les temps ont changé, il y a plein d'hommes qui cuisinent, de nos jours. Maintenant, si tu ne t'en sens pas capable…

Elle ne termina pas sa phrase. Rien ne le motivait plus qu'un défi, elle le savait.

— Si, si, c'est parti, dit-il, montre-moi ce que tu sais faire !

Elle sourit et acquiesça d'un hochement de tête.

C'est bien mon intention, Blake. C'est bien mon intention.

- 11 -

— Non, non, tu dois incorporer doucement la farine au consommé, pas la fouetter de toutes tes forces, expliqua Katie.

Elle s'était arrêtée en chemin en allant au ranch de Scott pour acheter quelques ingrédients en vue du cours de cuisine qu'elle se proposait de donner à Blake. Elle avait décidé de lui apprendre à faire du bœuf Strogonoff, pensant que c'était une recette assez facile.

Apparemment, elle s'était trompée.

Elle l'avait quitté des yeux une seconde pour prendre des champignons dans le réfrigérateur et, quand elle s'était de nouveau tournée vers lui, elle avait été horrifiée de voir qu'il mélangeait de toutes ses forces la viande soigneusement coupée en morceaux, le consommé et la farine.

— Mais il y a plein de grumeaux ! s'écria-t-elle, contrariée.

Il essaya, sans succès, de modifier la consistance du mélange en écrasant chaque petite boulette de farine du plat de sa spatule.

— Ce n'est pas censé être plein de grumeaux, si ?

Elle résista à l'envie de rire et répondit d'un ton solennel.

— Non.

Il n'y aurait pas eu de grumeaux s'il avait versé la farine lentement, sans cesser de mélanger, comme elle lui avait dit de le faire. De toute évidence, il avait tout versé d'un coup.

Cependant, cela ne servait plus à rien de le lui faire remarquer, maintenant. La seule chose à faire était de réparer les dégâts.

— Tu dois mélanger comme ça, regarde…

Elle posa sa main sur la sienne et fit tourner la spatule en rythme dans la casserole.

— Tu vois ?

Il tourna la tête pour la regarder par-dessus son épaule. Elle s'était placée juste derrière lui. Son visage n'était qu'à quelques centimètres du sien.

— Oui, je vois, murmura-t-il.

Son souffle vint caresser sa peau. Troublée, elle retira sa main de la sienne.

Son cœur battait la chamade. Regardant fixement le contenu de la casserole, elle se força à se concentrer sur ce qu'ils étaient en train de faire, mais il lui fallut un moment pour se reprendre.

— Tu vois, les grumeaux commencent déjà à disparaître, dit-elle avec un sourire satisfait. Nous ferons de toi un vrai chef, tu verras ! La prochaine fois, verse lentement la farine, comme ça cela ne fera pas de grumeaux.

— La prochaine fois, grommela-t-il, se demandant s'il y aurait une prochaine fois.

Cette histoire de campagne pour reconquérir Brittany se révélait bien plus compliquée qu'il ne s'y était attendu. Bien sûr, cela ne le dérangeait pas de dîner avec elle, à condition qu'il puisse l'emmener au restaurant, et il était même prêt à apprendre à danser et à écrire des lettres d'amour, mais de là à se mettre à cuisiner ! Il n'était pas du tout sûr que ce soit une bonne idée.

Il n'avait pas besoin de poser la question à son père pour savoir que celui-ci n'avait jamais eu à cuisiner quoi que ce soit pour sa mère, pour la séduire ou la convaincre de l'épouser. Bien sûr, sa mère était bien plus facile à vivre que Brittany.

Cependant, il devait s'y résoudre : Brittany n'était pas une femme comme les autres, et il lui faudrait faire beaucoup d'efforts, dans tous les domaines, pour gagner son cœur.

Il avait remonté ses manches pour faire la cuisine, et Katie lui effleura involontairement le bras avec ses cheveux. Elle regarda le contenu de la casserole et hocha la tête d'un air satisfait.

— Ça se présente bien, dit-elle en observant la consistance de la sauce. Bravo !

Sans qu'il puisse vraiment s'expliquer pourquoi, cette marque d'approbation lui fit plaisir.

— Merci.

Elle lui montra le sac en papier qu'elle venait de poser sur le plan de travail.

— Maintenant, lave les champignons, coupe-les en morceaux et ajoute-les à la préparation.

— Lentement, comme j'aurais dû le faire pour la farine ? demanda-t-il en posant la spatule pour ouvrir le sac en papier.

Elle eut un grand sourire.

— Ça n'a pas d'importance. Ils vont fondre à la cuisson… et donner un bon goût à la sauce, ajouta-t-elle, anticipant la question qu'il s'apprêtait à lui poser.

A quoi bon ajouter des champignons si on pouvait les verser n'importe comment ?

— Ah, d'accord.

Après avoir passé les champignons sous l'eau, il prit un couteau et une planche à découper, sur laquelle il les plaça, et se mit au travail.

Il aimait bien découper les légumes.

Il la regarda du coin de l'œil.

— Tu as tout ça dans ta tête, n'est-ce pas ? Des tas de recettes, demanda-t-il.

Elle haussa les épaules.

— Ce n'est pas grand-chose.

Il estimait qu'elle se dévalorisait. Ce n'était pas la première fois, il s'en rendait compte maintenant. A la réflexion, c'était quelque chose qu'elle faisait tout le temps, sans doute par modestie. Il songea que Brittany, elle, ne se serait dépréciée pour rien au monde.

— Tout de même, dit-il d'un ton admiratif, c'est impressionnant.

— J'imagine que tout est une question de point de vue… Tu retiens les chiffres de ventes, c'est la même chose.

Justement ! Ne se rendait-elle pas compte ?

— Toi aussi, tu retiens les chiffres de ventes, lui fit-il remarquer.

Elle se sentit gagnée par un sentiment de joie. Il s'était aperçu qu'en effet elle avait plusieurs cordes à son arc.

Un point pour elle ! Elle se félicita intérieurement de ce petit progrès.

Souriant, elle rassembla distraitement les champignons qu'il venait de découper et les mit dans la casserole, prenant soin de les répartir uniformément.

— Je croyais que j'étais censé tout faire tout seul.

Initialement, le but était qu'il cuisine un plat du début à la fin, avec pour seule assistance les conseils et instructions de Katie.

— Je ne le répéterai à personne, si tu me promets de ne rien dire non plus. Ça marche ? demanda-t-elle en lui faisant un clin d'œil.

Il n'aurait pas su expliquer pourquoi, au juste, mais ce clin d'œil le troubla profondément. L'espace d'un instant, il en eut le souffle coupé.

Que lui arrivait-il ?

Ce devait être la chaleur de la cuisine qui l'étourdissait. Il connaissait Katie depuis toujours, ce ne pouvait pas être elle qui lui faisait cet effet.

— Ça marche.

Il prit une grande cuillère et la plongea dans la casserole.

— Attends, dit-il quand elle commença à se détourner, goûte !

Il lui tendit la cuillère pleine. Elle souffla doucement dessus et, de nouveau, il sentit sa gorge se serrer.

Bon sang ! Mais qu'est-ce qui te prend ?

Il se comportait comme un adolescent, et encore : même adolescent, il ne minaudait pas comme cela.

Ressaisis-toi, Blake !

A peine eut-elle refermé les lèvres sur la cuillère que les larmes lui montèrent aux yeux. Elle avait la bouche en feu, à tel point qu'il lui fallut un moment pour retrouver l'usage de la parole.

— Qu'est-ce que tu as mis d'autre là-dedans ? demanda-t-elle d'une voix râpeuse.

— Pourquoi ? Qu'est-ce qui ne va pas ?

Comme elle ne répondait pas, il énuméra les ingrédients qu'il avait utilisés et conclut la liste en disant :

— … et du poivre.

— Quelle sorte de poivre ?

Elle avait bu un grand verre d'eau, et la sensation de brûlure qui l'avait saisie à la gorge commençait à se calmer.

Il la regarda d'un air ébahi.

— Comment ça, *quelle sorte de poivre* ? Je ne sais pas ! Il y en a plusieurs sortes ?

Elle acquiesça d'un hochement de tête. Il prit le pot qu'il avait utilisé et le lui montra.

— J'ai mis une cuillère à soupe de ça.

Elle regarda l'étiquette. Elle comprenait mieux, maintenant !

— La recette indiquait qu'il fallait mettre une cuillère à café de poivre, et du poivre blanc, pas du poivre de Cayenne !

Il fronça les sourcils, visiblement contrarié par son erreur.

— Du poivre blanc ?

— Oui.

Il semblait perplexe.

— Ce n'est pas la même chose ?

Elle se servit un deuxième verre d'eau et en but une gorgée. Elle commençait à se sentir mieux.

— Non, ce n'est pas du tout la même chose.

L'expression de Blake s'assombrit encore davantage. Il regarda le contenu frémissant de la casserole.

— Si je comprends bien, tu essaies de me dire que c'est immangeable, j'ai tout gâché ?

Pas si je peux y remédier.

— Non, tu n'as pas *tout gâché*.

— Mais tu as failli cracher du feu !

Elle ouvrit une autre boîte de consommé.

— Nous allons simplement devoir rajouter du consommé et de la farine pour allonger tout ça.

Avec un peu de chance, cela suffira.

Elle fit ce qu'elle venait de dire, avec assurance et rapidité. Une fois qu'elle eut mélangé le tout et rétablit un certain équilibre dans les quantités des différents ingrédients, la sauce retrouva une belle couleur et un aspect appétissant.

— A moins que ce soit complètement carbonisé, on peut toujours rattraper le coup. Il suffit de faire preuve d'un peu d'imagination.

— C'est toi qui as de l'imagination, pas moi ! Ce n'est pas mon truc, avoua-t-il avec un haussement d'épaules.

— Ça viendra, promit-elle en remuant le contenu de la casserole. On ne sait pas tout, tout de suite, quand on débute. Souviens-toi que c'est toi qui as trouvé une stratégie pour signer avec Fontaine alors que la situation paraissait désespérée, lui rappela-t-elle pour lui redonner confiance en lui.

Elle détestait le voir abattu, même si lui remonter le moral équivalait sans doute à le pousser dans les bras de Brittany.

— J'y suis allé au culot !

— Comme moi avec le Strogonoff, mais en l'occurrence, il n'y a pas de postes en jeu, comme c'était le cas avec le contrat Fontaine. Tu as été beaucoup plus inventif à l'époque que moi maintenant, et c'était beaucoup plus important !

Il sourit, lui prouvant qu'elle avait réussi à lui redonner de l'allant.

Il la regarda s'affairer et ne put s'empêcher de remarquer qu'elle faisait tout avec assurance. Il ne serait jamais aussi à l'aise qu'elle dans une cuisine, il le savait. Peut-être perdaient-ils leur temps.

— Tu es sûre que c'est vraiment la peine que j'apprenne à cuisiner ? lui demanda-t-il quand elle se tourna de nouveau vers lui.

Elle discerna la réticence dans sa voix.

— Considère ça comme ton dernier recours, répondit-elle en souriant. Je suis sûre que tu l'éblouiras en dansant, mais si jamais cela ne marchait pas, ce sera une bonne chose que tu saches préparer un bon repas en vitesse.

Elle s'interrompit pour goûter le bœuf Strogonoff.

— Tiens, dit-elle d'un ton enjôleur en lui tendant la spatule, goûte !

S'attendant à un désastre, il hésita, puis goûta du bout des lèvres. Constatant que ce n'était pas si poivré que cela, il goûta de nouveau, prenant une plus grosse bouchée.

— Hé ! s'écria-t-il, agréablement surpris. Ce n'est pas mauvais !

— Non, pas mauvais du tout, acquiesça-t-elle en reposant la spatule sur le plan de travail. Tu vois ? Je te l'avais dit ! Tu sais cuisiner, maintenant.

Il y avait un fossé entre ce qu'il était capable de faire et ce qu'elle avait accompli, il était assez intelligent pour s'en rendre compte.

— Non, je sais mélanger des ingrédients, toi, tu sais cuisiner.

Elle n'avait pas l'intention d'argumenter, d'autant que, dans le cas présent, il avait raison.

— Disons que c'était un travail d'équipe ! Et maintenant que c'est prêt, dit-elle en indiquant la casserole, pourquoi ne pas déjeuner ?

L'expérience de manger quelque chose qu'il avait cuisiné ou, du moins, qu'il avait contribué à préparer, était nouvelle pour lui.

— Bonne idée ! Pourquoi pas ? Ensuite, je retournerai à l'hôpital, je l'ai promis à Wendy.

Elle n'avait rien d'urgent à faire et avait envie de se joindre à lui.

— Je peux venir avec toi ?

Leurs regards se croisèrent.

— Bien sûr.

La façon dont il dit cela la troubla profondément.

— Pourquoi est-ce que nous ne pouvons pas entrer ? demanda John Michael Fortune à la jeune infirmière inexpérimentée qui se tenait à côté de son épouse.

Sa voix grave résonna dans le couloir. Agé de soixante-deux ans, il était encore bel homme. Il mesurait un peu plus d'un mètre quatre-vingt-dix et, avec sa carrure d'athlète, il était particulièrement impressionnant. Son froncement de sourcils aristocratique y contribuait aussi. On avait vu des hommes mûrs trembler devant l'expression qu'il affichait en ce moment même.

En revanche, Virginia, son épouse depuis trente-six ans, avait appris à passer outre. Elle ne se laissait pas décontenancer, se contentant d'attendre que l'orage passe, ce qui finissait toujours par arriver.

La jeune infirmière calqua son comportement sur le sien.

— Je n'ai pas tout laissé tomber et fait toute cette route pour rester dans le couloir, derrière la porte de la chambre de ma fille ! déclara-t-il en lui lançant un regard furibond. Je suis venu pour la voir.

— Et vous allez la voir, monsieur Fortune, répondit la jeune femme, dès que le médecin aura fini de l'examiner. Il ne devrait plus y en avoir pour très longtemps.

Habitué à obtenir ce qu'il voulait, John Michael s'apprêtait à pousser l'infirmière pour entrer dans la chambre, mais il se ravisa.

— Le médecin est en train de l'examiner ? Enfin, pourquoi ne l'avez-vous pas dit plus tôt ? s'écria-t-il, plus troublé qu'en colère cette fois. Bon sang, jeune fille, j'ai failli entrer brusquement et nous mettre tous dans l'embarras !

L'infirmière se détendit un peu.

— Heureusement, vous ne l'avez pas fait, et je vous l'ai dit, monsieur.

Au même instant, la porte s'ouvrit derrière elle, et elle s'écarta pour le laisser passer, profondément soulagée. Elle se rendait bien compte que l'homme qui se tenait en face d'elle n'aurait pas hésité à la bousculer si elle était restée plus longtemps en travers de son chemin.

John Michael salua d'un bref hochement de tête le médecin qui sortait de la chambre.

— Il était temps, marmonna-t-il, suffisamment fort pour être entendu.

Il entra, suivi du reste de la famille, venue d'Atlanta pour voir Wendy et son bébé. Il traversa la chambre d'un pas décidé, se dirigeant droit sur sa fille.

— Tu es pâlotte.

— Ça doit être à cause de la lumière, répondit Wendy. Au fait, papa, je t'ai entendu d'ici, alors que la porte était fermée.

Elle n'avait jamais hésité à tenir tête à son père.

Cependant, si elle espérait le voir exprimer des regrets, elle perdait son temps.

— Tant mieux ! Je voulais que tu saches que nous étions arrivés, répondit-il d'un ton inflexible.

Il se tut et la regarda plus attentivement. Elle était vraiment pâle.

— Comment te sens-tu ?

Elle sourit.

— Bien mieux, papa. Bonjour, maman, ajouta-t-elle en se tournant vers sa mère.

Virginia se pencha et lui déposa un baiser sur la joue. Puis elle lui écarta les cheveux du visage, dans un geste familier qui lui était resté du temps où Wendy était encore une petite fille à la frange trop longue.

Ne tenant pas compte de la présence des frères et sœurs de Wendy, qui avaient sans doute des questions à lui poser, John Michael se pencha vers elle comme s'ils étaient seuls dans la pièce.

— Tu es sûre que tout va bien ? demanda-t-il d'un ton légèrement plus doux, mais qui avait toujours quelque chose de professionnel.

— Oui, papa, tout va bien. Je t'assure, ajouta-t-elle quand il haussa les sourcils d'un air soupçonneux.

On aurait dit qu'il allait la cuisiner, comme la fois où il l'avait surprise en train de sortir subrepticement de la maison à plus de 2 heures du matin, peu après son dix-huitième anniversaire.

— Et le bébé ?

— Oui, intervint Virginia, comment va le bébé ?

— MaryAnne va bien, elle aussi, elle est un peu petite, alors les médecins ont décidé de la garder quelque temps à l'hôpital, pour ne prendre aucun risque.

Wendy avait dit cela d'un ton tellement dégagé que

personne n'aurait pu deviner à quel point l'idée de rentrer chez elle le lendemain sans son bébé la peinait.

— Alors comme ça, tu as vraiment eu une fille, hein ? demanda son père.

Apparemment, il avait cru que les résultats de l'échographie étaient faux. Elle fit de son mieux pour cacher son amusement.

— Oui, papa, j'ai bel et bien eu une fille.

— Et elle s'appelle MaryAnne.

Son ton trahissait sa déception.

— Ne t'inquiète pas, papa, elle ne sera pas fille unique. Si notre prochain enfant est un garçon, nous lui donnerons peut-être ton prénom.

Son père hocha la tête. De toute évidence, cette perspective le réjouissait, mais il s'efforçait de ne rien en laisser paraître.

— Ce n'est pas une mauvaise idée.

Sa mère la regarda en souriant.

— Je trouve que MaryAnne est un très joli prénom. Cela me plaît beaucoup, à moi.

— On se fiche bien de son nom ! dit Emily avec chaleur.

Tout le monde se tourna vers elle. Le passage de la tornade les avait tous plus ou moins bouleversés et, depuis, Emily avait un comportement un peu étrange. Personne n'y faisait jamais allusion, espérant que cela lui passerait. Ils avaient tous réagi à leur façon à la catastrophe et tâchaient de faire preuve de patience les uns envers les autres.

Néanmoins, Virginia estimait que la remarque désobligeante de sa fille méritait d'être relevée.

— Emily ! s'écria-t-elle. C'est épouvantable de dire une chose pareille.

— Ce qui importe, dit Emily comme si de rien n'était, c'est qu'elle soit en bonne santé.

— Je suis d'accord avec Emily, intervint Michael.

John Michael haussa les épaules.

— Apparemment, je n'ai pas mon mot à dire quant au prénom de cette enfant.

— Papa…

Wendy s'apprêtait à protester, mais son père leva les deux mains pour l'interrompre.

— Hé ! Je n'ai pas dit que ce n'était pas un beau prénom.

Soudain, la porte s'ouvrit de nouveau. Wendy tourna la tête dans cette direction, espérant des renforts, ou une diversion. A son grand soulagement, elle vit entrer Blake et Katie.

— Vous êtes revenus !

Son frère s'approcha du lit et vint se placer à son chevet, en face de leur père.

— Je t'avais dit que nous reviendrions.

Katie remarqua qu'il avait dit *nous*, alors que le matin même, il avait seulement promis que *lui* reviendrait. Etait-ce un progrès ? Ou les effets secondaires d'un abus de poivre ? se demanda-t-elle avec ironie.

Quoi qu'il en soit, elle en fut touchée et décida de savourer l'instant présent.

- 12 -

Les proches de Wendy, rassemblés autour de son lit, se disputaient son attention. En l'espace de quelques minutes, leurs voix se firent plus fortes, et le brouhaha devint assourdissant.

Virginia s'efforça de leur faire baisser la voix, mais sans succès. Inévitablement, le vacarme finit par attirer l'attention. Une dizaine de minutes après leur arrivée, une infirmière expérimentée, grande et forte, aux allures de sergent instructeur, passa la tête dans l'entrebâillement de la porte.

— Vous êtes bien trop nombreux dans cette chambre, déclara-t-elle en entrant. Je vais vous demander de vous relayer auprès de la jeune maman.

Son ton était sans réplique.

Le père de Wendy se redressa de toute sa hauteur impressionnante et, les sourcils froncés, baissa les yeux vers elle. Elle devait bien mesurer vingt centimètres de moins que lui.

— Vous savez qui je suis, jeune femme ?

Imperturbable, l'infirmière soutint son regard dur.

— Oui, vous êtes l'une des personnes qui va attendre son tour dans le couloir pour voir la jeune maman, répondit-elle d'un ton neutre.

Le père de Wendy plissa les yeux, l'air furibond.

— Je suis John Michael Fortune, rétorqua-t-il d'un ton glacial, et j'ai récemment fait une généreuse donation à cet hôpital pour manifester ma reconnaissance au personnel médical, qui s'est si bien occupé de ma fille quand elle a failli accoucher prématurément.

— Vraiment ?

L'infirmière hocha lentement la tête.

— Très bien, dans ce cas, vous serez l'un des premiers à passer un moment au chevet de la jeune maman, mais il faut quand même que la moitié d'entre vous sorte de cette chambre.

Eternelle conciliatrice, Katie s'approcha.

— Et si je vous emmenais tous à la nurserie voir le plus adorable bébé du monde ? suggéra-t-elle en regardant tour à tour les proches de Wendy.

Emily s'approcha d'elle et passa son bras sous le sien.

— J'adorerais voir ce bébé.

Elle avait parlé avec une telle ferveur que Blake, repensant à la remarque qu'elle avait faite un peu plus tôt, se demanda ce qui arrivait à sa sœur.

Il s'apprêtait à suivre les autres dans le couloir, mais Wendy voulut qu'il reste pour la soutenir face à leur père. En temps normal, elle se serait très bien débrouillée toute seule, mais l'accouchement l'avait beaucoup fatiguée, et elle préférait avoir un allié, au cas où.

— Tu viens juste d'arriver, protesta-t-elle en le regardant droit dans les yeux.

Blake sourit.

— Je reviens le plus vite possible, c'est promis. Je ne veux pas te monopoliser, les autres n'ont pas encore eu l'occasion de passer du temps avec toi. Et puis, il vaudrait mieux ne pas contrarier ton infirmière !

Il adressa un sourire un peu trop éclatant à l'infirmière en question, qui se tenait à la porte. Leurs regards se croisèrent quand il sortit.

— Non, il ne vaudrait mieux pas, confirma l'infirmière d'une voix égale, le visage de marbre.

Il se retint de rire. Dans le couloir, il rejoignit Emily et le reste de la famille que Katie conduisait à la nurserie.

Il prit soudain conscience qu'il aurait été perdu sans Katie. Elle allait aux devants des besoins de chacun et semblait capable de régler les problèmes avant qu'ils ne deviennent insurmontables. Elle valait vraiment son pesant d'or.

En ce moment même, grâce à elle, il avait le champ libre pour parler à Emily seul à seule.

— Tout va bien ? demanda-t-il tout bas à cette dernière.

Elle se crispa légèrement.

— Pourquoi est-ce que tu me demandes ça ?

Il ne tourna pas autour du pot.

— Parce que tu n'as plus l'air aussi joyeuse qu'avant. Ça va ?

Il la scruta du regard, mais sa sœur restait impassible.

— Aucune séquelle de la tornade ?

— Tu t'inquiètes pour ta grande sœur ? demanda-t-elle, amusée.

— Quelque chose comme ça… Alors, qu'est-ce qui t'arrive ?

Elle soupira. Comment répondre à cette question sans paraître trop bizarre ? L'espace d'un instant, elle envisagea de faire comme si de rien n'était, mais Blake et elle étaient proches. Elle ne lui avait jamais menti, elle n'allait pas commencer maintenant.

Elle se lança prudemment.

— Le passage de la tornade m'a fait réfléchir…

— Bienvenue au club !

Après tout, sans la tornade, il n'aurait probablement pas pris conscience d'avoir laissé Brittany lui échapper sans rien faire.

— Alors, quel a été le fruit de tes réflexions ?

Seigneur ! Elle n'aurait jamais cru dire un jour ce qu'elle s'apprêtait à dire.

Elle prit une profonde inspiration et se jeta à l'eau.

— Je me suis rendu compte que je voulais avoir un enfant.

Elle le regarda. Il n'avait pas l'air surpris, ou amusé. Peut-être ne mesurait-il pas le sens profond de ce qu'elle lui disait. Soudain, il lui parut de la plus haute importance qu'il comprenne.

— De toutes mes forces, je veux un bébé ! Je n'arrive plus à penser à quoi que ce soit d'autre.

Emily était plus âgée que lui. Elle n'avait pas d'homme dans sa vie, du moins, pas à sa connaissance, et peut-être entendait-elle le tic-tac de son horloge biologique.

— Dans ce cas, arrête de penser et fais quelque chose.

Elle cilla, décontenancée.

— Pardon ?

— *Fais* quelque chose, répéta-t-il, fais des projets concrets. Tu pourrais adopter, avoir recours à une mère porteuse, ou chercher activement l'homme de ta vie dans le but de fonder une famille. Ce sont trois possibilités parmi d'autres. Quel que soit ce que tu estimes être le mieux pour toi, arrête de tergiverser et lance-toi. Tu n'iras nulle part en te lamentant sur ton sort sans rien faire, et ce n'est certainement pas en rêvassant que tu auras un bébé.

Abasourdie, elle le regarda en souriant.

— Pour un petit frère, tu n'as pas si mal tourné, tu sais !

— Arrête, je t'en prie, je vais avoir la grosse tête…

Elle rit, et il eut aussitôt l'impression de retrouver l'Emily d'avant la tornade. Il avait réussi à dérider sa sœur. Quelque chose lui disait qu'elle allait suivre ses conseils et s'en sortir pour le mieux.

Il l'observa du coin de l'œil tandis qu'elle se tenait derrière la vitre de la nurserie. Elle regardait sa nièce, mais aussi les autres bébés, avec un regard un peu mélancolique mais aussi empli d'amour. Ce n'étaient pas des paroles en l'air : elle avait vraiment envie d'avoir un enfant.

Plongé dans ses pensées, il croisa involontairement le regard de Katie. Avec un élan d'affection, il songea qu'elle était celle qui l'aiderait à atteindre son but. Il ne savait vraiment pas ce qu'il ferait sans elle.

Parfois, il se demandait comment il pouvait avoir autant de chance. C'était comme si Katie pouvait lire dans ses pensées, comme si elle devinait toujours ce dont il avait besoin.

Peu de personnes avaient d'aussi bonnes relations professionnelles. Peu de personnes avaient d'aussi bonnes relations tout court ! Elle avait tout pour elle : elle était intelligente, compétente et, de surcroît, elle était belle et avait un charme fou.

Etait-ce le fruit de son imagination, ou était-elle de plus en plus belle ? Peut-être avait-il cette impression parce qu'ils passaient plus de temps ensemble. Il n'aurait su le dire.

Ce dont il était sûr, c'était que depuis quelque temps, il lui semblait la voir sous un jour nouveau. Il se surprenait parfois à la regarder comme s'il la voyait pour la première fois. Sans doute cette impression était-elle aussi à mettre sur le compte de leur nouvelle proximité. Ces derniers temps, ils étaient devenus quasiment inséparables.

Ses pensées prirent soudain une autre direction. Il fallait qu'il trouve un moyen de la remercier pour tout le temps qu'elle consacrait à son projet, pourtant peu orthodoxe. C'était la moindre des choses. Après tout, rien dans son contrat ne stipulait qu'elle devait l'aider à conquérir sa future femme. Elle faisait preuve d'une grande patience et se donnait à fond.

Katie Wallace était vraiment une perle. Souriant, il hocha la tête en la regardant.

Katie avait du mal à ne pas se laisser décontenancer quand Blake la regardait aussi intensément. Cependant, elle ne pouvait pas perdre ses moyens devant la famille Fortune réunie ! Pour qui l'a prendraient-ils ? Pour une folle ?

C'était bien ce qu'elle était.

Elle était folle de Blake.

Une fois qu'il sera avec Brittany, tu deviendras folle pour de bon, se rappela-t-elle, dépitée. *Regarde les choses en face, tu ne peux pas garder éternellement des œillères.*

Elle chassa ces pensées de son esprit. Elle affronterait l'inévitable plus tard. Pour l'instant, en présence des frères et sœurs de Blake, elle devait sauver la face.

*
* *

— Si vous saviez à quel point j'apprécie de retrouver mon lit ! s'exclama Wendy avec un énième soupir de contentement.

Trois jours après l'accouchement, elle avait enfin été autorisée à quitter l'hôpital, et Marcos l'avait ramenée chez eux, avec Katie. Une chose, pourtant, venait tempérer son bonheur.

— J'aurais tellement aimé ramener MaryAnne à la maison avec moi !

— Elle sera là très bientôt, déclara Katie d'un ton rassurant.

Elle s'assit au bord du lit de Wendy, comme quand elles étaient plus jeunes et qu'elles échangeaient des confidences.

— A ta place, je me reposerais et je dormirais le plus possible maintenant, parce que tu seras souvent réveillée quand MaryAnne sera là. Il aurait peut-être mieux valu que tu engages une infirmière pour t'aider, comme ton père te le suggérait.

— Je ne veux pas être mère par intermittence, déclara Wendy avec détermination. Je veux être une vraie mère, je veux être là pour ma fille.

— Je comprends, mais tout de même, ce ne serait pas une mauvaise idée de prendre quelqu'un, ne serait-ce qu'à mi-temps, jusqu'à ce que tu t'habitues à la situation. Tu ne baisserais dans l'estime de personne pour autant, assura Katie, sachant comment son amie fonctionnait. C'est ton premier enfant, la moindre petite chose risque de te paraître insurmontable, du moins, le temps que tu t'adaptes.

Wendy rit, l'air perplexe.

— Comment fais-tu pour savoir autant de choses ?

Katie haussa les épaules négligemment. Elle espérait ne pas passer pour une je-sais-tout.

— Je lis beaucoup, c'est tout.

Wendy se pencha vers elle.

— Très bien, je garderai tes conseils à l'esprit. Pour être parfaitement honnête, Marcos m'a dit à peu près la même chose. Mais je vais quand même essayer de me débrouiller toute seule, dans un premier temps.

— Tu sais, si tu veux, je pourrais rester avec toi, t'aider un peu. Je n'ai plus rien d'urgent à faire.

— Et le Projet Brittany ? s'étonna Wendy. Blake est-il enfin revenu à la raison ? A-t-il abandonné son idée insensée ?

Katie prit sur elle pour cacher à son amie que la seule pensée de Blake faisant la cour à Brittany lui brisait le cœur.

— Le dîner auquel il a l'intention de l'emmener a lieu ce week-end, et il se sent prêt à mettre en œuvre son plan.

Chaque mot lui coûtait, lui faisait l'effet d'une lame enfoncée dans son cœur.

— Enfin, bref ! reprit-elle en soupirant. Il n'a plus besoin de mes services. D'ailleurs, il veut me prouver sa gratitude en m'emmenant au restaurant demain soir.

— Demain soir ? répéta lentement Wendy, les yeux écarquillés.

Katie ne comprenait pas pourquoi son amie semblait si étonnée.

— Oui, demain soir. Pourquoi est-ce que tu me regardes comme ça ?

— Tu ne sais pas quel jour on est demain, Katie ?

Depuis son arrivée à Red Rock, les jours avaient filé

à une vitesse folle, encore plus depuis la naissance du bébé. Elle hésita un instant avant de répondre.

— Jeudi ?

— C'est la Saint-Valentin ! Blake veut t'emmener au restaurant *le soir de la Saint-Valentin* !

Wendy avait raison. Le lendemain était bien le jour de la Saint-Valentin, mais elle doutait fort que Blake en ait eu conscience quand il l'avait invitée.

— Je suis sûre qu'il ne s'en est pas rendu compte.

Wendy se redressa dans son lit.

— Charge à nous de lui en faire prendre conscience !

— *Nous ?*

Comment Wendy espérait-elle y parvenir, alors que c'était elle qui irait au restaurant avec Blake ?

Sûre d'elle, son amie affichait un sourire rayonnant.

— *Nous*, répéta-t-elle d'un ton ferme, débordante d'enthousiasme. Va voir dans mon dressing, j'ai la robe idéale pour toi !

Un quart d'heure plus tard, Wendy s'agitait dans son lit avec impatience.

— Allez, sors, dit-elle d'une voix enjôleuse, suffisamment fort pour que Katie l'entende de la salle de bains. Je veux voir ce que ça donne !

Elle trouvait que Katie prenait bien trop de temps pour enfiler la petite robe noire sexy qu'elle avait choisie pour elle.

Katie ouvrit la porte à contrecœur et, d'un pas hésitant, s'aventura hors de la salle de bains.

— Où est passé le reste du tissu ? demanda-t-elle d'un ton ironique.

La robe noire moulait ses formes. Elle lui arrivait juste au-dessus du genou et avait des manches longues qui donnaient une impression sage, mais c'était une robe dos nu.

— Il y en a juste assez pour rendre la chose intéressante… Tu es superbe ! s'écria Wendy avec fierté. J'ai des chaussures parfaitement assorties à la robe, des talons hauts magnifiques.

Elle inclina légèrement la tête et observa le reflet de Katie, debout devant le miroir.

— Je vais devoir arranger tes cheveux.

Ce n'était pas une proposition, mais une affirmation. Wendy se réjouissait par avance.

— Dès que mon frère aura posé les yeux sur toi, il se dira : *Brittany ? Quelle Brittany ?*

Pas à en juger par la façon dont il parle d'elle, se dit Katie.

Elle n'avait pas envie de gâcher le plaisir de Wendy, mais elle ne voulait pas non plus donner de faux espoirs à son amie.

— J'en doute fort.

— Pas moi, répliqua Wendy d'un ton enjoué, avec l'assurance de quelqu'un qui se trompait rarement. Bon ! Maintenant, quand tu entreras dans le restaurant, imagine-toi que tous les hommes de la salle te regardent.

— Si j'imagine une chose pareille, je n'arriverai pas à faire un pas !

— Bien sûr que si, répliqua Wendy avec fermeté, parce que tu sauras que tous ces hommes te regardent avec admiration, et aimeraient bien être à la place de mon frère !

Un pétillement malicieux brillait dans ses yeux.

— Ça va être merveilleux ! s'écria-t-elle avec un sourire radieux en joignant les mains.

Katie se força à sourire et fit de son mieux pour ignorer la nervosité qui la gagnait quand elle pensait à la soirée du lendemain et à toutes les façons dont elle risquait de se ridiculiser.

Blake avait choisi d'inviter Katie au Red Restaurant, parce qu'il connaissait le lieu et parce que Marcos en était le gérant. Il savait que l'on y mangeait très bien.

Malheureusement, il avait omis un détail : il avait été tellement pris par sa campagne, par les leçons de séduction de Katie, qu'il ne s'était absolument pas rendu compte que c'était le jour de la Saint-Valentin.

Comment avait-il pu être aussi bête ? Il n'avait même pas envoyé de carte à Brittany pour l'occasion. S'il avait mis son plan à exécution un peu plus tôt, c'était elle qu'il aurait invitée au restaurant, et non Katie. Enfin ! C'était trop tard, il ne pouvait plus rien y faire, maintenant.

Néanmoins, il lui faudrait acheter un petit quelque chose, un cadeau tardif pour la Saint-Valentin, qu'il offrirait à Brittany le soir du dîner caritatif.

Il savait très bien que les femmes aimaient que les hommes se souviennent des dates importantes, mais il se persuada qu'elle n'en serait que plus surprise s'il lui offrait son cadeau le samedi. Elle ne s'attendrait certainement pas à recevoir un présent trois jours après la Saint-Valentin.

Une paire de boucles d'oreilles en diamants conviendrait-elle ? Non, ce serait trop banal pour une femme comme Brittany. A n'en pas douter, elle en avait déjà reçu plusieurs.

Il décida de demander conseil à Katie. Elle était très

douée pour ce genre de choses : elle lui dirait ce qu'il devait acheter. Inutile qu'il se creuse la tête maintenant.

Il songea avec admiration que Katie savait toujours parer à toute éventualité. C'était vraiment une chance qu'elle ait décidé de venir travailler pour lui quand elle avait obtenu son diplôme.

Sans elle, comment aurait-il mené à bien son projet amoureux ? Ses conseils lui avaient été très précieux. Grâce à elle, il était sûr de réussir. Quelques jours plus tard, Brittany et lui seraient de nouveau ensemble.

Il jeta un coup d'œil à sa montre. Katie aurait déjà dû être là.

Où pouvait-elle bien être ?

Cela ne lui ressemblait pas d'être en retard ; en général, elle était plutôt en avance.

Il lui avait proposé de passer la prendre, comme d'habitude, mais sa sœur avait insisté pour qu'il attende Katie au restaurant. Elle lui avait dit que Marcos l'emmènerait avec lui en retournant travailler, après sa pause. Depuis que Wendy était sortie de l'hôpital, celui-ci profitait de toutes ses pauses pour aller la voir.

Songeur, il se dit que cela devait vraiment être merveilleux d'être aussi amoureux. Il enviait sa sœur et Marcos. Il aurait voulu vivre la même chose. Il voulait aimer une femme et en être aimé en retour.

S'impatientant un peu, il balaya des yeux la salle du restaurant, cherchant Katie. Mais la seule personne qui venait d'entrer était une jeune femme très séduisante qui, de là où il était en tout cas, semblait être une vraie femme fatale. Toutes les têtes se tournaient sur son passage.

Celui avec qui elle a rendez-vous a bien de la chance ! pensa-t-il en continuant à regarder autour de lui.

Mais où était passée Katie ? Toutes les tables étaient occupées, la plupart par des couples, et lui était tout seul.

Il aurait peut-être mieux fait de remettre ce dîner à plus tard, d'emmener Katie au restaurant un autre soir, un soir où la lumière ne serait pas tamisée.

A l'occasion de la Saint-Valentin, les tables avaient été parées de grandes bougies blanches.

Peut-être Katie, en fin de compte, n'avait-elle pas fait le trajet avec Marcos ? Blake décida de vérifier auprès de son beau-frère en cuisine. Pourtant, si Marcos était arrivé sans Katie, il n'aurait sûrement pas manqué de le prévenir.

Préoccupé, il repoussa sa chaise et se leva.

Peut-être que…

— Bonsoir, Blake ! Tu ne t'en vas pas, tout de même ? J'ai tant de retard que cela ?

Reconnaissant la voix de Katie, il se retourna pour lui répondre, mais les mots moururent sur ses lèvres.

La jeune femme séduisante qu'il avait vue entrer quelques instants plus tôt s'était approchée de sa table, de lui : c'était Katie.

- 13 -

— Katie ? C'est toi ? se surprit à demander Blake d'une voix hésitante.

— Evidemment que c'est moi ! Qui veux-tu que ce soit ? demanda Katie en s'asseyant avec élégance et décontraction en face de lui. C'est bien à moi que tu as donné rendez-vous ici ce soir, n'est-ce pas ?

Elle leva les yeux vers lui et remarqua qu'il avait un drôle d'air.

— Pourquoi est-ce que tu me regardes comme ça ? Mon maquillage a coulé, j'ai une feuille dans les cheveux ?

Elle retira le châle qu'elle avait mis sur ses épaules. Par chance, il faisait exceptionnellement doux pour la saison, mais il faisait tout de même trop frais pour ne rien mettre sur la robe que Wendy l'avait pour ainsi dire forcée à porter. Marcos l'avait déposée à la porte du restaurant, mais elle avait quand même pris le châle, au cas où.

Cependant, elle devait admettre que le regard de braise de Blake l'avait réchauffée instantanément.

Elle se pencha vers lui, par-dessus la table.

— Blake ?

Il resta silencieux.

Un sentiment d'embarras commença à l'envahir.

Qui croyait-elle leurrer ? Elle avait l'impression d'être déguisée, dans cette robe tape-à-l'œil qui n'était pas plus adaptée à sa personnalité que ne l'aurait été un Bikini en peau de léopard.

Blake la regardait comme ça probablement parce qu'il se retenait de rire ! Elle sentit ses joues s'empourprer.

— Dis quelque chose, murmura-t-elle d'un ton suppliant, incapable d'endurer plus longtemps ce silence.

Blake se laissa aller en arrière sur sa chaise, comme s'il avait reçu un coup de poing dans le ventre et qu'il n'arrivait à réagir que maintenant.

— Ouah !

Ce n'était vraiment pas ce qu'elle s'était attendue à entendre.

— Pardon ?

— Ouah ! répéta-t-il, incapable de détacher ses yeux d'elle.

Il était tellement sidéré qu'il ne parvenait pas à trouver ses mots.

— Tu es… *Ouah !*

L'éloquence dont il avait appris à faire preuve au fil des ans semblait l'avoir complètement abandonné. Il était sans voix, muet d'incrédulité. Il n'avait plus qu'une chose à l'esprit : Katie était absolument magnifique.

Comment cela avait-il pu lui échapper ?

Ces deux dernières années, il l'avait vue presque tous les jours ; il la connaissait depuis toujours ! Quand était-ce arrivé ?

Il avait l'impression d'ouvrir enfin les yeux.

— Merci, dit Katie d'une voix mal assurée.

Elle était encore un peu mal à l'aise et ne savait que faire de ses mains. Voyant que son verre à vin était plein, elle le prit pour se donner une contenance.

Au prix d'un effort considérable, Blake parvint à s'arracher à sa torpeur.

— Ah, oui, j'ai dit au sommelier qu'il pouvait servir le vin…

Il eut un petit rire gêné.

— Je ne sais même pas si tu bois du vin, avoua-t-il.

Alors même qu'il prononçait ces mots, elle porta son verre à ses lèvres.

— J'en conclus que oui.

Il sourit et leva son verre pour porter un toast.

— Aux surprises !

A son tour, il goûta le vin.

Curieusement, elle se sentait déjà un peu plus détendue.

— Tu as aussi commandé le dîner ? demanda-t-elle.

— Non ! Je ne savais pas ce dont tu aurais envie.

D'habitude, songea-t-il, il était à l'aise, même en face de gens qu'il connaissait à peine. Que lui arrivait-il ? Pourquoi balbutiait-il de la sorte, alors qu'il parlait à Katie ? Elle était comme une sœur, pour lui.

Il se rendit compte qu'il regardait sa poitrine se soulever au rythme de sa respiration.

Bon, peut-être pas exactement comme une sœur.

— Marcos m'a dit que tout ce qu'il y a au menu est excellent, ajouta-t-il d'un ton maladroit.

— C'est aussi ce que l'on m'a dit.

Elle but une autre gorgée de vin. Pour sa plus grande joie, elle s'aperçut qu'elle était beaucoup moins nerveuse qu'en arrivant. Elle envisageait enfin la soirée avec une relative sérénité.

Elle ouvrit le menu, le parcourut des yeux. Tandis qu'elle faisait son choix, le sommelier s'approcha de leur table et attendit, la bouteille levée au-dessus de son verre, l'air interrogateur.

D'ordinaire, elle ne buvait pas, mais après tout, pourquoi pas ? Elle réprima un petit rire nerveux. C'était la Saint-Valentin, tout de même ! C'était aussi son premier dîner en tête à tête avec Blake, et très probablement le dernier. Bientôt, Brittany et lui formeraient un couple, et il serait alors inaccessible.

— Oui, s'il vous plaît, dit-elle en réponse à la question inexprimée du sommelier, déplaçant légèrement son verre pour l'approcher de la bouteille.

Il la servit, puis servit Blake.

Celui-ci s'aperçut alors qu'il avait vidé son verre sans vraiment sans être rendu compte. De toute évidence, il était comme hypnotisé par cette nouvelle Katie.

Mais peut-être était-ce le regard qu'il posait sur elle qui avait changé, plus que Katie elle-même. Peut-être la voyait-il vraiment pour la première fois.

Il n'aurait su le dire.

Il s'aperçut qu'il la dévisageait et s'en voulut de se montrer aussi grossier.

— Tu sais, dit-il, faisant de son mieux pour se détendre, je voulais vraiment te remercier d'avoir supporté tout ce que tu as supporté.

Elle leva les yeux vers lui, surprise. Eh bien, ils étaient deux ! Il n'avait pas eu l'intention de formuler ses remerciements de la sorte, les mots étaient sortis tous seuls de sa bouche.

— Enfin, je veux dire…

Il laissa sa phrase en suspens, cherchant ses mots, incapable de les trouver.

Contrarié, il dut se rendre à l'évidence : son cerveau ne fonctionnait vraiment pas, ce soir. Il savait pourquoi il ne fonctionnait pas : parce que toutes sortes de pensées parfaitement déplacées s'imposaient à lui. Il se demandait notamment si c'était par hasard qu'il avait été si profondément troublé la fois où il avait embrassé Katie.

Il n'y avait qu'une seule façon d'en avoir le cœur net, bien sûr, mais il n'était pas du tout sûr qu'elle apprécierait qu'il l'embrasse de nouveau. Après tout, elle venait de passer du temps à l'aider à reconquérir une autre femme. Elle risquait de mal le prendre, de se mettre en colère, s'il tentait de l'embrasser.

S'arrachant à ses pensées vagabondes, il cilla et l'observa attentivement.

Brittany était-elle vraiment la femme de ses rêves, ou s'était-il simplement embourbé dans cette histoire de campagne parce qu'il avait l'impression d'avoir laissé passer sa chance ? Voulait-il seulement ce qu'il ne pouvait pas avoir ? Ou…

Ou quoi ? Ses pensées étaient de plus en plus confuses, il n'arrivait pas à se concentrer, à part sur Katie.

Comment avait-il pu ne pas remarquer, jusque-là, que ses yeux avaient une si belle couleur chocolat ? Il avait un faible pour le chocolat… et pour le lait, aussi. Sa peau était laiteuse. Quel goût avait-elle ?

Bon sang ! Que lui arrivait-il ?

Katie se demandait pourquoi Blake la regardait avec autant d'intensité. On aurait dit qu'il avait vraiment envie d'être avec elle, alors que ce dîner était censé être une façon de la remercier pour l'aide qu'elle lui avait apportée ces dernières semaines.

Elle aidait l'homme qu'elle aimait à gagner le cœur d'une autre femme, d'une femme qui ne tiendrait jamais à lui comme elle tenait à lui, et comme il le méritait.

Elle s'apprêtait à le lui dire, mais se ravisa.

A quoi bon ? Blake aimait Brittany. Il voulait la reconquérir et le ferait, quoi que Katie puisse dire ou faire. Quand bien même elle se serait mise debout sur la table pour lui déclarer sa flamme, cela n'aurait rien changé. Il se serait enfui du restaurant en courant.

Le mieux qu'elle avait à faire était de savourer l'instant présent, de profiter du repas.

Quand avait-elle commandé ? Elle regarda son assiette. Elle avait déjà presque terminé.

Elle ne se rappelait pas avoir fini son verre de vin, et pourtant, il était vide. Etait-ce le deuxième, le troisième ? Elle fit un effort pour s'en souvenir, mais décida que cela n'en valait pas la peine. Après tout, ce n'était pas elle qui conduisait pour rentrer.

Elle sourit, parfaitement détendue, faisant rouler entre ses doigts le pied de son verre à vin, se laissant envahir par une sensation de bien-être.

S'arrachant à ses pensées, elle fit un effort pour se concentrer sur ce que Blake lui disait. Elle ne voulait surtout pas qu'il pense qu'elle ne l'écoutait pas.

— Pardon ? dit-elle, espérant qu'il répéterait ce qu'il venait de dire.

— J'ai dit, je m'inquiète pour Emily.

Il avait eu l'occasion de discuter avec sa sœur aînée lorsqu'ils étaient allés voir le bébé ensemble, à l'hôpital, et il avait eu la nette impression que quelque chose n'allait pas.

— J'ai essayé de lui parler, à l'hôpital, mais elle avait l'air d'être préoccupée, un peu… à côté de la plaque.

Il n'y avait pas d'autre façon de le formuler.

Elle se contenta de hocher la tête, puis elle se dit qu'il attendait peut-être une réponse de sa part. Elle se raccrocha à la première chose qui lui vint à l'esprit, espérant qu'elle ne manquerait pas complètement d'à-propos, car ses pensées étaient un peu embrouillées.

— C'est peut-être à cause de la tornade.

Elle s'interrompit. Cette remarque n'avait pas de sens si elle ne précisait pas sa pensée.

— Peut-être que le fait de frôler la mort lui a donné matière à réflexion.

Voilà qui est mieux ! pensa-t-elle, contente d'elle.

Il hocha lentement la tête.

— Peut-être.

Elle sourit.

Ouf ! Elle avait dit ce qu'il fallait.

Soudain, une autre pensée s'imposa à elle : peut-être que si elle lui disait *embrasse-moi*, il le ferait. La pensée lui était venue d'un coup, et plus elle y pensait, plus l'idée lui plaisait.

Elle se redressa, prête à lui faire la suggestion, mais il la coupa dans son élan.

— Bon, il est temps que je te raccompagne, annonça-t-il de but en blanc.

L'espace d'un instant, elle resta interdite. Ils venaient à peine de finir de manger, pourquoi voulait-il déjà partir ? Avait-elle dit une bêtise ? Elle s'efforça de réfléchir, mais ne savait plus où elle en était.

— Oh… D'accord, murmura-t-elle.

Elle essaya d'attraper son châle sur le dossier de la chaise, mais n'y parvint pas, car il était coincé.

Il se leva pour l'aider. Il en profita pour mieux regarder le dos de la robe ou, plutôt, le dos nu.

Troublé, il sentit aussitôt sa gorge se serrer.

Il s'était dit que l'effet du vin qu'il avait bu lors du repas devait s'être dissipé, mais il s'était peut-être trompé. A moins qu'il soit enivré par tout autre chose, grisé comme il ne l'avait encore jamais été.

Après avoir réglé l'addition, en dépit des protestations de son beau-frère, il prit le bras de Katie et l'entraîna avec douceur entre les tables, vers la sortie.

Il lui tint la lourde porte en acajou et s'écarta pour la laisser passer. Dehors, la brise qui les accueillit était bien plus fraîche qu'un peu plus tôt dans la soirée.

Instinctivement, semblait-il, Katie se blottit contre lui, ce qui eut pour effet de le replonger dans la plus grande agitation.

Il comprit alors que, si les effets du vin s'étaient bel et bien dissipés, l'effet que Katie avait sur lui ne faisait que s'intensifier à mesure que le temps passait.

Il lui aurait été impossible de s'y soustraire. Elle était très belle, et il éprouvait pour elle une vive attirance.

Cependant, il ne pouvait pas se laisser aller à son désir, lui donner libre cours. Ce ne serait pas bien vis-à-vis d'elle, ni vis-à-vis de Brittany.

Il se sentit pris dans une situation inextricable.

Il se résigna à raccompagner Katie chez sa sœur, puis à rentrer chez Scott.

Cependant, une fois chez Wendy, les choses ne se passèrent pas comme il l'avait prévu. Sur le seuil, Katie se retourna et leva vers lui ses grands yeux innocents, puis elle tourna la clé dans la serrure.

— Tu veux entrer, un moment ?

Il était en train de peser le pour et le contre de cette proposition quand elle l'attira avec espièglerie dans l'entrée plongée dans l'obscurité.

Marcos était encore au restaurant, il le savait. Cela signifiait que sa sœur était toute seule.

— Je devrais peut-être aller voir comment va Wendy.

Il faisait de son mieux pour ignorer le fait que Katie était terriblement séduisante dans cette petite robe noire. Son châle blanc avait glissé sur ses épaules, dévoilant son dos nu, et Blake mourait d'envie de passer ses mains sur sa peau.

Quant à son parfum… Portait-elle le même depuis toujours, ou en avait-elle un nouveau ? Quoi qu'il en soit, les effluves délicats qui accompagnaient chacun de ses mouvements le rendaient fou.

Il s'aperçut qu'il avait longtemps ignoré la femme qui, depuis quelques heures, était au centre de ses pensées, de sa vie.

Il la suivit dans l'escalier, montant les marches machinalement, comme s'il était pris dans un rêve.

Dès qu'il serait face à sa sœur, il serait bien obligé de s'arracher à sa torpeur. A coup sûr, l'étrange sensation qui s'était emparée de lui se dissiperait.

Cependant, quand ils arrivèrent sur le palier, ils virent que la porte de la chambre de Wendy était fermée. Soit elle dormait, soit elle n'allait pas tarder à s'endormir. Dans les deux cas, elle n'apprécierait pas d'être dérangée.

Il fallait absolument qu'il se ressaisisse.

Se détournant de la chambre de sa sœur, il se trouva face à face avec Katie, qui se tenait juste derrière lui, bien trop près pour sa tranquillité d'esprit.

Il était temps de faire preuve de fermeté et de détermination.

Il avait eu l'intention de la prendre par les épaules et de l'écarter doucement pour pouvoir redescendre et s'en aller.

Il n'avait vraiment pas eu l'intention de l'attirer tout contre lui et d'incliner la tête vers elle.

Et il n'avait certainement pas songé à poser ses lèvres sur les siennes et à l'embrasser.

Pourtant, c'était exactement ce qu'il se surprit à faire.

Le pire, c'était qu'il n'arrivait absolument pas à s'arrêter, même si, au fond de lui, il savait bien que c'était ce qu'il aurait dû faire.

Sans vraiment savoir comment, et sans jamais cesser de l'embrasser, il entraîna Katie dans le couloir, jusqu'à la chambre d'amis, qu'elle occupait depuis son arrivée à Red Rock.

La seule chose dont il avait pleinement conscience, c'était que plus il l'embrassait, plus il avait envie de l'embrasser, plus il en avait besoin, plus il la désirait.

S'ils continuaient comme ça…

Non, ils ne pouvaient pas continuer.

Il fit un effort surhumain pour détacher ses lèvres des siennes, rompant le lien qui les unissait. Son expression déroutée reflétait exactement ce qu'il ressentait.

Malheureusement, il ne pouvait pas se permettre de le lui avouer.

— Katie, murmura-t-il, on ne devrait pas…

— Pourquoi ? se contenta-t-elle de lui demander, alors même qu'elle avait envie de crier : *non !*

La question le prit complètement au dépourvu.

Pourquoi ?

Ce qui était sûr, c'était qu'il n'avait pas du tout envie d'arrêter. C'était dans son intérêt à elle, et non dans le sien, qu'il s'était écarté.

Ne s'en rendait-elle pas compte ?

— Parce que si on ne s'arrête pas tout de suite, répondit-il avec honnêteté, choisissant ses mots avec soin, je vais finir par te faire l'amour.

Elle l'observa attentivement, ne comprenant toujours pas pourquoi il s'était arrêté aussi brusquement.

— Et tu n'en as pas envie ? demanda-t-elle, les yeux rivés aux siens.

— Si je n'en ai pas envie ?

Il n'en croyait pas ses oreilles. Comment pouvait-elle penser une chose pareille ? Il se faisait violence pour résister à la tentation, et elle s'imaginait qu'il ne la désirait pas ? Pensait-elle qu'il faisait semblant de lui rendre ses baisers avec ardeur, ne se rendait-elle pas compte du trouble dans lequel il était plongé ?

— Crois-moi, c'est la seule chose dont j'ai envie, de toutes mes forces.

Elle eut un sourire rayonnant qui lui fit l'effet d'un uppercut.

— Alors ? murmura-t-elle.

Puis, sans lui laisser le temps de répondre, et encore moins de reprendre ses esprits, elle scella leurs lèvres, scella leurs destins.

Il ne répondait plus de rien, n'avait plus aucun contrôle sur la situation. Il avait l'impression d'être à bord d'un train sur le point de dérailler et de devoir se cramponner de toutes ses forces à quelque chose.

Le désir et la passion grondaient en lui, exigeant d'être écoutés, d'être satisfaits.

Il la voulait de toutes les fibres de son être.

La porte de la chambre d'amis était ouverte, comme une invitation silencieuse, qu'ils acceptèrent avec empressement.

Ils entrèrent, trébuchant presque. Il n'eut que vaguement conscience d'avoir refermé la porte derrière lui d'un coup de coude, tant la passion qui l'animait était violente, brûlante, dévorante. Elle accaparait chacun de ses sens, son âme entière, et il en voulait encore plus.

Il lui enleva sa petite robe noire moulante, la laissa tomber par terre. Baignée dans la chaleur de son désir pour elle, elle se tenait debout devant lui, vêtue en tout et pour tout d'une petite culotte en dentelle noire et de ses chaussures à talons.

D'un geste fluide, il lui enleva sa petite culotte, puis elle lui passa un bras autour du cou et retira ses chaussures.

Oui, oh oui ! se répétait-elle intérieurement, tirant avec empressement sur les vêtements de Blake, le débarrassant d'abord de sa veste, puis de sa chemise, jetant les deux par terre, à leurs pieds.

Elle défit sa ceinture, puis d'une main sûre acheva de le déshabiller. Son pantalon et son boxer allèrent rejoindre le reste de leurs vêtements, sur le sol.

Son désir pour elle était tellement évident qu'elle retint une exclamation. Il posa ses lèvres partout sur sa peau brûlante.

Elle s'abandonna à ses caresses. La brume dans laquelle son esprit était plongé s'épaissit, jusqu'à l'engloutir complètement, lorsqu'il passa la langue sur son sexe. Tout ce qui les entourait disparut, cessant complètement d'exister. Il n'y avait plus que Blake, plus que les sensations qu'il lui procurait.

Elle était au bord de l'orgasme et mourait d'envie de se laisser emporter. Mais elle voulait aussi faire durer le plaisir, savourer l'instant présent. Car, même si ses caresses l'enivraient, elle avait encore conscience que cette nuit merveilleuse serait sûrement la seule qu'ils passeraient ensemble.

De tout son cœur, elle aurait voulu que le temps

suspende sa course effrénée ou, tout au moins, qu'il s'écoule plus lentement.

S'efforçant de se maîtriser, elle l'embrassa dans le cou, puis sur le torse, se délectant de ce que la respiration de Blake soit devenue aussi saccadée que la sienne. Ses gémissements virils résonnaient délicieusement dans sa tête.

Puis il vint se placer au-dessus d'elle et la pénétra. Elle en eut le souffle coupé.

Ses mouvements, d'abord d'une infinie douceur, se firent bientôt plus amples, plus intenses. Il accéléra le rythme, progressivement, jusqu'à ce qu'elle ne puisse plus résister et se laisse submerger par une vague déferlante de plaisir.

- 14 -

Encore frémissante de plaisir, Katie doutait de pouvoir de nouveau respirer normalement un jour. Pourtant, elle réussit à prendre une profonde inspiration, et sa poitrine se souleva moins violemment.

Peu à peu, la respiration de Blake aussi se fit moins haletante.

Elle avait posé la tête sur son torse et sentait les battements de son cœur tout contre sa joue. Leur rythme régulier était incroyablement apaisant.

Si elle avait pu rester ainsi toute sa vie, elle n'aurait jamais manqué de rien.

Elle avait découvert le bonheur absolu.

Or, ce bonheur était limité dans le temps.

Blake bougea un peu, et elle fut obligée de se déplacer légèrement. C'était peu de chose, mais elle sentit la fin de leur intermède amoureux approcher.

Pourtant, alors même qu'une vague de tristesse la gagnait, elle sentit le bras de Blake se refermer autour d'elle et, comme elle l'avait fait en sortant du restaurant, un peu plus tôt, elle se blottit tout contre lui, se délectant de la chaleur qui émanait de son corps, y puisant un profond sentiment de bien-être.

Elle sentit qu'il prenait une profonde inspiration. Il

prononça alors son prénom d'un ton qui lui sembla annonciateur de quelque chose de déplaisant.

— Katie…

Son instinct lui dictait d'intervenir, que son mauvais pressentiment soit ou non légitime.

Elle éprouvait soudain un profond sentiment d'angoisse à l'idée qu'il dise quelque chose qui minimise l'importance de ce qui venait de se passer ou qui ternisse ce qu'ils avaient partagé. Elle ne voulait pas courir le risque de perdre ce qu'ils venaient de vivre. Pas déjà.

Quand il dit son prénom, elle leva le visage vers lui et s'empressa de poser le bout de ses doigts sur ses lèvres pour l'intimer au silence.

— Chut, ne dis rien, pas un mot, dit-elle d'une voix douce, avant de reposer la tête sur son torse.

Elle ferma les yeux et laissa ses pensées vagabonder paisiblement, se laissant peu à peu gagner par le sommeil.

Katie s'était endormie, et Blake, plongé dans l'obscurité la plus totale, repensait à ce qui venait de se passer, à ce qu'il avait fait.

Qu'est-ce qui avait bien pu lui prendre ? N'avait-il donc aucun sang-froid ? Aucun bon sens ?

Pourquoi ne s'était-il pas contenté de la raccompagner et de la laisser sur le seuil de sa porte ? Pourquoi avait-il fallu qu'il s'aventure sur un terrain aussi glissant ?

Il la regarda. Elle dormait profondément, pelotonnée contre lui, et il éprouva une nouvelle bouffée de désir mêlée de tendresse.

Ce qui avait toujours été si simple était brusquement devenu terriblement compliqué, et il était l'unique responsable de cet état de choses.

Plus les ténèbres s'épaississaient au-dehors, plus ses pensées s'assombrissaient.

Katie s'étira comme un félin satisfait s'éveillant d'une longue sieste.

Avant même d'ouvrir les yeux, elle prit conscience qu'un sourire rayonnant illuminait son visage. Sa béatitude n'avait rien à voir avec un quelconque rêve, mais bien avec ce qui s'était passé pendant la nuit, avant qu'elle s'endorme.

Elle s'étira de plus belle et, cette fois-ci, se rendit compte qu'elle ne sentait que les draps et l'édredon, alors même qu'elle tendait les bras et les jambes au maximum.

Elle chercha Blake à tâtons à côté d'elle, puis ouvrit les yeux et s'aperçut qu'il n'était pas là.

— Blake ? murmura-t-elle.

Pas de réponse.

Elle l'appela, un peu plus fort cette fois-ci, mais il n'y eut toujours pas de réponse. Aucun bruit ne lui parvenait de la salle de bains, mais elle tourna quand même la tête vers la petite pièce attenante : la porte était ouverte, il n'y avait personne à l'intérieur.

Un sentiment de malaise l'envahit. Elle se redressa vivement et se rendit compte qu'elle avait mal à la tête.

Le vin ! Elle se souvint qu'elle avait bu trop de vin lors du dîner, la veille.

Assise dans son lit, elle promena son regard autour de la chambre.

Blake n'était pas là.

Elle jeta un coup d'œil au pied du lit et vit que ses vêtements aussi avaient disparu.

S'était-il levé sans faire de bruit pour ne pas la réveiller, avant de s'habiller pour aller prendre son petit déjeuner ?

Alors même que cette question se formait dans sa tête, elle se rendit compte qu'elle s'accompagnait d'une prière, car, si Blake n'était pas descendu prendre le petit déjeuner, puisqu'il n'était pas non plus dans la chambre, cela signifierait qu'il était parti.

Parti, parti sans dire au revoir.

A cette idée, son cœur se serra.

Puis une autre pensée lui parcourut l'esprit, et elle frissonna. Blake avait un billet d'avion pour Atlanta, au départ de San Antonio. Elle était bien placée pour le savoir : c'était elle qui le lui avait réservé.

Elle se hâta d'enfiler les premiers vêtements qui lui tombaient sous la main. Elle ne pensa même pas à se laver les dents ou à se brosser les cheveux et se précipita, pieds nus, dans le couloir.

Elle faillit heurter la femme de ménage de plein fouet.

Juanita Ruiz, qui avait dans les mains un plateau avec le petit déjeuner de Wendy, s'arrêta net en la voyant, juste devant la porte de la chambre. Elle eut le réflexe d'écarter le plateau pour éviter qu'il soit renversé.

— Tout va bien, Katie ? demanda-t-elle, inquiète.

Katie ne répondit pas, trop pressée de poser la question qui lui brûlait les lèvres.

— Est-ce que le frère de Wendy est en bas ?

Elle aurait bien voulu ne pas avoir l'air aussi désespérée, mais ce n'était pas le moment de se soucier des apparences. Elle avait des choses bien plus importantes en tête que l'image que Juanita aurait d'elle.

Wendy avait plusieurs frères, et Juanita ne savait pas auquel Katie faisait allusion. Elle supposa cependant qu'il était question du plus jeune, Blake Fortune, car c'était lui qui venait la chercher tous les jours.

— Si vous parlez de Blake, non, il n'est pas encore venu ce matin. Il est peut-être un peu en retard.

— Ou il est parti très tôt, au contraire, marmonna Katie.

— Katie ? appela Wendy depuis sa chambre tandis que Juanita y entrait avec le plateau du petit déjeuner. C'est toi que j'entends ? Viens me parler ! dit-elle d'une voix enjôleuse.

A son tour, Katie entra dans la chambre. Son amie paraissait encore plus agitée qu'avant l'accouchement.

— Le médecin m'a dit que je devais rester au lit pendant encore quelques jours, et si je vais au-delà de la salle de bains, Juanita me dénonce, poursuivit Wendy en indiquant la femme de ménage d'un hochement de tête.

Elle affichait une moue boudeuse, mais sa voix était empreinte de tendresse.

Wendy s'apprêtait à ajouter quelque chose, mais son sourire s'évanouit quand elle aperçut Katie, qui paraissait très perturbée.

De toute évidence, il s'était passé quelque chose.

— Qui est mort ? demanda-t-elle, ne plaisantant qu'à moitié.

Comme Katie ne répondit pas tout de suite, Wendy sentit une réelle inquiétude la gagner.

— Personne n'est mort, n'est-ce pas ? demanda-t-elle, nerveuse, les yeux écarquillés.

Les pensées se bousculèrent dans sa tête. Ses parents et le reste de la famille n'étaient pas encore repartis pour Atlanta, mais ils devaient prendre l'avion le matin même. Marcos les conduisait en voiture à l'aéroport de San Antonio.

— J'ai vu Marcos juste avant qu'il parte, mais…

— Personne n'est mort !

— Très bien, dit Wendy avec circonspection, alors que s'est-il passé ?

Les yeux perdus dans le vague, Katie ne répondit pas. Elle attendit que Juanita ait posé le plateau et qu'elle soit ressortie, fermant la porte derrière elle, puis elle poussa un profond soupir.

Intérieurement, elle se traita d'imbécile, mais, hélas, cela ne changeait rien à sa situation, cela n'arrangeait rien.

Blake comptait toujours se précipiter dans les bras de Brittany, et c'était elle qui lui avait facilité la tâche.

Au moins, songea-t-elle pour essayer de se consoler, *j'ai passé une nuit merveilleuse dans ses bras*.

— Parle-moi, insista Wendy. Blake ne t'a pas emmenée au restaurant ?

— Si, répondit Katie, nous sommes allés au restaurant.

Et je me suis offerte en guise de dessert !

— Et ?

— Il m'a raccompagnée. Ici, précisa-t-elle, au cas où Wendy croirait que Blake l'avait ramenée chez Scott.

Son amie hocha la tête.

— Et ? répéta-t-elle.

De nouveau, Katie poussa un profond soupir.

— Et nous avons fait l'amour.

Enchantée, Wendy battit des mains.

— C'est merveilleux !

— Pas si merveilleux que ça, dit Katie en secouant lentement la tête.

Le visage de Wendy s'assombrit.

— Oh non… Ce n'est pas un bon amant ? demanda-t-elle d'une voix pleine de compassion.

Katie s'empressa de la détromper.

— Oh ! si ! C'est un amant absolument extraordinaire. Nous avons fait l'amour deux fois, et cela a dépassé tout ce que j'aurais pu imaginer.

Wendy ne comprenait pas.

— Si c'était aussi bien que ça, alors pourquoi as-tu l'air aussi désespérée ?

— Parce que Blake est en route pour Atlanta en ce moment même. Apparemment, il n'a pas renoncé à son rendez-vous avec Brittany, demain soir, au dîner de bienfaisance, répondit Katie d'un ton un peu brusque.

La soirée en question devait marquer le début d'une nouvelle vie pour Blake, il le lui avait suffisamment répété au cours des jours qui venaient de s'écouler.

Wendy paraissait absolument horrifiée.

— Non, s'écria-t-elle, ce n'est pas vrai !

— Si, répondit Katie d'un ton désabusé, c'est vrai.

Bien que cela lui fût très douloureux, elle entra dans les détails.

— C'est toujours moi qui me charge de réserver les billets de Blake quand il prend l'avion. Je lui ai réservé un billet pour aujourd'hui, et comme il s'est vraisemblablement éclipsé en pleine nuit, puisqu'il n'est pas là ce matin, je pense qu'on peut dire sans trop s'avancer qu'il est en ce moment même en route pour San Antonio, où il prendra l'avion pour Atlanta.

Des larmes de colère lui montèrent aux yeux. Elle les refoula d'un battement de paupières.

— Il est parti.

Wendy posa sur elle un regard lourd de sous-entendus.

— Qu'as-tu l'intention de faire ?

Katie écarquilla les yeux, perplexe.

— Ce que j'ai l'intention de faire ?

— Oui, de faire, répéta Wendy avec insistance. D'après ce que tu me dis, vous avez passé une nuit merveilleuse, tous les deux, et apparemment, mon frère est parti tôt ce matin, sans un mot. Cela ne lui ressemble pas.

Elle secoua la tête.

— Dieu sait qu'il n'est pas toujours très perspicace, mais je ne l'ai jamais vu se comporter comme un homme des cavernes.

Elle se redressa un peu dans son lit et lui expliqua sa théorie.

— A mon avis, passer la nuit avec toi l'a vraiment chamboulé. Il t'a vue sous un tout autre jour…

— Oui, dit Katie avec cynisme, il m'a vue toute nue.

— Donc, reprit Wendy comme si elle n'avait pas été interrompue, je te repose ma question : qu'as-tu l'intention de faire ?

Katie se laissa tomber sur le lit. Elle était à la fois déçue, blessée, désorientée et en colère, et éprouver tant d'émotions en même temps l'accablait profondément. Elle haussa les épaules dans un geste d'impuissance.

— Que pourrais-je bien faire ?

— Et si tu te battais pour lui ? suggéra Wendy d'un ton de défi. N'abandonne pas aussi facilement !

Aux yeux de Katie, se battre pour Blake dans de telles circonstances aurait été avilissant. Elle se refusait à s'abaisser à cela.

Après tout, il y avait tout de même certaines limites à ne pas dépasser.

— Ecoute, dit-elle patiemment, si Blake ne veut pas de moi…

— Je doute fort que ce soit le cas, l'interrompit Wendy.

En dépit du scepticisme évident de Katie, elle continua sans se laisser décontenancer.

— Il y a de fortes chances pour que mon frère ait simplement peur.

— Peur ? répéta Katie d'un ton sarcastique.

A en juger par son expression, elle pensait plutôt que Blake était un filou, mais Wendy n'allait pas la laisser renoncer à toute chance de bonheur aussi facilement.

Pour elle, c'était une explication tout à fait plausible : pour certains, l'idée de rencontrer le grand amour, de s'engager envers quelqu'un pour la vie, pouvait avoir quelque chose d'effrayant.

Du reste, elle savait comment les hommes fonctionnaient. Katie avait toujours été proche d'elle, en grandissant, mais elle n'avait pas eu trois frères. Elle n'avait pas la même expérience que Wendy en la matière.

— Oui, insista cette dernière, peur. Depuis tout ce temps, mon frère essaie de se persuader qu'il est amoureux de Brittany, et hier soir, quand il t'a vue sur ton trente et un, il a ouvert les yeux, et tout a changé ! Tout à coup, vous vous êtes retrouvés en train de faire l'amour… Un homme amoureux d'une femme ne fait pas sauvagement l'amour à une autre femme, conclut-elle d'un air entendu.

Katie se dit que son amie avait dû regarder trop de comédies sentimentales.

— Au contraire, cela arrive tout le temps.

Wendy ne voulait pas en démordre.

— Pas à Blake. Il est très fidèle. Suis-le, Katie ! Fais-lui prendre conscience que c'est toi qu'il veut, que c'est à tes côtés qu'est sa place. Réfléchis… Qu'as-tu à perdre en allant le retrouver ?

— Ma dignité, par exemple ?

Wendy secoua la tête.

— Il me semble que ta dignité ne te sera pas d'un grand réconfort quand tu te retrouveras toute seule et que tu penseras à ce qui aurait pu se passer, si seulement tu avais eu le courage d'agir.

Elle observa attentivement Katie, à l'affût de sa réaction, sachant pertinemment que son amie détestait passer pour une poltronne.

Elle avait touché la corde sensible.

— Très bien ! s'écria enfin Katie, exaspérée. J'irai ! Mais si ça se retourne contre moi, je reviendrai et je me vengerai en te tourmentant toute ma vie, et après ma mort, mon fantôme reviendra te hanter pour l'éternité.

Wendy eut un sourire serein.

— Je ne suis pas inquiète. Allez, maintenant, vas-y, prends l'avion pour Atlanta ! Ouste !

Elle agita la main comme pour la chasser.

— Je vais demander à Juanita de te conduire à l'aéroport dès que tu seras prête. Empêche mon frère de faire l'erreur de sa vie.

Elle se pencha vers Katie et serra sa main dans la sienne avec tendresse.

— Tu es la meilleure chose qui lui soit arrivée, et il est grand temps qu'il l'admette et qu'il arrête de fuir.

Katie avait les plus grands doutes, mais elle espérait de tout son cœur que son amie avait raison.

— Si tu le dis ! répondit-elle sans conviction, avant de sortir de la chambre.

Une fois dans le couloir, elle pressa le pas pour regagner sa chambre le plus rapidement possible.

*
* *

Le hasard voulut qu'à cause d'un orage violent et de la menace d'une tornade dans la région d'Atlanta, Katie ne put pas prendre un avion avant le lendemain midi.

Après avoir passé la nuit à attendre à l'aéroport, elle bouillait intérieurement, passablement énervée.

En fin de compte, elle ne se sentait plus blessée, mais purement et simplement furieuse.

Elle en voulait terriblement à Blake d'être parti comme il l'avait fait, sans un mot, comme s'il l'avait rencontrée à une soirée et que ce qu'ils avaient vécu ensemble n'avait été qu'une aventure d'un soir.

La nuit qu'ils avaient passée ensemble avait pourtant été extraordinaire.

Ils avaient fait l'amour passionnément, et cela n'aurait jamais été aussi intense si elle ne s'était pas impliquée sur le plan émotionnel, s'il n'avait pas été question de sentiments. Bien qu'il n'eût pas dit un mot à ce sujet, elle était absolument sûre qu'il avait éprouvé la même chose qu'elle.

Ils avaient même fait l'amour une deuxième fois au milieu de la nuit. Elle s'était réveillée parce qu'il lui caressait le bras et, quand elle avait tourné la tête et qu'elle avait vu son expression, qui était loin d'être l'expression d'un homme qui avait une aventure d'un soir avec une femme qu'il n'avait pas l'intention de revoir, elle avait été tellement émue qu'elle l'avait embrassé avec fougue et, une chose en amenant une autre, ils s'étaient de nouveau abandonnés dans les bras l'un de l'autre.

S'il avait aimé Brittany comme il le prétendait, cela ne se serait jamais produit.

Dans l'avion, assise très droite sur son siège, elle attendait impatiemment d'arriver à Atlanta, pour pouvoir enfin dire à Blake ce qu'elle avait sur le cœur.

S'il voulait encore rester avec Brittany après l'avoir écoutée, elle ne pourrait rien faire de plus. Cela signifierait qu'il était mentalement déficient, et si c'était le cas, il irait très bien avec Brittany, en fin de compte, et elle-même ne voudrait plus de lui, de toute façon.

Même si ce scénario catastrophe se réalisait, elle aurait au moins eu l'occasion de lui dire ce qu'elle pensait de son comportement inconsidéré et égocentrique, et du fait qu'il gâchait ce qu'il y avait de précieux et d'authentique entre eux.

Il ne peut pas se permettre de faire n'importe quoi, comme ça, impunément, songea-t-elle tout en se préparant psychologiquement à l'atterrissage imminent.

Si elle avait été réveillée quand il s'apprêtait à s'enfuir, elle ne l'aurait pas laissé s'en tirer aussi facilement. Elle l'aurait affronté alors même qu'il tentait de s'esquiver. Peut-être n'aurait-elle pas su quoi dire, exactement, mais elle aurait trouvé un moyen de le mettre au pied du mur.

Enfin ! Au moins, de cette façon-là, elle avait eu le temps de mettre de l'ordre dans ses pensées. Elle espérait seulement ne pas être submergée de colère en le voyant, ne pas perdre son sang-froid et se mettre à bredouiller d'indignation.

Bon sang ! Se voilait-elle la face ? Se faisait-elle des illusions au sujet de Blake, ou Wendy avait-elle raison ? Avait-il battu en retraite en pleine nuit parce que ce qui s'était passé entre eux lui avait fait peur ?

Si c'était le cas, il n'était pas le seul à être effrayé. Elle avait été terrifiée par l'intensité des moments qu'ils avaient partagés, mais l'idée de passer toute sa vie sans lui lui faisait bien plus peur encore.

De tout son cœur, elle espérait qu'il en serait de même pour lui.

- 15 -

C'est une erreur, une grossière erreur, se répéta Blake pour la énième fois en deux jours.

Dès qu'il avait présenté sa carte d'embarquement à l'hôtesse, à l'aéroport de San Antonio, il avait eu la désagréable certitude de laisser derrière lui quelque chose d'essentiel alors qu'il aurait dû éprouver un élan vers des promesses d'avenir.

En fait, c'était à ce moment-là qu'il s'était rendu compte que tous les scénarios qu'il se jouait dans sa tête avaient Katie pour héroïne, et non Brittany.

C'était le visage de Katie qu'il voyait lorsqu'il fermait les yeux, la peau de Katie qu'il lui avait semblé sentir sous ses doigts quand il avait laissé son esprit vagabonder, dans l'avion, regardant les nuages à travers le hublot.

Bien sûr, par le passé, il lui était arrivé de s'emballer en songeant à Brittany, mais à la façon d'un adolescent amoureux pour la première fois.

En revanche, quand ses pensées se tournaient vers Katie, les émotions qu'il éprouvait étaient non pas celles d'un gamin, mais bien celles d'un homme, avec des désirs, des *besoins* d'homme.

Son problème était-il de ne pas savoir ce qu'il voulait ? Etait-il condamné à désirer ce qu'il n'avait pas ?

Il se trouvait maintenant assis à une table avec Brittany, au dîner de bienfaisance, dans la situation qu'il imaginait depuis trois semaines, et il ne parvenait à penser qu'à une seule personne : Katie.

Se serait-il langui de Brittany s'il avait été assis là avec Katie ?

Bien sûr que non !

Quand il était allé au restaurant avec Katie, il n'avait pensé à personne d'autre.

Quand il avait passé la nuit avec elle, quand il lui avait fait l'amour, pas la moindre fibre de son corps n'avait eu envie de Brittany. Pour rien au monde il n'aurait voulu être ailleurs, avec qui que ce soit d'autre. Il avait désiré exactement ce qu'il avait : être avec Katie, faire l'amour avec elle.

Alors, dès qu'il avait atterri à Atlanta, il avait appelé son père pour l'informer qu'il n'assisterait pas au dîner de bienfaisance.

Son père était d'un tout autre avis.

— Oh que si, tu iras ! s'était-il écrié. Tu représentes la famille à cette collecte de fonds, si tu n'y vas pas accompagné de Brittany, il y aura toutes sortes de rumeurs dès demain matin. Je ne le tolérerai pas.

Blake avait été tenté de lui répondre qu'il s'en moquait éperdument, que les gens pouvaient bien faire courir toutes les rumeurs qu'ils voulaient, s'ils n'avaient rien de mieux à faire.

Cependant, il savait que son père avait les commérages en horreur et qu'il les évitait à tout prix. Il se souciait beaucoup de son image et faisait tout son possible pour sauver les apparences, en toutes circonstances.

— Je ne te demande pas de l'épouser, avait ajouté

John Michael, encore qu'une fusion de nos deux familles ne seraient sans doute pas une mauvaise idée.

— Je n'épouserai jamais Brittany, papa, avait-il dit d'un ton sans réplique. Il vaut mieux que tu oublies tout de suite l'idée de te servir de moi pour une fusion quelconque.

— Comme tu voudras, avait répliqué son père, s'efforçant en vain de dissimuler son mécontentement, mais tu iras à ce dîner.

Refusant d'alimenter ce qui promettait d'être un débat houleux, il avait accepté.

C'est ainsi qu'il se retrouvait assis là, en compagnie d'une femme qui attirait les regards approbateurs d'hommes manifestement envieux. Bon nombre d'entre eux auraient donné cher pour être à sa place, il le savait très bien.

Comme d'habitude, Brittany était en beauté.

Pourtant, il n'avait absolument rien à lui dire.

Il ne reconnaissait pas la Brittany d'autrefois, et n'avait rien en commun avec celle qu'elle était devenue. En toute honnêteté, il devait bien admettre qu'elle manquait cruellement de relief et ne soutenait pas la comparaison avec Katie.

Pour commencer, elle n'avait pas son sens des responsabilités. Pour elle, le but de ce dîner n'était pas tant de rassembler des fonds pour ouvrir un nouveau service de pédiatrie à l'hôpital que d'être vue et admirée de tous.

De toute évidence, elle n'avait pas non plus le large éventail de centres d'intérêt de Katie. Toutes ses préoccupations semblaient tourner autour de la mode, en général, et des choses qui lui allaient le mieux, en particulier.

Elle s'étendait sur le sujet depuis ce qui lui semblait être une éternité.

Comment avait-il pu former le projet insensé de reconquérir cette femme, avec laquelle il ne partageait absolument rien ? Où avait-il eu la tête ?

Consterné par le manque de discernement dont il avait fait preuve, il avait le sentiment d'être pris au piège, et comptait les minutes qui le séparaient du moment où il pourrait enfin partir.

Brittany continuait à monologuer, et il se contentait d'acquiescer de temps à autre, par pure politesse, ce dont elle se satisfaisait très bien.

Distraitement, il balaya son regard autour de la salle, cherchant des yeux un visage familier, quelqu'un à aborder, dans l'espoir de pouvoir s'éclipser, ne serait-ce que quelques minutes.

Il avait besoin d'un moment de répit pour se vider la tête du babillage incessant de Brittany.

Il continua à parcourir la foule des yeux. Soudain, il s'immobilisa, stupéfait.

Bon sang ! Maintenant, son imagination lui jouait des tours : il avait cru voir Katie. Elle ne pouvait pas être là, c'était un dîner sur invitation uniquement. On ne l'aurait pas laissée entrer alors que son nom ne figurait pas sur la liste des invités.

Pourtant, c'était bel et bien Katie ! Il aurait reconnu son expression résolue entre mille.

Il se demanda, non plus comment elle était entrée, mais pourquoi.

Qu'est-ce qui se passait ?

Il se redressa sur sa chaise et la regarda traverser la salle d'un pas décidé dans sa direction.

Derrière elle, le majordome essayait de la rattraper. Elle atteignit la table avant qu'il n'y parvienne.

— Alors comme ça, tu es bel et bien là, dit-elle avec colère.

Malgré tout, elle n'avait pu s'empêcher d'espérer qu'il ne serait pas là, qu'il se serait aperçu que Brittany était mièvre et insipide, et qu'il aurait décidé de ne pas assister au dîner.

Décidément, songea-t-elle avec un certain cynisme, *tous mes espoirs auront été vains*.

Essoufflé, le majordome se répandit en excuses.

— Je suis désolé, monsieur Fortune…

Blake agita la main pour l'interrompre.

— Tout va bien, c'est mon assistante.

L'homme lança à Katie un regard furibond.

— Du moment que vous la connaissez, marmonna-t-il.

Il inclina la tête, puis s'en alla, soulagé que l'incident soit clos.

Toute l'attention de Blake était concentrée sur Katie.

— Qu'est-ce que tu… ?

— Tu as un sacré culot, tu le sais ? l'interrompit-elle.

Elle allait lui dire ce qu'elle avait sur le cœur, coûte que coûte. Du coin de l'œil, elle voyait que les gens regardaient dans leur direction, mais elle s'en moquait. Blake avait bien cherché la volée de bois vert qu'il était sur le point de recevoir.

— Tu es là, à faire semblant que tu es content de me voir, alors que tu t'es enfui de chez Wendy en pleine nuit, sans même avoir la décence d'attendre que je sois réveillée pour me dire, en me regardant droit dans les yeux, que tu t'en allais !

Tout ce qu'elle disait était vrai, il le savait. Il savait

aussi qu'il allait la perdre s'il n'arrivait pas à lui faire comprendre ce qui s'était passé.

— Katie, je…

— C'est Katie ? demanda Brittany en se levant d'un bond, manquant de renverser sa chaise.

Elle la toisa d'un œil critique, comme elle aurait regardé un mannequin dans la vitrine d'un magasin.

— C'est pour ça que tu te comportes comme un idiot avec moi depuis le début de la soirée ? demanda-t-elle d'un ton incrédule. Je croyais que tu étais prêt à être sérieux, mais au lieu de ça, tu as été préoccupé toute la soirée. Même mon frère fait plus attention à moi que toi, et maintenant, je comprends pourquoi ! Enfin, je ne comprends pas, rectifia-t-elle avec arrogance, jetant à Katie un regard dédaigneux, mais je vois pourquoi.

Elle rejeta ses cheveux en arrière et posa ses mains sur ses hanches dans un geste d'impatience.

— Pourquoi est-ce que tu ne m'as pas dit que tu étais amoureux de quelqu'un d'autre, au lieu de me faire endurer cette soirée ?

Bombardé de questions, Blake ne savait pas par où commencer. Il fallait pourtant qu'il s'explique.

— Je…

De nouveau, Katie l'empêcha d'aller plus loin. Lui pointant le doigt sur la poitrine, elle continua à fulminer.

— Tu sais ce qui ne va pas, chez toi ? Tu ne sais pas ce que tu veux. On ne peut pas faire une stupide campagne au nom de l'amour. On ne met pas au point des stratégies pour gagner le cœur de quelqu'un, on s'intéresse à une personne, on l'observe pour mieux la connaître, on apprend ce qu'elle aime, ce qui la fait sourire, et ensuite, on fait tout son possible pour la rendre heureuse. On préserve l'amour, on le nourrit, mais on ne mène certainement pas une campagne pour le trouver !

Elle ferma les yeux un instant, s'efforçant de ne pas pleurer, alors même qu'elle sentait des larmes de colère lui brûler les paupières.

— Tu es obtus et aveugle, et c'est pour mon malheur que je t'aime.

Blake se concentra sur la seule chose qui importait vraiment à ses yeux.

— Tu m'aimes ?

— Oui ! dit-elle sèchement.

Autant le lui avouer. Comme cela, il mesurerait peut-être un jour ce qu'il avait laissé lui échapper.

— Je t'aime. Je t'aime ! Ou plutôt, je t'aimais, ajouta-t-elle après réflexion.

Ses sentiments pour lui n'avaient pas changé, mais elle était bien décidée à les réprimer.

A quoi bon aimer un homme versatile qui ne voyait même pas ce qu'il avait sous les yeux ?

— Maintenant, c'est fini. Oh ! Et, au fait… je démissionne ! cria-t-elle.

Blake la regarda fixement, abasourdi, essayant désespérément de mettre de l'ordre dans ses idées.

— Mais tu ne peux pas démissionner maintenant…

Elle lui lança un regard furibond, les yeux plissés.

— Ah oui ? Regarde-moi bien !

Sans un mot de plus, elle tourna les talons et s'enfuit précipitamment, comme Cendrillon en entendant sonner les douze coups de minuit.

Il eut besoin de quelques secondes pour rassembler ses esprits. Dès qu'il se fut arraché à sa torpeur, il s'élança à sa poursuite.

Derrière lui, il entendit Brittany crier son prénom,

exiger qu'il revienne, mais il ne se retourna même pas. Elle trouverait quelqu'un d'autre pour lui servir de cavalier, cela ne faisait pas l'ombre d'un doute.

Quant à lui, il devait absolument faire entendre raison à Katie.

Pour une femme qui portait des talons hauts, elle était vraiment rapide. Bien décidé à la rattraper avant qu'elle n'atteigne le parking, il accéléra le pas et la rejoignit enfin, à l'entrée de la salle de réception.

Lui saisissant le bras, il lui fit faire volte-face et, sans lui laisser le temps de s'en prendre de nouveau à lui, l'embrassa avec fougue.

Déjà essoufflés par leur course-poursuite, ils furent bientôt haletants, de plus en plus fébriles à mesure que leur baiser s'approfondissait.

Quand il détacha enfin ses lèvres des siennes, Katie était comme hébétée, perdue dans la passion du moment.

Elle désirait de tout son cœur que les choses soient aussi simples… mais tout ce qui venait de se passer, ce que Brittany avait dit, refit surface, et elle sentit la colère monter de nouveau en elle.

Elle s'écarta de lui et le repoussa.

— Comment oses-tu m'embrasser alors que tu es amoureux de quelqu'un d'autre ? cria-t-elle, se débattant pour se dégager de son étreinte.

Il la maintenait fermement, bien décidé à la forcer à l'écouter. Il fallait qu'elle sache la vérité.

— La seule personne dont je sois amoureux, cria-t-il à son tour, c'est toi !

Comme ils attiraient de nouveau l'attention et qu'elle ne voulait que personne ne la prenne en pitié, Katie se força à baisser la voix.

— Et Brittany, alors ?

— Je n'ai que faire de Brittany ! Tu te trompes, je sais ce que je veux, et ce que je veux, c'est toi, conclut-il dans un murmure en caressant du regard son beau visage.

Bien sûr, comme si j'allais croire une chose pareille ! S'imaginait-il vraiment qu'elle était aussi crédule ?

— C'est moi que tu veux, dit-elle d'un ton sarcastique. C'est sans doute pour ça que tu t'es enfui hier matin et que tu es ici en ce moment même, aux pieds de Brittany !

— Est-ce que Brittany t'a donné l'impression que j'étais à ses pieds ?

— Non, admit-elle.

Il la regarda un long moment en silence, se demandant quoi dire, mais au fond il savait très bien que s'il voulait ne pas la perdre, il devrait sacrifier sa fierté. Il n'y avait pas d'autre solution.

Il prit une profonde inspiration pour se donner du courage et se lança.

— Cela me coûte de le reconnaître, mais si je suis parti avant que tu te réveilles, c'est parce que j'étais profondément bouleversé. Je ne voulais plus rien de tout ce que j'avais cru vouloir, et je voulais ce que je n'avais jamais envisagé.

Il essayait de lui embrouiller les idées, elle en était persuadée.

— Je ne comprends pas.

Il eut un petit rire. C'était exactement ce qu'il s'était dit quand il s'était rendu compte qu'il était incapable de lutter contre l'attirance irrésistible qu'il éprouvait pour elle, quelques jours plus tôt et, a fortiori, quand ils avaient fait l'amour et qu'elle s'était endormie dans ses bras, cette nuit-là.

— Bienvenue au club ! J'avais besoin de mettre de l'ordre dans mes pensées, de savoir ce que je voulais et ce que je ne voulais pas. Quand je suis arrivé à Atlanta, je savais déjà que je ne voulais pas renouer avec Brittany.

Katie aurait tant aimé le croire ! Hélas, sa présence ici prouvait le contraire.

— Et pourtant, tu es là.

— Je suis là parce que c'est moi qui étais censé représenter ma famille au dîner de ce soir, et parce que mon père m'a obligé à respecter mes engagements. Comme je devais être le cavalier de Brittany, j'ai joué le jeu, mais c'est tout, ce n'était qu'une mascarade. J'étais assis là, en train de compter les minutes qui me séparaient du moment où je pourrais enfin m'en aller, quand tu m'as sauté à la gorge, conclut-il avec un sourire.

Elle sentait sa résistance l'abandonner peu à peu. Elle commençait à le croire, peut-être parce qu'elle en avait tant envie.

— Et quand j'ai fait un esclandre…

Il haussa les épaules.

— Cela donnera aux invités un sujet de conversation !

Maintenant qu'elle reprenait son calme, elle se rendait compte que ces gens étaient des gens qu'il connaissait, qu'il fréquentait. Elle craignait qu'il soit gêné face à eux, dorénavant, à cause d'elle.

— Cela ne te dérange pas ?

— La seule chose qui importe, à mes yeux, c'est la réponse que tu me donneras quand tu auras vu ceci…

Il sortit de sa poche un petit écrin de velours noir et l'ouvrit.

— C'est la bague de fiançailles de mon arrière-

arrière-grand-mère… Je comptais repartir à Red Rock pour te l'offrir, si tu acceptes ma demande. Katie, veux-tu m'épouser ?

Elle ne prit pas la bague tout de suite.

— Nous pourrons changer les pierres, si tu veux.

— Surtout pas ! Elle est magnifique telle qu'elle est.

Elle l'observa un long moment, comme pour s'assurer qu'il ne plaisantait pas.

— Tu es sérieux ?

— Je n'ai jamais été aussi sérieux de ma vie. Je suis désolé d'avoir été aussi bête, d'avoir mis tant de temps à voir ce que j'avais sous les yeux. Je sais que je ne méritais pas que tu me soutiennes comme tu l'as fait, alors que je faisais des plans insensés.

Où avait-il eu la tête ? Comment avait-il pu demander à Katie de l'aider à gagner le cœur de Brittany ?

N'importe quelle autre femme l'aurait poussé dans un ravin, et aurait eu raison !

— Tu fais allusion au Projet Brittany ? demanda Katie d'un ton innocent.

Il fit la grimace. Le simple fait d'entendre ces mots lui était pénible, maintenant.

— Le seul projet que j'ai aujourd'hui est de te rendre heureuse pour le restant de mes jours.

Elle gardait une expression impassible.

— Je n'ai pas encore dit oui, lui fit-elle remarquer.

Il en avait douloureusement conscience.

— Je sais, et je comprendrai que tu n'en aies pas envie, mais…

Elle soupira et, levant les yeux au ciel, lui posa un doigt sur les lèvres pour le faire taire.

— Tu veux bien arrêter de parler, s'il te plaît ? C'est

ça, le problème, avec vous, les génies du marketing : vous n'arrêtez pas une minute de parler !

Elle laissa retomber sa main et posa ses lèvres sur les siennes, l'embrassant avec tendresse.

— Est-ce que c'est un oui ? murmura-t-il, tout contre sa bouche.

Il espérait de tout son cœur l'entendre prononcer ce mot magique.

— A ton avis ? demanda-t-elle avec un pétillement malicieux dans les yeux.

Retrouvez la suite de votre saga dès le mois de juillet dans votre collection Passions !

KAREN ROSE SMITH

Le fruit du scandale

Passions

éditions HARLEQUIN

Titre original : RILEY'S BABY BOY

Traduction française de NATALIA DELYS

83-85, boulevard Vincent-Auriol, 75646 PARIS CEDEX 13.
Service Lectrices — Tél. : 01 45 82 47 47
www.harlequin.fr

- 1 -

Riley O'Rourke entendit quelqu'un frapper à sa porte d'un coup hésitant. Il pensa d'abord que c'était une erreur, mais quand le second coup retentit, beaucoup plus ferme, il n'y avait plus de doute possible. Il se leva pour aller ouvrir.

Il pensa qu'il devait s'agir d'un ami, car les membres de sa famille ne se donnaient jamais la peine de frapper quand ils venaient lui rendre visite dans sa maison au milieu des bois. Ils se contentaient de faire irruption quand bon leur semblait, sans même s'annoncer.

Mais il ne s'attendait certainement pas à découvrir Brenna McDougall sur le seuil de sa porte, et son cœur fit un bond dans sa poitrine en avisant qu'elle portait un bébé dans ses bras.

Il observa l'un et l'autre en faisant de rapides calculs dans sa tête. Le bébé paraissait âgé d'environ six semaines, et encore… Six semaines, cela signifiait qu'il avait été conçu à une période où il fréquentait Brenna. Se pourrait-il que… ?

« Garde la tête froide, s'enjoignit-il. Ecoute ce qu'elle a à te dire avant de tirer une conclusion trop hâtive ! »

— Salut, Riley, dit Brenna avec une assurance qui ne dura pas. Peut-être aurais-je dû t'appeler pour te prévenir de ma visite, mais j'ai pensé que c'était la meilleure façon de faire…

— De faire quoi ?

A sa grande satisfaction, il avait posé la question d'une voix ferme qui ne laissait rien transparaître de son trouble, bien qu'il fût assailli par le souvenir de la nuit passionnée qu'il avait passée avec Brenna après la fête des anciens du lycée, quelques mois plus tôt.

Il n'avait pas oublié non plus qu'elle était partie ensuite sans un mot d'adieu, sans même lui laisser un message.

— J'ai eu un bébé, annonça-t-elle. Derek… Ton fils.

Il resta figé sur place, sous le choc. D'abord retrouver Brenna après sa disparition inexpliquée mais en plus apprendre de manière abrupte qu'il était devenu père. Il avait l'impression d'avoir reçu un coup de poing en plein visage. Mais en tant qu'ancien Marine, il ne perdait jamais son sang-froid. Passant sa main dans ses cheveux bruns, il redressa les épaules et s'efforça de demeurer impassible, même s'il avait du mal à détourner le regard du petit garçon niché dans les bras de Brenna.

— Tu ferais mieux d'entrer, lui suggéra-t-il enfin en s'effaçant pour la laisser passer.

Il était touché par la façon dont elle serrait son bébé contre elle comme s'il était l'objet le plus précieux au monde. Elle frotta sa joue contre les cheveux de l'enfant et lui murmura à l'oreille des mots qu'il ne put comprendre.

— Il vient de se réveiller, expliqua-t-elle. Il a été si sage dans l'avion… Puis il s'est assoupi sur la route entre Flagstaff et Miners Bluff. Je suis venue ici directement.

Ce fut une nouvelle surprise pour lui. Pourquoi ne s'était-elle pas d'abord arrêtée chez ses parents ? Brenna n'était-elle pas, après tout, une fille obéissante et loyale ?

Bon, O.K., il faisait preuve de cynisme !

A présent, Brenna examinait la pièce comme si elle la découvrait pour la première fois alors qu'elle était déjà venue chez lui après la fête des anciens, l'été précédent. Il n'était pas étonné de sa réaction car peu de gens s'attendaient à le voir vivre dans un intérieur aussi confortable. Or, après avoir vécu au beau milieu du désert, dans des baraques et des tentes, il avait tenu à ce que son chez-lui soit spacieux et chaleureux. Il y avait manifestement réussi, puisque son père, ses deux frères et sa sœur ne se faisaient pas prier pour venir se vautrer dans les canapés douillets qui meublaient son salon.

Brenna observa avec curiosité le foyer en pierre de la cheminée, les fauteuils confortables disposés de manière à pouvoir regarder confortablement la télé à écran plat, la porte-fenêtre qui ouvrait sur une terrasse avec barbecue…

Pour l'heure, il se moquait totalement de ce que la jeune femme pensait de son aménagement intérieur ! Il bouillait d'impatience en attendant qu'elle lui confie la raison de sa visite.

Plus le temps passait, plus il avait du mal à contenir sa colère et, finalement, il explosa.

— Pourquoi ne m'as-tu pas dit que tu étais enceinte ? rugit-il soudain.

Il fut décontenancé par le regard las qu'elle lui adressa, repoussant d'un geste nerveux ses longues mèches blondes.

— C'est compliqué.

— Compliqué ?

Prenant conscience que son ton était trop agressif en présence d'un bébé, — qui, soit dit en passant avait les yeux du même bleu que lui ! — il s'enjoignit de rester calme. Brenna ne sembla pas se formaliser de sa rudesse et prit place sur le sofa, Derek toujours blotti contre elle. Celui-ci agita les bras et sourit, si tant est que l'on puisse parler de sourire pour un bébé d'à peine six semaines ! Brenna lui rendit son sourire et lui chatouilla le ventre.

Pendant tout ce temps, Riley les observa, rongeant son frein et, lorsque Brenna releva enfin les yeux vers lui, elle se rembrunit aussitôt face à son visage fermé.

— Je n'ai pas pu revenir à Miners Bluff avant aujourd'hui, s'excusa-t-elle.

— Les portables fonctionnent mal par ici, mais j'ai une ligne fixe, répliqua-t-il. Je suis dans l'annuaire de Miners Bluff.

Elle hésitait à parler, passant distraitement son pouce sur le petit animal brodé sur le vêtement de Derek.

— J'avais besoin de temps pour décider de ce que je voulais faire, Riley. J'ai été très prise par la création de ma nouvelle collection de robes de mariée et j'ai eu un grand nombre de commandes à honorer. Ensuite, j'ai préparé un défilé, et puis j'ai accouché plus tôt que prévu…

— Et alors ?

— Alors je ne savais tout simplement pas comment j'allais gérer tout ça… le bébé… toi…

— Tu voulais me *gérer* ?

Elle ne fit rien pour dissimuler son agacement.

— Tu sais très bien ce que je veux dire ! Je vis

à New York, et toi ici. Je ne savais pas comment tu réagirais à l'idée de me savoir enceinte. Ce n'est pas comme si nous…

— … avions repris là où nous nous étions arrêtés, l'été après la fin du lycée ? dit-il.

— La nuit de la fête des anciens… ce que nous avons fait, c'était en souvenir du bon vieux temps, non ?

Le bon vieux temps ! L'expression était ironique !

Il grimaça, goguenard. Oui, cette nuit-là, ils s'étaient replongés avec insouciance dans le passé sans se soucier le moins du monde de l'avenir.

Et voilà qu'aujourd'hui elle était assise sur son sofa, son fils dans les bras !

Son fils… *à lui* !

Il se dirigea vers le sofa et prit place à côté de Brenna. La proximité de Brenna le troubla, avec son parfum, ses cheveux soyeux et les courbes affolantes de son corps, comme lorsqu'ils avaient dansé ensemble, le soir de cette fête.

Il fit de son mieux pour résister à l'attirance qu'elle lui inspirait, et ce depuis leur adolescence.

— Est-ce que je peux le prendre dans mes bras ?

Visiblement décontenancée, elle écarquilla les yeux comme si elle ne lui faisait pas confiance. Il comprit qu'il s'y était mal pris et, s'il ne parvenait pas à la mettre à l'aise, elle risquait de repartir illico pour New York !

— Je ne vais pas le faire tomber, lui assura-t-il en se forçant à sourire. Tu sais que je me suis occupé de mes frères et sœur, quand ils étaient petits.

Brenna caressa les cheveux noirs et soyeux de Derek avant de le lui tendre.

— Il faut lui soutenir la tête.

— Je sais.

Il savait, et savait aussi qu'elle savait, car ils se connaissaient si bien ! Dans un flash, il revit des images de la folle nuit de passion qu'ils avaient partagée. A l'adolescence, ils avaient dû braver l'hostilité de leurs familles respectives pour donner libre cours à la folle attirance qu'ils éprouvaient déjà l'un pour l'autre. Comme ils avaient été stupides à cette époque ! Et comme ils avaient été inconscients, devenus adultes !

Il prit son fils dans ses bras et sentit son cœur fondre de tendresse. Un instinct protecteur qu'il n'avait jamais éprouvé jusqu'alors envers quiconque le submergea tandis qu'il soutenait délicatement la tête de l'enfant.

Il était papa ! Enfin… l'était-il vraiment ? Il fallait absolument qu'il pose la question à Brenna, d'autant qu'elle avait précisé avoir accouché prématurément.

— Tu es sûre qu'il est de moi ?

Brenna se mura derrière une expression indéchiffrable. Puis, elle battit des cils et releva le menton, comme si elle était blessée.

— J'ai donné naissance à Derek deux semaines avant la date prévue, répondit-elle, mais je n'ai couché avec aucun homme en dehors de toi depuis très longtemps.

Très longtemps. Qu'entendait-elle exactement par là ? Des mois ? Un an ? Deux ? C'était difficile à croire, car Brenna était encore plus belle aujourd'hui qu'à l'époque du lycée, avec ses longs cheveux dorés, ses yeux émeraude et un visage aux traits délicats.

Oh bon sang, voilà qu'il devenait poète ! Mais il était vrai qu'en présence de Brenna, il avait toujours eu des réactions étranges…

Sur un registre beaucoup moins poétique, il se rendit compte que ses seins étaient plus pleins et ses hanches plus rondes. Son corps réagit instinctivement à l'évocation de ses attraits.

— Néanmoins, si tu veux que nous fassions un test ADN, je n'y suis pas opposée, reprit-elle. A moins que tu n'y tiennes pas. Peut-être ne veux-tu pas entendre parler de…

Elle prit une inspiration et désigna son fils du menton.

— … Derek.

Brenna était issue d'un milieu aisé. Elle était belle, intelligente et avait toujours fait montre d'une grande confiance en elle. Aujourd'hui pourtant, il découvrait chez elle une incertitude inhabituelle.

— Est-ce que tu as dit à tes parents qui tu pensais être le père de cet enfant ? s'enquit Riley.

— Je ne *pense* pas ! rétorqua-t-elle. Je *sais* qui est le père de cet enfant !

Elle tendit la main pour toucher celle de Derek, et en au passage, effleura involontairement le bras de Riley qui tressaillit à ce simple contact.

— Mes parents ne sont pas encore au courant pour Derek, murmura-t-elle.

— Comment ça, pas au courant ? Ils ne savent pas que tu étais enceinte ? Ou bien ils ignorent que je suis le père ?

— Ils ne savent rien de tout cela.

Sa voix n'était plus qu'un murmure et pour la deuxième fois, il s'aperçut à quel point elle avait l'air nerveuse et lasse.

— Comment as-tu pu leur cacher que tu étais enceinte ? Tu ne les as pas vus à Noël ?

Les McDougall étaient connus pour former une famille unie. Une famille qui respectait les traditions et se réunissait pour les fêtes. Une famille censée se comporter correctement…

Quoiqu'on ne pouvait pas vraiment dire qu'Angus McDougall se comportât de façon correcte en affaires !

— Ma grossesse ne s'est pas vraiment vue avant le sixième mois, expliqua Brenna. Lorsque mes parents sont venus à New York pour Noël, je portais des pulls amples et ils n'ont rien remarqué. Et je ne leur ai pas touché mot.

— Pourquoi ?

— Parce que je ne voulais pas qu'ils se mêlent de mes affaires. Si j'ai quitté Miners Bluff, c'était pour une bonne raison, tu le sais. Bref, j'avais une nouvelle collection à présenter et une vente privée à organiser. Et puis j'expose aussi des robes d'autres créateurs dans ma boutique, et inversement. C'est un très bon outil de vente.

Il se raidit. Le père de Brenna possédait un magasin en plein centre-ville où Brenna avait tout appris de la vente depuis son plus jeune âge. Or, il enrageait à la seule pensée de ce magasin et de la façon dont Angus McDougall avait escroqué son propre père.

Brenna perçut son changement d'attitude et préféra ne pas s'aventurer davantage sur ce terrain glissant.

— Je n'étais pas certaine de ce que j'allais faire. J'ignorais si j'allais revenir ici…

— Tu n'étais pas certaine de vouloir me mettre au courant ?

Comme Derek s'agitait dans ses bras, il comprit que son fils avait probablement perçu la colère dans sa voix. Tout en prenant bien soin de lui soutenir la tête, il redressa l'enfant et le cala confortablement contre son torse.

L'effet fut immédiat car Derek se calma.

— Tu sais t'y prendre avec lui, fit remarquer Brenna, sans pouvoir cacher sa surprise.

— Brenna, tu vas devoir apprendre à me faire confiance !

Mais il voyait bien à son regard qu'elle était encore réticente. Une réticence qui venait de loin, Brenna n'ayant jamais su avec certitude s'il était sorti avec elle au lycée de façon désintéressée ou bien dans l'unique intention de venger son père. S'il devait être tout à fait honnête, il devait admettre que ses intentions n'étaient pas très pures au départ, mais bien vite, il était tombé éperdument amoureux de la jeune fille. Et où tout cela l'avait mené ? Brenna était restée loyale à sa famille et l'avait laissé tomber pour faire carrière !

Ce passif entre eux amenait une véritable question : comment pourraient-ils élever un enfant ensemble s'ils ne se faisaient pas confiance ?

— La confiance doit être réciproque, Riley, déclara Brenna. Nous allons faire ce test ADN.

— Je connais un bon pédiatre, je pourrais probablement obtenir un rendez-vous pour demain.

— Je préférerais après-demain.

Il s'apprêtait à protester contre le fait de repousser l'échéance, mais elle leva la main pour l'en dissuader.

— Je ne me sens pas capable d'affronter mes parents ce soir, reprit-elle. J'ai réservé une chambre au Purple Pansy Bed and Breakfast. Je vais m'y installer avec Derek et j'irai leur rendre visite demain matin.

— Attends une minute ! fit-il en serrant l'enfant contre lui. J'ignore combien de temps tu comptes rester et j'aimerais avoir l'occasion de passer du temps avec mon fils. Et puis as-tu le matériel qu'il te faut pour Derek ?

— J'ai apporté des couches et j'allaite Derek. Je me suis organisée.

Il hocha la tête. Bien sûr ! Brenna était le genre de femme à avoir les pieds sur terre, ce qui était certainement une qualité pour une maman.

— O.K., tu as tout ce qu'il te faut, mais moi, j'ai besoin de passer du temps avec mon fils. Reste ici cette nuit, et nous en reparlerons demain…

Brenna se figea. Elle l'observa, comme si elle cherchait à déterminer à quel point il était sincère.

— Tu veux changer des couches toi aussi ?

— Cela fait partie du rôle d'un père, non ?

— En effet, mais beaucoup de pères essaient d'y échapper !

— Les mères aussi se débinent parfois. Nous le savons, toi et moi. Ne t'inquiète pas, je ne fuirai pas mes responsabilités.

Car il avait une excellente raison de ne pas faire confiance aux femmes : sa propre mère avait quitté Miners Bluff pour aller vivre sa vie, abandonnant sans scrupules ses enfants derrière elle. D'ailleurs, s'il y réfléchissait bien, Brenna avait fait exactement la même chose. Elle n'avait pas voulu révéler au grand jour les sentiments qu'ils avaient l'un pour l'autre quand ils étaient au lycée. Elle n'avait pas eu le courage de défier ses parents. Non, elle avait décidé qu'il valait mieux partir…

Il ne lui avait jamais dit d'ailleurs que, s'il s'était engagé dans les Marines, c'était en réaction désespérée à son départ.

Cette fois, sans montrer la moindre hésitation, Brenna tendit la main et lui toucha la cuisse.

— Riley, je ne voulais pas insinuer que…

Troublé par ce contact, il se figea, mais fort heureusement, Derek recommença à s'agiter et il fut soulagé de cette diversion. Il n'avait pas la moindre intention d'évoquer l'histoire désastreuse de sa famille avec Brenna. Et il n'allait pas non plus se laisser perturber par le contact de sa main !

Il la laissa donc prendre Derek dans ses bras. Elle s'éloigna en chantonnant pour calmer l'enfant. Il se releva d'un bond et demanda de sa voix rugueuse de militaire :

— Alors vous restez pour cette nuit, d'accord ? Ainsi que le temps de votre séjour à Miners Bluff ?

Elle ne répondit pas, semblant peser le pour et le contre.

— C'est d'accord pour cette nuit, répondit-elle enfin. Nous aviserons par la suite…

Il hocha la tête, satisfait. Une nuit. Il avait une nuit pour la convaincre qu'il pouvait être un bon père. Une nuit pour la persuader qu'il n'était pas et ne serait jamais comme son propre père.

Brenna venait d'ajuster la couche de Derek quand une curieuse sensation la fit frissonner. Tout en maintenant le bébé d'une main, elle jeta un coup d'œil par-dessus son épaule et découvrit Riley en train de l'observer.

Sous son regard sombre, elle sentit une vague de chaleur la submerger. Elle ne s'en étonna pas outre mesure : Riley lui avait toujours fait cet effet-là.

Il portait ce qui ressemblait fort à un tiroir de commode.

— Qu'est-ce que c'est ? s'enquit-elle d'une voix tendue.

Elle n'était pas certaine d'avoir fait le bon choix en remettant les pieds à Miners Bluff. Le conflit entre sa famille et celle de Riley était à l'origine de leur rupture autrefois et pouvait aujourd'hui encore compliquer terriblement leurs relations.

— Derek a besoin d'un lit, décréta Riley. Si tu le couches à côté de toi, tu risques de lui rouler dessus pendant ton sommeil.

— Je ne ferais jamais…

Elle s'interrompit en percevant la lueur d'humour dans ses yeux. Il essayait de détendre l'atmosphère, et elle lui en fut reconnaissante. Elle ne savait pourquoi elle remettait tant en cause sa décision de revenir ici. Des décisions, il lui avait fallu en prendre toute sa vie ! Sa rupture avec Riley lui avait, certes, brisé le cœur mais cela lui avait permis de lancer sa carrière professionnelle. En revanche, elle regrettait aujourd'hui encore une décision malheureuse qu'elle avait prise. Elle s'était laissé séduire par un homme, un certain Thad Johnson, qui l'avait psychologiquement anéantie. Thad lui avait prouvé qu'on ne pouvait pas faire confiance aux hommes. Et aujourd'hui, elle éprouvait la même méfiance à l'égard de Riley, dont les motivations n'avaient jamais été très claires.

— C'est un peu dur pour un lit, non ? dit-elle en tentant d'oublier le passé pour se concentrer sur l'instant présent.

— Attends un peu, répliqua-t-il en secouant la tête.

Elle l'observa tandis qu'il quittait la pièce, admirant

sa silhouette carrée et le roulement de ses muscles sous son T-shirt. Son jean lui allait vraiment à merveille…

Oui, mais elle savait aussi de quoi Riley avait l'air sans son jean, et ça, c'était un problème !

Le temps qu'elle prenne Derek dans ses bras, il était revenu avec tout un tas de linge de maison. Il plia d'abord en deux un coussinet rembourré qu'il enveloppa d'un drap avant de le caler au fond du tiroir.

— Qu'en penses-tu ?

Elle s'avança vers lui et tâta le matelas improvisé.

— Tu es débrouillard, fit-elle remarquer.

— J'ai été Marine.

Il ne lui avait pas raconté grand-chose de son passé militaire, mais lors de la fête des anciens du lycée, elle avait appris qu'il avait reçu un Purple Heart et une Bronze Star. Et pendant qu'ils dansaient, il lui avait expliqué qu'il était devenu l'associé de Clay Sullivan, avec qui il organisait des randonnées en pleine nature.

Leur conversation, cependant, était restée superficielle. Ils n'avaient pas parlé du père de Riley. Celui-ci était-il toujours alcoolique ? s'était-elle demandé.

L'été qui avait suivi leur dernière année de lycée, il avait voulu afficher leur relation au grand jour, mais elle l'en avait dissuadé. Son père et celui de Riley n'étaient-ils pas les pires ennemis au monde ? Elle était en outre déchirée entre ses sentiments pour le jeune homme et son désir de quitter Miners Bluff afin de devenir une femme indépendante. Au final, sa loyauté envers sa famille conjuguée à son désir de liberté l'avaient emporté sur son amour pour Riley et elle avait pris ses cliques et ses claques pour intégrer le Fashion Institute of Technology à New York. Les débuts avaient été difficiles, car toutes les nuits le fantôme de Riley venait la hanter.

— Est-ce que tu as aussi appris à faire la cuisine chez les Marines ?

Il avait préparé rapidement des burgers et des haricots verts frais.

— Presque tout ce que je sais, je l'ai appris chez les Marines !

Cette phrase était lourde de sens et elle en prit acte.

— Quand t'es-tu enrôlé ?

— Au mois de novembre, après ton départ.

— Qu'est-ce qui t'a décidé ? Tu n'en avais jamais parlé avant…

Il aplatit le rembourrage au fond du tiroir et se redressa, mal à l'aise.

— Peu importe…

— Cela a changé le cours de ta vie et fait de toi ce que tu es aujourd'hui, alors je crois que si, c'est important.

— J'ai eu des problèmes.

Cette révélation ne la surprit pas outre mesure. Avant qu'elle ne fréquente Riley, celui-ci s'était déjà fait remarquer à plusieurs reprises pour son comportement rebelle. Les enfants de Liam O'Rourke ne s'étaient jamais vu imposer de limites, et Riley en avait profité. Certes, après le départ de sa mère, il avait dû prendre en charge l'éducation de ses frères et de sa sœur, mais cela ne l'avait pas empêché de poursuivre ses frasques dès qu'il était à l'extérieur. Elle avait reçu pour consigne de ne pas le fréquenter, mais ce mauvais garçon aux cheveux de jais et aux yeux d'un bleu limpide était la tentation personnifiée.

Alors quand il avait commencé à lui faire les yeux doux…

— Cette fois-là, ce fut pire qu'être renvoyé temporairement de l'école, admit-il. J'avais bu quelques bières. J'ai pris la voiture de papa et j'ai percuté une bouche d'incendie.

— Que s'est-il passé ensuite ?

— J'ai été présenté devant un juge qui a fait plus que me considérer comme un simple numéro. Il m'a expliqué que, si je ne me reprenais pas, j'allais bousiller ma vie ! Il m'a alors conseillé de me rendre au bureau de recrutement de l'armée et dit que si j'étais accepté, il fermerait les yeux sur les dommages que j'avais causés. Alors je me suis engagé…

— Tu étais donc Marine jusqu'à l'an passé ?

— Oui, et depuis j'ai suivi une formation de consultant informatique. Mais je cherchais à faire autre chose, alors quand j'ai entendu dire que Clay recherchait un associé, j'ai sauté sur l'occasion. Je connais la région aussi bien que lui et mes compétences me permettent d'accompagner des groupes pour faire des randonnées à cheval dans Horsethief Canyon ou de l'escalade près de Sedona. Les Marines ont fait de moi un homme tout-terrain.

— Ce n'est pas seulement grâce aux Marines. Tu es quelqu'un qui aime apprendre.

Elle croisa son regard et de nouveau un courant électrique sembla passer entre eux, ranimant les vieux sentiments mais aussi cette invraisemblable attirance physique qui perdurait depuis plus de quinze ans.

— A quelle heure veux-tu te coucher ? demanda-t-il d'un ton bourru.

— Sans tarder, répondit-elle dans un soupir. Le

voyage avec Derek m'a épuisée. Je me demandais ce que j'allais faire s'il se mettait à pleurer dans l'avion mais il a seulement remué un peu et personne ne s'en est formalisé. Mais il y a tellement d'affaires à transporter quand on voyage avec un bébé…

Il jeta un coup d'œil aux couches qui débordaient de son sac de voyage, puis aux produits d'hygiène alignés sur la commode, et à tous les petits vêtements empilés sur une chaise.

— Et tu as quand même réussi à caser des vêtements pour toi ? s'enquit-il.

— Un peu ! s'esclaffa-t-elle. Le plus important était que je sois équipée pour Derek, dans l'éventualité où je serais restée coincée dans un aéroport ou ailleurs. Etre mère a changé ma façon de penser dans bien des domaines, tu sais…

Il hocha la tête pensivement, puis il prit le tiroir et le déposa par terre à côté du lit.

— Est-ce que ça va aller ?

— Oui, cela ira en attendant que j'achète un petit lit.

— Tu peux utiliser la salle de bains dans le couloir. Il y a une douche…

— Je sais.

Elle était consciente qu'il essayait de faire la conversation dans le but de dissiper le malaise entre eux.

Pourtant, ce malaise persistait.

N'était-ce pas compréhensible ? Ils avaient rompu quand ils étaient adolescents, puis avaient eu une aventure d'une nuit à l'âge adulte… et se retrouvaient aujourd'hui avec un bébé !

La situation était insolite, personne ne pouvait le nier.

La fatigue s'abattit d'un coup sur ses épaules et elle se laissa tomber sur le lit.

— Je vais aller courir, annonça subitement Riley.

— Dans le noir ?

— J'ai été Marine, répéta-t-il.

— A demain matin, alors, lui dit-elle. J'irai rendre visite à mes parents après le petit déjeuner.

— Si tu as besoin de quoi que ce soit cette nuit pour le bébé, appelle-moi. J'ai le sommeil léger.

Vraiment ? Pourtant, il ne s'était pas réveillé, la nuit où, après leurs retrouvailles, elle s'était éclipsée de sa chambre.

Elle n'en dit pas un mot, cependant. Ne lui demanda pas pourquoi il s'était endormi si profondément après qu'ils avaient fait l'amour.

Non, ils n'avaient pas fait l'amour… Ils avaient seulement couché ensemble, elle ne devait pas confondre !

Après son départ, elle ferma les yeux et serra convulsivement son bébé contre elle.

- 2 -

Brenna tentait de se rassurer. Elle n'avait aucune raison d'être aussi nerveuse. Il s'agissait de ses parents, après tout ! Des parents qui l'aimaient, qui l'avaient protégée et lui avaient tout donné. Il existait même entre son père et elle un lien particulier pour une raison qu'elle n'avait jamais confiée à Riley... Quand elle était petite, son père lui avait littéralement sauvé la vie ! Cette proximité ne l'avait cependant pas empêchée de fuir le cocon familial afin de se prouver qu'elle était capable de se débrouiller toute seule.

Et voilà qu'aujourd'hui elle était de retour.

Devant la porte de la maison familiale, Riley à son côté, elle pria pour que son père ne fasse pas une attaque en les voyant ensemble.

— Tu es bien sûr de vouloir m'accompagner ? demanda-t-elle au jeune homme. Tu n'es pas obligé, tu sais.

— Brenna, Derek est mon fils. Je ne laisserai pas ton père te dicter ta conduite.

— Parce que tu crois que je ne suis pas capable de lui tenir tête ?

Il se contenta de lui jeter un regard qui en disait long. Car jamais elle n'avait tenu tête à son père jusqu'à aujourd'hui. Autrefois, elle avait préféré tourner le dos à Riley pour rester loyale envers sa famille. Peut-être le jeune homme aurait-il compris, si elle lui avait révélé les raisons de cette loyauté qu'il trouvait exagérée mais craignant qu'il ne comprenne pas, elle s'était tue. Elle n'avait pas voulu lui donner des munitions qu'il aurait pu utiliser pour les blesser, elle ou son père.

Elle serra Derek contre elle dans un élan protecteur. Elle craignait par-dessus tout qu'il ne devienne un pion dans cette histoire. En cet instant précis, elle comprenait pourquoi ses parents avaient eu tendance à la surprotéger.

— Promets-moi que tu vas garder ton calme, Riley, le supplia-t-elle d'un ton soucieux.

Il en voulait toujours à son père. Elle le lisait dans ses yeux, l'entendait dans sa voix. Le passé n'était pas oublié. A l'époque, Angus McDougall avait pris une décision qui avait coûté à Liam O'Rourke le départ de son épouse et la perte de son restaurant. A la suite de quoi, Liam O'Rourke avait plongé dans l'alcool et, pour se venger, avait répandu des rumeurs sur le compte du père de Brenna qui avaient beaucoup terni sa réputation.

A vrai dire, les retombées avaient été tout aussi néfastes pour les deux familles.

Brenna était consciente que personne ne comprenait son père aussi bien que sa mère et elle. Car elle connaissait des détails de son enfance que tous ignoraient… A l'âge de douze ans, elle avait entendu une conversation entre ses parents qui lui avait appris qu'enfant Angus McDougall avait été maltraité par son père. Ce passé douloureux expliquait sans doute pourquoi il avait toujours cherché à ce que sa fille ait la vie la plus douce possible.

Lorsque Miriam, la gouvernante qui était au service des McDougall depuis vingt-cinq ans, ouvrit la porte et découvrit Brenna sur le seuil, son visage se fendit d'un large sourire.

— Mademoiselle Brenna ! s'écria-t-elle. Comme je suis heureuse de vous voir ! Mais qui est donc ce joli bébé ?

Mais lorsque Miriam aperçut Riley juste derrière Brenna, elle en demeura bouche bée.

— Mes parents sont-ils là ? s'enquit Brenna.

— Ils prennent le petit déjeuner. Vous attendent-ils ?

La gouvernante examina Riley de la tête aux pieds, comme si elle supputait que ce n'était pas le cas. L'inimitié entre les McDougall et les O'Rourke était de notoriété publique.

— Je leur fais une surprise, répondit vivement Brenna. Nous allons les trouver, il est inutile de nous annoncer…

Avant que Miriam ait pu objecter, Brenna passa devant elle et traversa le hall d'entrée au magnifique sol en marbre. Dans la salle à manger, sa mère sirotait une tasse de café et son père était dissimulé par un journal grand ouvert.

Carol McDougall releva la tête en entendant leurs pas et ses beaux yeux verts s'écarquillèrent de surprise. C'était une femme grande et mince avec des cheveux blond cendré parfaitement coiffés. Son maquillage était tout aussi parfait, mais, sous l'effet de la surprise, des rides s'étaient creusées sur son front et autour de ses yeux.

Elle se leva précipitamment et s'avança vers eux.

— Oh mon Dieu, Brenna ! Pourquoi ne nous as-tu pas annoncé que tu venais ? Et qui est ce petit ?

Puis, elle jeta un coup d'œil à Riley.

— Et que fait-il ici ? ajouta-t-elle d'une voix blanche.

Brenna tendit Derek à Riley afin de serrer sa mère dans ses bras. Angus McDougall replia tranquillement son journal et leva enfin les yeux. Son regard se posa d'abord sur Riley, puis passa sur Derek avant de s'arrêter sur elle.

Lentement, il se leva avec raideur, jaugeant la situation.

— Tu préviens toujours avant de venir, lui reprocha-t-il d'un ton bourru. Tu n'as jamais amené de bébé jusqu'à présent, et tu n'as certainement jamais amené ce type ! Peux-tu nous expliquer ce qui se passe, Brenna ?

Devant tant d'animosité, Brenna frissonna d'appréhension. Elle sentit ses joues s'empourprer et ressentit le besoin de serrer Derek contre elle. Elle savait pourtant qu'il était mieux dans les bras de Riley. Et puis n'était-ce pas là une revendication de paternité qu'Angus McDougall avait manifestement comprise avant qu'elle ne lui fournisse la moindre explication ?

— Je ne vous ai pas appelés car je n'étais pas sûre du moment où je pourrais me libérer. Et puis je tenais à vous annoncer la nouvelle en personne, et non par téléphone.

Elle tendit les bras vers Derek, que Riley lui rendit aussitôt. Elle effleura la joue de son bébé et se sentit aussitôt submergée par un amour inconditionnel. Elle leva les yeux vers Riley et fut de nouveau choquée par la réaction de son corps à ce simple échange visuel.

— Papa, maman, voici votre petit-fils, Derek, annonça-t-elle en se tournant enfin vers ses parents. Riley est son père.

La réaction ne fut pas longue à attendre. Sa mère poussa un cri aigu. Son père lui, se figea d'horreur.

Angus McDougall avait perdu depuis longtemps sa bataille contre la calvitie. C'était un homme de taille moyenne, mais assez costaud. Elle s'était toujours sentie en sécurité dans ses bras, sûre qu'il était prêt à donner sa vie pour elle.

— Oh ! mon Dieu, gémit la mère de Brenna.

En parfaite femme du monde, elle se reprit rapidement et retrouva le sens des convenances.

— Installons-nous dans le salon pour discuter, reprit-elle. A moins que tu ne veuilles manger quelque chose ? Miriam peut préparer des œufs brouillés et des pancakes…

Elle parlait d'un ton saccadé et semblait ne pas pouvoir détacher son regard de Derek. Angus McDougall restait immobile, le visage de plus en plus écarlate.

— Nous avons déjà mangé, répondit Brenna. Derek s'est réveillé tôt, alors nous nous sommes adaptés.

Elle observait son père avec crainte, se demandant s'il n'allait pas faire une attaque. Elle le vit expirer brusquement, puis son visage reprit peu à peu une couleur normale.

— Je n'arrive pas à croire que tu ne nous aies pas annoncé ta grossesse, dit-il enfin d'une voix glaciale. Et comment oses-tu l'amener, lui, chez nous ! Tu connais mes sentiments envers sa famille…

Brenna sentit sa gorge se nouer devant la déception qu'exprimait le visage de son père.

— Un bébé bouleverse une vie, l'ignores-tu ? rugit-il soudainement. Comment comptes-tu concilier ton travail et un enfant ? Vas-tu nous dire que cela était planifié, Brenna ? Toi et O'Rourke avez-vous vraiment souhaité cela ? Parmi tous les hommes au monde que tu aurais pu choisir comme père de ton enfant, il a fallu que tu le choisisses, lui !

Brenna était consciente que cette visite donnerait le ton aux futures relations entre ses parents, Riley et elle. Elle savait aussi que Derek risquait d'être tiraillé de tous côtés. Il lui fallait donc tenir bon et convaincre ses parents tant bien que mal qu'elle savait ce qui était bon pour son fils. Elle craignait sinon que son père ne tente de chasser Riley de la vie de Derek.

Comme Riley faisait un pas vers elle pour lui manifester son soutien, elle appuya son épaule contre la sienne.

— Papa, n'est-il pas temps que tu oublies les rancunes du passé ? commença-t-elle. Ce qui s'est passé il y a des années ne devrait pas avoir de répercussions sur nous aujourd'hui. Il faut oublier.

— Que veux-tu que j'oublie, Brenna ? O'Rourke ?

Angus McDougall émit un grognement incrédule et secoua la tête.

— Pourquoi ne nous as-tu pas annoncé que tu étais enceinte lorsque nous sommes venus à New York pour Noël ?

— Riley n'était lui-même pas encore au courant et je voulais qu'il l'apprenne avant les autres. Et puis je devais m'habituer à l'idée d'être enceinte et envisager la façon dont j'allais concilier ma grossesse avec ma vie professionnelle. Et réfléchir à la possibilité de me réinstaller à Miners Bluff.

A ces mots, Riley lui lança un regard pénétrant.

— J'ai décidé que je ne souhaitais pas revivre ici, s'empressa-t-elle de reprendre. Ma vie est à New York désormais, c'est là que j'ai mon travail et mes amis et que je veux élever Derek. Je savais que vous essaieriez de me convaincre de revenir et je me doutais que Riley en ferait de même. J'avais donc besoin de me sentir suffisamment forte pour résister à la pression. Alors, j'ai attendu…

Son père ne sembla pas convaincu par cette explication. Il fronça davantage les sourcils.

— Alors pourquoi au juste es-tu ici, Brenna ? Pour nous apprendre que tu as eu un bébé et que tu repars à New York ?

Elle fit un pas vers son père.

— Papa, je suis ici pour te présenter ton petit-fils et je resterai le temps que vous fassiez connaissance. Quant à Riley, il a le droit lui aussi de connaître son fils.

Son père sembla sur le point de la contredire, mais s'en abstint finalement.

— As-tu apporté tes affaires ? demanda-t-il sèchement. Tu peux t'installer dans ton ancienne chambre. Nous ressortirons le vieux berceau…

— Cela ne sera pas nécessaire, monsieur McDougall…

Pour la première fois, Riley prit la parole d'un ton où perçait la détermination. Il ne paraissait ni agacé, ni mal à l'aise. Simplement déterminé.

— Que voulez-vous dire ? rugit le père de Brenna. Il s'agit de ma fille ! De mon petit-fils ! Tous deux ont besoin d'être décemment installés. Brenna est ici chez elle.

Carol McDougall vint se placer à côté de son mari et posa une main apaisante sur son bras.

Riley n'éleva pas la voix. C'était inutile. Toute sa personne dégageait l'autorité et le self-control.

— Ce que vous dites est vrai. Brenna et Derek ont besoin d'être décemment installés, et ils le seront chez moi. J'aimerais que Brenna reste sous mon toit le temps de son séjour ici, car nous avons de nombreuses choses à régler. Cela me permettra en outre de faire connaissance avec Derek et de m'en occuper comme un père doit le faire.

— Et toi, qu'est-ce que tu souhaites, Brenna ? intervint Carol McDougall. T'installer chez nous ou bien chez Riley ?

Prise au dépourvu par cette question, Brenna décida de faire ce qui était le mieux pour Derek.

— Chez Riley. Lui et moi devons décider comment nous allons remplir notre rôle de parents en vivant si loin l'un de l'autre.

Comme son père faisait mine de protester, elle ajouta :

— Ne t'inquiète pas, papa. Je te promets que tu verras Derek pendant mon séjour. J'ai loué une voiture, et Riley n'habite qu'à dix minutes d'ici. Je sais que c'est un gros choc, mais un choc heureux, je l'espère. J'aime ce petit garçon de tout mon cœur et j'essaierai toujours de faire ce qu'il y a de mieux pour lui, comme toi, tu as fait pour moi.

Elle soutint le regard de son père.

— Alors si je prends des décisions qui ne te plaisent pas, essaie de te souvenir de cela…

— Tu as effectivement pris une décision que je n'approuve pas, marmonna Angus. Quand est-ce que cela a eu lieu ?

— Papa ! s'écria Brenna, choquée qu'il lui pose cette question de façon aussi directe.

— Angus, cela ne nous regarde pas, s'interposa sa mère.

— C'était le soir de votre réunion d'anciens élèves, c'est ça ? dit McDougall. Vous vous êtes emballés en évoquant le passé et…

— Monsieur McDougall ! le coupa Riley. Ce qui s'est passé entre Brenna et moi ne regarde que nous.

C'était exactement ce qu'elle avait eu l'intention de dire, mais de façon moins brutale. Elle se rendait compte que Riley n'était pas prêt à faire profil bas, et bien qu'elle admirât sa force de caractère elle craignait que son attitude ne rende les choses encore plus difficiles.

Elle savait comment négocier avec son père. Riley, non.

Carol McDougall dut avoir le même sentiment, car elle s'approcha de sa fille et changea de conversation.

— Puis-je le prendre dans mes bras ? demanda-t-elle.

— Mais bien sûr !

La mère de Brenna prit Derek et le couva des yeux avec tout l'amour d'une grand-mère.

— Je suppose que tu ne veux pas nous le laisser maintenant, murmura-t-elle.

— Je suis arrivée seulement hier soir, maman. Riley a envie de passer du temps avec Derek, et comme je l'allaite, il vaut mieux qu'il reste avec moi.

Sa mère parut déçue.

— Mais je vais bientôt le passer au biberon, reprit Brenna. Je te promets que je vous l'amènerai quelques heures, une fois que nous serons installés.

— Etes-vous certains de ne pas vouloir rester pour le petit déjeuner ? insista Carol en rendant à contrecœur Derek à Riley.

— Mieux vaut que nous y allions, maman…

— Je vous accompagne jusqu'à la porte.

Laissant Riley les devancer, Carol glissa à mi-voix à Brenna :

— N'hésite pas à venir ici si les choses se gâtent.

Certains hommes ne supportent pas la présence de bébés autour d'eux. Riley s'imagine peut-être qu'il a envie d'être un père pour Derek, mais la réalité peut se révéler bien différente. Souviens-toi que tu es ici chez toi, ma chérie…

— Je ne l'oublierai pas.

Une fois dehors, Riley se tourna vers elle.

— Je vais être un vrai père pour Derek, déclara-t-il. N'en doute pas une seconde, Brenna. Tout ce que je ne saurai pas faire, je l'apprendrai. Et j'aime déjà avoir mon fils auprès de moi. Il n'y aura pas de problème, rassure-toi.

— Riley, ma mère tient juste à ce que je sache que…

— … que tu peux revenir dans le giron familial ! Je sais. Je l'ai parfaitement compris.

Il marcha vers son 4x4 et ouvrit la porte arrière pour installer Derek dans son siège.

Elle monta en voiture en silence. Elle prenait conscience que Riley était prêt à tout pour faire valoir sa paternité et elle ne pouvait s'empêcher d'en concevoir une légère angoisse.

Encore éprouvée par sa visite chez ses parents, Brenna se consacra entièrement à Derek pour apaiser ses nerfs. Elle le changea et lui donna le sein avant de le bercer pour l'endormir. Pendant tout ce temps, Riley resta à l'écart. Elle l'entendit passer un coup de fil afin de prendre rendez-vous pour un test ADN dès le lendemain.

Elle savait pourquoi elle se sentait si perturbée…

Car tout recommençait — hélas — comme par le passé ! De nouveau, elle se sentait écartelée entre

Riley et ses parents. Elle aimait ces derniers et avait toujours essayé de se comporter de façon loyale vis-à-vis d'eux. Jadis, elle avait abandonné Riley, en partie à cause d'eux. Aujourd'hui, elle avait cruellement ressenti la terrible animosité que Riley leur inspirait, même s'ils ne connaissaient pas l'homme qu'il était devenu. Celui-ci le leur avait bien rendu, d'ailleurs, faisant montre d'une froide détermination.

Pas étonnant qu'Angus et Carol McDougall se soient formalisés qu'elle s'installe dans le camp ennemi !

Une fois Derek endormi, elle alla rejoindre Riley. Elle le trouva dans la cuisine, figé devant le réfrigérateur ouvert. Il semblait regarder le vide, plutôt que le contenu du frigo.

— Est-ce qu'il s'est bien endormi ? demanda-t-il en refermant la porte.

— Oui. C'est un bébé tellement facile.

— Je n'ai pas voulu vous déranger.

Perplexe, elle s'interrogea. Cela signifiait-il qu'il ne voulait pas la voir donner le sein à Derek ?

— Tu ne nous aurais pas dérangés, protesta-t-elle. Merci d'avoir voulu respecter mon intimité, mais ta présence ne me dérange pas… Je me couvre !

Elle vit clairement un muscle de la mâchoire de Riley tressaillir, mais son expression resta impénétrable.

— Je te propose un croque-monsieur pour le déjeuner, est-ce que cela te convient ?

— C'est parfait. Tu sais, j'ai besoin d'aller acheter certaines choses pour Derek cet après-midi.

Il l'observa avec une soudaine intensité.

— Tu tiens à y aller seule, ou tu veux que je t'accompagne ?

— Tu es le bienvenu, si cela te dit.

— Ce n'est pas ce que je t'ai demandé. Veux-tu que je vienne avec toi ?

Elle soupira. Rien n'avait jamais été simple entre eux !

— Si j'achète un lit d'enfant, je vais probablement avoir besoin d'aide pour le mettre dans la voiture.

Soudain, il vint se planter à seulement quelques centimètres d'elle.

— Veux-tu oui ou non que je vienne avec toi ? articula-t-il lentement. N'importe quel vendeur peut t'aider à transporter un lit, surtout si tu vas chez McDougall's !

Bien entendu qu'elle avait l'intention de se rendre chez McDougall's ! C'était d'ailleurs pour cette raison qu'elle pensait que Riley n'insisterait pas pour l'accompagner…

— Tu es prêt à mettre les pieds chez McDougall's ? s'enquit-elle à son tour.

Il poussa un soupir bruyant.

— Je n'en ai pas la moindre envie, admit-il. Ma famille préférerait faire le déplacement jusqu'à Flagstaff pour ne pas avoir à acheter quoi que ce soit dans le magasin de ton père ! Cela dit, pour Derek, je suis disposé à faire une exception. Et que les choses soient bien claires, Brenna… Je paierai tout ce que tu achèteras pour notre fils.

— Riley…

Il la prit par les épaules et plongea son regard dans le sien.

— Je subviendrai à ses besoins le temps qu'il restera sous mon toit. Il est inutile de discuter…

C'était le même Riley qu'elle avait connu au lycée, le jeune homme têtu, parfois provocant, toujours décidé à faire les choses à sa façon. Elle comprenait qu'il lui faudrait donc choisir ses batailles avec soin, car elle savait que la fierté était tout aussi importante pour les O'Rourke que pour les McDougall !

— Si tu veux payer le lit, c'est d'accord, mais je me charge du reste.

Comme il écartait une mèche de cheveux de son visage, elle perdit le fil de sa pensée. Seul le contact de Riley lui faisait cet effet-là. Ses yeux bleus ne la lâchaient pas, ne lui laissant aucune échappatoire.

— Tu sais, c'est difficile de t'accueillir sous mon toit, murmura-t-il. Je me souviens de la dernière fois où tu étais ici, de nos vêtements éparpillés par terre, dans le salon, dans la chambre… Je me rappelle la façon dont tu as noué tes jambes autour de moi.

— Riley…

Elle prononça son nom sans savoir vraiment si c'était pour le mettre en garde ou l'encourager. Il dut opter pour la deuxième option car, soudain, il enfouit ses mains dans ses cheveux. Puis il l'attira vers lui, pencha la tête et posa ses lèvres sur les siennes.

Il n'y avait pas une once de douceur chez Riley O'Rourke. Pas plus dans son attitude que dans son corps, aux muscles si durs. Il était la virilité incarnée, ce qu'elle avait toujours trouvé terriblement séduisant. Sans vraiment réfléchir, elle répondit à son désir et se fondit dans son baiser. Elle accueillit sa langue dans sa bouche et le laissa l'explorer et lui rappeler ce qu'était la passion.

La passion, l'alchimie des corps, le sexe… cela n'avait jamais posé le moindre problème entre eux !

Non, leur problème, c'était la confiance.

S'arrachant à leur baiser, elle fit quelques pas en arrière et noua ses bras autour d'elle dans un geste de protection. Elle n'arrivait pas à lui faire confiance, car au plus profond d'elle-même, elle croyait toujours que…

— Que se passe-t-il ? demanda-t-il d'une voix bourrue, comme si leur baiser l'avait perturbé lui aussi.

— Nous ne pouvons pas faire ça, dit-elle. Je dois penser à Derek. Il peut être un trait d'union entre nos deux familles… comme il peut être un pion entre leurs mains !

— Tu crois que je pourrais me servir de lui ?

— Je ne sais pas, répondit-elle avec honnêteté.

Pendant un court instant, il parut sur le point de s'emporter. Mais il se contenta finalement de hocher la tête. Puis il marcha vers la cuisine avant de revenir vers elle.

— C'est *toi* qui es partie, Brenna, déclara-t-il avec force. Toi qui t'es enfuie alors que je voulais révéler notre relation au grand jour. Alors pourquoi ne me fais-tu pas confiance ?

— Parce que je ne saurai jamais si tu es sorti avec moi au lycée parce que tu en avais réellement envie, ou parce que tu cherchais à venger ton père !

Riley accusa le coup et se raidit.

— Ecoute, si nous décidons de tenir ensemble notre rôle de parents pour Derek, si nous devons prendre des décisions à son sujet, alors il est impératif que nous trouvions un moyen de nous faire confiance.

— Cela peut demander un certain temps, déclara-t-elle.

La tension dans la pièce était palpable, leur attirance mutuelle créant un champ magnétique autour d'eux. Elle avait toujours été attirée par lui, et aujourd'hui ne faisait pas exception. Mais elle était consciente qu'elle ne pouvait pas céder à la tentation. Elle devait garder la tête froide afin de prendre les meilleures décisions pour son fils et pour elle-même.

— Je dois d'abord penser à Derek, reprit-elle.

Il sembla comprendre qu'elle n'en démordrait pas et que leur enfant passait avant tout.

— Nous allons acheter ensemble tout ce dont Derek a besoin, décida-t-il en passant sa main sur son visage.

Il rouvrit ensuite le frigo et en sortit du lait et du fromage.

— Mangeons d'abord. Prenons des forces, si l'on considère tout ce qui nous attend…

Elle fronça les sourcils. Faisait-il allusion à une éventuelle rencontre avec son père ? Ou bien au fait de devoir vivre plusieurs jours sous le même toit qu'elle ?

Brenna consulta le réveil posé sur la table de nuit de la chambre d'invités de Riley.

Il était minuit passé, mais ce n'étaient pas les petits gémissements de Derek qui la tenait éveillée. Elle aimait les entendre… Elle aimait aussi poser sa main sur son petit cœur pour s'assurer qu'il battait. Non, ce qui l'empêchait de dormir, c'étaient les réminiscences de la conversation qu'elle avait eue avec Riley dans l'après-midi.

Manifestement, il ne lui faisait pas davantage confiance qu'elle-même lui en accordait. Lorsqu'il avait pris rendez-vous pour un test ADN, elle s'était offusquée qu'il puisse s'imaginer qu'elle couchait à droite à gauche. Croyait-il vraiment qu'après leurs retrouvailles elle était rentrée à New York et s'était jetée dans les bras d'un autre homme ?

Cela dit, Riley se conduisait comme un vrai père,

alors peut-être accordait-il foi malgré tout au fait que Derek soit son fils. Ainsi, quand ils étaient rentrés, les bras chargés d'emplettes, Derek était agité. Riley l'avait alors pris dans ses bras, le berçant et lui murmurant des mots doux à l'oreille. Devant ce spectacle, elle avait senti son cœur se serrer.

Car elle songeait déjà que, bientôt, Derek et elle repartiraient pour New York.

Riley, lui, resterait là. Ils n'avaient pas encore discuté de ce détail. Sans doute attendraient-ils les résultats du test ADN pour aborder le sujet.

Par les fenêtres ouvertes lui parvenaient des bruits qui la faisaient sursauter. Elle était habituée au vacarme de la ville, aux bruits de la circulation, y compris en pleine nuit. En revanche, elle avait totalement oublié ce silence pesant troublé de temps à autre par les cris des hiboux ou le bruissement des feuilles.

Un délicieux parfum de sauge et de pin lui chatouillait les narines. Parfois, elle entendait Riley bouger dans sa chambre. Elle entendait les craquements de son lit, le claquement de l'interrupteur s'éteignant et se rallumant…

Etait-il aussi agité qu'elle ?

Elle se décida à aller chercher un bol de céréales. Au passage, elle s'arrêta près du petit lit installé à côté du sien. Elle resta un instant à contempler son fils endormi. Il était tout son monde dorénavant… Du jour au lendemain, la femme d'affaires ambitieuse qu'elle était s'était transformée en mère. Derek avait tout simplement bouleversé sa vie !

Cela dit, la femme d'affaires avait encore du pain sur la planche. Dès le lendemain, il lui faudrait appeler sa directrice de magasin, puis certains de ses fournisseurs, sans oublier son directeur de la communication.

« Va chercher ces céréales », s'enjoignit-elle pour interrompre le cours de ses pensées. Elle passa sa main doucement dans le dos de Derek, puis elle quitta la chambre et se dirigea vers la cuisine. Après avoir ouvert deux placards, elle trouva ce qu'elle cherchait et ne put s'empêcher de sourire. C'était le même type de céréales que Riley affectionnait au lycée. Sucrées et poisseuses à souhait !

Elle était en train de remplir un bol lorsque Riley fit son apparition dans la cuisine. Elle leva le nez et eut le souffle coupé. Il était torse nu et ne portait qu'un jean déboutonné. Fascinée, elle suivit des yeux le chemin de poils noirs qui disparaissait au niveau de sa ceinture.

— Envie d'un peu compagnie ? lui dit-il.

— Tu ne peux pas dormir, toi non plus ?

— Les pensées se bousculent dans ma tête, admit-il. Je pense sans cesse à Derek, à ce que je devrais faire pour lui et…

— … et au fait que nous nous soyons installés chez toi et que mes parents n'apprécient pas du tout !

Lorsqu'il fut tout près d'elle, elle se maudit d'avoir quitté sa chambre. Il était la virilité incarnée, l'objet de toutes les tentations.

— Le fait de te savoir sous mon toit m'empêche de dormir aussi ! avoua-t-il.

Le désir brillait dans ses yeux. Elle sentit son ventre palpiter en réponse à l'aveu de ce désir brut. Pour lui cacher son trouble, elle pivota sur ses talons et se dirigea vers le réfrigérateur pour en sortir une bouteille de lait.

— Tu me fuis, Brenna.

— Je ne te fuis pas. Je prends un petit encas, tu veux quelque chose ?

Elle savait qu'elle était sur la défensive, mais elle n'avait pas le choix. Elle devait absolument mettre une barrière entre eux, car si elle ne le faisait pas, ils tomberaient inévitablement dans les bras l'un de l'autre.

Il lui prit le bras et elle cessa de s'agiter. Contemplant ses yeux si bleus, elle sentit sa résistance fondre comme neige au soleil.

— Combien de temps comptes-tu rester à Miners Bluff ?

— Un mois. Il faut que je rentre pour préparer mon défilé d'automne.

Il parut soulagé, comme s'il craignait qu'elle ne lui annonce son départ pour la fin de la semaine.

Elle se décida à son tour à poser une question qui lui avait trotté dans la tête tout l'après-midi :

— Quand vas-tu annoncer la naissance de Derek à ton père et au reste de ta famille ?

— Je dois réfléchir à la meilleure façon de l'annoncer. Mon père est sobre depuis cinq ans. Je ne veux pas risquer de le perturber.

— Mon père n'a jamais eu l'intention de détruire sa vie, il faut que tu le saches.

Pesant chacun de ses mots, il répondit :

— Je ne sais rien de tel. Ce que je sais, c'est que ton père était un homme d'affaires impitoyable. Tout ce qui l'intéressait, c'était d'agrandir son magasin. Lorsque mon père n'a plus été en mesure de lui payer son loyer, ton père en a profité. Il l'a tout simplement mis à la porte !

— C'était une décision professionnelle !

Le calme légendaire de Riley se fissura quelque peu.

— Peut-être aurait-il dû regarder au-delà de l'aspect strictement professionnel ! s'écria-t-il. Mon père était déjà en difficulté financière, et ce coup l'a achevé ! Puis ma mère s'en est allée, lasse de devoir assumer quatre enfants sans pouvoir joindre les deux bouts, avec un mari qui ne parvenait pas à se relever. Après son départ, Jack Daniels est devenu le meilleur ami de mon père ! Parfois, je t'assure qu'il ne se rendait même pas compte de notre présence. Si je n'avais pas travaillé dans une épicerie et pu récupérer des produits à date de péremption avancée, je ne sais pas comment nous nous serions débrouillés…

Elle n'avait jamais su que la situation des O'Rourke avait été aussi précaire. Certes, elle savait que son père avait chassé Liam O'Rourke de son restaurant de manière à pouvoir agrandir son grand magasin, mais, pour le reste, elle en ignorait tous les détails.

— Je suis désolée, Riley, je n'étais pas au courant. Même au lycée, tu n'en as jamais parlé…

— J'avais peur de ta réaction. J'avais peur de ce que les autres diraient de moi. Les O'Rourke ont survécu. Ils se sont serré les coudes et s'en sont sortis. Y compris papa. Je ne veux donc rien faire qui puisse l'inciter à toucher de nouveau à la bouteille.

— Tu oublies une chose, Riley. Nous nous sommes rendus tous les deux dans le magasin de mon père, nous avons pris de l'essence, et demain nous irons voir le pédiatre. Tu connais Miners Bluff ! Si ton père ne l'apprend pas de ta bouche, il l'apprendra par quelqu'un d'autre, crois-moi !

Le regard que lui lança Riley lui indiqua qu'il avait déjà pensé à ça et que cela l'inquiétait.

Elle sortit un autre bol à céréales du placard.

— Non, merci, fit-il en secouant la tête. Je crois que je vais aller faire un tour. Bon en-cas!

Elle faillit lui signaler que la température avait fortement chuté et qu'il ferait mieux de passer une chemise avant de sortir, mais il ne lui en laissa pas le temps.

De toute évidence, il n'avait que faire de sa sollicitude. Il avait toujours sa fierté. Il préférait avoir froid que de rester dans la cuisine en sa compagnie !

Cette pensée lui brisait le cœur.

- 3 -

Se balançant dans le rocking-chair de sa chambre, Brenna observait Derek avec émerveillement, comme chaque fois qu'elle le faisait téter. Le soleil n'était pas encore levé et elle se demandait comment elle allait gérer son manque de sommeil. Elle ne se plaignait pas, néanmoins. Elle savait que les moments qu'elle passait avec son fils dans ses bras étaient précieux, car éphémères. Bientôt, Derek se tiendrait assis, marcherait à quatre pattes et tenterait même de se mettre debout !

Pour l'heure, elle ne voulait pas penser à ça, mais simplement profiter de son fils blotti dans ses bras…

Elle se remémora le rendez-vous de la veille chez le pédiatre. Elle avait maintenu Derek pendant que le médecin faisait un prélèvement à l'intérieur de sa joue, avant d'en faire autant avec elle. Elle avait ensuite quitté la pièce afin que Riley subisse le même traitement. Elle espérait de toutes ses forces que les résultats du test ADN convaincraient Riley qu'il pouvait lui faire confiance. Car chaque fois qu'ils se trouvaient dans la même pièce, tous deux ne semblaient pas savoir comment se comporter ! Après ce rendez-vous, elle avait emmené Derek rendre visite à sa mère, Angus McDougall étant retenu dans son magasin…

Des bruits rompirent la quiétude matinale. Riley

était-il déjà levé ? Il n'était que 5 heures du matin ! Elle entendit l'eau couler dans la douche et elle fit de son mieux pour ne pas l'imaginer nu dans la cabine. Après avoir recouché Derek dans son berceau, elle réajusta son peignoir et sortit dans le couloir.

La porte de la chambre de Riley s'ouvrit brusquement, la faisant sursauter. Il la toisa de la tête aux pieds, sourcils froncés.

— Tu as un problème ? lui demanda-t-il.

— Pas du tout. J'étais en train d'allaiter Derek quand je t'ai entendu. Que fais-tu debout de si bonne heure ?

— Clay doit venir récupérer du matériel et me remplacer ce matin, afin que je puisse rester avec vous.

— Mais c'est inutile, Riley ! Je peux parfaitement rester toute seule avec Derek.

Il s'avança vers elle.

— Cette maison est perdue au milieu de nulle part, ce qui n'est pas gênant pour moi, mais peut l'être pour toi et le bébé. Je devais emmener un groupe jusqu'à Feather Peak. Si j'y vais, je ne serai pas joignable sur mon portable.

— Tu ne vas pas rester dans mes jambes comme ça, Riley ! protesta-t-elle en lui lançant un regard sombre.

Il comprit ce qu'elle voulait dire. Les parents de Brenna s'étaient toujours comportés comme ça avec elle quand elle était adolescente, ce qui la rendait furieuse. C'était d'ailleurs l'une des raisons qui l'avaient poussée à partir si loin.

Il prit un air renfrogné, ce qui ne l'empêchait pas d'offrir un spectacle terriblement sexy, avec son T-shirt et son jean moulant qui mettaient en valeur son corps musclé.

Elle avait toutes les peines du monde à ne pas penser

à la nuit qu'ils avaient passée ensemble. Elle était consciente d'être à deux doigts de retomber dans ses bras, mais était bien déterminée à tout faire pour que cela ne se produise pas. C'était son cœur qu'elle voulait protéger par-dessus tout, car elle savait parfaitement ce que Riley pensait du mariage. Et puis elle n'avait pas oublié la souffrance qu'elle avait ressentie quand elle l'avait quitté autrefois…

Pour l'heure, il la regardait comme s'il brûlait d'envie de lui arracher son peignoir. Il la couvait d'un regard protecteur qui la faisait se sentir en sécurité, en même temps qu'il la menaçait. « Ne te laisse pas berner, s'enjoignit-elle. Il n'y a rien de sécurisant chez Riley ! »

— Je sais me débrouiller seule, Riley, reprit-elle. Mes parents habitent tout près d'ici, si jamais j'ai besoin de quoi que ce soit. Tu ne vas pas cesser de vivre à cause de notre présence ici. Je ne le permettrai pas.

Il la jaugea avec méfiance et s'approcha encore d'un pas. Elle crut que son cœur allait s'arrêter de battre.

— As-tu dormi ? lui demanda-t-il, changeant brusquement de sujet.

— Un peu, répondit-elle prudemment.

— Tu pourrais te reposer davantage si tu me laissais donner le biberon à Derek.

— Et toi, tu dormirais moins !

— Cinquante, cinquante ! N'est-ce pas ça, être parents ?

Elle ne sut que répondre à cela. Certes, elle voulait que son fils connaisse son père, mais Riley et elle avaient des vies bien différentes et elle n'avait pas la moindre idée de la façon dont ils allaient surmonter ce handicap.

— Derek passera bientôt au biberon, lui assura-t-elle. Tu pourras le lui donner, si tu en as envie.

— Cela me plairait.

Elle perçut de l'émotion dans la voix de Riley, ce qui était plutôt rare. Etait-ce l'idée de s'occuper de son fils qui le touchait ?

— Très bien, fit-il en reculant d'un pas. Je vais dire à Clay que je m'occuperai des deux groupes. Je rentrerai tôt car j'ai l'intention d'appeler ma famille pour lui faire part de la nouvelle.

Elle hocha la tête. La famille de Riley était nombreuse, autant de jugements à affronter pour lui !

— Je serai là, dit-elle doucement. Je vais travailler un peu pendant que Derek fait un somme.

— Travailler ? s'étonna-t-il.

— Oui, j'ai des coups de fil à passer, des croquis à dessiner... Je fais toute confiance à mes collaborateurs, mais ils doivent pouvoir me consulter.

Il hocha la tête d'un air compréhensif. Puis, il tendit la main et lui effleura la joue.

— Retourne te coucher... tu as des cernes sous les yeux.

Sur ces mots, il fit brusquement volte-face et se dirigea vers la cuisine. Tandis qu'elle retournait à sa chambre, elle se fit la réflexion qu'elle aurait sans doute des cernes pendant plusieurs mois !

Qui Riley voyait-il quand il la regardait ? se demandait-elle. La jeune fille qu'il avait connue par le passé ? Ou bien la femme qu'elle était devenue ?

Cela n'avait guère d'importance, après tout, car rien n'avait changé entre eux.

Ou plutôt si... tout avait changé !

*
* *

C'était au ranch Rocky D que Riley avait l'habitude de retrouver les touristes qu'il emmenait en randonnée équestre.

Zack Decker guida plusieurs chevaux à l'intérieur du corral pour que les cavaliers puissent faire leur choix. Il y avait un bel appaloosa tacheté de gris, un alezan, et surtout Silver Star, un splendide hongre gris foncé. Aussi fiable qu'endurant, c'était celui qu'il préférait. Zack sourit en le voyant marcher d'emblée vers l'animal et lui faire sentir sa main. Silver Star hennit en guise de bienvenue tandis qu'il lui flattait l'encolure.

— Qu'y a-t-il au programme ce matin ? s'enquit Zack.

— Je prends en charge trois hommes d'affaires qui ont décidé de passer des vacances ensemble dans l'ouest.

— Tu crois qu'ils savent monter ? fit Zack d'un ton plein de sarcasme.

— Ils prétendent avoir de l'expérience, mais faire du cheval sur les contreforts de Moonshadow Mountain, c'est une tout autre histoire que de se balader sur des sentiers aux abords des villes ! Nous verrons bien…

— Penses-tu être de retour pour l'heure du déjeuner ?

— Ce sera juste, mais oui, sans doute. Je n'ai pas très envie de m'éterniser.

— En général, tu ne te plains pas quand les randonnées durent toute la journée, fit remarquer Zack en vérifiant les rênes d'une autre monture. Alors… que se passe-t-il ?

Zack n'était pas du genre à mâcher ses mots. Le

manager du ranch Rocky D avait le don pour mettre le doigt là où ça faisait mal, même quand on ne le lui demandait pas !

Riley savait de toute façon que la présence de Brenna en ville ne resterait pas secrète bien longtemps. Et puis il lui paraissait normal de s'ouvrir à Zack, car celui-ci était bien plus qu'un ancien camarade de classe : c'était un véritable ami.

— J'ai eu une surprise l'autre jour, commença-t-il.

— Une bonne ou une mauvaise ? demanda Zack en relevant le bord de son Stetson.

— Brenna McDougall est de retour à Miners Bluff. Elle a débarqué chez moi sans prévenir.

— J'ai entendu dire que vous étiez repartis ensemble après la fête des anciens. Les vieilles querelles familiales sont donc enterrées ?

— Euh, non, pas vraiment. Je ne t'ai pas expliqué pourquoi elle était revenue…

— Si elle a frappé à ta porte, c'est qu'elle voulait te voir !

— Quelle perspicacité ! Tu m'épates !

— Ça suffit, O'Rourke, si tu as quelque chose à me dire, dis-le !

Riley soupira et son regard se perdit dans la végétation environnante constituée de pins, de trembles et de mélèzes, qui conféraient au ranch Rocky D son charme si particulier.

— As-tu déjà fait quelque chose de stupide dans ta vie, Zack ? De tellement stupide que cela a changé le reste de ton existence ?

— Et comment ! Ne pas parler à mon père pendant tant d'années était stupide. Ne pas convaincre Jenny de partir avec moi après le lycée était stupide. Ruminer de vieilles rancœurs pendant très longtemps sans en connaître les raisons exactes l'était tout autant… Alors, oui, tu vois, j'ai fait des choses complètement stupides dans ma vie !

Zack s'était réconcilié récemment avec son père, Silas, et avait épousé Jenny l'année précédente.

Aujourd'hui, il semblait très heureux.

Riley, lui, ne croyait pas au mariage. Il avait trop souffert de l'échec de celui de ses parents et ne croyait pas aux serments éternels. Sa mère avait abandonné sa famille, ce qui avait plongé Liam O'Rourke dans l'alcool. Ces années douloureuses avaient eu un effet dévastateur sur lui.

Il devait pourtant admettre que lorsque Zack et Jenny étaient ensemble, ils paraissaient représenter tout l'un pour l'autre. Cela semblait être également le cas pour Mikala Conti et Dawson Barrett, qui avaient été ensemble sur les bancs de l'école et attendaient aujourd'hui un bébé. A contrario, son frère Patrick avait divorcé de son épouse et sa sœur, Shannon, avait perdu l'homme qu'elle aimait…

Quant à lui, il répugnait à avoir les mains liées. Il était épris d'espace et de liberté, ce qui expliquait pourquoi toutes ses aventures romantiques avortaient dans l'œuf.

Et pourtant… Chaque fois qu'il pensait à Derek, Riley se surprenait à envisager une vie construite autour de lui.

— Brenna a frappé à ma porte, et quand j'ai ouvert, je l'ai découverte avec mon fils dans les bras, laissa-t-il échapper tout à coup.

Zack ne réagit pas tout de suite. Puis il demanda

avec cette perspicacité que Riley admirait tout autant qu'il la détestait :

— Cela s'est passé le soir de la fête des anciens ?

— Oui.

— Que comptes-tu faire ?

— Je suis père dorénavant. Je compte bien agir comme tel.

— Brenna a bien percé, n'est-ce pas ? Il paraît qu'elle est devenue une styliste de robes de mariée très branchée. Mikala a porté une de ses robes pour son mariage. Je dois avouer que je ne l'ai pas vraiment remarquée, car Jenny, elle aussi, portait une robe créée par Brenna.

— Oui, Brenna est très reconnue. A New York en tout cas, et peut-être aussi à Los Angeles. Nous n'avons pas encore vraiment parlé de cet aspect-là.

— Je te conseille d'aborder le sujet, car j'imagine que sa vie est pour le moins trépidante, fit Zack en secouant la tête. Il est étonnant que vous soyez de nouveau tombés dans les bras l'un de l'autre. Vos familles ne se réconcilieront jamais !

— Même pour le bien d'un petit-fils commun ?

Zack pesa la question quelques secondes.

— Comment s'appelle-t-il ? demanda-t-il soudain.

— Derek.

— Ne t'imagine pas que Derek va résoudre tous tes problèmes. Surtout pas ceux entre Brenna et toi.

— Qu'est-ce qui te fait croire que nous avons des problèmes ?

— Vous vous êtes retrouvés le soir de la fête des anciens du lycée, Brenna est ensuite repartie à New York, et toi, tu es resté ici. Est-ce que tu as eu des contacts avec elle par la suite ?

— Non, répondit Riley d'un ton laconique.

— C'est bien ce que je disais. Que comptes-tu faire ?

— Pour l'instant, je suis en période d'observation. Ensuite, il me faudra décider si je suis prêt ou non à apporter des changements dans ma vie. Derek est très important à mes yeux. Plus important que tout…

— Alors tu trouveras une solution.

Le bruit d'un véhicule qui approchait annonça l'arrivée des clients de Riley, mettant un terme à leur conversation.

Ce matin, il se promit d'essayer de ne pas penser à Brenna ou Derek. Il se concentrerait sur la randonnée et profiterait de tout ce que cette nature magnifique avait à offrir.

Riley tourna pour remonter l'allée conduisant jusque chez lui. Un virage et trois cent mètres plus loin, il découvrit un pick-up garé devant sa maison. Il écrasa la pédale de frein, ce qui fit crisser les graviers sous ses pneus.

C'était le pick-up de son père !

Son père était chez lui, avec Brenna et le bébé !

Sans même prendre son chapeau, il descendit en trombe de son véhicule, courut jusqu'à la porte qu'il ouvrit brusquement avant de se précipiter à l'intérieur.

Il se figea sur le seuil. Son père était installé dans le sofa, Derek confortablement blotti dans ses bras. L'air vaguement inquiet, Brenna se tenait debout juste à côté, comme pour parer un éventuel incident.

Liam O'Rourke leva les yeux à l'entrée de son fils.

— Quand comptais-tu m'annoncer la nouvelle ? lui dit-il en guise de bonjour.

Riley fulminait. Il était furieux que Brenna ait eu à gérer toute seule l'arrivée de son père. Pourquoi diable n'avait-il pas pris son courage à deux mains pour téléphoner à sa famille la veille et annoncer la nouvelle !

Brenna paraissait, certes, un peu tendue, mais pas réellement en colère, comme l'auraient été la plupart des femmes dans une telle situation.

— Brenna est arrivée il y a quelques jours seulement, expliqua-t-il piteusement.

Son père ajusta légèrement la position de Derek dans ses bras avant de reporter son attention sur son fils.

— Brenna m'a expliqué que vous aviez annoncé la nouvelle à *ses* parents et que vous aviez fait faire un test ADN hier.

Riley jeta un coup d'œil en direction de Brenna, qui haussa vaguement les épaules.

— Tu n'es pas certain d'être le père de cet enfant ? reprit Liam en le dévisageant avec insistance.

— C'est une affaire entre Brenna et moi, se contenta-t-il de répondre en passant sa main sur son visage.

— Peut-être… Peut-être pas… Dis-moi donc quand tu comptais m'annoncer que j'ai un petit-fils ?

— Aujourd'hui, papa. J'allais t'appeler au retour de la randonnée que j'ai guidée ce matin.

Liam hocha pensivement la tête.

— Je sais que tu n'es pas du genre à mentir. Je me sens juste un peu… hors du coup ! Tes frères et ta sœur sont-ils au courant ?

— Cela ne va pas tarder, marmonna Riley.

— Puis-je vous offrir quelque chose à boire, monsieur O'Rourke ? s'enquit Brenna. Je peux vous proposer du thé glacé, un soda…

Liam regarda Riley avec un demi-sourire, comme pour

dire : « Elle se comporte en maîtresse de maison… » Riley était lui-même un peu étonné par l'attitude de Brenna, mais il supposa qu'elle cherchait seulement à s'échapper de la pièce quelques instants. Peut-être était-elle *vraiment* en colère, mais qu'elle parvenait bien à le cacher !

— Auriez-vous du café ? demanda Liam. Je travaille toute la soirée au restaurant, alors un peu de caféine dans les veines ne me ferait pas de mal !

— Où se trouve le café, Riley ? Dans la boîte métallique ?

— Vous ne buvez pas de café ? lui demanda Liam.

— Pas pendant que j'allaite…

Liam avait des cheveux noirs striés de gris, des yeux très bleus et un teint coloré qui le devint davantage lorsque Brenna mentionna l'allaitement.

— Je vois. Je n'avais pas pensé à ça. J'admire les femmes qui font passer le bien-être de leur enfant avant tout le reste.

Riley et Brenna comprirent immédiatement à quoi il faisait allusion. Shawna O'Rourke, elle, n'avait eu ni l'amour, ni l'abnégation qu'une mère éprouve normalement pour ses enfants. Elle avait fait passer ses propres désirs avant le bien-être de ses trois fils et de sa fille.

Le père de Riley se tourna vers Brenna.

— Que disent vos parents de tout cela ? demanda-t-il. Votre père a dû faire une attaque !

Au grand soulagement de Riley, Brenna ne montra pas le moindre signe d'agacement.

— Je vis à New York depuis que j'ai quitté le lycée, monsieur O'Rourke, répondit-elle, et je prends mes propres décisions. Je ne dépends donc absolument pas de mes parents. Par conséquent, leur opinion sur ma façon de vivre ma vie n'a aucune influence sur moi.

— Ce n'était pas le cas dans le temps, fit remarquer Liam.

— En effet…

— Je sais que Riley et vous étiez ensemble à l'époque, mais vos parents, eux, l'ignoraient. Comme Riley voulait garder le secret, je me suis tu. J'ai comme l'impression que Miners Bluff était trop petit pour vos ambitions !

— C'était un peu ça, admit-elle. Je rêvais d'une carrière professionnelle que cette ville ne pouvait m'offrir.

— Et vous l'avez eue, cette carrière. Est-ce que vous trouvez que votre vie est très différente de ce qu'elle aurait été, si vous étiez restée ?

— Papa, laisse-la tranquille avec tes questions ! s'emporta Riley.

— J'essaie simplement de comprendre la situation. Comment comptes-tu être un père pour ton fils s'il vit à New York ?

C'était la question qu'ils se posaient tous, d'une façon ou d'une autre…

— Je vais préparer le café, déclara Brenna en s'approchant d'abord de son fils pour vérifier si tout allait bien.

— J'ai eu quatre enfants, lui assura Liam, et croyez-moi, je n'en ai laissé tomber aucun ! Et je suis sobre depuis cinq ans.

— Je ne voulais rien insinuer de ce genre, dit Brenna. Il est tellement petit que je résiste toujours à la tentation de recourir à un filet de sécurité !

Liam O'Rourke s'esclaffa et observa Brenna avec intérêt.

— Nous ne nous étions pas rencontrés, du temps où vous étiez au lycée, lui dit-il.

— Non, monsieur…

— Vous êtes vraiment une femme honnête, n'est-ce pas ?

— Je l'espère. Veuillez m'excuser, je reviens de suite.

Riley la suivit des yeux. Il avait le plus grand mal à détacher son regard d'elle. Laissant Liam jouer avec Derek, il la suivit jusque dans la cuisine.

— Je ne voulais pas que ça se passe ainsi, lui dit-il en baissant la voix.

— Au début, ton père était très contrarié. Il m'a bombardée de questions.

Riley observa son visage à la beauté tellement saisissante.

— Comment te sens-tu ?

— Je vais bien, répondit-elle, sans essayer de se soustraire à son regard.

— Je n'aurais pas dû retarder le moment de lui parler, soupira Riley. Mais pourquoi ne t'es-tu pas contentée de lui faire la conversation en attendant que j'arrive ? Pourquoi a-t-il fallu que tu lui parles du test ADN ?

— Riley… connais-tu ton père ?

— Probablement mieux que quiconque. Pourquoi ?

— Parce que ton père m'a posé des questions très précises, répondit-elle, agacée. A quelle heure je suis arrivée mercredi, ce que nous avons fait ce soir-là, puis hier soir… « Ah, vous êtes allés chez le médecin ? Derek est-il souffrant ? » Etais-je censée lui mentir ? Il s'en serait rendu compte. C'est quelqu'un à qui on ne peut mentir, tu devrais le savoir.

Il esquissa un sourire.

— Nous pensions tous cela avant qu'il ne se mette à boire plus que de raison. Comme il est sobre aujourd'hui, j'imagine qu'il a retrouvé toute son intuition.

— En effet ! Il a deviné qu'il ne s'agissait pas d'un banal rendez-vous chez le médecin, alors je lui ai dit la vérité.

— On lit en toi comme dans un livre ouvert, déclara Riley sur le ton du compliment.

Brenna, pourtant, secoua la tête avec force.

— Ce n'est pas vrai. Plus maintenant.

— Tu as souffert ?

— Oh oui, j'ai souffert !

Cette idée lui était bizarrement insupportable. Il passa son bras autour de ses épaules dans un geste de réconfort.

— Laissons-le passer un petit moment en tête à tête avec son petit-fils, car il ne l'aura pas longtemps pour lui tout seul. Dès que Shannon sera au courant, elle rappliquera sans tarder !

— Et tes frères ?

En guise de réponse, il lui adressa un regard lourd de sous-entendus.

— Je ne sais pas ce qu'ils en penseront.

— Mais tu as bien une petite idée…

— Nous sommes des O'Rourke, et vous, des McDougall. Mes frères savent tout de cette vieille querelle qui oppose nos deux familles, alors j'ignore comment ils vont réagir.

Pendant que le café coulait, tous deux se contentèrent de s'observer. Lorsqu'elle lui demanda s'il avait un plateau, il la regarda comme si elle avait l'esprit dérangé.

— Un plateau, Riley, pour y poser une tasse, du sucre et du lait ! Tu dois bien avoir quelque chose de ce genre !

Ils fouillèrent dans les placards et elle finit par dénicher ce qu'elle cherchait. Lorsqu'elle posa le plateau sur la table basse, Liam le lorgna d'un air dubitatif.

— Une tasse seule aurait suffi, fit-il remarquer.

— Prenez-vous du sucre ? Du lait ?

— Juste un nuage de lait.

— Voulez-vous que je reprenne Derek ?

— Vous ne me croyez pas capable de tenir votre fils tout en buvant du café ?

— Je crois plutôt que Derek a besoin d'être changé et de faire un petit somme. Il devient grognon s'il manque de sommeil. Un peu comme votre fils…

Liam éclata d'un grand rire sonore.

— Alors vous avez remarqué ça vous aussi chez Riley ! s'exclama-t-il d'un air ravi.

— Je me souviens de ce détail, en effet, admit-elle en souriant. Monsieur O'Rourke, vous pouvez rester aussi longtemps que vous le souhaitez. Je peux amener le berceau de Derek ici, si vous souhaitez le regarder dormir.

— Vous êtes sérieuse ?

— Bien sûr ! Les bébés de cet âge dorment tellement que si vous voulez saisir certaines de leurs expressions, il faut les observer pendant leur sommeil.

— Vous avez l'habitude de vous occuper de bébés ?

— Oh non, mais j'ai lu de nombreux ouvrages.

— Avez-vous lu quelque chose à propos de la situation qui nous préoccupe ? C'est-à-dire quand une branche de la famille déteste l'autre branche ?

— Ça suffit, papa ! intervint Riley, nous n'allons

pas entrer dans ces considérations. Je ne veux pas que tu t'énerves.

— Tu as peur que je trouve du réconfort dans la bouteille ?

Le silence de Riley fut suffisamment éloquent.

— Il faudra que nous discutions de ce sujet un jour ou l'autre, soupira son père. C'est la seule façon de surmonter le problème. Je n'ai pas plus envie que toi de me retrouver face à Angus McDougall, mais j'ai comme l'impression que c'est inévitable, non ?

Derek avait commencé à s'agiter et à geindre. Brenna se rendit compte que le père de Riley n'était plus très à l'aise avec un bébé pleurnichard dans ses bras. Elle s'approcha alors pour reprendre son fils.

— Je vais le changer, annonça-t-elle.

Le père de Riley se leva.

— Il est temps que je vous laisse. J'ai du pain sur la planche au restaurant avant l'arrivée de la clientèle du soir. J'espère vous revoir bientôt, Brenna, ainsi que Derek. A moins que vous ne cherchiez à me tenir à l'écart de lui.

Brenna, qui s'était déjà éloignée, s'arrêta et se retourna.

— Je ne vois aucune raison de vous tenir à l'écart. Vous pouvez nous rendre visite quand vous le souhaitez.

Sur ces mots, elle disparut dans le couloir.

Liam enfonça ses mains dans ses poches.

— Crois-tu qu'elle pense ce qu'elle dit ? dit-il à son fils.

— Pour la connaître un peu, Brenna ne dit jamais rien qu'elle ne pense !

Les deux hommes marchèrent vers la porte d'entrée. Au moment de l'ouvrir, Liam considéra son fils d'un œil scrutateur.

— Alors… es-tu le père ou non ? Vas-tu m'expliquer ce qui s'est passé ?

— Le soir de la fête des anciens du lycée, Brenna et moi avons dansé et beaucoup discuté, soupira Riley. Je lui ai proposé de venir ici pour poursuivre la soirée.

— Vous avez rattrapé le temps perdu, ça saute aux yeux !

— Que veux-tu dire ?

— Tu la regardes comme si tu étais fou d'elle !

Riley était interloqué. Etait-il à ce point transparent ?

— Je me souviens de vous deux, à l'époque du lycée. Tu me croyais soûl, mais je ne l'étais pas en permanence. Je savais que vous batifoliez à l'arrière de ta voiture, ou dans la vieille grange. J'étais parfaitement au courant de ce qui se passait.

Riley ne pipa mot. Que pouvait-il opposer à cela ?

— Alors pourquoi un test ADN ? insista son père. Tu tiens à la mettre à l'épreuve ?

— Je ne sais pas ce que Brenna est devenue pendant ces quinze années. Un beau jour, elle se présente sur le seuil de ma maison, prétend que Derek est mon enfant, et je suis censé la croire sur parole ?

— Si tu lui faisais confiance, oui, tu pourrais la croire sur parole. Mais je sais que tu ne fais pas confiance aux femmes et j'en connais la raison. Alors, oui, ce test ADN est nécessaire ! Enfin… pourquoi ne m'as-tu pas appelé lorsqu'elle a fait irruption chez toi ce soir-là ?

— Je ne t'ai pas appelé parce que la situation était déjà assez compliquée comme ça, avec elle et Derek.

Son père finit par hocher la tête.

— J'accepte cette explication, mais à partir d'aujourd'hui, si quelque chose arrive à Brenna, à Derek ou bien à toi, j'exige que tu me préviennes avant qui que ce soit d'autre. J'ai été derrière Angus McDougall toute ma vie, et je ne veux plus de ça. Pas maintenant que j'ai un petit-fils…

Riley comprenait parfaitement ce que ressentait son père.

— Cela n'arrivera plus, tu as ma parole, promit-il en lui serrant l'épaule avec force.

Il ferait tout pour ne pas laisser les McDougall se dresser entre son père et lui. Il avait bataillé dur pour avoir une relation normale avec Liam, relation qu'il ne voulait pas gâcher pour l'unique raison qu'il avait été trop stupide pour utiliser un préservatif !

Il faudrait dorénavant que Brenna accepte le fait que sa famille ne passe plus en premier…

- 4 -

Appuyé contre le réfrigérateur, Riley observait Brenna qui faisait la vaisselle d'un air soucieux. Il la trouvait étrangement calme…

— Je vais faire un saut au supermarché, l'informa-t-il. Fais-moi une liste de ce dont tu as besoin.

— Nous pourrions nous y rendre ensemble, suggéra-t-elle en s'essuyant les mains.

— Tu ne supportes déjà plus l'inactivité ?

Il ne plaisantait qu'à moitié. Avec la vie trépidante qu'elle devait mener à New York, il était probable qu'elle ne pourrait jamais être heureuse, coincée au beau milieu de nulle part.

— Cela me ferait du bien de prendre l'air, admit-elle. Quand je suis ici, je réfléchis trop.

— A quoi réfléchis-tu ? s'enquit-il en se rapprochant de l'évier.

— A toi, moi et Derek. A ce qui va se passer…

Il savait très bien, lui, ce qu'il voulait qu'il se passe ! Brenna dut s'en rendre compte, car il eut l'impression que son pouls s'affolait au creux de sa gorge.

— Ce que nous avons vécu ensemble par le passé risque de nous empêcher de prendre les bonnes décisions, reprit-elle.

— Soyons clairs, Brenna. Le problème, c'est l'attirance que nous éprouvons l'un pour l'autre.

— Ça se voit comme le nez au milieu de la figure, admit-elle en s'empourprant. Je ne peux pas…

Pour l'empêcher d'exprimer ses pensées à voix haute, Riley enfouit ses mains dans ses cheveux et attira son visage à lui pour l'embrasser. Leurs souffles se mêlèrent, puis ils se trouvèrent pantelants de désir, souffle court. Il sentit qu'elle se laissait aller contre son torse. Son corps s'était toujours parfaitement adapté au sien. Quant à la saveur de sa bouche, elle avait toujours été plus puissante que tous les alcools qu'il avait jamais goûtés.

La passion qu'ils éprouvaient l'un pour l'autre avait toujours été sur le même diapason. Aujourd'hui, elle s'exprimait comme au soir de leurs retrouvailles. Quand il fit glisser sa main sur son sein, elle laissa échapper un gémissement. Il comprit alors qu'il n'avait plus à se méfier de Brenna mais à prendre ce qu'elle était disposée à lui offrir.

Hélas ! Ironiquement, la musique de la marche nuptiale se fit entendre soudain de façon stridente. C'était la sonnerie du portable de Brenna. Elle le repoussa avec l'air de quelqu'un qui vient de commettre une énorme bêtise et récupéra son portable sur le comptoir. Faisant mine de ne pas être affecté par le baiser qu'ils venaient d'échanger, il fit une moue narquoise devant ce choix de sonnerie.

— C'est la manager de mon magasin, se justifia-t-elle en se mettant à l'écart dans le salon pour prendre l'appel.

Il entreprit de charger le lave-vaisselle en l'attendant, sans toutefois perdre une miette de la conversation.

— Oui, Michelle, je comprends, disait Brenna. Tu as peur qu'on perde une cliente et tu as raison, mais je ne peux te dire avec précision quand je serai de retour à New York.

Un silence, puis Brenna reprit :

— Je sais qu'elle veut une robe unique, mais ma présence n'est pas indispensable pour le moment. Nous pouvons nous téléphoner ou organiser une vidéoconférence. Je dessinerai ensuite plusieurs propositions en me basant sur ses souhaits.

De nouveau, un silence, puis la voix de Brenna monta d'un ton :

— Non, il m'est impossible de revenir, ne serait-ce qu'une journée. Je ne veux pas imposer ça à Derek. Ecoute, si nous devons perdre cette cliente, eh bien nous la perdrons !

Riley glissa pensivement une assiette dans le lave-vaisselle. Brenna était venue à Miners Bluff pour lui présenter son fils, et de toute évidence elle était déterminée à ce que rien ne vienne contrarier ce projet. Pendant combien de temps refuserait-elle de regarder la vérité en face ? Combien de temps supporterait-elle de n'être entourée que de forêt, de cerfs et de lutins ?

Il perdit le fil de la conversation pendant que la jeune femme s'entretenait avec son interlocutrice des affaires courantes de sa boutique. Cette conversation lui permit néanmoins de prendre conscience que Brenna dirigeait une affaire basée à New York et que sa vie était là-bas, tout comme la sienne était ici. Certes, il aimait la quiétude qu'il avait trouvée à Miners Bluff, mais si son fils vivait à New York… Une garde alternée pourrait-elle être envisagée ? Brenna y serait-elle opposée ?

Comme celle-ci revenait dans la cuisine, il songea que le moment était mal choisi pour en discuter, surtout dans la foulée de ce baiser torride dont il ressentait encore les effets !

— Peut-être devrais-tu aller à l'épicerie tout seul, lui dit-elle.

— Pourquoi ? Parce que nous nous sommes embrassés ? Ou à cause de ce coup de téléphone ?

— Je dois m'occuper de mes commandes, rétorqua-t-elle, et j'attends un appel d'une cliente importante.

— Importante ? Tu veux dire « riche » ?

— J'ai créé une robe pour cette cliente et pour l'une de ses filles. Or, elle en a deux autres qui se trouvent donc être des clientes potentielles. Je ne me contente pas de vendre des robes, Riley, je vends une prestation unique basée sur le relationnel.

Il se sentit mesquin d'avoir suggéré qu'elle était seulement motivée par l'argent. C'était ce baiser qui lui avait embrouillé les idées.

— Je ne voulais pas insinuer que…

— C'est pourtant ce que tu as fait ! Tu as toujours eu un problème avec le fait que ma famille n'a aucun problème financier. Certes, je ne me plains pas de ma situation, mais je ne vis pas de façon extravagante. Je travaille dur pour que mon affaire marche. Alors ne fais pas comme si j'étais uniquement intéressée par l'argent, car ce n'est pas le cas. Cela ne l'a jamais été.

L'argument était de taille. Pourtant, il ne put s'empêcher d'insister :

— Si je ne m'étais pas appelé O'Rourke, est-ce que tu serais restée à Miners Bluff ?

— Tu veux dire : si nos familles n'avaient pas été

en guerre, est-ce que le fait que tu sois issu d'un milieu ouvrier m'aurait dissuadé de poursuivre notre relation ?

— Oui.

— Je ne le pense pas. De toute façon, le conflit entre nos familles était un obstacle bien trop difficile à surmonter. Nous aurions dû nous en rendre compte dès le départ.

— Nous étions des ados tourmentés par nos hormones. Nous ne pensions pas de façon rationnelle, fit-il.

— Le soir de la fête des anciens du lycée, nous n'étions plus des ados, lui rappela-t-elle.

— En effet, nous étions des adultes et nous aurions dû réfléchir davantage. Cela dit, on ne peut pas indéfiniment battre sa coulpe pour s'être comportés comme des humains et avoir été au bon endroit avec la mauvaise personne…

Il regretta ces mots aussitôt après les avoir prononcés.

— La mauvaise personne ? répéta-t-elle sous le choc. Avec qui aurais-tu préféré être ?

— Mes mots ont dépassé ma pensée. Je ne pensais à personne en particulier. Je voulais dire que…

— … que nous n'avons jamais été faits l'un pour l'autre, dit-elle d'une voix sèche.

Faisant brusquement volte-face, elle se dirigea vers le réfrigérateur et prit le bloc qui y était fixé avec un aimant.

— Je vais dresser une liste de ce dont j'ai besoin pour Derek…

Il se rembrunit face à son revirement.

Une liste. Il irait donc faire les courses tout seul. Car s'ils y étaient allés tous les trois, ils auraient donné l'illusion de former une vraie famille.

Il était, hélas, conscient que ce ne serait jamais le cas.

*
* *

Les sacs de courses que Riley portait dans chaque main faisaient saillir les muscles de ses bras, et Brenna ne perdait rien du spectacle qu'il offrait. Elle portait Derek en écharpe sur sa poitrine. Après un épisode un peu agité, le petit s'était enfin endormi. Elle en profita pour aller le recoucher dans son berceau.

Quand elle revint dans la cuisine, Riley était en train de ranger les provisions dans le frigo.

— As-tu bien travaillé ? lui demanda-t-il en se penchant pour atteindre le tiroir à légumes.

Elle ne parvenait à détacher son regard de lui. Bon sang ! Il avait des fesses incroyables !

Soudain, il jeta un coup d'œil par-dessus son épaule.

— Brenna ?

— Euh… oui, un peu. Derek était très agité après avoir tété, alors je l'ai emmené faire une promenade. Sais-tu que les lilas sur le côté de la maison sont en fleur ?

— Tiens, tu t'émerveilles encore des choses de la nature ? demanda-t-il avec un sourire narquois.

— Il n'y a pas que du bitume et des buildings à New York ! riposta-t-elle.

Elle prit une boîte de céréales et la mit dans le placard.

— J'ai déjà rangé tous les produits frais, laissons le reste pour l'instant, lui dit Riley. Viens avec moi dans le salon, j'ai quelque chose à te montrer.

— Quelque chose que tu as acheté ?

— Que j'ai acheté, oui…

Elle l'attendit dans la salle de séjour, où Derek dormait toujours à poings fermés. Riley ne tarda pas à la rejoindre avec un sac contenant une boîte assez encombrante. Il lui fit signe de s'asseoir sur le sofa et prit place à côté d'elle. Puis, il sortit la boîte du sac et la posa sur ses genoux.

Brenna distingua un ours en peluche à travers le plastique.

— Ce n'est pas une simple peluche, lui expliqua Riley. Il y a une puce à l'intérieur, et quand tu presses l'estomac, ça fait le même bruit que dans le ventre d'une femme. Cela aide les bébés à dormir.

Elle observait l'ours, envahie par un sentiment de reconnaissance.

— Allez, ouvre cette boîte !

Elle souleva le couvercle et sortit la peluche douce et moelleuse. Riley appuya sur le ventre de l'animal qui émit un bruit semblable au clapotis de l'eau.

— Je le lui donnerai ce soir s'il a des difficultés pour s'endormir, déclara-t-elle. Merci, c'est très attentionné de ta part.

— Je l'ai remarqué l'autre jour lorsque nous sommes allés faire des courses. Je n'étais pas sûr que cela puisse être utile, mais aujourd'hui j'en suis convaincu.

— Derek t'a-t-il empêché de dormir la nuit dernière ?

— Pas plus qu'il ne t'a empêché de dormir, toi ! Pourquoi ne m'as-tu pas appelé à l'aide ?

Elle hésita. Elle pouvait soit éviter le sujet, soit lui parler franchement.

— En plein milieu de la nuit, quand Derek pleure et que je suis en chemise de nuit, je me sens très vulnérable.

Une fois cet aveu fait, ils se défièrent du regard. Elle resserra ses doigts sur la fourrure de l'ours pour s'empêcher de toucher Riley. Riley essayait-il de l'amadouer avec ce cadeau ? Croyait-il qu'un baiser la persuaderait de rester ?

Fort heureusement, quelqu'un frappa à la porte à cet instant précis, interrompant ses tergiversations.

— Bonjour ! fit une voix féminine. Il y a quelqu'un ?

Brenna fut soulagée par cette interruption et elle reconnut immédiatement la jeune femme qui pénétra sans faire plus de manières dans la maison. Il s'agissait de Shannon, la jeune sœur de Riley. Ses cheveux étaient de couleur auburn, mais elle avait les mêmes yeux bleu azur que son frère.

— Tu l'as réveillé, l'accusa celui-ci d'un ton bourru.

— Les bébés ne cessent de s'endormir et de se réveiller, lui rétorqua-t-elle. C'est comme ça.

Posant l'ours sur le sofa, Brenna s'avança d'un pas timide vers la sœur de Riley, hésitant sur l'attitude à adopter.

— Bonjour, lui dit-elle.

Shannon l'examina avec curiosité, mais sans hostilité. Elles finirent par se sourire.

— As-tu des enfants ? lui demanda Brenna.

— Un petit garçon, Jakie, qui a quatre ans.

— C'est un gamin extraordinaire, renchérit Riley. Shannon l'élève seule depuis que son mari est mort, un an après la naissance de Jakie.

— Oh ! je suis désolée, murmura Brenna d'un ton compatissant.

— J'ai quelque chose pour vous, annonça Shannon. Attendez…

Elle ressortit de la maison en revint aussitôt chargée d'une poussette qu'elle avait laissée à la porte. C'était une très belle poussette. Brenna aurait d'ailleurs apprécié en avoir une dans la journée, lorsque Derek s'était montré si agité…

— Elle est magnifique ! s'extasia-t-elle. Il y a même une capote !

— C'est de la part de toute la famille, précisa Shannon.

Brenna releva les yeux à temps pour intercepter un échange de regard entre le frère et la sœur, sans pour autant en deviner la signification.

— Sean et Patrick ont-ils l'intention de nous rendre bientôt visite ? demanda-t-elle.

Elle n'avait pas vu les frères de Riley depuis qu'elle avait quitté Miners Bluff.

— Ils viendront une autre fois. Ils ne voulaient pour vous envahir !

Brenna remarqua l'air renfrogné de Riley. Assurément, il y avait anguille sous roche…

— Est-ce ma présence ici qui les empêche de venir faire la connaissance de leur neveu ?

Du regard, Riley tenta de mettre en garde sa sœur mais celle-ci préféra passer outre.

— Sean et Patrick restent bloqués sur le passé, comme notre père l'est parfois. Je pense, cela dit, que si papa s'attache à Derek, il reléguera le passé là où il doit être.

— Et où doit-il être ? s'enquit Riley.

— Peux-tu me rappeler en quelle année Angus McDougall a *volé* le restaurant de papa ? ironisa Shannon.

Brenna sentit la moutarde lui monter au nez, mais elle comprit presque aussitôt que Shannon ne faisait que répéter d'un ton moqueur l'histoire qu'elle avait si souvent entendue.

— Shannon, soupira Riley.

— Sérieusement, Riley ! Cela fait combien de temps ?

— Environ vingt-cinq ans.

— N'est-ce pas suffisamment ancien pour que l'on oublie enfin cette histoire ?

— Ce n'est pas si simple…

— Cela devrait pourtant l'être. De l'eau a coulé sous les ponts depuis. Papa est sobre aujourd'hui et il a repris sa vie en main. Toi, tu es un vétéran couvert d'honneurs. Patrick a sa boutique de cycles et Sean, son cabinet comptable. Nous allons tous bien !

— Les vieilles rancunes ont la vie dure, dit Brenna.

— Ton père en veut-il encore au mien ? voulut savoir Shannon.

— Cela fait longtemps que nous n'en avons pas parlé. Je sais que certains commerçants de la ville ne veulent pas faire des affaires avec lui à cause de la mauvaise réputation que votre père lui a faite un peu partout.

Elle leva la main pour couper court à tout commentaire de Shannon ou de Riley.

— La vérité, c'est que je suis lasse de toute cette histoire moi aussi, reprit-elle. Et j'ai peur que mon retour avec Derek ne ravive les vieilles querelles.

Shannon secoua la tête avec lassitude et marcha jusqu'au berceau pour observer son neveu.

— Il est magnifique… Il pourrait nous aider à réconcilier nos deux familles. Tout au moins, je l'espère.

— Nous ne pouvons pas forcer les choses, déclara Riley.

Brenna lui jeta un coup d'œil furtif. Faisait-il allusion à ses propres sentiments ?

— Pas forcer, non, mais nous pouvons tenter de recoller les morceaux de façon habile, rétorqua Shannon. En tout cas, Brenna, si tu as besoin d'une baby-sitter, n'hésite pas. Jakie adorerait avoir un bébé à la maison.

— Où est-il en ce moment ?

— Chez un copain. Je dois d'ailleurs aller le chercher.

— Merci encore pour la poussette et pour ta volonté d'essayer de réconcilier nos familles.

Shannon coula un regard vers son frère.

— Il me semble que les femmes sont plus douées que les hommes pour ce genre de choses.

Et sans laisser à Riley le temps de contredire cette théorie, la jeune femme prit congé.

— Je ne connaissais pas ta sœur, dit Brenna après son départ. Elle me plaît beaucoup.

— Elle a quatre ans de moins que nous. A l'époque, c'était juste une gamine.

— Une gamine qui est devenue une femme avisée.

— Nous avons beau nous disputer parfois, mes frères et sœur et moi, mais nous sommes très soudés. Sean et Patrick finiront bien par nous rendre visite. Derek fait partie de leur famille maintenant.

Elle n'était pas aussi optimiste que lui. Elle était consciente qu'aux yeux de ses frères Derek était davantage un McDougall qu'un O'Rourke.

— D'une façon ou d'une autre, nous formerons une famille, Brenna, affirma-t-il avec force.

Elle ressentit alors le besoin de lui confier quelque chose qu'il ignorait.

— Tu ne m'as pas demandé quel était le deuxième prénom de Derek ?

Il afficha une mine interloquée, comme s'il n'avait jamais songé à ce détail.

— Je devine que tu lui as donné un beau prénom écossais, celui d'un ancêtre d'Angus…

Elle lui jeta un regard noir. Essayait-il de la provoquer ? De mettre de la distance entre eux ? Curieusement, elle ne parvenait pas à s'énerver lorsque Derek était l'objet de leur conversation.

— Le deuxième prénom de Derek est Ryan, lui apprit-elle en faisant un pas vers lui. J'ai choisi un prénom écossais, Derek, pour ma famille, et un prénom irlandais, Ryan, pour la tienne.

Elle le vit changer d'expression. Elle lut dans ses yeux de l'étonnement, oui, mais aussi une tendresse indéniable. Il franchit la distance qui les séparait pour la prendre dans ses bras.

Posant son menton sur le sommet de sa tête, il dit :

— Derek va nous aider à surmonter cette situation…

L'espace d'un instant, elle se dit qu'il avait raison. Mais très vite, elle se ravisa. Derek n'était pas en mesure de guérir les blessures du passé. Il appartenait aux adultes de s'y employer eux-mêmes. Or, elle ne savait pas si les O'Rourke et les McDougall seraient capables d'oublier leurs vieilles rancœurs.

Elle trouva un certain réconfort entre les bras de Riley… quelques secondes seulement. Car cette proximité éveillait d'autres sensations ! Elle ne pouvait se retrouver si proche de lui sans vouloir le toucher davantage, promener ses doigts sur son ventre plat ou dans la toison de sa poitrine. Il dégageait un parfum de musc et de plein air troublant ! Il devait lui aussi éprouver une sensation similaire car elle le sentit se raidir contre elle.

Son excitation était telle qu'elle avait du mal à respirer.

Pourtant, elle savait pertinemment ce qu'elle devait

faire, pour elle et pour Derek. Riley avait toujours des doutes sur sa paternité, et elle, se demandait toujours s'il avait été honnête avec elle par le passé. Par conséquent, elle n'avait pas le droit de se laisser aller de nouveau à cette irrésistible attirance. Si elle craquait maintenant, elle compromettait irrémédiablement le rôle de parents que tous deux devraient tenir dans le futur.

Pour le bien de Derek, elle en resterait donc là.

Elle se dégagea à contrecœur en murmurant une excuse et fit rouler le berceau de son fils jusqu'à la chambre, plantant Riley dans le salon.

Avec effort, Brenna se concentra sur ces esquisses qui faisaient sa réputation dans le monde de la mode. Elle profitait du sommeil de Derek pour travailler d'arrache-pied. Elle aurait tout le temps de dormir... quand il aurait atteint l'âge de trois ans ! Elle apportait la touche finale à une série de croquis lorsque Derek se mit à pleurer. Consultant sa montre, elle s'aperçut qu'il était plus de minuit.

— Eh bien mon chéri, susurra-t-elle en le prenant dans ses bras, tu as fait un bon somme ! Merci beaucoup de m'avoir laissée travailler...

Derek n'était manifestement pas en attente de remerciements, puisqu'il se mit à agiter ses petits poings et à crier de plus belle. C'était bel et bien son dû qu'il réclamait !

Tout occupée à le calmer, Brenna n'entendit pas le coup frappé à la porte, mais Riley fit tout à coup irruption au pied de son lit.

— Besoin d'aide ?

Il l'avait prévenue qu'il partirait avant l'aube pour

accompagner un groupe de touristes jusqu'à Feather Peak, mais il ne semblait pourtant pas pressé de se coucher.

— J'ai mis du lait que j'ai tiré au réfrigérateur. Si tu veux lui donner le biberon, je peux le faire réchauffer.

— Cela ne te dérange pas ? demanda-t-il, légèrement embarrassé. Je veux dire… physiquement.

Elle lui avait expliqué que si Derek ne tétait pas, elle devait tirer son lait. C'était probablement un sujet dont il n'avait pas très envie de discuter. Elle fut touchée qu'il passe outre son embarras pour s'en enquérir !

— Ne t'inquiète pas pour moi. Ne dois-tu pas accompagner un groupe demain matin ?

— Si…

Elle se demanda soudain s'il ne souffrait pas d'insomnie, comme de nombreux vétérans. Cela dit, il avait eu de la chance. Certains vétérans s'en sortaient beaucoup plus mal !

En y réfléchissant de plus près, elle se dit aussi que la chance n'expliquait pas tout. Riley était un homme qui avait toujours fait preuve d'un farouche instinct de survie. Elle songea — et ce n'était pas la première fois — à ce qui différenciait Riley O'Rourke de Thad Johnson. Riley avait toujours mené sa carrière de façon désintéressée, alors que Thad avait sans cesse recherché le succès, surtout financier. Riley était attaché aux valeurs familiales. Thad s'était quant à lui toujours conduit de façon cavalière et déloyale.

Non, vraiment, il n'y avait aucune comparaison possible entre ces deux hommes !

Elle surprit un coup d'œil que Riley jetait sur sa chemise de nuit en satin, celle qu'elle emmenait toujours lorsqu'elle voyageait car elle prenait peu de place dans sa valise. Elle s'avisa pour la première fois qu'elle ne couvrait pas grand-chose de son corps ! Riley pouvait certainement distinguer ses courbes, y compris celles de ses seins.

Elle attrapa son peignoir qui était resté au pied du lit et l'enfila à la va-vite avant de se hâter vers la cuisine. Cinq minutes plus tard, elle était de retour. Elle tendit le biberon à Riley et le regarda faire, tandis qu'il calait Derek sur son bras et l'incitait gentiment à ouvrir les lèvres avec la tétine. Le bébé se mit à téter avec avidité, ce qui fit rire son père.

— Tu vas devenir très vite un grand garçon si tu bois aussi vite, lui dit-il d'une voix grave et apaisante.

Elle sentit son cœur fondre à ces paroles.

— Il faut que tu lui fasses faire son rot, lui expliqua-t-elle, une fois Derek rassasié.

Elle prit une serviette propre pliée sur la commode et la tendit à Riley.

— Mets ça sur ton épaule. On ne sait jamais ce qui peut arriver avec un bébé.

Tout en prononçant ces mots, elle ne put s'empêcher d'admirer ses épaules carrées, la toison de sa poitrine, ses abdominaux. Elle s'obligea à détourner le regard. Soit ses hormones lui jouaient encore des tours, soit son attirance pour Riley renaissait de plus belle ! Elle sentait son cœur battre la chamade et ses mains devenir moites simplement parce qu'il était assis tout près d'elle vêtu d'un boxer. Elle le regarda positionner Derek sur son épaule et lui caresser doucement le dos. Elle prit alors conscience qu'elle ne pouvait rester plus longtemps dans la même pièce que lui.

— Est-ce que je peux te laisser seul ? demanda-t-elle.

— Bien sûr ! lui répondit-il avec un de ces sourires nonchalants dont il avait le secret.

Un sourire qui acheva de la faire fondre.

- 5 -

Quand Brenna sortit de sa chambre le lendemain, Riley avait déjà levé le camp. Elle ne l'avait pas entendu partir. Elle avait sombré dans un sommeil lourd et sans rêves après qu'ils s'étaient dit au revoir la veille. Il lui avait semblé qu'un message particulier était sous-entendu dans cet « au revoir ». Ce même message qu'elle lisait dans le regard de Riley quand elle sentait qu'il voulait l'embrasser. Quoi qu'il en soit, elle éprouvait une sourde angoisse à la pensée que, pendant un mois entier, elle allait entendre Riley aller et venir dans sa chambre, le rencontrer dans la cuisine, le côtoyer quand il s'occuperait de Derek…

Elle prépara le bébé pour une petite promenade au grand air. L'odeur des pins et des pivoines fit resurgir à sa mémoire les beautés oubliées de Miners Bluff. Elle ne s'aventura pas loin, mais apprécia les odeurs, l'humidité de la rosée, l'air vivifiant sur son visage.

Oh oui, Miners Bluff lui avait manqué !

Avait-elle pour autant envie de se réinstaller ici ? Rien n'était moins sûr…

En fin d'après-midi, ne voyant pas Riley rentrer, elle commença à s'inquiéter. Il lui avait pourtant laissé un mot précisant qu'il serait de retour vers 15 heures. A

17 heures, n'y tenant plus, elle appela Clay Sullivan. Ce fut Celeste qui lui répondit.

— Salut Brenna ! Alors comme ça, tu es de retour parmi nous ?

Brenna hésita. Elle ignorait ce que Riley avait raconté à Clay.

— Je suppose que Clay t'a dit que… que Riley et moi avions un bébé ?

Brenna avait toujours eu des relations amicales avec Celeste, mais elles n'avaient jamais été très proches. Sa meilleure amie avait toujours été Katie Paladin. Elle avait appris que celle-ci avait racheté la boutique de fleurs du centre-ville et comptait bien passer la voir. Elle espérait ainsi renouer les fils de leur amitié passée.

— Aimerais-tu venir déjeuner avec nous ? lui proposa Celeste à brûle-pourpoint. J'aimerais beaucoup te revoir.

Celeste ne cherchait sans doute pas à la voir dans le but d'obtenir des informations qui feraient l'objet de commérages, elle-même ayant été victime plus d'une fois de telles pratiques. Brenna savait que son invitation était sincère et se sentit prête à l'accepter.

— Ce serait avec plaisir, si tu n'es pas allergique aux pleurs d'un bébé !

— J'adore les bébés ! Peut-être pourrions-nous fixer un jour la semaine prochaine ?

— Ce serait super, oui… Mais pour l'instant, j'ai besoin de parler à Clay, car je suis inquiète pour Riley. Il devait rentrer en milieu d'après-midi, mais n'est toujours pas là.

— Attends, je vais le chercher.

Quelques secondes plus tard, la voix de Clay retentit à l'autre bout du fil.

— Salut Brenna. Il parait que tu t'inquiètes pour Riley ?

— En effet… est-ce que tu as de ses nouvelles ?

— Une tempête a éclaté dans la zone de Feather Peak cet après-midi, lui apprit-il. Je suppose que Riley et son groupe se sont retrouvés pris au piège. Il n'y a pas de réseau là-haut, sinon j'aurais eu des nouvelles. Nous n'avons pas encore fait l'acquisition d'un téléphone satellite, comme nous l'avions envisagé.

— Est-il en danger ? s'enquit-elle, la gorge serrée.

— Riley était un Marine !

— Cela ne veut rien dire ! répliqua-t-elle d'un ton où perçait la frustration.

— Ecoute Brenna, Riley est préparé pour faire face à n'importe quel imprévu. Selon moi, il s'est réfugié avec son groupe dans l'une des grottes de Horsethief Canyon. A moins qu'ils aient pu atteindre la cabane de mon arrière-grand-père. Est-ce que tu te souviens de cet endroit, près de la vieille mine de cuivre ?

Oui, elle s'en souvenait très bien. Elle s'y était souvent rendue à cheval avec Silas Decker et son fils Zack, quand elle prenait des cours d'équitation au ranch Rocky D.

Elle se souvenait davantage encore de ses longues randonnées en compagnie de Riley dans Moonshadow Mountain, jusqu'à Starfall Point. De là-haut, il y avait une vue somptueuse sur toute la vallée…

— Cette tempête est-elle violente ? demanda-t-elle.

Clay ne répondit pas tout de suite.

— Ne me mens pas, Clay, reprit-elle. Je sais à quel point les éléments peuvent se déchaîner violemment en montagne.

— As-tu une adresse e-mail ? Je vais t'envoyer un

lien qui te permettra de suivre la progression de la tempête. Pour l'instant, elle n'est pas très intense, mais si Riley est coincé à Horsethief Canyon, et que son groupe est constitué de cavaliers peu expérimentés, il n'ira nulle part avant demain matin.

— La nuit risque d'être longue, alors.

— Seulement si tu t'obstines à t'inquiéter, ce qui est inutile. A mon avis. Riley a la situation bien en mains. Tu dois lui faire confiance.

Une fois que Brenna eut remercié Clay, Celeste reprit le combiné.

— Veux-tu que je vienne attendre Riley avec toi ? lui proposa-t-elle. Si la tempête atteint Feather Peak, nous allons y passer nous aussi.

— Non, merci, Celeste, c'est très gentil de ta part, mais je ne veux pas te retenir loin de ta famille.

— Est-ce que Riley t'a montré où il range ses lampes à pétrole et tout son matériel ? Clay pourrait t'apporter quelques provisions et te montrer comment faire fonctionner le groupe électrogène.

— Le groupe électrogène ?

— Oui, au cas où l'électricité serait coupée.

— Derek et moi n'avons pas besoin de grand-chose. Et puis je peux toujours allumer un feu dans la cheminée.

— Tu sais comment t'y prendre ?

— Tu veux dire : est-ce que je sais allumer un feu sans enfumer toute la maison ? Je crois que oui ! Je n'ai pas été absente de Miners Bluff suffisamment longtemps pour oublier tout ce que j'ai appris dans mon enfance.

— Je suis sûr que Riley va bien. Il a déjà traversé bien des tempêtes.

« Peut-être… mais pas une comme celle qui s'annonce », songea Brenna. Son inquiétude s'accentua avec la tombée de la nuit. Riley était-il vraiment paré pour ce genre d'événement ? Avait-il emporté le matériel nécessaire pour passer la nuit ? Se trouvait-il dans le canyon ou bien ailleurs ?

Autant de questions auxquelles elle ne savait répondre…

Elle dénicha deux lampes à pétrole dont elle n'eut finalement pas besoin malgré la pluie, les éclairs et le tonnerre. Derek ne sembla se rendre compte de rien et dormit à poings fermés. Presque toute la nuit, elle arpenta la pièce de long en large en le portant dans ses bras pour puiser du réconfort au contact de son petit corps chaud blotti contre elle.

A l'aube, elle constata avec soulagement que le ciel s'était éclairci.

Le coup de fil qu'elle attendait avec tant d'impatience se produisit à 10 heures.

— Est-ce que tu vas bien ? demanda-t-elle aussitôt.

— Je viens juste de retrouver du réseau, lui dit Riley. Nous devrions arriver au ranch Rocky D dans une demi-heure.

Elle entendait en bruit de fond des voix et le claquement des sabots des chevaux. Elle prit une longue inspiration et laissa sa panique refluer.

— J'étais inquiète hier soir, alors j'ai appelé Clay, parvint-elle à dire d'un ton neutre. Il m'a dit que tu allais probablement rester dans Horsethief Canyon ou bien te réfugier dans la cabane près de la mine de cuivre.

— Tu as appelé Clay ?

— Qu'est-ce que j'étais censée faire ? Tu ne revenais pas !

Il y eut un silence à l'autre bout du fil.

— Je ne suis pas habitué à ce quelqu'un surveille mes faits et gestes, admit-il finalement.

Elle n'aurait su dire s'il en était heureux ou contrarié. C'était du Riley tout craché ! Stoïque en toute circonstance, et encore plus depuis que l'armée lui avait appris à dissimuler ses sentiments.

— Etes-vous trempés ? s'enquit-elle.

— Pas tellement. Nous nous sommes réfugiés dans une grotte de Horsethief Canyon et avons allumé un feu. Nous avions suffisamment de rations pour nous tous.

Au bout de quelques secondes d'un silence pesant, elle reprit la parole :

— Que dirais-tu d'un bon rôti ce soir ?

— Tu sais faire cuire un rôti ?

— Crois-tu j'avais un chef à domicile à New York ? ironisa-t-elle.

— Je ne sais pas à quoi ressemble ta vie à New York. Tu ne m'en as pas dit grand-chose.

— Je te raconterai quand tu rentreras, lui promit-elle.

— Je serai à la maison dans une heure.

Elle avait une heure devant elle. Une heure pour se préparer à prétendre qu'il ne lui avait pas manqué, qu'elle ne s'était pas inquiétée pour lui et qu'elle n'était pas impatiente de le revoir !

Elle regarda fixement le téléphone en se demandant pourquoi cet imprévu l'avait autant bouleversée.

Parce qu'il était le père de Derek ?

Elle espérait que c'était bien la seule et unique raison.

Lorsque Riley apparut sur le seuil de la porte, Brenna dut se retenir pour ne pas se jeter dans ses bras.

« Seuls des amants se comportent ainsi », se dit-elle.

Elle prit le sac à dos des mains de Riley pour qu'il puisse se débarrasser du reste de son matériel.

— Merci, souffla-t-il par-dessus son épaule.

— Je t'en prie.

— Je vais ranger une partie du matériel au garage et je reviens tout de suite.

Son regard croisa enfin le sien.

— Cela faisait une éternité qu'une femme ne s'était pas inquiétée pour moi, admit-il.

— Je suis sûre que ta sœur se fait sans cesse du souci pour toi !

— Ce n'est pas la même chose, répondit-il en sortant.

Dix minutes plus tard, il était de retour.

— As-tu faim ? s'enquit Brenna.

Quand il était adolescent, Riley avait un appétit d'ogre et, d'après ce qu'elle avait pu remarquer, cela n'avait guère changé.

— Oh oui ! Les barres de céréales que nous avons grignotées me semblent bien loin ! Dis donc, tu as l'air presque plus fatiguée que je ne le suis ! Derek a-t-il passé une nuit difficile ?

— Non, mais je n'ai pas réussi à m'endormir.

— Ah oui ? La tempête a donc été si terrible ?

— Arrête un peu, Riley ! s'emporta-t-elle. Je m'inquiétais pour toi, bien entendu ! Je ne savais pas où tu te trouvais, ni si tu avais pu te mettre à l'abri. Et puis je t'imaginais t'occuper des autres avant de prendre soin de toi.

Il ne sembla pas perturbé par cet emportement.

— J'aurais aimé pouvoir t'envoyer des signaux de fumée, mais je ne le pouvais pas ! Lorsque j'entreprends ce genre d'expédition, il faut s'attendre à ce que quelque chose comme ça arrive. Les conditions climatiques sont aussi imprévisibles que la nature humaine ! Il était inutile de t'inquiéter…

— Mais je me suis inquiétée ! s'exclama-t-elle. Tu es le père de Derek !

— Est-ce tout ce que je suis pour toi ? demanda-t-il d'une voix rauque.

Il dégageait un parfum de virilité et de plein air. La sauge et le musc masculin constituaient un mélange irrésistible ! Son T-shirt moulait ses muscles à la perfection, mettant en valeur son impressionnante puissance physique. Elle brûlait d'envie de se blottir dans ses bras, de lui arracher son T-shirt et de l'explorer de ses mains jusqu'à plus soif.

— Brenna, tu me rends fou ! grogna-t-il en l'attirant subitement contre lui.

Il écrasa ses lèvres d'un baiser rude et vorace qui eut pour effet d'annihiler les défenses de Brenna avant même qu'elle ait pu les mettre en branle. Le baiser de Riley lui rappelait de manière irrévocable qu'il était un homme et qu'elle était une femme, qu'il la désirait et qu'elle ne pouvait qu'admettre que c'était réciproque !

Oh mon Dieu, comme elle le désirait ! De cette façon passionnée et insensée propre aux femmes. Riley était le seul homme avec qui elle se sentait autant femme.

Oui mais voilà… elle n'oubliait pas que les intentions de cet homme pouvaient les faire souffrir, Derek et elle !

Elle se laissa pourtant embrasser avec fougue et répondit à ce baiser avec la même ardeur, mettant de côté l'anxiété qui l'avait rongée toute la nuit. Si elle s'était autant inquiétée, ce n'était pas seulement parce que Riley était le père de Derek. Non… tous deux étaient liés par leur passé commun. Riley avait été son tout premier amour…

Ils se retrouvèrent allongés sur le sofa, Riley au-dessus d'elle. Leurs corps se mêlèrent aussi parfaitement que dans son souvenir. Riley lui caressa la joue et promena sa main sur ses seins. Elle tâtonna pour lui ôter son T-shirt afin de pouvoir toucher sa peau et enfouir ses doigts dans la toison de sa poitrine. Riley émit un grognement de satisfaction et, sans cesser de l'embrasser, plaça l'une de ses jambes entre les siennes. Le corps vibrant d'excitation, elle se frotta avec frénésie contre sa cuisse.

Les cris de Derek lui firent l'effet d'une douche froide. Riley se figea lui aussi. D'un coup d'œil, elle sut qu'il était parfaitement conscient de l'état dans lequel il l'avait mise. Il savait !

— Je dois y aller, décréta-t-elle en se redressant péniblement.

— Il pleure, Brenna, c'est tout. Il ne risque rien.

— Ce n'est pas comme ça que ça marche, Riley. Lorsqu'un enfant pleure, sa mère va le voir. Quelle qu'en soit la raison.

— Je peux le changer moi-même, dit-il en se levant.

— Non, va plutôt chercher quelque chose à manger. Je m'occupe de lui.

Avant qu'il ait pu protester, elle se précipita hors de la pièce, cherchant à dissimuler son trouble.

Brenna sentit un délicieux arôme de bacon lui chatouiller les narines. Rongée par l'inquiétude, elle n'avait rien avalé depuis des heures. Mais maintenant qu'elle était rassurée pour Riley, son estomac criait famine !

Elle était en train de changer Derek quand Riley fit irruption dans la chambre, un verre de lait dans une main, une assiette de sandwichs dans l'autre.

— Laisse-moi prendre le relais, déclara-t-il. Mange…

— Je peux terminer…

— Brenna, je te connais ! Si tu t'es fait du souci hier soir, tu n'as probablement rien mangé. Tu ne peux pas allaiter notre fils si tu ne te nourris pas correctement !

Il posa le verre et l'assiette sur la table de nuit, puis prit d'autorité la place de Brenna devant la table à langer.

— Va t'asseoir, nous allons faire un petit tour, Derek et moi.

En tant que mère célibataire, elle était habituée à ce que ses repas et ses nuits soient sans cesse interrompus. Par conséquent, savoir Derek entre les mains de Riley lui procurait une sensation de soulagement inédite. Elle mordit dans le sandwich au fromage et au bacon qu'il lui avait préparé et se fit la réflexion qu'elle n'avait jamais rien mangé d'aussi bon ! Elle mâcha doucement et but une gorgée de lait. Peu à peu, elle se détendit, ce qui ne lui était pas arrivé depuis bien longtemps.

Quand Riley revint avec Derek, elle avait terminé son repas et se balançait dans le rocking-chair, essayant de ne pas penser à leur baiser. Elle s'absorba dans la contemplation du ciel bleu et des rayons du soleil qui scintillaient à travers les feuilles d'érable.

— Tu as l'air mieux, lui fit remarquer Riley.

— Merci… enfin, si c'est un compliment !

Il fit une grimace.

— Aïe ! Il faudrait que j'apprenne à parler aux femmes !

Il installa Derek dans son berceau et mit en marche le mobile suspendu au-dessus de la tête de lit. Le petit parut fasciné par le chat, la vache et le canard qui se poursuivaient sans fin dans une ronde hypnotique. A la grande consternation de Brenna, Riley ne quitta pas la pièce pour autant. Il se dirigea vers le lit et s'étendit sur la couverture, les bras croisés sous sa tête.

— Parle-moi des hommes avec qui tu sors, dit-il tout de go.

— Je te demande pardon ?

— Tu sors bien avec des hommes !

— Non, pas du tout.

Il lui lança un regard sceptique.

— Pourquoi ne me crois-tu pas ?

— Parce que tu es une belle jeune femme qui réussit dans la vie. Pourquoi ne chercherais-tu pas à faire des rencontres ?

Elle cessa de se balancer, observa sa pose alanguie et décida d'essayer de lui faire confiance.

— Parce que je ne fais pas toujours les bons choix.

— Que t'est-il arrivé ?

Il avait posé cette question sur un ton léger, comme si le sujet n'était pas très important.

Sans quitter Riley du regard, elle se souvint des secrets qu'elle avait partagés avec lui autrefois. Ainsi, elle lui avait confié se sentir étouffée par ses parents et vouloir s'échapper de Miners Bluff. A sa connaissance, il n'avait jamais trahi ses confidences ou ne s'en était servi contre elle. Pouvait-elle encore lui faire confiance aujourd'hui ? Il le faudrait bien, s'ils projetaient de tenir ensemble leur rôle de parents.

Il fallait bien commencer quelque part. Faire un premier pas. Or Thad était presque de l'histoire ancienne…

Comme Riley la regardait avec sympathie, elle se lança :

— Je suis sortie avec un agent de change du nom de Thad Johnson, pendant un an et demi. C'était avant que je me mette à mon compte. Je travaillais pour Girard Bridals à l'époque et j'avais sympathisé avec Charlene, une autre styliste. Nous partagions un appartement pour faire des économies car je ne voulais pas accepter d'argent de papa.

Tout en parlant, elle baissa les yeux sur Derek, puis les releva pour regarder Riley. Celui-ci paraissait intéressé, curieux même d'entendre la suite, et elle se sentit soudain stupide.

— C'est tellement cliché, ce que je te raconte là !

— Je ne suis pas sûr de connaître la signification de ce mot, alors continue…

— Cela me fait encore souffrir, Riley, avoua-t-elle. Je croyais que Thad et moi allions nous marier. Nous avions même regardé les bagues ! Et puis un soir, je devais travailler tard et Charlene était rentrée à l'appartement. J'ai finalement pu me libérer plus tôt et suis revenue à l'improviste. C'est là que je les ai trouvés ensemble… Plus tard, Thad m'a expliqué qu'il avait été infidèle parce qu'il ne voulait pas se marier. Pourtant, quelques mois après notre rupture, il a épousé Charlene ! Il m'est vite devenu insupportable de continuer à travailler aux côtés d'elle. Alors comme je commençais à m'ennuyer chez Girard, j'ai fait le grand saut.

Après quelques instants de silence, Riley prit la parole :

— Finalement, cette rupture a débouché sur quelque chose de positif pour toi.

Elle hocha gravement la tête. Elle aussi l'avait envisagé sous cet angle.

— J'aurais pris mon envol à un moment ou un autre, mais oui, ce fut l'élément déclencheur.

— Tu l'aimais ?

Il n'y avait plus aucun amusement dans les yeux de Riley. Ni aucune trace de légèreté. Il voulait connaître la vérité.

— Je ne sais pas comment aimer, Riley, répondit-elle. Je t'ai quitté par loyauté envers ma famille, pour grandir et devenir une personne à part entière. Et Thad… peut-être était-il simplement l'incarnation du rêve de toutes les jeunes filles : la robe blanche, le voile, la grande fête de mariage…

— Il a donc brisé ton rêve. Et c'est pour cela que tu en souffres toujours.

— Tu as pris des cours de psychologie ?

Cette remarque lui tira un sourire et il vint s'asseoir sur le lit à côté d'elle, ses genoux touchant presque les siens. De nouveau, le trouble s'insinua entre eux.

— Non, non, je n'ai pas fait psycho. Mais tu sais, passer ses nuits dans un bunker en compagnie de tous ces types, ça permet d'entendre beaucoup d'histoires. Chacun avait un rêve qui l'aidait à tenir. J'ai beaucoup appris sur la nature humaine.

Elle n'en doutait pas. Elle le voyait aux rides autour de ses yeux, de sa bouche, à la posture de ses épaules.

— Et quel est le rêve qui t'a aidé à tenir ? l'interrogea-t-elle.

— Fonder une famille, répondit-il simplement. Vivre dans un endroit comme celui-ci…

— Parle-moi de la dernière femme qui a compté dans ta vie ?

Il affronta résolument son regard.

— C'est très dur d'avoir une relation lorsque l'on est sans cesse au front.

Elle comprit au ton de sa voix qu'il ne lui disait pas tout.

— Mais tu as essayé, n'est-ce pas ?

— Oui, mais tu connais mon avis sur les femmes, Brenna. Quand les choses deviennent compliquées, elles se défilent. Et c'est difficile de devoir attendre quelqu'un. C'est difficile quand le conjoint se trouve à l'autre bout du monde. Ma dernière petite amie était journaliste et… j'aurais dû me douter que cela ne marcherait pas.

Dès qu'il eut prononcé ces mots, il sembla les regretter. Il détourna la tête vers Derek pour dissimuler sa gêne.

— Je crois qu'il est bien parti pour dormir tout l'après-midi. Quant à nous, nous nous sommes assez dévoilés comme ça…

Elle fronça les sourcils. Se dévoiler ? Ils avaient juste échangé quelques mots sur leur passé amoureux, rien de plus ! Cela dit, peut-être ne parviendraient-ils jamais à partager davantage… Aujourd'hui, elle avait baissé sa garde. Elle avait laissé voir à Riley qu'elle tenait à lui. Or tous deux savaient parfaitement que ce n'était pas uniquement pour le bien de son fils.

O.K., elle tenait à Riley, mais cela ne signifiait pas nécessairement qu'elle allait tomber de nouveau amoureuse de lui ! C'était hors de question !

Car s'ils rompaient de nouveau, elle savait que, cette fois, elle ne s'en remettrait pas.

*
* *

Pendant la semaine suivante, Brenna et Riley vaquèrent chacun de leur côté à leurs occupations. Retenu par les diverses randonnées qu'il accompagnait, il était absent une bonne partie de la journée, et même parfois en soirée. De son côté, quand elle ne s'occupait pas de Derek, elle travaillait pour sa collection ou rendait visite à ses amies et à sa mère.

Le samedi soir, Riley reçut un coup de téléphone. L'expédition qu'il devait guider le lendemain était annulée. Il fut donc présent toute la journée du dimanche et prit naturellement Derek en charge pour permettre à Brenna de se concentrer sur son travail. Il cuisina lui-même le dîner — du poulet rôti avec des légumes frais et de la purée — une attention qu'elle apprécia à sa juste mesure.

Ils mangèrent en silence, une imperceptible tension s'installant peu à peu entre eux. Lorsque leurs regards se rencontrèrent, elle détourna le sien. Riley était bien trop calme à son goût et elle se demandait avec appréhension ce qu'il mijotait…

Finalement, lorsqu'il posa devant elle une coupe de baies surmontées de crème fouettée, elle sut avec certitude que quelque chose allait arriver. Elle joua avec les petites mains de Derek pour apaiser son anxiété.

— Brenna ?

— Oui ?

— Laisse Derek quelques minutes. J'aimerais te parler.

— Je suis là, Riley.

— J'ai besoin de toute ton attention.

— Tu l'as, soupira-t-elle en croisant ses bras sur sa poitrine.

Comme elle l'observait en silence, il secoua la tête.

— Tu ne me rends pas la tâche facile.

— Que veux-tu dire ? Tu crois que je ne me suis rendu compte de rien ? Tu t'es occupé de Derek toute la journée, tu as préparé le dîner et même un dessert. Bien sûr que je me doutais qu'il y avait anguille sous roche ! Alors, vas-y, qu'y a-t-il ?

— Je souhaiterais que nous discutions d'une possibilité de garde alternée. Je veux connaître mon fils, et pour cela, nous devons passer du temps ensemble. Même si tu habites à New York, et moi ici, je veux que tu m'accordes ce temps avec Derek.

D'un bond, elle fut sur ses pieds. Comment pouvait-il envisager un seul instant une telle horreur ? Elle était terriblement tentée de saisir son fils dans ses bras et de prendre ses jambes à son cou !

Il se leva à son tour et lui agrippa les épaules d'un geste apaisant.

— N'aie pas peur, Brenna. Tu peux me faire confiance, ne le vois-tu pas ? Je saurai m'occuper de Derek.

— Peut-être saurais-tu t'en occuper, mais il est hors de question que je sois séparée de lui. Je suis sa mère !

Il répondit sans élever la voix.

— Nous pourrions commencer par un long week-end, puis une semaine. Et ensuite deux… Peut-être aussi pourrais-je m'en occuper pendant un mois entier.

C'était encore pire que ce qu'elle avait pu imaginer. Elle sentit sa gorge se nouer sous l'effet de la panique, et ses mains se mirent à trembler.

— Mais que ferais-tu de lui pendant que tu travailles ?

— Et toi ? Que vas-tu faire de lui quand tu travailleras ?

Elle avait une réponse toute prête à cette question.

— J'ai déjà trouvé quelqu'un pour prendre soin de Derek. Une dame formidable qui est comme une grand-mère pour lui.

— Et moi, j'ai une famille qui sera ravie de donner un coup de main. Et puis, Shannon peut me recommander une baby-sitter. Le fait de travailler n'est pas un obstacle insurmontable, tu en sais quelque chose !

Face à son obstination, elle se sentait au bord des larmes.

— Riley, c'est mon bébé ! gémit-elle.

— Je le comprends, fit-il d'une voix empreinte de compassion. Vraiment ! C'est ainsi que les bonnes mères réagissent. Mais moi, je suis son père et nous avons fait cet enfant ensemble. Il nous appartient donc de trouver un compromis. Réfléchis, Brenna… Nous devons partager la garde de notre fils.

Elle était dans un tel désarroi qu'elle ne pouvait empêcher ses larmes de ruisseler sur ses joues.

Elle ne chercha pas à s'esquiver lorsque Riley la prit alors dans ses bras et la serra contre lui. Puis elle posa sa tête sur son épaule, cherchant du réconfort.

Néanmoins, elle n'était pas complètement dupe…

Riley pouvait se révéler être son pire ennemi.

- 6 -

Lorsqu'elle entendit son portable sonner, Brenna se précipita pour répondre, espérant qu'il s'agissait de Riley. Après avoir allaité Derek à 5 heures du matin, elle s'était rendormie presqu'aussitôt. A son réveil, elle avait trouvé un mot du jeune homme :

« J'ai rendez-vous avec un professeur de Northern Arizona University pour organiser une expédition d'étudiants dans le Grand Canyon. Je pense être de retour pour le déjeuner. »

Il était clair que Riley adorait son métier. Brenna, elle, n'était pas allée au Grand Canyon depuis des années. Ce serait tellement extraordinaire de pouvoir s'y rendre avec lui, et d'admirer toutes ces couleurs, ces formes incroyables…

Elle ne put laisser son esprit vagabonder plus loin car elle découvrit le nom de son père sur l'écran de son portable.

— Bonjour papa, comment vas-tu ?

— Je suis désolé de n'avoir pas été là quand tu es venue nous rendre visite.

— Je suis désolée, moi aussi.

A vrai dire, elle avait été plutôt soulagée par cette

absence, car elle ne souhaitait pas s'engager dans une inévitable dispute au sujet de son installation chez Riley.

— J'aimerais te voir un peu pendant que tu es dans les parages. Et puis j'ai eu une idée…

— Ah oui, à quoi as-tu pensé ? demanda-t-elle, non sans inquiétude.

— Tu sais que le mois de juin est celui des mariages, n'est-ce pas ? J'organise un événement dans mon magasin et j'ai pensé que tu pourrais avoir envie de m'aider.

— De quoi s'agit-il exactement ? s'enquit Brenna, dont la curiosité était piquée malgré elle.

— C'est une opération autour du mariage que j'ai appelée « Printemps nuptial ». Elle débutera le 1er juin, et tous les rayons du magasin seront concernés. Tu sais que nous proposons des listes de mariage maintenant ? C'est Katie Paladin qui se chargera des compositions florales. J'ai pensé que tu souhaiterais peut-être exposer certains de tes modèles et t'impliquer dans la communication. Qu'en dis-tu ?

Des pensées contradictoires se bousculaient dans sa tête. D'un côté, elle ne voulait pas négliger Derek sous prétexte de s'engager dans ce projet. D'un autre côté, Riley souhaitait passer du temps avec son fils… N'était-ce pas l'occasion de le laisser faire ? En acceptant la proposition de son père, elle aurait en outre l'occasion de faire de la publicité pour sa propre collection. Peut-être aussi parviendrait-elle à attirer de nouveaux clients dans le magasin familial ? Des gens de Flagstaff, mais aussi de Phoenix et Sedona. *Bridals by Brenna* s'était taillé une solide réputation…

— J'imagine que c'est imminent, dit-elle.

— Nous avons deux semaines devant nous, mais

il ne faut pas perdre de temps. Pourquoi ne viens-tu pas me rejoindre au magasin ?

— Je ne peux pas à cause de Derek.

— Amène-le ! J'aimerais beaucoup le voir. Je m'en occuperai dans mon bureau pendant que tu visiteras l'Espace Mariage. Si nous nous y prenons dès maintenant, nous pouvons faire venir tes robes d'ici une semaine et être prêts pour le 1er juin.

Angus McDougall avait toujours traité Brenna comme une princesse, et elle l'aimait, malgré tout ce qui les opposait. Peut-être pouvait-elle tenter de renouer les liens avec lui et le convaincre de faire la paix avec Riley…

— Cela me tente, déclara-t-elle. Je serai là dans trois quarts d'heure. Ça te va ?

— C'est parfait ! A tout à l'heure.

Chaque fois que Brenna entrait chez McDougall's, elle sentait la joie et l'excitation la gagner.

— J'ai grandi ici, murmura-t-elle à Derek qu'elle portait dans une écharpe contre sa poitrine.

Elle se revoyait gamine, courant après son père, le suivant de rayon en rayon toujours à lui poser mille questions. Elle aimait surtout le rayon beauté avec ses odeurs subtiles de parfums et ses pots et tubes de produits cosmétiques. C'était un rayon qu'elle avait particulièrement exploré à l'adolescence, au grand dam de ses parents. Plus loin, il y avait l'espace dédié aux chaussures, une autre de ses passions ! Petite fille, elle s'amusait à glisser ses pieds dans de délicats escarpins à talons aiguilles. « Je porterai ça un jour », se disait-elle avec émerveillement.

A gauche du rayon chaussures se trouvait le prêt-à-porter pour hommes. L'espace réservé à la mode féminine était quant à lui tout au fond du magasin, car le père de Brenna n'ignorait pas que les femmes faisaient des emplettes aussi bien pour le reste de la famille que pour elles !

En entamant la montée du grand escalier, elle sourit. Ces marches majestueuses lui rappelaient une scène d'*Autant en emporte le vent*. Au deuxième étage, elle traversa les rayons Décoration et Arts de la table pour rejoindre l'espace qu'elle préférait. Celui consacré au mariage…

Plusieurs mannequins exposaient des tenues de cérémonie destinées aux demoiselles d'honneur, mais aussi aux parents des mariés. Les robes de mariée étaient regroupées après le passage voûté, dans un salon comportant une estrade entourée par une série de six miroirs en pied.

Ici, la future mariée pouvait s'admirer sous toutes les coutures…

En s'arrêtant pour examiner de plus près l'un des modèles, elle remarqua une pancarte volumineuse qui annonçait le défilé des robes de mariée prévu pour la première semaine de juin. « Cette pancarte n'est pas à sa place », estima-t-elle. Elle serait beaucoup mieux dans le hall d'entrée. Son père devait faire la promotion de son « Printemps nuptial » dans tout le magasin, de manière à ce que tous les clients soient informés.

— Alors, qu'en penses-tu, ma fille ? As-tu remarqué tes robes là-bas ?

— Oui, je les ai vues. Mais il s'agit de la collection prêt-à-porter de l'an dernier. Tu dois renouveler les modèles, papa !

— Nous sommes à Miners Bluff, protesta-t-il d'un ton bourru.

— Cela ne veut pas dire que les femmes qui se marient à Miners Bluff ne consultent pas les magazines spécialisés et ne sont pas parfaitement au fait de la tendance de cette année, répliqua-t-elle. Nous avons déjà abordé ce sujet, toi et moi.

— En effet, et maintenant que tu es parmi nous pour un certain temps, peut-être parviendras-tu à me convaincre d'apporter les changements qui te tiennent à cœur.

Elle l'observa attentivement.

— Ne me dis pas que tu as fait exprès de mettre ces vieilles robes en exposition aujourd'hui, et que tu as entreposé celles de cette année dans la réserve !

Son père éclata de rire et passa son bras autour de ses épaules.

— Ma chérie, tu me crois beaucoup plus retors que je ne suis ! J'ai effectivement les modèles de cette année dans la réserve, mais je les garde pour le défilé.

Il fit un geste vers la pancarte.

— Ah… il faut que nous parlions de ça aussi ! dit-elle.

Les yeux de son père pétillèrent d'amusement.

— Vraiment ?

Il tendit les bras vers Derek.

— Puis-je le prendre ?

Angus McDougall n'avait pas encore eu l'occasion de passer du temps avec son petit-fils. Brenna avait d'ailleurs pensé qu'il ne voudrait pas le prendre dans ses bras, sachant qu'il était le fils de Riley. Pourtant, son père ne laissa paraître aucun malaise lorsqu'il prit l'enfant et le cala au creux de son bras.

— Il est très beau, Brenna, dit-il d'une voix rauque.

Elle sentit sa gorge se serrer. Son père n'avait pas pour habitude de montrer ses émotions !

— Allons discuter dans mon bureau, proposa-t-il. T'ai-je dit que j'avais demandé à Katie Paladin de créer une décoration florale pour le mois de juin ? J'aimerais quelque chose d'élégant et de raffiné. Katie s'occupera aussi des fleurs pour le défilé.

— Faire descendre le grand escalier à tes mannequins serait somptueux, déclara-t-elle d'un ton rêveur.

Son père lui lança un coup d'œil furtif.

— Pourquoi es-tu donc partie à New York pour ouvrir ta propre boutique au lieu de m'aider ici ?

— Parce que je voulais vivre ma vie !

Angus la sonda d'un regard pénétrant. Ils s'étaient souvent disputés à ce sujet, après les études de Brenna au Fashion Institute. Elle s'était entêtée à tenter sa chance à New York, mais son père n'avait pas compris ce besoin d'indépendance.

Cette fois, cependant, il s'abstint de toute controverse.

— Allons prendre un thé, se contenta-t-il de dire. Nous pourrions dresser l'une de ces listes dont tu es spécialiste et qui pourrait m'aider à augmenter mon chiffre d'affaires. Les temps sont durs en ce moment…

— A mon sens, ce qu'il faudrait faire, c'est essayer de rendre le prix d'un mariage plus abordable, déclara-t-elle tandis qu'ils traversaient l'espace Arts de la table pour se rendre dans le bureau d'Angus.

Son père haussa les sourcils.

— Tu dis ça, toi qui crées des robes que tu vends plusieurs milliers de dollars ! ironisa-t-il.

— Mais je propose aussi une collection de prêt-à-porter ! La plupart des jeunes femmes consacrent la majeure partie de leur budget pour leur robe… Peut-être devrions-nous tenter de développer une gamme de modèles à bas prix.

— Je ne sais pas si je suis prêt pour ça, déclara Angus en secouant la tête.

Elle s'esclaffa. Elle ne le croyait pas une seule seconde ! Pendant qu'elle lui exposait ses idées, son père joua de bon cœur avec Derek. Pas une seule fois, il ne mentionna le nom de Riley. Il ne posa pas non plus de questions personnelles à Brenna qui s'en trouva soulagée. Peut-être n'essaierait-il pas d'interférer dans sa vie cette fois, et les laisserait-il, Riley et elle, gérer leur vie privée.

A ce moment, le portable qu'elle avait glissé dans le sac contenant les affaires de Derek sonna.

— Ton boulot ? s'enquit son père, tandis qu'elle regardait l'écran.

— Non, c'est Riley. Excuse-moi un petit instant…

Son père lui lança un regard un brin agacé, mais il s'abstint de tout commentaire et continua à jouer avec son petit-fils. Elle envisagea un instant de quitter le bureau d'Angus pour pouvoir s'entretenir avec Riley en toute tranquillité, mais elle se ravisa. Elle n'avait rien à cacher !

— Salut, dit-elle en prenant l'appel. Comment vas-tu ?

— Je suis à la maison, répondit seulement Riley.

— Quelle heure est-il ?

— 13 h 30. Où es-tu ?

— Oh, mon Dieu ! Il est déjà si tard ? Je n'ai pas vu le temps passer.

— Derek est avec toi ?

— Bien sûr ! Où veux-tu qu'il soit ?

— Je ne sais pas. Où es-tu ?

Elle fronça les sourcils, contrariée. Riley s'attendait-il à ce qu'elle soit chez lui quand il rentrerait ? Espérait-il qu'ils déjeuneraient ensemble ou qu'il pourrait donner le biberon à Derek, puisque son emploi du temps le lui permettait ?

— Dans le bureau de mon père. Il m'a demandé mon aide pour un événement autour du mariage qu'il organise en juin.

Son enthousiasme se heurta à un silence de plomb.

— J'ai quelques idées pour rendre cet événement plus attrayant, ajouta-t-elle.

— Je n'en doute pas, fit-il d'un ton neutre.

— Que se passe-t-il, Riley ?

— Je pensais te trouver à mon retour…

— Je pensais être là moi aussi, mais cet événement est important pour mes propres affaires aussi ! Ma collection sera exposée pendant un mois entier. Cela pourrait attirer des clients de Sedona, de Phoenix et même de Flagstaff !

— Ah, donc tout ce qui t'importe, c'est de vendre des robes…

Elle soupira, mais contint son irritation croissante. Elle répugnait à se disputer avec le jeune homme devant son père

— Ecoute, je rentre d'ici trois quarts d'heure. Pourrons-nous discuter ?

— Nous discuterons quand tu le souhaiteras. Ce n'est pas moi qui élude le sujet.

— Je suis occupée pour l'instant, répondit-elle d'un ton sec.

— De toute évidence…

Il fit une pause avant de reprendre :

— As-tu déjeuné ?

— Je n'y ai même pas pensé ! J'ai grignoté quelques pâtisseries que papa m'a proposées, c'est tout.

— Derek n'est-il pas trop turbulent ?

— Non, pas du tout. Je l'ai allaité avant que nous commencions à travailler. Il va probablement s'endormir dès que je l'aurai installé dans la voiture.

— J'aurais apprécié que tu me laisses un mot, Brenna.

— Je m'en souviendrai si cela se reproduit, lui assura-t-elle.

— A tout à l'heure, conclut-il de façon un peu abrupte.

— A tout à l'heure, répéta-t-elle.

Elle se demanda de quoi ils allaient parler exactement lorsqu'elle rentrerait. De son père ? De la garde de Riley ? De son esprit d'indépendance ?

Elle éteignit son portable et le rangea. Quand elle releva les yeux, elle vit que son père l'observait.

— Tu sais que tu es la bienvenue chez nous, lui dit-il.

— Je le sais papa, mais ce n'est pas une solution.

— Parce que vivre sous *son* toit en est une ?

Elle percevait nettement de la colère dans la voix d'Angus. Il avait réussi à la contenir jusque-là, mais l'appel de Riley avait été la goutte qui avait fait déborder le vase.

— Je refuse de me disputer avec toi, papa. Ce n'est pas bon pour Derek, et cela ne l'est pas non plus pour moi.

Elle prit son fils des bras de son père et le réinstalla contre sa poitrine.

— Brenna, pourquoi ne veux-tu pas comprendre…

— Que je comprenne quoi ? Riley est un homme

bien ! C'est un vétéran qui a reçu les honneurs. Et il est très doux et attentionné avec son fils.

— Et comment est-il avec toi ? demanda Angus.

— Je n'ai pas envie de parler de ma relation avec Riley.

— Je n'aime pas ça, Brenna. As-tu pensé qu'il pouvait te manipuler pour arriver à ses fins ?

— Et que crois-tu qu'il veuille ?

— Que tu restes à Miners Bluff avec Derek ! A moins qu'il ne cherche encore à venger son père.

— Un jour, papa, il faudra que nous discutions de ce qui est arrivé à Liam O'Rourke, soupira-t-elle. Tu n'as pas seulement fait fermer son restaurant. Tu as gâché sa vie !

— Brenna…

— Pas maintenant, papa, décréta-t-elle. Pas ici.

Du menton, elle indiqua leurs documents de travail.

— Montre ça à tes collaborateurs et nous en reparlerons.

Angus McDougall sembla débattre intérieurement de l'opportunité d'une dispute.

— Il ne va pas falloir tarder à se mettre au travail si nous souhaitons mettre tes idées en pratique, dit-il finalement.

— En effet. Je suis en mesure de faire venir mes robes d'ici une semaine…

— Peux-tu organiser un rendez-vous avec Katie ?

— Je l'appellerai dès que je serai rentrée.

Angus McDougall la raccompagna jusqu'en haut de l'escalier. Là, il lui parla à voix basse, de façon à ne pas être entendu.

— Si Riley se conduit mal avec toi, si vous ne

parvenez pas à vous entendre, je t'en prie, reviens à la maison !

Pour toute réponse, elle se hissa sur la pointe des pieds et déposa un baiser sur sa joue.

— Je t'appellerai après avoir discuté avec Katie.

Et sans rien ajouter sur sa vie personnelle, elle lui envoya un dernier baiser et descendit les marches en direction de la sortie. Elle poussa l'une des lourdes portes du magasin et cligna des yeux, éblouie par les rayons du soleil.

Elle reconnut néanmoins immédiatement la jeune femme qui s'apprêtait à entrer dans le magasin.

— Mikala ? fit-elle.

Brenna se rappelait Mikala Conti comme une jeune fille quelque peu réservée, mais capable de s'enflammer pour ce qui lui tenait à cœur. Lors de la fête des anciens, elle avait appris que Mikala pratiquait la musicothérapie et qu'elle avait acquis une excellente réputation dans le domaine.

Mikala la serra contre elle avec effusion.

— J'avais entendu dire que tu étais de retour au pays…

Elle caressa doucement la main de Derek.

— Et qui est ce joli petit garçon ?

— Je te présente Derek Ryan McDougall.

— Il est magnifique, Brenna, toutes mes félicitations !

Brenna qui avait remarqué la bague que Mikala portait à son doigt ajouta.

— J'ai appris que tu avais convolé en justes noces…

Mikala s'empourpra légèrement.

— Tu te souviens de Dawson Barrett ?

— Oh oui, fit Brenna en hochant la tête. Tu le

mangeais des yeux comme s'il était la plus belle invention depuis le gâteau au chocolat !

— Non, ce n'est pas vrai ! protesta Mikala.

— Mais si ! insista Brenna. En tout cas, je suis heureuse de constater que les choses ont bien tourné pour vous. Depuis quand êtes-vous ensemble ?

— Depuis la fête des anciens. Sais-tu que j'ai porté l'une de tes créations à mon mariage ? J'adore ton travail, Brenna, tu as beaucoup de talent.

— Merci…

Mikala observa Derek et marqua un temps d'hésitation avant de reprendre la parole.

— Je suis enceinte moi aussi, tu sais. Dawson et moi sommes tellement impatients d'être parents.

— Toutes mes félicitations ! Quand dois-tu accoucher ?

— En novembre. Tout s'est passé tellement vite…

Brenna nota que Mikala ne semblait pas embarrassée par la situation. Peut-être devrait-elle en prendre de la graine !

— Je comprends ce que tu veux dire… jamais je n'aurais imaginé revenir ici avec le bébé de Derek, admit-elle.

— Quand l'amour se présente, une femme peut parfois perdre son bon sens.

— Oh ! il ne s'agit pas d'amour ! rétorqua Brenna hâtivement. Cela s'est seulement passé le soir de la fête des anciens. Riley et moi avons toujours su que nous n'étions pas faits l'un pour l'autre, et je crois que cette certitude rend l'alchimie entre nous encore plus explosive !

— Tout le monde savait, pour toi et Riley, au lycée…

— Tu plaisantes ?

— Une fille sait interpréter les regards qu'une autre fille lance à un garçon ! Et puis, je me souviens vous avoir vus vous cacher sous les gradins du stade pour vous embrasser.

Brenna porta sa main à sa bouche de surprise.

— Vraiment ? Et tu ne l'as jamais répété à personne ?

— Ce n'étaient pas mes affaires. Tout le monde connaissait le différend qui opposait vos familles, alors je n'allais pas jeter de l'huile sur le feu en révélant votre relation. D'ailleurs, je n'étais pas la seule à être au courant. Je suis sûre que Jenny l'était aussi…

— Je suis heureuse que vous n'en ayez touché mot à personne.

— Où en êtes-vous aujourd'hui ?

— Nous avons révélé la vérité à nos parents. J'ai bon espoir que les choses s'arrangent.

— T'es-tu installée chez eux ?

— Non, je suis chez Riley afin de lui permettre de passer du temps avec Derek.

— Il semble que nous ayons tous du temps perdu à rattraper ! J'aimerais en tout cas que nous nous retrouvions toi et moi… Je suis sûre que tu as plein de choses à m'apprendre sur la grossesse !

Puis Mikala l'observa avec attention.

— Tu es splendide en tout cas, ajouta-t-elle.

— Cela a été difficile, et ça l'est toujours, mais j'adore mon rôle de maman. Je dois rentrer maintenant. Riley pensait que je serais là pour l'accueillir, ce qui n'était pas le cas !

— Première crise ?

— Oh non, non… rassure-toi. Rien de grave.

Elle fouilla dans son sac et en sortit une carte qu'elle tendit à Mikala.

— Voici mon numéro de téléphone. Je suis très heureuse de t'avoir revue.

— A bientôt alors.

Riley prit place devant l'ordinateur de sa chambre et effectua des recherches sur les itinéraires des prochaines randonnées qu'ils devaient organiser. Il consulta ensuite les prévisions météo, puis compara son emploi du temps à celui de Clay. En proie à une fébrilité inhabituelle, il avait le plus grand mal à se concentrer…

Après avoir quitté l'armée, il avait effectué de menus travaux dans sa maison, jardiné, coupé du bois, trouvant naturellement quelque chose à faire pour occuper chaque heure de la journée. Il avait toujours eu beaucoup d'énergie à dépenser, une qualité précieuse chez les Marines.

Aujourd'hui pourtant, quand il était rentré chez lui et n'y avait trouvé ni Brenna, ni Derek, il s'était senti vide et désœuvré. Après un moment d'hésitation, il s'était résolu à appeler Brenna pour savoir où elle se trouvait. Il s'était dit que c'était parce que son fils était avec elle qu'il avait besoin de savoir. Pourtant, il lui fallait bien admettre que la compagnie de Brenna lui manquait. Il se languissait de sa voix mélodieuse, de son parfum fleuri et de la touche féminine qu'elle apportait à la maison.

Il se sentait stupide de ressentir cela, et encore plus stupide d'être incapable de penser à autre chose !

Brenna lui avait dit au téléphone qu'elle s'apprêtait à rentrer. Depuis, une heure s'était écoulée. Du coup, il ne pouvait s'empêcher de songer à un éventuel accident de la route, à une panne mécanique, à…

Bon sang ! Cette femme le rendait fou !

Quand il entendit enfin la porte d'entrée s'ouvrir, il se redressa et se força à compter jusqu'à cinq.

— Je suis là, dit-il d'un ton neutre.

Derek pleurnichait quand elle fit son apparition sur le seuil, bien qu'elle le tînt contre sa poitrine pour l'apaiser.

Riley se souvint de ses mots : « Je ne veux pas être séparée de mon bébé ». Peut-être un enfant et sa mère ne devaient-ils pas être séparés, surtout à cet âge. Mais dans ce cas, à partir de quel âge cela était-il envisageable ? Quand pourrait-il avoir son fils pour lui seul ?

— Il a été sage jusqu'à ce que je l'installe dans la voiture, expliqua-t-elle. Je vais lui mettre des vêtements plus légers et l'installer dans la petite balancelle que nous avons achetée. Avec un peu de chance, il se calmera.

Elle restait sur le pas de la porte, comme si elle n'osait pas pénétrer dans la pièce.

— Vas-y, entre, je ne vais pas te mordre, fit-il d'un ton moqueur. Allonge Derek sur mon lit, on va voir comment il réagit…

Elle déposa leur fils au milieu du matelas. Libre de ses mouvements, le petit se mit à agiter ses bras et ses jambes, tout en émettant des petits gloussements de plaisir.

— Parfois, il a juste besoin de changer d'environnement, dit-elle.

— Il a pourtant découvert un nouvel environnement ce matin non ? fit-il remarquer. Alors, que faisais-tu chez McDougall's ?

— C'est très simple : papa a appelé car il pensait

que je pouvais lui donner un coup de main pour l'événement « Printemps nuptial » qu'il organise. J'ai compris à ses questions qu'il appréciait certaines de mes suggestions.

— Il n'y a là rien d'étonnant. Tu as appris avec lui. Tu as ta propre boutique et le mariage est ton fond de commerce !

Elle s'esclaffa.

— Je crois que papa commence à en prendre conscience ! McDougall organise un défilé de robes de mariée le premier week-end de juin. J'ai convaincu papa de faire une campagne de publicité sur internet et dans le journal local. Je lui ai aussi suggéré de créer une page Facebook… cela peut avoir de grosses retombées.

— Tu t'y connais dans tout cela ?

— Il le faut. La communication, c'est très important.

— Ça n'a jamais été le point fort de ton père, marmonna-t-il. Que ce soit en affaires ou dans le cercle privé.

— En effet, convint-elle. Mais je crois qu'il se rend compte que si nous ne faisons pas tous deux des efforts pour renouer les liens, tout rapprochement sera alors impossible. Or, je tiens à tout prix à éviter cela. Je refuse d'être considérée comme le mouton noir qui a fait quelque chose de mal.

— As-tu fait quelque chose de mal ? Ou as-tu seulement agi avec imprudence ?

— Peu importe. Papa et moi allons nous en sortir. Nous ne nous querellerons pas comme ta famille et la mienne !

— Il n'y aurait aucun risque que cela arrive si je n'étais pas dans les parages…

— Tu es le père de Derek et tu seras toujours là, répliqua-t-elle. Que tu fasses partie de sa vie ou non, tu affecteras toujours son existence.

— Mais dis-moi, où vas-tu trouver le temps d'aider ton père, entre ton propre travail et Derek ?

— Je trouverai le temps. Papa voulait que je travaille à ses côtés chez McDougall's après mes études, ce que je n'ai pas fait. Alors partager ça avec lui aujourd'hui revêt une grande importance à mes yeux.

En effet, il n'avait pas oublié cette époque-là. Le ressentiment monta par bouffées tandis qu'il songeait à toutes ces années où son père s'était retrouvé sans travail et prêtait plus d'attention à ses camarades de beuveries qu'à ses enfants. Il prit une profonde inspiration. Il savait que s'il laissait les vieilles rancœurs refaire surface, celles-ci ne feraient qu'envenimer sa relation avec Brenna.

Lorsqu'elle s'assit sur le rebord du lit, il repoussa sa chaise et se leva pour s'installer à côté d'elle.

Il était conscient de son regard posé sur lui comme si elle mourait d'envie de lui poser une question.

— Oui ? l'encouragea-t-il.

— Rien… Cela ne me regarde pas !

— Cela ne t'a jamais empêché de demander avant…

Elle considéra ces paroles avant de hausser les épaules.

— Je me demandais juste si quelqu'un avait un jour profité de cet endroit avec toi.

— Aucune femme n'est jamais venue ici en dehors de toi, Brenna.

— Tu n'as couché avec aucune femme depuis la fête des anciens ?

— Pourquoi cela te surprend-il autant ? s'esclaffa-t-il.

— Parce que lorsque nous sortions ensemble, nous

étions toujours sur la banquette arrière de ta voiture ! J'ai toujours pensé que tu étais le genre d'homme qui…

— … ne pense qu'à ça ? dit-il en riant. Oh Brenna ! Et ce Thad, alors ? Ne pensait-il qu'à ça lui aussi ?

— Ne change pas de sujet.

— Réponds tout de même à ma question. Alors ?

— Si tu insinues que je ne suis pas assez sexy et que c'est pour ça qu'il a été infidèle…, commença-t-elle.

Il attrapa ses mains et y déposa ses lèvres. Sans surprise, comme leur fils était allongé entre eux, il n'obtint de Brenna qu'un baiser furtif.

Elle se dégagea et prit Derek qui continuait à gazouiller joyeusement.

— Viens, mon chéri, je vais te changer.

— Donc, reprit-il sans se démonter, si Thad et toi ne passiez pas beaucoup de temps au lit, que faisiez-vous ?

— Nous allions à des expositions. Nous nous promenions à Greenwich Village…

— Pas étonnant que vous ayez rompu ! ironisa-t-il.

Mais dès que ces mots eurent franchi ses lèvres, il les regretta.

Elle lui lança un regard courroucé et quitta la chambre.

Il se mit à marcher de long en large comme un lion en cage. Il aurait dû se taire… ou tout au moins continuer à l'embrasser.

Cela lui aurait évité de commettre de nouveau une belle gaffe !

- 7 -

Lorsqu'il rentra chez lui le lendemain soir, Riley eut l'impression de pénétrer dans la maison d'un étranger.

Il vit d'abord Katie Paladin et Brenna, assises par terre au beau milieu du salon, des photographies, dessins et coupures de journaux éparpillés autour d'elles. Il nota ensuite plusieurs compositions florales qui trônaient sur la table basse, puis des rubans de diverses couleurs déroulés sur le dossier d'un fauteuil. Il y avait aussi un catalogue de tissus grand ouvert à côté de Brenna…

Il n'était pas au bout de ses surprises, car il découvrit aussi la mère de Brenna qui promenait Derek dans sa poussette en décrivant des cercles dans la pièce. Carol McDougall semblait parfaitement à son aise, tout comme les deux autres femmes d'ailleurs.

Une fois le premier moment de surprise passé, il fut contrarié que la mère de Brenna puisse prendre du bon temps dans sa propre maison !

— Riley !

Brenna leva le nez et le considéra comme s'il était la dernière personne qu'elle s'attendait à voir apparaître.

— Je pensais que nous aurions fini avant que tu ne rentres, s'excusa-t-elle. Quelle heure est-il ?

— 17 h 30, répondit-il d'un ton sec en laissant tomber son sac à dos par terre. Que se passe-t-il ici ?

Les trois femmes échangèrent des regards entendus, comme si elles se transmettaient un message secret. Il avait toujours détesté ça… cette complicité des femmes entre elles. Les hommes, eux, ne se comportaient pas comme ça !

— Nous nous sommes réunies pour préparer le « Printemps nuptial » de McDougall's, expliqua Katie avec le plus grand naturel. Je m'occupe des arrangements floraux pour tout le magasin, n'est-ce pas formidable ? Ce sera une excellente publicité pour ma boutique.

Il hocha la tête en silence. Il savait que Bloom's, comme de nombreux autres commerces, traversait une période difficile.

Puis ce fut au tour de la mère de Brenna d'intervenir en s'approchant de lui avec la poussette.

— Je savais que Brenna allait être occupée, alors j'ai proposé de venir m'occuper de Derek, expliqua-t-elle. Nous avons toutes trois passé un excellent moment !

— Je vois ça, marmonna-t-il.

Carol prit Derek dans ses bras.

— Tu veux dire bonjour à ton papa ?

Il passa sa main sur les cheveux de son fils, mais ne fit pas un geste pour le prendre.

— J'ai marché toute la journée et me sens un peu poussiéreux, expliqua-t-il.

Carol l'étudia comme si elle cherchait à le percer à jour et à déterminer la véritable raison de cette dérobade.

Il ne savait pas exactement lui-même ce qu'il éprouvait. Ou plutôt si : il ne se sentait tout bonnement pas à sa place dans sa propre maison, et cela ne lui plaisait pas du tout !

— Je vais prendre une douche, annonça-t-il en marchant vers sa chambre.

— Nous serons probablement parties quand tu sortiras de la douche, l'avertit Katie en rassemblant les photos. Je dois tenir la boutique toute la soirée.

— Le dîner est à 19 heures, renchérit Carol. Il est également temps pour moi de prendre congé.

— Je vous souhaite une bonne soirée alors, dit-il poliment avant de s'éloigner pour mettre le plus de distance possible entre lui et toute cette agitation féminine.

— Il ne m'aime pas, déclara la mère de Brenna en récupérant son sac à main et son gilet.

— Ce n'est pas vrai, protesta mollement Brenna.

— Oh si ! insista sa mère. Je ne comprends pas pourquoi Riley ne parvient pas à surmonter ces vieilles querelles. Cela s'est passé il y a tellement longtemps !

— Maman, as-tu conscience de ce que papa a fait aux O'Rourke par le passé ?

— Je ne me mêle pas des affaires professionnelles de ton père, répondit Carol en posant son gilet sur ses épaules.

— Je ne parle pas seulement de l'aspect professionnel. C'est la vie de toute une famille qui a été gâchée !

— Je ne suis pas sûre que nous devrions discuter de ce sujet toi et moi…

Carol McDougall coula un regard vers Katie.

— … surtout devant quelqu'un d'autre, ajouta-t-elle.

Brenna n'était cependant pas disposée à lâcher prise.

— Au contraire, il faut en parler, car pour le bien

de Derek, nos deux familles vont être amenées à se côtoyer.

— Personne n'a forcé Liam O'Rourke à se mettre à boire.

— Peut-être pas, mais le fait que papa lui ait fait perdre son affaire y a certainement contribué ! Cela a probablement commencé par quelques verres, puis la femme de Liam est partie, et celui-ci a sombré dans la dépression et l'alcoolisme. Alors, ses enfants ont dû se débrouiller par leurs propres moyens et leur vie en a été bouleversée. Je n'ai pas l'impression que papa et toi vous rendiez bien compte… Certes, la réputation de papa a été bien écornée, mais on ne peut pas comparer avec ce que les O'Rourke ont enduré.

La mère de Brenna ne parut pas convaincue par cette interprétation des faits, mais elle choisit de ne pas entrer dans le débat.

— Combien de temps comptes-tu rester chez Riley ? s'enquit-elle.

Elle réfléchit. Au départ, elle avait envisagé de rester un mois, mais elle pensait maintenant prolonger son séjour d'une quinzaine de jours.

— Je ne sais pas encore.

— Si tu as besoin de moi, appelle-moi. Je serai ravie de garder Derek et de passer du temps avec lui.

— Je connais aussi des étudiantes qui pourraient s'occuper de lui, si jamais tu es débordée, intervint Katie. Est-ce que tu peux me rappeler quand tes robes sont censées arriver ?

— Dans quelques jours… A temps pour le début de l'événement, quoi qu'il en soit. J'espère que d'ici là j'aurai réussi à mettre en place les nouvelles listes de mariage qui permettront de choisir les cadeaux dans tous les rayons du magasin. Je suis certaine que, grâce à cela, les ventes vont exploser.

— Il est temps que nous nous serrions les coudes et soutenions nos commerces respectifs, affirma Carol. Tu as eu une idée merveilleuse, Brenna, et je suis sûre que ton père t'en est très reconnaissant.

— Ce serait sympa qu'il soit reconnaissant plutôt que de m'en vouloir, marmonna Brenna.

— Sa désapprobation te contrarie-t-elle ?

— Cela ne devrait pas, mais oui, elle me contrarie. Les filles ne souhaitent-elles pas toutes que leur père approuve leurs actions ?

— Je ne sais pas si cela va plaire à Riley, mais tu peux garder les fleurs, lui dit Katie en rassemblant ses affaires.

— C'est super de travailler avec toi, répondit Brenna en la serrant contre elle. Je suis contente que nous nous soyons retrouvées.

Katie hocha la tête en souriant.

— Moi aussi. Et Derek est un bébé absolument adorable. Tu as tellement de chance.

— Ne désires-tu pas un enfant, toi aussi ?

— Si, mais je ne l'envisage pas dans un futur proche. Je ne suis pas prête à me marier de nouveau…

Katie avait épousé son amour de lycée, un excellent joueur de football, et avait suivi celui-ci là où sa carrière le menait. Hélas, son mari avait trouvé la mort dans un accident de voile un an plus tôt. Brenna pouvait lire dans son regard une certaine tristesse, signe que Katie n'avait pas encore surmonté ce drame. De retour à Miners Bluff depuis moins d'un an, son amie tentait de reprendre progressivement le cours d'une vie normale.

— Laissez-moi vous aider à porter vos affaires jusqu'à votre voiture, Katie, proposa la mère de Brenna.

Puis, elle serra sa fille contre elle.

— Tout va s'arranger, ma chérie. Cela s'arrange toujours.

— Pas toujours de la façon qu'on le souhaite…

Après le départ des deux femmes, Brenna installa Derek dans sa balancelle. Ce fut à cet instant que Riley revint dans la salle de séjour.

— Je suis désolée, lui dit Brenna. Elles seraient parties plus tôt si je m'étais rendu compte qu'il était si tard.

— C'était perturbant d'arriver chez moi et de vous trouver toutes les trois ici, admit-il.

— Est-ce pour cette raison que tu t'es montré si froid envers ma mère ?

Il se raidit instantanément et lui lança un regard noir.

— J'ai été poli, objecta-t-il.

— Tu as été froid. Ce n'est pas comme ça que tu amadoueras maman.

— Peut-être que je ne cherche pas à l'amadouer ! Soyons honnêtes, Brenna, tes parents ne m'ont jamais aimé.

— Ils ne te connaissaient pas ! Tu es un homme de valeur, Riley. Tu as servi ton pays et tu mérites le respect.

— Ce n'est pas facile, murmura-t-il.

— Non, ça ne l'est pas, mais est-ce que tu te rends compte que j'ai réussi à convaincre Isaac Fulton de participer à l'événement que papa organise ? Mon père l'a déjà sollicité plusieurs fois, mais il a toujours refusé, parce qu'il accordait foi aux rumeurs que ton père a répandues il y a des années.

— Ce n'étaient pas des rumeurs. Ton père était cupide et impitoyable.

Découragée, elle poussa un gros soupir.

— Ecoute, M. Fulton a surmonté ses a priori, alors il est temps que nous en fassions tous de même. Si tu laissais une chance à ma mère, elle t'en laisserait une aussi.

— Je tâcherai de m'en souvenir, fit-il d'un ton sarcastique. Alors, Katie et toi avez renoué ?

— Oui, nous nous entendions tellement bien au lycée ! Ce qui est arrivé à Ross est vraiment dramatique.

— Eh oui, on ne sait jamais ce qui peut arriver. De beaux projets peuvent tomber à l'eau en l'espace d'une journée. Ou d'une nuit…

Son regard se posa soudain sur la photographie d'une robe de mariée sur la table basse.

— Je ne connais rien en la matière, mais je la trouve jolie cette robe, déclara-t-il.

— Seul un homme peut qualifier cette robe de « jolie » ! s'exclama-t-elle en riant.

Il s'agissait vraiment d'un modèle exceptionnel. Une robe en mousseline vaporeuse que toute future mariée rêverait de porter. Elle se trouvait actuellement à New York, mais elle projetait de la rapatrier afin d'en faire la pièce centrale de la collection.

Il observa pensivement la photo avant de revenir vers elle.

— Rêves-tu de porter un jour ce genre de robe ?

— Je ne rêve pas de me marier. Je sais que les contes de fées n'existent pas dans la vraie vie.

— Es-tu contre l'institution du mariage ou contre le fait de t'engager pour la vie auprès d'un homme ?

— L'institution ne me dérange pas, puisque je gagne

ma vie grâce à elle ! Le fait de s'engager ne me fait pas peur non plus, mais je pense que l'honnêteté, la loyauté et la fidélité que requiert le mariage sont des qualités très rares.

Elle sentit le bras de Riley frôler le sien. Il dégageait un parfum acidulé de savon. Si elle passait ses doigts dans ses cheveux encore humides, ils s'embrasseraient inévitablement…

Et s'ils s'embrassaient…

Il devait penser la même chose, car il s'éclaircit la gorge et recula.

— J'aimerais emmener Derek rendre une petite visite à papa ce soir, annonça-t-il.

— Je peux venir avec vous ?

Il haussa un sourcil sceptique.

— De la même manière que j'aimerais que tu apprennes à connaître ma mère, je souhaiterais faire mieux connaissance avec ton père, insista-t-elle. Il n'y a que de cette façon que nous mettrons nos querelles derrière nous.

— Je ne pense pas que cela arrivera un jour, répliqua-t-il. Mon père est bien trop têtu, et le tien trop fier !

— Mais si ton père sympathise avec moi et s'attache à Derek, la situation pourrait évoluer.

— Parce que tu crois que ton père et moi pourrions finir par nous apprécier ?

— Nous y travaillerons, assura-t-elle avec plus d'optimisme qu'elle n'en ressentait.

Elle était en train d'étudier des rapports que lui avait envoyés sa chef des ventes lorsqu'elle un bruit inhabituel attira son attention. Au début, elle eut l'impression que quelqu'un donnait des coups sur une plaque de métal. Et soudain, un fracas de tous les diables se fit entendre à l'avant de la maison.

Elle sauta aussitôt sur ses pieds et vint se placer à côté du lit de Derek, dans un geste de protection. Au bout de quelques secondes, elle se dirigea vers la fenêtre, mais l'obscurité ne lui permit pas de distinguer quoi que ce soit. Elle sortit alors de sa chambre.

Elle se trouva sur le palier en même temps que Riley qui émergeait de la sienne, vêtu d'un simple jean.

— Reste là, lui dit-il. Je vais voir ce qui se passe.

— Ce n'est pas une bonne idée, protesta-t-elle.

— J'ai laissé dehors du matériel que j'aurais dû mettre à l'abri. Cela a sans doute attiré un petit animal…

— Ou bien un gros ! Il arrive que des ours noirs descendent dans la vallée.

— T'a-t-on jamais dit que tu t'inquiétais trop ?

— Et à toi, que tu étais imprudent ?

Il ne parut pas apprécier ce commentaire, mais il ne perdit pas de temps à la contredire. Il lui tourna le dos et gagna la salle de séjour.

« Il ne va tout de même pas sortir dehors pieds nus ! », pensa-t-elle. Depuis la fenêtre de sa chambre, elle vit la lumière de la salle de séjour illuminer l'extérieur. Elle entendit les portes-fenêtres coulisser et pria pour qu'il ait pris soin de se munir d'une arme quelconque. Jetant un coup d'œil à son fils, elle l'envia de pouvoir dormir aussi profondément.

A son grand soulagement, il ne fut absent que quelques minutes.

— Ce n'était qu'un cerf, la rassura-t-il. Il n'a pas fait de dégâts, si ce n'est faire tomber le tisonnier du barbecue et renverser les chaises de la terrasse.

— J'avais oublié ce que c'était que de vivre en pleine nature, soupira-t-elle. Il faut se réhabituer. Je ne m'attendais pas à entendre ce genre de bruits en pleine nuit.

— Sans doute, mais tu es habituée à une tout autre sorte de vacarme : les sirènes de police, la circulation, les klaxons… Je ne sais pas comment tu fais pour dormir !

— Et toi, comment fais-tu pour dormir dans un tel silence ? répliqua-t-elle.

Tous deux semblaient bien décidés à camper sur leur position, ce qui la contraria.

— Il faut que nous cessions de comparer sans cesse nos modes de vie, dit-elle d'un ton apaisant. L'un n'est pas mieux que l'autre.

— Mais tu préfères les bruits de la ville maintenant, non ?

— C'est ma vie, Riley ! Tout comme ta vie, c'est de marcher dans la nature avec Clay et tes touristes !

Il se balança d'un pied sur l'autre, mal à l'aise. Elle laissa son regard glisser vers la bande de toison brune qui courait de son nombril à la ceinture de son jean. Une zone qu'elle se souvenait avoir explorée de ses doigts…

Il ne paraissait pas disposé à regagner sa chambre.

— J'ai réfléchi à ta participation à cet événement qu'organise ton père…, commença-t-il.

— Il est important pour moi de l'aider, le coupa-t-elle.

— Je m'en rends compte. Que cela me plaise ou non, tu dois le faire, alors je me suis dit que je m'occuperais de Derek pendant que tu travailles. Je veux que tu apprennes à te reposer sur moi, à me faire confiance…

— Me proposes-tu cela dans l'intention de me faire

accepter ton idée de garde alternée ? Je te préviens que les deux ne sont pas forcément liés.

— Nous devons d'abord penser à ce qui est le mieux pour Derek. Or, je suis persuadé que c'est la garde alternée…

Comme elle s'apprêtait à le contredire, il leva la main pour l'en dissuader.

— Ce que je sais aussi, c'est que je ne veux pas t'éloigner brutalement de lui. Le processus doit être progressif. Pourquoi, donc, ne commencerais-tu pas par me le laisser demain, pendant que tu seras au magasin ?

— Toute la journée ? s'exclama-t-elle.

— Ne sois pas si choquée ! C'est vexant à la fin ! Rassure-toi, je ne vais pas emmener Derek faire du cheval ou du kayak ! Nous resterons tranquillement ici.

Elle l'observa en silence. Il avait le don de lui faire comprendre que ses craintes étaient totalement infondées. Et puis, si elle refusait son offre, elle remettrait en cause sa propre capacité à faire des compromis et à tenter de rétablir une relation de confiance entre eux…

— D'accord, décida-t-elle avec un soupir.

Le visage de Riley s'éclaira d'un large sourire.

— Tu as pris la bonne décision, lui assura-t-il.

— Ça, je le saurai demain ! Je t'appellerai toutes les demi-heures.

— Appelle quand ça te chante. Et tu peux m'écrire un emploi du temps à respecter, comme ma sœur le fait pour Jackie.

— C'est une bonne idée.

— J'ai beaucoup de bonnes idées, se targua-t-il en haussant un sourcil de manière comique.

Elle le repoussa légèrement en mettant sa main sur sa poitrine, de façon à l'éloigner un peu d'elle. Il était plus facile de résister à la tentation en la maintenant à distance… Mais l'effet escompté fut tout autre. La chaleur de la peau de Riley sous ses doigts ne l'incitait pas à retirer sa main. Elle s'en sentait même totalement incapable et resta immobile, les yeux fixés sur sa toison brune.

Finalement, il se décida à poser sa main sur la sienne.

— Nous sommes attirés l'un par l'autre, Brenna, dit-il d'une voix grave. Cela a toujours été le cas et le sera toujours.

Certes, mais était-ce bien tout ce qu'il y avait entre eux ? se demanda-t-elle. Depuis qu'elle vivait sous le même toit que Riley, elle s'interrogeait à ce sujet…

Elle retira sa main et s'approcha de la commode pour prendre un bloc et un stylo.

— Je vais écrire cet emploi du temps, fit-elle d'un ton léger. J'allaiterai Derek avant de partir et je préparerai des biberons que je mettrai au frigo.

Elle l'observa du coin de l'œil.

Il paraissait frustré. Elle ne l'était pas moins…

Oui mais voilà, si elle savait comment remédier à cette frustration, cela risquait de compliquer davantage leur existence. Or, elle n'avait vraiment pas besoin de complications supplémentaires. Celles auxquelles elle devait déjà faire face lui suffisaient amplement !

Il dut sentir qu'elle se dérobait et n'insista pas.

Il ne put néanmoins s'empêcher de repousser une mèche de cheveux qui retombait sur son visage.

— A demain matin, murmura-t-il avant de s'éloigner.

Riley était vraiment épaté.

Comment diable Brenna y arrivait-elle ?

Après le départ matinal de Brenna, il avait pris Derek en charge, s'imaginant que la journée se passerait sans encombres. Ne s'était-il pas souvent occupé de ses neveux ? Et puis il pouvait toujours s'appuyer sur l'emploi du temps laissé par Brenna.

Hélas, les choses ne s'étaient pas vraiment passées comme il l'avait prévu…

D'abord, un bébé n'avait que faire d'un emploi du temps et il ne suffisait pas seulement de le nourrir et de le changer. Ensuite, contrairement à ce qu'il pensait, un bébé ne passait pas non plus tout son temps à dormir ! Ainsi, il n'avait pas plutôt fini de donner son bain à Derek — ce qui n'avait pas été une mince affaire — qu'il avait dû de nouveau le nourrir. Une fois le biberon englouti, le petit s'était montré grognon et il avait fallu le promener dans toute la maison pour le calmer. Au bout d'un moment, un nouveau changement de couche s'était révélé nécessaire.

Complètement dépassé par les événements, il avait sauté le déjeuner sans même s'en rendre compte. La situation ne s'était guère arrangée par la suite. Derek avait pleuré tout l'après-midi. « Comment Brenna s'y prend-elle ? » se demandait-il sans cesse. Peut-être ne s'y prenait-il pas bien… Lui qui considérait la garde alternée comme une formalité commençait à se poser sérieusement des questions !

Pourtant, lorsque Brenna l'appela en milieu d'après-midi pour savoir s'il s'en sortait, il lui répondit d'un ton désinvolte :

— Je contrôle la situation. Si tu as besoin de rester plus longtemps au magasin, cela ne pose aucun problème.

« Tu parles ! », pensa-t-il en son for intérieur. Rien n'allait plus ! Il n'avait même pas songé au dîner, or

Brenna souhaiterait sans doute manger un morceau quand elle rentrerait après une dure journée de labeur.

Totalement paniqué, il se résigna, en désespoir de cause, à appeler son père à l'aide. Après avoir installé Derek dans sa balancelle, il composa le numéro du Shamrock Grill. Pour la première fois de la journée, le bébé semblait se calmer.

— Quel est le plat du jour au Shamrock ? s'enquit-il quand son père décrocha.

— Pourquoi cette question, puisque tu es chez toi !

Il soupira. Son père choisissait bien mal son moment pour faire de l'ironie.

— J'ai l'intention de passer chercher deux plats à emporter.

— Ah bon ? Brenna ne veut pas faire la cuisine ?

— Ce n'est pas nécessairement à Brenna de faire la cuisine ! riposta-t-il sèchement.

Son père resta silencieux quelques secondes.

— Qu'est-ce qui ne va pas, Riley ?

— Qu'est-ce qui te fait croire que quelque chose ne va pas ? Je t'ai simplement demandé quel était ton plat du jour !

— Même quand tu étais au front et que je t'appelais, et tu ne semblais pas aussi contrarié, dit Liam O'Rourke. Alors qu'y a-t-il ? Brenna est repartie à New York en te laissant Derek ?

— Elle ne ferait jamais ça, marmonna-t-il.

Il avait fini par comprendre qu'à moins d'une loi votée au Congrès elle n'accepterait jamais une garde alternée ! Peut-être en comprenait-il aujourd'hui la raison… Les mères et les enfants n'étaient pas faits pour être séparés !

— Alors quel est problème ? insista son père.

— Le magasin McDougall's organise un événement autour du mariage auquel Brenna participe. Elle est allée aider son père aujourd'hui et j'ai proposé de m'occuper de Derek en son absence. Mais j'ai l'impression d'avoir quelque peu perdu le contrôle de la situation, et je ne pense pas être en mesure de préparer le dîner. Rien de grave, en fait.

De nouveau, un silence.

— Si je comprends bien, tu viens en aide à Angus McDougall.

— Papa ! s'écria-t-il, exaspéré. C'est ridicule de le prendre comme ça. Je tiens à m'occuper de mon fils, et si cela rend service à Brenna par la même occasion, c'est parfait !

— Est-ce que tu essaies d'obtenir quelque chose en retour ?

— Peut-être, admit-il à contrecœur. J'essaie de coopérer avec elle. Si nous voulons être de bons parents pour Derek, nous devons trouver un terrain d'entente.

— A quelle heure doit-elle rentrer ?

— Dans environ une heure.

— J'ai deux plats du jour : pain de viande et purée, ou bien chili. Que préfères-tu ?

Elle lui avait expliqué qu'elle ne pouvait pas manger certains plats parce qu'elle allaitait Derek. Mieux valait donc éviter les mets épicés.

— Deux pains de viande, s'il te plaît. Je passerai les chercher dès que j'aurai changé Derek et…

— Inutile, l'interrompit son père. Je vais te les apporter. Je souhaite vous toucher un mot, à Brenna et toi.

Il ferma les yeux. Cela ne lui disait rien qui vaille. Il n'avait toutefois pas le choix. Quand son père avait quelque chose en tête, rien ne pouvait le faire changer d'avis.

Alors autant qu'ils en finissent le plus tôt possible !

Lorsque Brenna revint, une heure plus tard, Derek s'était remis à pleurer. Riley avait tout essayé, mais n'avait pas trouvé le moyen de le calmer. Ce fut donc avec un soulagement non dissimulé qu'il accueillit Brenna, dont il remarqua la petite mine.

— Comment s'est passée votre journée ? s'enquit-elle.

Il ne répondit pas. C'était inutile, car elle ne faisait attention qu'à son fils.

— Tu veux que je le prenne ? proposa-t-elle.

— Bien sûr, fit-il, l'air de rien.

Une fois dans les bras de sa mère, Derek ne cessa pas pour autant de pleurer.

— A-t-il été comme ça toute la journée ?

Il hésita. C'était le moment de vérité.

— La plupart du temps, admit-il. Je ne voulais pas t'inquiéter, alors je ne t'en ai rien dit quand tu as téléphoné.

Elle se dirigea vers le sofa sur lequel elle s'assit avant d'installer Derek à plat ventre sur ses genoux. Puis, elle lui caressa doucement le dos en décrivant des cercles.

Peu à peu, les cris du bébé perdirent de leur intensité.

— Tu ne m'avais pas enseigné cette astuce ! lui fit-il remarquer.

Elle lui adressa un faible sourire.

— Je n'y avais pas pensé. Il faudrait que j'écrive mes conseils dans un cahier pour que tu puisses t'y référer quand tu feras du baby-sitting.

Il se renfrogna. Il ne voulait pas être un baby-sitter. Il voulait être un père !

Il ramassa un biberon et une serviette qui traînaient.

— Comment s'est passée ta journée ? demanda-t-il enfin.

— C'était intense ! J'ai rencontré ce matin les chefs de rayons de papa, puis j'ai parlé à son responsable de la communication pour m'assurer qu'il pourrait mettre en place à temps les nouvelles listes de mariage. Auparavant, le choix des articles de la liste de mariage ne pouvait se faire que dans les rayons Art de la table et Electroménager. J'ai proposé que tous les articles du magasin puissent être référencés.

— Tu as donc été en réunion toute la journée…

— Pas vraiment. J'ai aussi réorganisé l'Espace Mariage, choisi les robes qui seront exposées et me suis assurée que les articles de ma boutique seraient livrés à temps.

Tout en parlant, elle continuait à caresser le dos de Derek, qui s'était progressivement calmé.

— Tu devrais recevoir le titre de Femme de l'année !

Il avait dit ces mots sur le ton du compliment, aussi fut-il surpris de voir le visage de Brenna se décomposer. Il la crut même sur le point de fondre en larmes. Il s'apprêtait à s'asseoir à côté d'elle pour lui demander ce qui lui arrivait lorsque son père frappa à la porte.

— Entre ! cria Riley.

Un sourire aux lèvres, Liam O'Rourke pénétra dans la maison chargé d'un grand sac en papier.

— Deux pains de viande avec de la purée, ainsi que deux parts de tarte aux cerises. Vous devriez manger pendant que c'est chaud. Voulez-vous que je prenne le gamin ?

Le terme employé par le père de Riley la fit sourire.

— Il a été agité toute la journée, dit-elle. Etes-vous sûr d'avoir envie de vous en occuper ?

— J'ai eu des enfants agités, vous savez ! Patrick était le pire. Il l'est toujours…

Liam O'Rourke tendit le sac de nourriture à Riley et prit son petit-fils dans ses bras. Une fois que Brenna se fut assurée que Derek était bien calé sur l'épaule de Liam, elle s'installa avec Riley à la table de la cuisine.

Liam se mit à marcher de long en large dans la pièce.

— Etes-vous certain de ne pas vouloir vous joindre à nous ? lui demanda Brenna. Il y en a largement assez pour trois.

— J'ai fait en sorte qu'il vous en reste pour un autre repas.

Elle le gratifia d'un sourire reconnaissant. Riley se fit alors la réflexion que son père et Brenna semblaient en mesure de s'entendre sans avoir à déployer des efforts surhumains de part et d'autre.

Tandis qu'ils attaquaient leur repas avec appétit, Liam s'arrêta soudain en bout de table et prit la parole :

— Ecoutez, je sais que Brenna n'est que de passage à Miners Bluff, aussi j'aimerais que nous nous retrouvions tous au Shamrock Grill pour fêter la naissance de Derek. Nous inviterions la famille et nos amis, afin que tous puissent faire la connaissance de ce petit bonhomme. Pourquoi pas dimanche prochain ?

— C'est une idée très généreuse, Liam, approuva-t-elle en reposant sa fourchette.

— Très généreuse, répéta Riley.

Il lança un coup d'œil rapide à Brenna qui en comprit immédiatement le sens. N'était-ce pas là l'occasion rêvée pour permettre à leurs familles respectives de faire un pas l'une vers l'autre ?

— Papa, je ne voudrais pas que tu t'énerves, mais as-tu envisagé que nous pourrions convier les McDougall à cette petite fête ?

Il vit le visage de son père s'empourprer aussitôt.

— Non, je ne l'ai pas envisagé, répondit celui-ci d'un ton sec.

— J'aimerais que tu y réfléchisses, papa. Peut-être est-il temps d'aller de l'avant, ne crois-tu pas ?

Derek sembla soudain réagir à l'atmosphère pesante qui régnait dans la cuisine. Il commença à agiter les bras, puis se mit à geindre.

— Donnez-le-moi, proposa Brenna. Je ne l'ai pas vu de la journée et je dois avouer qu'il m'a manqué. Riley et vous pourrez discuter tranquillement.

Et avant que quiconque ait pu lui faire remarquer qu'elle n'avait pas terminé son repas, elle quitta la cuisine en emmenant Derek.

Riley et son père se toisèrent d'un air sombre.

La conversation risquait d'être animée !

- 8 -

— A-t-il encore faim ? s'enquit Riley en entrant dans la salle de séjour où Brenna changeait inlassablement Derek de position.

Depuis qu'elle était rentrée à la maison, elle n'avait cessé de le bercer en marchant de long en large afin de tenter de le calmer. En vain ! Le bébé était agité et grognon, au point qu'elle finissait par se demander s'il n'était pas influencé par sa propre humeur. Il était presque minuit et elle se sentait complètement épuisée. Elle n'avait pas arrêté depuis le matin, mais était consciente qu'elle ne pouvait envisager de se reposer.

Riley s'était installé devant son ordinateur pour organiser ses randonnées de la semaine à venir. Comme il avait pris Derek en charge toute la journée, elle hésitait à lui demander un coup de main.

Quand elle rentrerait à New York, elle serait de nouveau seule ! Alors autant s'y faire dès maintenant !

— Je l'ai allaité il y a une heure, répondit-elle, je ne pense donc pas qu'il ait de nouveau faim. Et je viens aussi de le changer. Ce n'est pas un bon jour, c'est tout.

— C'est le changement qui ne lui convient pas, déclara Riley par-dessus les pleurs de l'enfant.

Elle lui lança un regard interrogateur.

— Il avait ses habitudes, expliqua-t-il en haussant

les épaules. C'était toi qui t'occupais de lui, et puis soudain, je t'ai remplacée. Peut-être que cela ne lui convient pas…

— Les bébés s'adaptent facilement, dit-elle d'une voix forte, comme si elle cherchait à se convaincre elle-même.

— Dis ça à Derek ! répliqua-t-il avec une grimace. Et si tu appelais Shannon ? Peut-être aurait-elle une idée pour le calmer.

— Il est plus de minuit, Riley.

— Et alors ? Shannon est ma sœur ! Elle ne refusera pas de nous aider. Tu veux que je lui téléphone ?

Sans répondre, elle se remit à marcher. Elle était au bord des larmes. Elle savait que cela s'expliquait en grande partie par l'épuisement, mais ce n'était pas tout. Vivre avec Riley, essayer d'être une bonne mère, travailler, ménager ses parents… tout cela faisait beaucoup de choses à gérer en même temps !

Il prit le téléphone et s'isola dans sa chambre pour appeler sa sœur. Riley était un ancien Marine : il ne repoussait pas indéfiniment les choses… il agissait ! Si Shannon connaissait la solution miracle, elle l'accepterait volontiers. Elle n'avait tout simplement pas voulu admettre qu'elle ne faisait pas face.

Elle battit des paupières pour sécher des larmes qui menaçaient de couler. La visite de Liam l'avait également déstabilisée. Le fait d'imaginer ses parents et la famille de Riley dans la même pièce lui donnait envie de hurler !

— Shannon demande si tu lui as donné un bain chaud ? dit Riley en revenant.

— Oui, j'ai essayé, mais ça ne marche pas.

— Elle suggère aussi qu'on mette un peu de musique.

Elle fronça les sourcils, perplexe. De la musique ? Elle n'avait pas pensé à ça !

— Allez, on ne risque rien à tenter, lâcha-t-il. Emmenons son berceau dans ma chambre. Que crois-tu le plus adapté ? Des chansons traditionnelles irlandaises ? Papa m'en a offert un CD à Noël…

— Peu importe, fit-elle en haussant les épaules.

En moins de temps qu'il n'en fallait pour le dire, Riley avait installé le lit de Derek dans sa chambre et mis en route le CD en question. Puis, il prit son fils dans ses bras et pointa le lit du doigt.

— Repose-toi, conseilla-t-il à Brenna. Si je ne parviens pas à le calmer, je te le redonnerai.

Il s'installa dans le rocking-chair et allongea Derek à plat ventre sur ses genoux. Puis, il lui caressa le dos comme il avait vu Brenna le faire, en suivant le rythme de la musique. Derek pleura encore une dizaine de minutes, puis ses cris perdirent de leur virulence et s'espacèrent.

Au bout d'un moment, il se tut enfin. Brenna s'assit avec mille précautions, en proie à l'anxiété. Une nouvelle fois, les larmes affleurèrent à ses paupières. Bien vite, elle détourna la tête pour les dissimuler à Riley. Avec douceur, celui-ci souleva Derek dans ses bras et se leva pour l'allonger dans son berceau.

Apaisé par la musique, leur fils avait fini par s'endormir…

Après un instant d'hésitation, il s'assit sur le lit à côté d'elle.

— Qu'est-ce qui ne va pas ? s'enquit-il.

Elle secoua la tête. Elle répugnait à ce qu'il la voie pleurer !

— Allons, Brenna, insista-t-il en passant un bras autour de ses épaules. Parle-moi…

— J'ai peur de ne pas être une bonne mère, lui confia-t-elle, baissant finalement sa garde. Et de ne pas pouvoir mener de front mon travail et mon rôle de maman. Si j'arrête ma carrière maintenant, je pourrais tout perdre.

Il lui caressa doucement le bras.

— C'est simplement que tu es fatiguée et que tout prend des proportions démesurées. Bien sûr que tu vas être une bonne mère ! Pourquoi ne le serais-tu pas ?

— Je n'en sais rien, murmura-t-elle. Peut-être suis-je trop égoïste. Je sais que je dois faire passer Derek en premier, mais comment parvenir à un juste équilibre avec ce dont j'ai besoin moi aussi, c'est-à-dire travailler ?

Il lui donna gentiment un coup d'épaule.

— Tu y arriveras. *Nous* y arriverons !

— Que se serait-il passé si tu n'avais pas été là ce soir ? reprit-elle. Et si tu n'avais pas appelé Shannon ?

— Tu aurais bercé Derek toute la nuit, ou bien tu l'aurais emmené faire un tour en voiture… tu aurais trouvé une solution ! Tu es pleine de ressources, Brenna ! Aujourd'hui, tu t'es simplement laissé déborder. Il ne faut pas oublier que tu as aussi pris en charge l'organisation de cet événement pour le magasin de ton père.

Comme elle se raidissait, il se pencha vers elle.

— Ne sois pas sur la défensive. Tu sais que cela te demande beaucoup plus d'investissement que ce que tu avais envisagé pendant ton séjour à Miners Bluff.

Elle ne le contredit pas. Il n'avait pas tort… Débrouiller la situation avec Riley et gérer sa boutique à distance lui auraient largement suffi !

— Que penses-tu de l'idée de ton père ? lui demanda-t-elle subitement.

— Le repas au restaurant ?

Elle hocha la tête et s'appuya contre son épaule, puisant du réconfort dans la chaleur qui irradiait de lui. Du réconfort ? Pas seulement…

— Je trouve que c'est une bonne idée. Cela dit, s'il accepte de convier aussi tes parents, je me demande comment cela va se passer !

Ils restèrent silencieux un bon moment jusqu'à ce qu'elle reprenne la parole :

— Je ne connaissais pas ton père, murmura-t-elle. J'étais juste au courant… des rumeurs.

— L'alcool change une personne, tu sais. Pendant plusieurs années, nous n'avons pour ainsi dire pas eu de père.

— Mais cela n'est plus le cas apparemment, fit-elle remarquer. Il a réussi à reprendre le cours de sa vie… C'est admirable.

— Il a bataillé dur pour cela. Cela n'aurait pas été si difficile s'il n'avait dû tout recommencer de zéro.

S'écartant brusquement de lui, elle affronta son regard.

— Tu me rends responsable de ce qui s'est passé entre nos familles ?

— Pas du tout ! Si l'on y réfléchit bien, le différend entre nos parents n'a rien à voir avec nous.

Elle n'en était pas si sûre. Les problèmes de leurs parents avaient incontestablement des répercussions sur leur relation…

Elle frémit en le voyant ôter ses chaussures puis s'étendre sur le lit.

— Viens, dit-il en lui ouvrant les bras.

— Que fais-tu Riley ? Je ne peux pas rester avec toi.

— Mais bien sûr que si ! Tu as besoin de repos et je me lèverai si Derek se remet à pleurer. Ce soir, nous allons veiller tous les deux sur lui…

Il y avait de la tendresse et de la sollicitude sur son visage, et c'était tout ce dont elle avait besoin. Et puis, il était tellement irrésistible, étendu ainsi sur son lit, les bras grand ouverts ! Ils avaient passés une nuit ensemble dans ce lit… Elle se souvenait parfaitement du moindre détail.

Ce soir, il lui offrait quelque chose de différent. Quelque chose dont elle avait bien plus besoin que de sexe.

— D'accord, mais seulement pour ce soir, murmura-t-elle en s'allongeant à côté de lui.

— Tu es une bonne mère, Brenna, souffla-t-il en lui caressant doucement les cheveux. Cela ne fait aucun doute. Tu dois juste apprendre à te faire confiance. Je t'y aiderai, je te le promets.

Il ne lui avait jamais fait de promesses par le passé. En plongeant son regard dans ses yeux bleus, bercée par sa voix grave, elle voulut croire de tout son cœur ce qu'il lui promettait. Alors elle lui prit la main, ferma les yeux et se détendit réellement pour la première fois de la journée.

Lorsqu'elle sentit les doigts de Riley s'emmêler aux siens, elle songea qu'elle n'était peut-être pas si seule qu'elle le croyait jusque-là…

Un petit gémissement en provenance du berceau réveilla Brenna en sursaut.

Elle s'était peu à peu habituée à tous les bruits que

faisait Derek. Celui-ci pouvait fort bien être le signe d'un réveil imminent qui nécessiterait qu'elle se lève pour le nourrir et lui donner son bain et commencer ainsi une nouvelle journée.

A présent totalement éveillée, elle prit soudain conscience de la position dans laquelle elle avait dormi… Tournée vers le berceau, elle était lovée contre le torse de Riley qui avait noué ses bras autour d'elle, comme s'il craignait qu'elle ne lui échappe. Comment cela s'était-il produit ? Quand elle s'était endormie, elle lui touchait à peine la main…

Derek laissa échapper un petit cri. Elle voulut bondir hors du lit pour éviter que Riley ne se réveille à son tour et ne les découvre dans cette position compromettante, mais il était manifestement déjà trop tard, car au moment où elle tentait doucement de se dégager, Riley resserra l'étreinte de ses bras.

— Ne sois pas si pressée, murmura-t-il. Hum… j'aimerais me réveiller ainsi chaque matin.

Il pouvait être un vrai charmeur, et c'était en partie pour cela qu'elle était tombée amoureuse de lui. A cause de son charme et de tout le baratin qui allait avec. « Ne te laisse pas embobiner ! » s'enjoignit-elle.

Les cris de plus en plus aigus de Derek lui fournirent l'excuse parfaite pour échapper à Riley.

— Merci de t'être levé en pleine nuit pour t'occuper de lui, mais je vais prendre le relais. Dors autant que tu en as envie. Tu sais, ce qui s'est passé hier soir, ça veut dire quelque chose pour moi… Vraiment !

Tandis qu'elle se levait, il se redressa sur un coude.

— Si nous avions fait quelque chose ensemble, ça voudrait effectivement dire quelque chose ! ironisa-t-il.

— Riley ! le réprimanda-t-elle en fronçant les sourcils.

Il lui sourit néanmoins.

— C'était juste une remarque, Brenna. Deux personnes peuvent faire davantage que dormir quand elles se retrouvent dans le même lit !

— En effet, dit-elle en marchant vers le berceau, mais quand elles le font, cela peut entraîner tout un tas de problèmes. Nous en savons quelque chose, non ?

Elle avait fait mouche car le sourire de Riley disparut.

— Est-ce donc si terrible d'être ici avec moi ?

— Non, ce n'est pas terrible. C'est même parfois très agréable. Mais tu ne nous fais pas confiance, à ma famille et à moi.

Comme elle ne se sentait pas d'humeur à se lancer dans une dispute, elle changea de sujet.

— Je dois emmener Derek chez le pédiatre ce matin pour une visite de contrôle, l'informa-t-elle. Est-ce que tu dois accompagner un groupe de touristes ?

— Non, pas aujourd'hui. A quelle heure as-tu… ?

La sonnerie de son portable posé sur la table de nuit empêcha Riley de terminer sa phrase.

— Il est bien tôt pour téléphoner, fit-elle remarquer.

— Mes frères sont très matinaux, et Shannon peut l'être davantage, expliqua-t-il. Peut-être sa voiture ne démarre-t-elle pas… A moins qu'elle ait besoin d'un baby-sitter !

Il consulta le nom qui s'affichait sur l'écran de son téléphone.

— C'est Patrick. Nous n'en avons pas pour longtemps, rassure-toi. Les hommes ne passent pas des heures à bavarder au téléphone, eux !

Elle secoua la tête en faisant mine de rouler des yeux excédés et regagna sa chambre avec Derek.

Il la suivit des yeux, amusé. Il adorait la taquiner et la faire enrager ! Il aimait voir ses yeux verts étinceler d'indignation, comme si elle était à deux doigts de lui mettre un coup de poing dans le nez ! Bien entendu, il ne la laisserait pas faire et l'embrasserait pour la calmer. Enfin, c'était ainsi qu'il voyait les choses… Quoi qu'il en soit, la tenir dans ses bras, comme la nuit dernière, était une expérience qu'il avait très envie de renouveler, même si elle ne semblait pas de cet avis. Elle estimait que cela rendrait leur vie encore plus difficile. Quant à lui, il pensait exactement le contraire. Leur vie n'en serait que facilitée !

— Comment vas-tu, Patrick ? s'enquit-il enfin.

— Et toi ? répliqua son frère. Nous ne t'avons pas vu depuis un mois ! Veux-tu nous retrouver, Sean et moi, au Tin Pan Tavern ce soir ? Nous pourrions boire quelques verres et nous raconter les dernières nouvelles. J'ai comme l'impression que tu en as beaucoup à nous apprendre…

Il redoutait ce moment, sachant pertinemment que ses frères et lui s'opposeraient sur bien des sujets.

— Je ne peux pas ce soir, répondit-il. Je tiens à passer le plus de temps possible avec mon fils.

Un silence accueillit cette réponse.

— Que t'arrive-t-il, Riley ? demanda enfin Patrick.

— Il ne m'arrive rien !

— Es-tu sûr au moins qu'il est de toi ?

Il aurait voulu hurler qu'il en était certain, mais son frère ne serait pas disposé à accepter une réponse qui se basait sur son seul instinct.

— Nous aurons très bientôt les résultats du test ADN.

— Je ne comprends pas pourquoi nous ne pouvons pas nous retrouver. Donc lorsque Brenna est dans les parages, tu n'es pas visible ?

— Ce n'est pas ce que j'ai dit, répondit-il en tentant de conserver son calme. D'ailleurs, pourquoi Sean et toi ne viendriez-vous pas à la maison, comme Shannon l'a fait, pour faire la connaissance de Derek ? Nous commanderons des pizzas et passerons une bonne soirée. Qui sait… peut-être pourrions-nous même faire une partie de poker !

— Avec miss Je-suis-au-dessus-de-tout-le-monde dans les parages ? Hors de question ! Elle va nous toiser comme si elle valait mieux que nous.

Il y avait dans la voix de Patrick tout le ressentiment que la famille O'Rourke nourrissait depuis des années.

— Brenna n'est pas comme ça ! protesta Riley. Elle ne l'a jamais été. Vous ne la fréquentiez pas, à l'époque du lycée, parce que vous étiez plus âgés, alors je ne vois pas comment vous pouvez prétendre la connaître. Sais-tu que Shannon l'a rencontrée ?

— Shannon s'est bien entendue avec elle parce qu'elles ont toutes les deux des gamins, riposta Patrick. Moi, ça ne m'intéresse pas. La famille de cette fille a pourri nos vies !

— C'est faux, répliqua Riley d'un ton catégorique. C'est l'alcoolisme de papa qui a pourri nos vies.

— Maman n'est pas partie parce qu'il buvait. Elle est partie parce que…

— … parce qu'elle n'a pas voulu rester à ses côtés dans les moments difficiles, le coupa Riley. Elle est partie parce qu'elle ne voulait pas être la femme d'un vulgaire cuisinier, elle qui avait épousé le propriétaire d'un restaurant ! Elle est partie parce qu'elle était fatiguée de s'occuper de nous.

— Si je comprends bien, pour toi ce n'est plus la faute d'Angus McDougall ce qui est arrivé à notre famille ? Tu deviens fou, Riley…

Jamais les deux frères n'avaient parlé à cœur ouvert de ce sujet. Cette vieille querelle était restée comme un serpent de mer qu'ils n'avaient osé affronter. Aujourd'hui, cependant, les anciennes rancœurs longtemps enfouies sortaient enfin au grand jour.

— Sean et toi voulez-vous oui ou non venir chez moi ce soir pour faire la connaissance de mon fils ? soupira Riley.

— Pas tant que Brenna sera là. Et Sean sera d'accord avec moi. Tu devrais faire attention, Riley. Les McDougall se croient au-dessus de tout le monde. Sous prétexte qu'il s'était autoproclamé maître de la ville, Angus McDougall s'est cru libre de pouvoir se conduire comme un salaud. Quant à Brenna, parce qu'elle s'est fait un nom à New York et gagne beaucoup d'argent, elle va prétendre avoir plus de droits que toi sur votre bébé. Par conséquent, je ne crois pas que le fait de me montrer agréable avec elle puisse changer quoi que ce soit à l'affaire…

Riley décida de ne pas répliquer. Il savait que ni la persuasion ni la colère ne feraient changer son frère d'avis. Patrick avait toujours voué une haine farouche envers les McDougall. Il avait vécu, en outre, un divorce difficile et ne voyait plus ses fils que de façon limitée, ce qui ne faisait qu'exacerber son amertume. Riley était, certes, désolé pour son frère, mais il appartenait à celui-ci de trouver un moyen de surmonter ses déboires personnels.

Il mit fin à la conversation et alla retrouver Brenna qui allaitait Derek dans sa chambre. Manifestement, elle devait s'attendre à ce qu'il la rejoigne, car elle avait dissimulé son sein sous un châle. Il le regretta car il avait terriblement envie de regarder son fils téter. Cela n'avait rien de sexuel, non… Elle paraissait tellement naturelle lorsqu'elle donnait le sein à son fils que cela lui procurait une étrange sensation au creux de l'estomac.

— Est-ce que ça va ? s'enquit-elle.

Il hésita. Que lui dire exactement ? Il ne tenait pas à la conforter dans les sentiments négatifs qu'elle éprouvait déjà envers sa famille, mais il ne se sentait pas non capable de lui mentir.

— Patrick et Sean ont besoin qu'on leur mette les points sur les i, admit-il.

Elle écarquilla les yeux de surprise.

— Je croyais que tu t'entendais bien avec tes frères… Ah, laisse-moi deviner ! Ils n'apprécient pas que je me sois installée chez toi, n'est-ce pas ? Que puis-je faire, Riley ? Crois-tu que nous devrions les inviter ?

Il secoua aussitôt la tête.

— J'ai déjà essayé. Ils ne viendront pas.

— Ils préfèrent entretenir de vieux griefs plutôt que de tenter de trouver de bonnes raisons de s'entendre ?

Sa voix tremblante l'attrista. Elle n'était pas davantage responsable que lui de cette sombre histoire !

Il s'approcha d'elle, s'efforçant de faire bonne figure.

— J'imagine qu'ils pensent faire preuve de loyauté en agissant ainsi.

— Envers ton père ?

— Envers mon père, envers le nom des O'Rourke, envers une sorte de code familial qui impose que nous restions soudés et nous battions pour ce qui est juste pour nous.

— Mais qu'est-ce qui est juste ? Pourquoi se battent-ils ?

— Va savoir… Je ne suis même pas sûr que des excuses de ton père feraient l'affaire.

— Des excuses de mon père ?

— Eh bien, oui, Brenna… Que ton père admette qu'il a gâché la vie du mien.

Elle se raidit comme si elle faisait un effort surhumain pour contenir une réplique cinglante.

— Et ton père ? riposta-t-elle au bout d'un moment. A-t-il l'intention de s'excuser auprès du mien pour avoir sali sa réputation ?

Il s'accroupit au pied du lit près d'elle et repoussa une mèche de cheveux qui dissimulait son visage.

— Quand mes frères se rendront compte que tu peux tout à fait t'entendre avec mon père et avec Shannon, alors peut-être comprendront-ils qu'il est temps de tirer un trait sur le passé. Et de se concentrer sur le présent et l'avenir.

— Tu le penses vraiment ?

— Absolument.

— Mais toi, que ressens-tu envers mon père ?

Il se releva et réfléchit longuement avant de s'exprimer.

— Je ne connais pas ton père. Je sais seulement ce qu'on m'a raconté, c'est-à-dire qu'il a pris une décision professionnelle sans en mesurer les conséquences. C'est un peu comme un type qui prendrait la tête d'une entreprise et licencierait cinquante personnes pour améliorer ses résultats. Il n'y a pas de mal à vouloir améliorer ses résultats, mais il y a bel et bien un problème moral dans le fait de virer des salariés qui vont se retrouver au chômage !

— Alors mon père est le méchant dans l'histoire, parce que c'est un homme d'affaires qui a réussi, répliqua-t-elle d'un ton amer. Tu sais, il y a quelque chose que tu ignores à propos de lui. Il faut que tu me jures que tu ne répéteras à personne ce que je vais te raconter…

Il fronça les sourcils. Si Brenna lui révélait un secret, cela signifiait qu'elle commençait à lui faire confiance !

— Je ne répéterai rien à quiconque, promit-il.

Elle l'observa avec intensité et sembla le croire.

— Le père de mon père estimait que la discipline ne pouvait s'inculquer que par le biais de châtiments corporels. Mon père a encore des cicatrices de ceinture dans le dos…

— Brenna !

Celle-ci poursuivit d'une traite :

— En grandissant, papa est devenu quelqu'un de très perfectionniste. Il a toujours cherché à tout contrôler autour de lui et à s'assurer qu'il s'en sortirait, quoi qu'il arrive. Le restaurant de ton père était dans une mauvaise passe et il n'avait pas payé le loyer depuis six mois… Mon père avait laissé faire au départ, espérant que la situation s'améliorerait, mais ton père n'a pas eu la motivation nécessaire pour s'en sortir. Papa, lui, avait pour projet d'agrandir McDougall's, alors il a fait ce qu'il devait faire pour sa famille. Il ne voulait pas porter préjudice à ton père ! Je me souviens qu'un jour, il nous avait expliqué que jamais il ne laisserait personne prendre l'ascendant sur lui. Il voulait être maître de son destin. Je suis navrée que ton père en ait pâti, tout comme ta famille, mais mon père n'est pas un homme vindicatif…

Il se contenta de les observer, elle et leur fils, tout en songeant aux intentions et aux motivations des uns et des autres. Quand il était sorti avec Brenna la première fois, ses intentions étaient loin d'être pures ! Son objectif était d'utiliser la fille d'Angus McDougall pour se venger de celui-ci. Il en éprouvait aujourd'hui une grande honte. Il n'avait alors en tête que sa loyauté envers sa famille. Puis, son aventure avec Brenna avait pris une tout autre tournure et avait bouleversé sa vie. Si jamais la jeune femme découvrait un jour la vérité, le comprendrait-elle ? se demandait-il. Il n'était pas prêt à prendre ce risque.

— Je sais que tu aimes ton père, Riley, reprit-elle, mais je suis très attachée au mien d'un lien vraiment particulier. Quand j'avais quatre ans, mon père m'a sauvé la vie. Nous étions en vacances en Californie chez des amis qui avaient une piscine. J'ai échappé à la vigilance de mes parents pour récupérer un ballon qui flottait dans l'eau… Je ne savais pas nager ! C'est papa qui s'est rendu compte de ce qui se passait, qui a sauté tout habillé dans le bassin et m'en a sortie avant de me faire le bouche-à-bouche. Et c'est lui qui m'a accompagnée en ambulance jusqu'à l'hôpital.

Il devait reconnaître que ces révélations ébranlaient ses certitudes.

— Pourquoi ne m'as-tu jamais raconté cette histoire ?

— Parce que tu étais aussi furieux contre mon père que tes frères le sont encore ! Je pensais que tu ne me croirais pas, que tu m'accuserais d'avoir inventé cette histoire…

Il demeura silencieux. A présent, Derek s'était

endormi sur le sein de Brenna, et il remarqua que le châle avait glissé. Il ne put s'empêcher de laisser son regard glisser sur la nudité de Brenna.

Les joues de Brenna s'étaient légèrement empourprées. Lorsqu'elle recouvrit son sein, il se demanda si elle regrettait déjà ce qu'elle lui avait raconté. Lui, en tout cas, chérissait la confiance qu'elle lui témoignait, et espérait qu'elle en avait conscience.

Il ne savait pas comment il allait faire face à l'animosité de ses frères, mais il espérait que la fête organisée par son père apaiserait les tensions.

Il l'espérait, mais n'y croyait pas vraiment.

Quand elle pénétra dans la salle d'attente du cabinet pédiatrique en compagnie de Riley, Brenna dut admettre intérieurement qu'elle appréciait de ne pas être seule. Depuis qu'elle avait appris sa grossesse, elle avait rassemblé tout son courage pour être à la hauteur de son rôle de mère célibataire, et elle s'en sortait plutôt bien. Pourtant, depuis qu'elle était de retour à Miners Bluff, elle s'apercevait combien il était agréable de partager certaines responsabilités.

Riley prit un magazine qu'il commença à feuilleter, non sans jeter de fréquents coups d'œil à Derek. A plusieurs reprises, il se pencha même pour caresser la joue de son fils.

Comme chaque fois qu'elle le voyait faire ce geste, Brenna sentait son cœur se serrer.

Leur attente se prolongeant, Derek finit par s'assoupir. Au bout d'une quarantaine de minutes, Brenna commença à consulter sa montre avec fébrilité.

— Qu'y a-t-il ? s'enquit Riley.

— J'ai rendez-vous à 11 heures avec une cliente de Phoenix. Jamais nous ne serons sortis pour cette heure.

— Je peux rester seul avec Derek, proposa Riley. Va à ton rendez-vous, si tu veux.

— Non merci, je tiens à être là quand le médecin lui fera son vaccin. Je vais téléphoner à ma cliente pour repousser le rendez-vous.

Elle sortit de la salle d'attente pour passer son coup de fil. Quand elle revint, Riley l'interrogea du regard.

— Elle n'était pas très contente, admit-elle, mais je lui ai conseillé un endroit formidable pour qu'elle déjeune en m'attendant… Le Shamrock Grill ! L'addition sera bien évidemment pour moi.

— Tu es douée en relations publiques ! s'esclaffa Riley.

— J'ai de la pratique, plaisanta-t-elle. Es-tu certain de ne pas pouvoir convaincre tes frères de venir dîner avec nous ?

— Je ferai une nouvelle tentative, mais je crains que ce ne soit perdu d'avance. Peut-être devrions-nous attendre de nous retrouver tous au restaurant le week-end prochain. Cela sera plus facile pour tout le monde.

Brenna en doutait, mais elle comprenait ce que Riley voulait dire. Il y aurait de nombreux invités pour combler les vides dans la conversation… Quoi qu'il en soit, elle avait à cœur que Derek fasse la connaissance de ses oncles et tante. Il appartiendrait ensuite à ceux-ci de déterminer quelle implication ils souhaitaient avoir dans sa vie.

Le docteur Rayburn les accueillit chaleureusement. C'était un petit homme grisonnant aux yeux bleus pétillant de malice et à l'allure décontractée. Lorsqu'il prit Derek des bras de Brenna, celui-ci montra son mécontentement d'être ainsi réveillé et se mit à geindre.

— Puis-je le tenir pendant que vous l'examinez ? demanda Brenna.

— Dans un premier temps, oui, lui expliqua le médecin, mais j'aimerais ensuite allonger Derek sur la table d'examen afin de tester ses réflexes. Je n'examine pas seulement ses oreilles ou sa gorge, je vérifie aussi qu'il se développe correctement. Et pour cela, il doit pouvoir bouger librement.

Brenna sentit la main de Riley sur son épaule.

— O.K., acquiesça-t-elle.

L'examen fut rapide et le médecin parut satisfait par ses constatations.

— Le poids est bon, dit-il en vérifiant un graphique.

Brenna tressaillit lorsque l'assistante du médecin entra pour apporter l'injection.

— Cela sera très vite terminé, la rassura le médecin d'une voix compatissante.

— Puis-je le tenir maintenant ?

— Oui, bien sûr.

Riley lui pressa de nouveau l'épaule pendant que le médecin procédait à l'injection.

Sans surprise, Derek se mit à pleurer.

— Voilà, c'est fini, déclara le docteur Rayburn. Il ne souffrira pas d'effets secondaires.

— Je sais, je me suis documentée sur internet.

— Vous êtes une maman bien informée.

— J'essaie de l'être, en effet, répondit Brenna en installant Derek dans le porte-bébé qu'elle avait fixé sur son ventre.

Riley se tourna vers le médecin.

— Avez-vous reçu les résultats du test ADN ? s'enquit-il.

Brenna se raidit. Elle avait complètement oublié ce test, et aurait aimé qu'il en soit de même pour Riley.

S'il y pensait toujours, cela voulait dire que…

Elle recula pour se dérober au contact de sa main sur son épaule.

— Soyez assuré que nous vous préviendrons dès que nous recevrons les résultats, répondit le docteur Rayburn.

Brenna connaissait la teneur de ces résultats, mais, apparemment, Riley était toujours rongé par le doute. Le sentiment de proximité qu'elle avait ressenti en sa compagnie la veille au soir se volatilisa en un clin d'œil.

Serrant Derek contre elle, elle fit tout pour éviter le regard du jeune homme.

De toute évidence, entre eux, la confiance resterait toujours un problème…

- 9 -

Gauchement planté au beau milieu de l'Espace Mariage de McDougall's, Riley avait la désagréable impression d'être un éléphant dans un magasin de porcelaine ! Derek dans les bras, il jeta un coup d'œil aux robes, escarpins en satin et voiles dont il était cerné.

— Ta boutique ressemble à ça ? demanda-t-il à Brenna.

— En quelque sorte… La déco est déclinée dans des tons bleu et argent et le design plus moderne. Mais il y a aussi des robes partout et des accessoires très féminins.

— Est-ce que les hommes viennent parfois dans ta boutique ?

— Bien sûr ! s'exclama-t-elle en riant. Beaucoup de femmes tiennent à ce que leur futur époux participe au choix de leur robe. La tradition n'est plus vraiment ce qu'elle était.

— Moi, je trouve que respecter la tradition, c'est important. Mais il peut y avoir des évolutions, bien sûr. Les familles ont beaucoup changé…

Elle ne pouvait qu'en convenir, car la famille qu'ils formeraient serait un peu particulière. Elle, vivrait sur la côte est, et Riley, à Miners Bluff.

Malgré tout, avec Derek, ils formeraient une famille !

Une femme vêtue d'un tailleur bleu pâle très chic pénétra dans l'Espace Mariage. Brenna remarqua tout de suite le collier de saphirs qu'elle portait autour du cou. Il était certainement plus cher que n'importe laquelle de ses robes !

Brenna passa doucement sa main sur la tête de Derek et s'adressa à Riley :

— Voici ma cliente. Je t'appellerai quand j'en aurai terminé avec elle.

Tandis qu'elle allait à la rencontre de Claudia Winslow, elle fut surprise, voire légèrement contrariée, que Riley ne s'en aille pas immédiatement. Sa présence la perturbait. Cela avait toujours été le cas. Néanmoins, elle devait s'occuper de sa cliente. Elle guida donc celle-ci jusqu'à la table Queen Anne sur laquelle elle avait étalé plusieurs esquisses.

— J'ai beaucoup apprécié mon déjeuner au Shamrock Grill, lui apprit Claudia Winslow. Ce n'est pas le genre de restaurant que je fréquente habituellement, mais je dois reconnaître que la nourriture est de qualité.

— Je suis heureuse que cela vous ait plu.

— Alors, voici donc les esquisses…

— Oui, je vais vous les laisser afin que vous les étudiiez et me fassiez part de vos impressions.

— Mais vous serez de retour à New York pour les essayages, n'est-ce pas ?

— Pour un mariage en février, nous devons prévoir les essayages en décembre. Rassurez-vous, je serai de retour d'ici là.

Riley, qui se tenait tout proche, ne perdait rien de la conversation. Il lui lança un regard pénétrant avant de lui faire signe qu'il partait et de s'éloigner à grandes enjambées.

*
* *

Lorsqu'il la récupéra une heure plus tard, Brenna sauta en voiture et fut accueillie par les gazouillis joyeux de Derek installé dans son siège auto. Elle boucla sa ceinture et lança un coup d'œil à Riley.

— A quoi avez-vous occupé votre temps tous les deux ?

— Nous nous sommes promenés. J'ai expliqué à Derek tous les aménagements que je comptais faire dans le jardin, et il a approuvé ! Comment s'est passé ton rendez-vous ?

— Les esquisses ont plu à ma cliente, mais dès que nous avons commencé à parler tissu, voile et garniture de perles, la conversation a pris un tour plus délicat.

— Est-ce souvent le cas ?

— Oh oui ! Mes clientes veulent toutes avoir l'impression d'être la plus belle femme de la terre dans leur robe de mariée. Elles meurent d'envie que leur futur mari soit tellement subjugué qu'il tombe à genoux et les demande de nouveau en mariage.

— Elles attendent beaucoup trop d'une seule journée, grommela-t-il.

— Peut-être. Mais c'est comme ça, lorsque c'est le rêve de sa vie…

— S'agit du premier mariage de ta cliente ?

— Oui, ça l'est. Elle tient donc à ce que tout soit parfait.

— Bien sûr, commenta-t-il d'un ton un brin sarcastique.

Elle savait ce qu'il pensait du mariage, en raison de l'échec de celui de ses parents. L'ironie était que les frères et sœur du jeune homme ne voyaient manifestement pas les choses du même œil, car ils avaient tous convolé en justes noces. Chacun réagissait différemment aux aléas familiaux. Elle avait seulement espéré que…

Qu'avait-elle espéré au juste ? Que Riley envisagerait de l'épouser ? Elle ne pouvait tout simplement pas penser ça, car si tel était le cas, cela voulait dire… qu'elle retombait amoureuse de lui !

Elle ne pouvait laisser cette folie se reproduire !

Pourtant, quand elle jeta un coup d'œil furtif à Riley et songea à ce qu'ils avaient partagé à l'adolescence, ainsi qu'à l'attirance physique qu'ils avaient toujours l'un pour l'autre, elle sentit de nouveau une vague de désir qu'elle ne connaissait que trop bien.

« Ne laisse pas cette alchimie physique t'embrouiller l'esprit ! » s'enjoignit-elle.

Ce qui était sans doute plus facile à dire qu'à faire !

— Est-ce que tu as des vêtements à laver ? demanda Brenna à Riley en passant la tête à la porte de la salle à manger.

Il lui lança un regard indéchiffrable. Pourquoi diable la communication homme-femme était-elle aussi compliquée !

— J'ai quelques T-shirts sales, mais il est inutile que tu t'en occupes.

— Je fais une lessive, Riley, c'est tout ! Je ne te fais aucune faveur, je considère les choses d'un point de vue pratique, c'est tout !

Le mot « pratique » sembla déclencher chez lui quelque chose d'une tout autre nature, puisqu'il s'avança vers elle comme une panthère guettant sa proie.

— Pratique ? répéta-t-il. Depuis quand avons-nous

l'esprit pratique toi et moi ? Nous avons toujours été follement attirés l'un par l'autre, alors si nous avions eu l'esprit pratique, nous aurions agi en conséquence. Nous nous sommes laissé séparer par tes rêves, ma lâcheté et la brouille de nos familles. Alors O.K., si tu as envie d'être pratique maintenant, je suis d'accord !

— Riley, fit-elle en levant la main, comme pour l'empêcher d'approcher davantage.

Il était juste devant elle, la dominant de toute sa hauteur et la lorgnant comme s'il comptait la dévorer tout cru.

— Nous ne pouvons pas tout ficher en l'air, Riley, tu le sais. Nous devons nous concentrer sur notre rôle de parents.

— Je n'ai pas l'intention de ficher quoi que ce soit en l'air, mais cette électricité entre nous me rend dingue. Ose me dire que la nuit, tu ne penses pas à moi… que tu ne m'imagines pas en train de t'embrasser là où aucun autre homme ne t'a embrassée. Ose me dire que tu ne désires pas que je te fasse jouir !

Elle fut incapable de continuer à se mentir. Elle sentit ses genoux se dérober sous elle, tandis qu'elle imaginait les scènes les plus crues qu'il venait d'évoquer.

— Dis-moi ce que tu veux Brenna…

D'une voix tremblante, elle laissa enfin parler son désir.

— Je veux que tu m'embrasses, mais j'ai peur que…

Il ne lui laissa pas le temps de terminer sa phrase et se rua sur elle pour exaucer son souhait. Rendant les armes, elle oublia tout excepté la passion qu'il lui manifestait. Cette fougue qui l'avait toujours séduite. Autrefois, Riley avait représenté le désir fou, la rébellion et il n'attendait pas d'elle qu'elle se comporte en jeune fille sage et obéissante.

Aujourd'hui, la passion ancienne resurgissait avec une force intacte, et un désir sans cesse renouvelé. Les lèvres de Riley sur les siennes, sa langue explorant le gouffre de sa bouche eurent raison du peu de bon sens qui lui restait encore. Il fit glisser ses mains le long de son dos et elle se retrouva soudain collée à son torse. Elle put sentir ses muscles durs contre sa poitrine et son excitation manifeste.

Elle enfouit ses doigts dans ses cheveux. Au même moment, il approfondit son baiser, exigeant d'elle une réponse… Le feu qui couvait dans son corps s'embrasa alors, s'emparant de son corps tout entier. La bouche de Riley avait la saveur du café et elle se rappela combien elle avait toujours aimé l'embrasser. Ses bras autour d'elle et la pression de son corps contre le sien éveillaient un désir brut qui ne demandait qu'à être satisfait. Elle oublia de respirer et se focalisa uniquement sur ce qu'elle ressentait.

Le sofa n'était pas très loin… Il la fit reculer et ils se laissèrent tomber dessus, corps emmêlés. Il accentua la pression de ses baisers dans son cou. Elle avait à peine le temps d'apprécier une sensation qu'une autre plus puissante encore lui succédait. Elle gémit de plaisir en sentant sa main s'aventurer sous son T-shirt et ses doigts caresser l'un de ses tétons au travers du tissu de son soutien-gorge.

Ce fut à cet instant qu'elle prit conscience ce qui était en train de se passer. « Ne pas se retrouver de nouveau dans le lit de Riley, lui murmurait son esprit embrouillé. Ne pas laisser la passion physique l'emporter sur la raison… Ne surtout pas tomber de nouveau amoureuse de lui ! »

Puisant dans ses dernières forces, elle le repoussa à bout de bras. Elle prit une profonde inspiration et chercha à se convaincre qu'elle faisait le bon choix. Riley lui avait toujours fait ressentir les choses de façon exacerbée, lui donnant l'illusion qu'ils pourraient construire un avenir commun. S'ils faisaient l'amour, comment retrouveraient-ils un équilibre ensuite ? Comment réagiraient-ils si leurs familles se dressaient de nouveau entre eux ?

Et plus important encore : qu'arriverait-il à Derek ?

Il la toisa d'un œil noir et secoua la tête.

— Bon sang, Brenna ! Pourquoi n'arrives-tu pas à lâcher prise !

— Lâcher prise ? Par rapport à quoi ? A une existence qui me plaît ? A ma capacité à relativiser les choses ? Non, je ne peux pas lâcher prise, Riley. Ta relation avec Derek est en jeu, ne t'en rends-tu pas compte ?

Il passa ses mains sur son visage, posa ses coudes sur ses genoux, et la regarda du coin de l'œil.

— Dawson a appelé pendant ton absence pour me proposer un match de basket avec Noah et Clay. Je serais sans doute bien inspiré de sortir un petit moment, n'est-ce pas ?

— Vas-y, répondit-elle, consciente qu'ils avaient tous deux besoin de reprendre leurs esprits.

— Si tu comptais sur moi pour m'occuper de Derek…

— Je ne veux pas dépendre de toi, Riley, le coupa-t-elle. Ça ira très bien.

Oui, tout irait bien… il le fallait !

Car lorsqu'elle retournerait à New York, elle serait de nouveau seule pour exercer son rôle de mère.

*
* *

Riley lança le ballon qui, pour la cinquième fois consécutive, frappa l'arceau avant de rebondir sur le sol.

Noah, Dawson et Clay le regardèrent comme s'ils s'attendaient à ce qu'il explose et vide son sac.

— Tu es bien distrait aujourd'hui, O'Rourke ! railla Noah, le chef de la police.

Riley eut brusquement envie de lui régler son compte. De toute évidence, être sous le feu des regards scrutateurs de ses amis lui montait à la tête. Peut-être aurait-il dû se contenter d'appeler Patrick et Sean et d'aller boire un verre au Tin Pan Tavern…

Dawson lui tendit une bouteille d'eau pendant que Clay courait après le ballon qui dévalait l'allée.

Quand celui-ci revint, il visa et marqua un superbe panier à plus de six mètres.

— C'est aussi simple que ça ! fanfaronna-t-il avec un large sourire.

— Tir parfait, existence parfaite, marmonna Riley.

Tous le regardèrent avec étonnement.

— Quoi ? lâcha-t-il, agacé.

— Tu n'es pas toi-même aujourd'hui, déclara Dawson en secouant la tête. Si tu nous expliquais pourquoi tu estimes que Clay a une vie parfaite, alors peut-être comprendrions-nous mieux ce qui t'arrive…

Riley déboucha la bouteille d'eau en soupirant.

— C'est Mikala qui t'a appris à communiquer ? ironisa-t-il d'un ton grinçant.

— Parce que ce n'est pas une bonne chose que de communiquer ?

Sous le regard pénétrant de Noah, Riley sentit

l'irritation le gagner. Il but de longues gorgées d'eau avant de les fixer tous les trois d'un regard furibond.

— Croyez-vous qu'il soit facile de vivre sous le même toit qu'une personne que… qui vous attire !

Ses amis échangèrent des regards perplexes. Clay décida néanmoins de s'aventurer sur ce terrain glissant :

— J'imagine que cela doit être particulièrement frustrant.

— Frustrant… le mot est faible, admit Riley. Le problème, c'est que nos familles se détestent. Brenna et moi vivons à des milliers de kilomètres l'un de l'autre et aucun de nous deux ne veut perturber la vie de Derek.

— Avez-vous parlé de ce qui allait se passer quand Brenna repartira à New York ? demanda Noah sans prendre de gants.

— Un peu, mais dès que je mentionne les mots « garde alternée », Brenna se cabre. Elle refuse d'être séparée de Derek, ce que je comprends, car c'est une excellente mère. J'ai compris qu'un bébé avait vraiment besoin de sa maman, mais je ne peux accepter de rester plusieurs semaines sans voir mon fils. Je vais rater tous ses progrès ! Cela dit, si j'insiste pour une garde alternée et que je le prends pour un mois, j'ai peur que cela ne le perturbe. Et j'ai peur des conséquences pour nous… pour Brenna et moi…

— Ah… parce qu'il y a un « nous » ?

Riley soupira. Il savait qu'il aurait mieux fait de se taire !

— Je ne sais pas, admit-il néanmoins, de l'eau s'échappant de sa bouteille d'eau tant ses gestes étaient nerveux.

— Si j'en juge par ton comportement, il y a un « nous », renchérit Noah.

Riley le jaugea d'un œil sombre. Il savait malgré tout que son ami avait raison. S'il était indifférent, il ne serait pas aussi contrarié.

— Le commerce de Brenna est basé à New York, ce n'est pas facile pour elle de changer de ville, dit Dawson.

— Parce que tu crois que c'est facile pour moi ? Clay et moi sommes associés. Et j'aime ce que je fais !

— Qu'en est-il du boulot de consultant informatique que tu effectuais pour les entreprises cherchant à renforcer la sécurité de leur réseau ? s'enquit Noah. Tu pourrais faire ce travail de n'importe où…

— En effet, acquiesça Riley en hochant la tête.

— Tu dois définir quelle est ta priorité, suggéra Clay. Si tu tiens vraiment à être présent dans la vie de Derek, alors c'est cette voie que tu dois explorer.

— Tu as raison, admit Riley. J'ai des contacts… Cela ne m'engage à rien de passer quelques coups de fil.

— Tu devrais peut-être attendre que Brenna ne soit plus chez toi pour prendre une décision, lui conseilla Noah en prenant le ballon des mains de Clay pour dribbler à plusieurs reprises.

— Est-ce que tu sous-entends que je ne suis pas capable de prendre une décision rationnelle quand elle est dans les parages ?

— Etait-ce le cas autrefois ?

Riley se renfrogna un peu plus. Décidément, ces types, non contents d'être perspicaces, avaient aussi une excellente mémoire !

— Ecoutez, il est hors de question que Brenna sache que je réfléchis à une alternative. Alors pas un mot à quiconque, y compris à vos épouses. Vous savez que les femmes parlent beaucoup entre elles !

— Nous aussi, nous parlons, fit remarquer Dawson.

— Tu devrais essayer de communiquer avec Brenna, déclara Noah, en guise de conclusion.

Riley acquiesça. Oh oui, il avait très envie de communiquer avec Brenna. Mais son idée de la communication n'avait sans doute rien à voir avec ce à quoi Noah faisait allusion !

Satisfaite du travail qu'elle avait abattu pendant la matinée, Brenna se hâta vers le Shamrock Grill.

Les robes de mariée qu'elle avait fait venir de New York étaient arrivées le matin même et avaient intégré l'Espace Mariage de McDougall's. Les mannequins prévus pour le défilé étaient venus faire leurs essayages et Katie avait considérablement avancé son travail sur la décoration florale.

Lorsque Riley avait appris qu'elle avait confié Derek à la garde de sa grand-mère, il lui avait laissé un mot pou proposer qu'ils se retrouvent au Shamrock Grill à 14 heures puis il était parti en randonnée. Le message était signé d'un simple « R »… Lorsqu'ils sortaient ensemble au lycée, il lui avait souvent laissé des mots comme celui-ci, signés de la même façon. Jamais il n'avait écrit : « Je t'aime. Riley ». Jamais il n'avait utilisé ce mot. Peut-être était-ce l'une des raisons qui expliquaient pourquoi elle n'avait jamais été sûre de ses sentiments à son égard.

Aujourd'hui, il ne lui disait pas davantage ce qu'il ressentait. Indéniablement, il la désirait, mais y avait-il autre chose que de la passion physique ? Le saurait-elle jamais ?

Une odeur alléchante d'oignons et de viande grillés assaillit ses narines lorsqu'elle poussa la porte du Shamrock. Lorsque Liam la vit entrer, il s'excusa auprès des clients avec lesquels il discutait et s'avança vers elle avec un sourire.

— Je suis heureux que vous ayez pu vous libérer, lui dit-il. Riley est sur la terrasse. Je lui avais promis de vous guetter. Il n'était pas certain que vous viendriez…

Elle ne sut que répondre. Elle avait l'impression que Liam cherchait à savoir quelque chose, mais elle ne voyait pas très bien quoi.

— La journée a été productive, expliqua-t-elle. J'ai bien progressé au magasin, et ma mère s'occupe de Derek, alors…

Liam se contenta de froncer légèrement les sourcils et de hausser les épaules.

— Tant mieux pour vous ! Il y a des tables avec parasols sur la terrasse. Riley a pensé que vous aimeriez manger à l'extérieur. Venez, je vous accompagne à votre table.

Liam la conduisit jusqu'à la terrasse où l'attendait Riley qui lui adressa un grand sourire en la voyant approcher. Elle n'était cependant pas certaine que ce sourire soit totalement sincère. Car ses sourires les plus authentiques, Riley les réservait à Derek. Quand il la regardait, elle, il semblait juste déconcerté, comme s'il ne savait quelle attitude adopter ou comment gérer le désir qu'elle lui inspirait.

— J'ai pensé que nous serions plus au calme ici, annonça-t-il en lançant à son père un regard entendu.

— Je vais prendre soin de vous envoyer ma serveuse

la plus discrète, renchérit celui-ci. Pour éviter les ragots…

— Les ragots vont déjà bon train, grommela Riley.

— Faites-moi savoir si vous avez besoin de quoi que ce soit. Brenna, passez me dire au revoir avant de repartir…

— Je n'y manquerai pas, répondit celle-ci avec un sourire.

Elle était mal à l'aise à l'idée de se retrouver assise en la seule compagnie de Riley. Pourtant, il ne s'agissait manifestement pas d'un rendez-vous galant ! Elle avait plus ou moins espéré qu'il souhaitait passer un peu de temps en tête à tête avec elle. Or, elle suspectait maintenant que ce n'était pas le cas. Riley avait quelque chose en tête…

— Quels ragots as-tu entendus ? lui demanda-t-elle, l'air de rien.

Puisqu'elle devait retourner à New York, elle n'était pas particulièrement soucieuse de sa réputation, mais ses parents vivaient ici, tout comme la famille de Riley. Ce dernier serait d'ailleurs en première ligne pour affronter les commérages.

— Je me suis arrêté au Rocky D tout à l'heure, afin de vérifier combien de chevaux seraient disponibles pour la randonnée que je vais guider demain jusqu'à Feather Peak.

Elle se souvenait de la dernière fois où il était monté là-haut et frissonna.

— Le cheval de Tim Levinson est au Rocky D, reprit-il.

— Tim Levinson ? Je me souviens de lui.

— Il t'avait demandé de sortir avec lui, avant que

nous commencions notre… relation, fit-il en plissant les yeux.

Elle sourit à ce souvenir.

— En effet. Son père lui prêtait sa décapotable et il m'emmenait en balade. Tim n'était pas à la fête des anciens…

— Non, il n'y était pas. Il était retenu à Flagstaff où il possède un magasin d'électronique.

— Quel rapport entre Tim et les ragots que tu as entendus ?

— Tim a eu vent de ton retour à Miners Bluff. Il sait que tu as eu un bébé et que tu t'es installée chez moi. Il a essayé de tirer les vers du nez de Zack pour savoir si tu allais rester et s'il y avait quelque chose entre toi et moi. De toute évidence, il a l'intention de te demander de sortir avec lui.

Elle parut quelque peu décontenancée par cette nouvelle.

— Ah bon ? se contenta-t-elle de dire.

— Oui, et je me demandais quelle serait ta réaction s'il t'invitait à sortir.

— Et quelle serait ta réaction si j'acceptais ? répliqua-t-elle du tac au tac en affrontant son regard.

— Tu vis sous mon toit, Brenna !

— Ce qui signifie ?

Elle avait remarqué que, depuis son passage dans les Marines, il ne perdait plus son sang-froid comme par le passé. Pourtant, en cet instant précis, il semblait sur le point de s'emporter.

— Je ne sais pas ce que ça signifie, c'est bien le problème !

— Riley, la présentation de la collection aura lieu dans une semaine, dit Brenna d'un sec. Ensuite, je repartirai à New York. Sortir avec quelqu'un est vraiment la dernière chose que j'aie à l'esprit en ce moment ! Cela dit, si Tim a envie de m'inviter à déjeuner pour parler du bon vieux temps, j'accepterai, si mon emploi du temps me le permet. Il ne s'agira que d'un repas entre amis. Je ne sais déjà pas comment je vais concilier mon travail et Derek, alors je n'ai pas besoin d'un quelconque imbroglio romantique par-dessus le marché !

Il l'observa d'un air sombre, comme s'il cherchait à déterminer à quel point elle était sincère.

— Tu sembles très bien concilier ton travail et Derek pour le moment.

— Parce que je peux m'appuyer sur toi et sur ma mère. A New York, je n'aurai que la baby-sitter !

— As-tu réfléchi à la garde alternée ?

— Est-ce pour cette raison que tu m'as proposé de déjeuner avec toi ? Tu cherches à me convaincre que te laisser Derek six mois par an serait bon pour lui et pour nous ?

— Je ne t'ai pas fait venir ici pour te parler de commérages ou de garde alternée, protesta-t-il. Nous ne sommes jamais seuls, alors j'ai pensé que nous avions besoin de passer un peu de temps ensemble.

Il se pencha et tendit la main pour lui effleurer la joue. Au contact de ses doigts contre sa peau, elle sentit une douce chaleur l'envahir. Elle n'en oubliait pas pour autant qu'il lui fallait se méfier. Riley était-il sincère ou ne cherchait-il qu'à l'amadouer pour parvenir à ses fins ?

— Zack et Jenny organisent un barbecue au Rocky D dimanche prochain, annonça-t-il. Voudrais-tu m'y accompagner ?

Elle hésita. Cette fois, elle avait besoin d'éclaircir quelque chose…

— Est-ce un rendez-vous galant ? demanda-t-elle.

— Cela pourrait en être un… si on veut le considérer ainsi.

Elle sourit. C'était exactement comme ça qu'elle voulait le considérer !

— Ça me plairait d'aller à un barbecue. Je pourrais demander à maman de garder Derek.

— Parfait ! répondit Riley qui la dévorait du regard comme s'il mourait d'envie de l'embrasser.

Une serveuse sortit de la salle de restaurant et avança vers leur table. Il se renfrogna, mais Brenna, quant à elle, en fut soulagée. Si Riley et elle s'embrassaient en public, c'était avouer leur relation au grand jour.

Or, elle n'était pas encore prête à franchir cette étape !

- 10 -

Un barbecue au ranch Rocky D avait toujours un petit air de kermesse, songea Brenna tandis que Riley garait son pick-up près des écuries. La spacieuse terrasse était décorée de lampions multicolores et de pots de géraniums roses. La piste de danse était déserte, mais de la musique s'échappait en sourdine des haut-parleurs en prévision des festivités à venir. Pour l'heure, les invités s'étaient rassemblés autour des tables de pique-nique et bavardaient avec animation.

— Le père de Zack est vraiment doué pour organiser des fêtes, dit Riley tandis qu'ils remontaient l'allée côte à côte, humant les arômes mêlés de viande grillée, de pin et de sauge.

Brenna avait passé un jean rouge et un débardeur blanc rayé de rouge. Pour donner à sa tenue une touche plus habillée, elle avait choisi des sandales à talons hauts et mis un collier en or autour de son cou. Elle agita la main en direction de Mikala qui était assise à l'une des tables en compagnie de Dawson et de Luke, le fils de celui-ci. Elle aperçut aussi Clay et Celeste avec leur fille, Abby. Zack, qui discutait avec l'un des serveurs, leur fit signe en les voyant approcher.

— Zack et toi étiez amis au lycée, n'est-ce pas ? lui demanda Riley.

— Nous n'avions pas les mêmes fréquentations, mais je venais monter au Rocky D, raconta Brenna. Zack savait que je peignais et dessinais, alors un jour, il m'a donné une photo du cheval favori de sa mère pour que j'en fasse une toile. Il voulait la lui offrir à Noël. En tout cas, jamais il n'a regardé une autre fille que Jenny, si c'est ce que tu veux savoir. Tous deux ont commencé à sortir ensemble l'année où Jenny a fait un stage au ranch, avec la mère de Zack. Les Decker lui ont offert le premier vrai foyer de sa vie…

Riley et Brenna virent Silas Decker sortir de la maison et se diriger vers Zack. Une fois près de lui, il posa sa main sur son épaule.

— Zack et son père ont enfin trouvé un terrain d'entente, après toutes ces années de brouille, ajouta Riley. Cela fait plaisir à voir.

Elle prit la direction des autres invités, mais Riley l'en empêcha, la retenant par le coude.

— Tu dis que tu peignais ? Je ne me rappelle pas ça !

— J'avais installé un petit atelier à la maison. J'y passais le plus clair de mon temps, quand je voulais me retirer du monde.

— Continues-tu à peindre ?

— Je n'en ai pas le temps. Une fois que j'ai intégré l'école de stylisme, je n'ai plus fait que ça.

— Si c'est une activité qui te plaît, tu ne dois pas y renoncer.

— On verra quand Derek sera plus vieux ou quand les journées auront quarante-huit heures !

— Tu ne peux pas passer tout ton temps à travailler et à t'occuper de Derek. Tu dois te ménager du temps pour toi.

— Et toi, qu'aimes-tu faire quand tu as du temps libre ? lui demanda-t-elle, intriguée.

— J'aime camper dans la montagne et faire des sudoku !

— Tu plaisantes ! s'exclama-t-elle.

— Pas du tout. C'est mon péché mignon.

La façon dont il la regardait lui fit penser à tout un tas de péchés mignons qu'elle aimerait expérimenter avec lui…

Il avait revêtu une chemise en chambray, un jean étroit et des bottes de cow-boy. Avec ses cheveux noirs mi-longs et ses yeux si bleus, il était incontestablement l'homme le plus séduisant de l'assemblée ! Le regard pénétrant avec lequel il la fixait la mit mal à l'aise.

— Allons nous mêler aux autres, suggéra-t-elle.

Au bout de quelques minutes, ils se séparèrent. Brenna avait retrouvé Jenny et Katie avec qui elle prenait un immense plaisir à renouer les liens. Riley, lui, rejoignit le petit groupe formé par Zack, Silas et Noah.

Elle ne pouvait s'empêcher de jeter de fréquents regards dans sa direction, et elle le surprit à plusieurs reprises en train de faire de même. C'était une sensation bizarre, que de se rendre ensemble à ce barbecue, sans pour autant former un vrai couple. Mais la vraie question était la suivante : avait-elle envie de former de nouveau un couple avec un homme ? Depuis qu'elle avait trouvé Thad en compagnie de sa colocataire, cette idée la faisait frémir. Les relations romantiques finissaient toujours par lui briser le cœur…

Jenny fut appelée en cuisine et Brenna resta seule avec Katie.

— Tu sembles à mille lieues de nous, lui dit celle-ci.

— Seulement mille lieues ? plaisanta Brenna.

— As-tu des inquiétudes pour ta boutique de New York ? Ce n'est pas étonnant, je ne me verrais pas gérer une affaire à distance.

— Non, je ne suis pas inquiète pour ma boutique. Je me tiens au courant quotidiennement.

— Alors c'est Riley qui te tourmente…

La semaine qu'elles venaient de passer à travailler ensemble les avait rapprochées, mais elles n'avaient pas vraiment eu l'occasion d'échanger des confidences. Brenna avait pourtant remarqué chez son amie quelque chose qui l'intriguait, mais elle n'avait pas encore osé aborder le sujet…

— Oui, c'est Riley, avoua-elle. Comment être sûr qu'on ne va pas avoir de nouveau le cœur brisé ?

— Je comprends ce que tu veux dire, assura Katie, tendant à Brenna une perche que celle-ci saisit aussitôt.

— J'ai cru remarquer que tu faisais tout pour éviter Noah, lui dit-elle. Lorsqu'il se joint à un groupe, tu t'éclipses. N'étiez-vous pas amis au lycée ?

Katie parut quelque peu déstabilisée par cette question.

— Noah était le meilleur ami de Ross, dit-elle finalement.

— Je suis navrée, je n'aurais pas dû aborder ce sujet.

— Ce n'est rien. J'imagine que tu as raison. J'essaie d'éviter Noah, ce qui n'est pas aisé dans la mesure où nous fréquentons le même cercle d'amis. Ne te méprends pas : j'apprécie Noah, mais je…

Son regard se perdit dans le lointain.

— Je ne me sens pas à l'aise en sa présence, reprit-elle, parce que je n'ai pas toujours envie de parler de Ross. C'est difficile à expliquer.

— Si tu as besoin d'en discuter, je suis là, tu le sais.

— Merci, tu es gentille. Mon retour à Miners Bluff n'a pas été facile. Je reprends pied petit à petit.

Brenna cherchait désespérément des mots réconfortants quand elle sentit une main se poser sur son épaule.

— Brenna, ma chérie ! Comme c'est bon de te revoir !

En reconnaissant cette voix chaleureuse, Brenna se retourna.

— Mademoiselle Conti ! s'exclama-t-elle. Cela fait tellement longtemps !

— Trop longtemps ! renchérit celle-ci. Tu es encore plus belle que lorsque tu étais au lycée. Bonjour, Katie, je suis heureuse de te voir également. Tu as fait un travail fabuleux dans cette boutique de fleurs.

— Et vos commandes sont très appréciées, répondit Katie avec un sourire.

Sentant qu'Anna Conti souhaitait s'entretenir avec Brenna, Katie s'éloigna pour rejoindre un autre groupe.

— Alors comme ça, vous dirigez toujours l'hôtel Purple Pansy, dit Brenna.

— Absolument ! Pour combien de temps encore, je n'en sais rien…

Les haut-parleurs firent entendre des crachotements de micro, puis une voix grave prit la parole :

— Puis-je avoir votre attention, s'il vous plaît ?

Tous les invités se tournèrent vers la piste de danse où Silas, micro en main, faisait signe à Anna de le rejoindre.

Celle-ci se pencha à l'oreille de Brenna :

— Il est temps pour Silas, et moi de révéler notre petit secret ! Nous discuterons plus tard, toi et moi.

Anna se dirigea vers Silas qui passa affectueusement son bras autour de ses épaules.

— Nous vous avons invités aujourd'hui afin de partager ensemble un barbecue, certes, mais je dois avouer que nous avions une petite arrière-pensée. Nous sommes restés discrets jusqu'à maintenant, mais aujourd'hui, Mlle Conti et moi souhaitons partager avec vous notre bonheur et vous annoncer nos fiançailles. Anna m'a fait l'honneur d'accepter d'être ma femme !

Une salve d'applaudissements retentit, à laquelle Brenna se joignit avec enthousiasme. Jenny, Zack, Mikala, Dawson et Luke entourèrent Silas et Anna. Tous paraissaient absolument ravis.

— On veut voir la bague ! cria l'un des amis de Silas.

Celui-ci s'esclaffa, sortit un boîtier de la poche de son jean et glissa un anneau au doigt d'Anna, qui leva la main pour que tout le monde puisse l'admirer. Après avoir de nouveau applaudi, les invités firent la queue pour présenter leurs félicitations aux futurs mariés. Brenna leur emboîta le pas.

Elle sentit soudain la présence de Riley à ses côtés.

— Etais-tu au courant ? lui demanda-t-elle.

— Silas et Tante Anna sortent ensemble depuis Thanksgiving, mais j'avoue ne pas avoir vu ça venir ! Je me demande ce qu'elle va faire du Purple Pansy.

— Peut-être Mikala pourrait-elle le diriger…

— J'en doute. Bientôt, il y a fort à parier qu'elle sera bien occupée avec un bébé !

— Le Purple Pansy fait partie de l'âme de Miners Bluff depuis des décennies, dit Brenna avec un brin de nostalgie. Je déteste l'idée qu'il pourrait disparaître.

— Je sais, mais Tante Anna doit faire ce qui est le mieux pour elle.

De loin, Anna agita la main vers Brenna et joua des

coudes pour la rejoindre. Elle avait manifestement une idée en tête !

— Toutes mes félicitations ! lui dit Brenna en la serrant contre elle. Je suis tellement heureuse pour vous.

— Moi aussi, je suis très heureuse, crois-moi. Brenna, voudrais-tu dessiner ma robe de mariée ?

— Bien sûr ! Rien ne saurait me faire plus plaisir !

— L'argent n'a pas d'importance, intervint Silas qui s'était approché. Je tiens à ce que ma future épouse ait une robe somptueuse.

Il couvait Anna d'un regard si plein d'amour que Brenna en fut émue aux larmes.

— Je sais qu'il te faut du temps, reprit Anna, mais nous comptons nous marier aux alentours de Noël. Est-ce que six mois te suffiront ?

— Je m'en contenterai. Je vous appelle la semaine prochaine et nous conviendrons de nous rencontrer.

— Parfait ! Juste pour te donner une idée, j'aimerais une robe dans les tons de rose avec de la dentelle et quelques perles. Quelque chose d'un peu vintage me plairait bien… Laisse libre cours à ton imagination !

— D'accord, je suivrai vos conseils, acquiesça Brenna en riant. Vos quelques indications me donnent envie de me mettre au travail dès ce soir !

Silas lança un regard entendu à Riley et Brenna.

— Il est grand temps de s'amuser maintenant, décréta-t-il. Jenny va mettre de la musique et j'aimerais vous voir tous les deux sur la piste de danse !

Elle ne sut comment réagir à cette suggestion. Peut-être Riley n'avait-il pas envie de danser avec elle…

Les premières notes d'une balade romantique s'échappèrent bientôt des haut-parleurs.

Silas s'inclina devant Anna et lui tendit la main.

Brenna ne se tourna pas vers Riley, ni ne chercha son regard. Elle s'apprêtait à rejoindre un groupe d'invités lorsqu'elle sentit sa main sur son épaule.

— Veux-tu m'accorder cette danse ?

Enfin ! Il s'était enfin décidé. Elle lui jeta un regard lumineux et se laissa entraîner sur la piste sans résistance. Il passa ses bras autour de sa taille et ils se laissèrent bercer par la musique, oscillant en silence. « Les bras de Riley autour de toi ne signifient rien, pensa-t-elle. C'est ainsi que les gens dansent… » Cette piètre explication n'empêchait néanmoins pas son cœur de battre la chamade.

— Auras-tu assez de six mois pour créer une robe pour Anna ? lui demanda Riley, rompant enfin le silence.

— J'en ferai une priorité.

— Silas ne regardera pas sur le prix. Cela pourrait être l'une des robes les plus chères que tu aies jamais créées.

— Ce ne sera pas le cas, car je ne les ferai pas payer.

Il s'arrêta net et la considéra, incrédule.

— Tu plaisantes ?

— Pas du tout. Tante Anna a toujours été très gentille pour moi. Certes, je ne l'ai pas fréquentée autant que Jenny, Celeste ou Mikala, mais elle a été là quand j'ai eu besoin d'elle.

— Par exemple ?

— Par exemple, quand je sortais avec toi et que je ne savais pas où j'en étais…

— Tu as parlé de nous à Anna ?

— Pas vraiment. Je ne sais pas si tu t'en souviens, mais un jour, tu m'avais récupérée après l'école, derrière la bibliothèque. Anna nous avait aperçus… J'avais été terrifiée à l'idée qu'elle en parle à ma famille. La semaine suivante, je l'avais croisée au supermarché. Elle m'avait alors dit qu'elle nous avait vus, mais qu'il s'agissait de nos affaires. Et elle avait ajouté que je devais suivre mon cœur, quoi qu'en disent les autres…

Ils continuèrent à danser en silence. Cette fois, ce fut au tour de Brenna de prendre la parole :

— Merci de t'être montré gentil avec ma mère ce soir, lui dit-elle. Je sais qu'elle y a été sensible.

C'était Carol McDougall qui gardait Derek ce soir. Quand elle était arrivée, Riley l'avait accueillie avec plus de chaleur qu'à l'accoutumée.

— Elle s'occupe bien de Derek. Et je…

Il hésita, puis reprit avec la détermination que Brenna lui connaissait :

— Les choses doivent changer. J'ai eu papa au téléphone cet après-midi. Il est d'accord pour inviter tes parents au restaurant le week-end prochain avec toute ma famille. Peut-être pourrais-tu amadouer ton père et le convaincre de venir.

— Tu crois qu'il m'écoutera ?

— Je crois que tu as de l'influence sur lui. Je pense aussi qu'il fera tout ce que tu voudras s'il en a la volonté.

— Tu me conseilles d'utiliser Derek pour le faire venir ?

— Je pense simplement que si nous faisons tous passer Derek en premier, nos familles auront une base solide pour reconstruire une relation.

Tout en dansant, il l'attira davantage contre lui en exerçant une pression subtile dans son dos. Sa main saisit la sienne et la posa sur sa poitrine. Enivrée par la musique, elle prit conscience qu'être dans les bras de Riley était tout ce qu'elle désirait…

L'obscurité commençait à tomber, jetant des ombres

sur la terrasse. Cela ne les empêcha pas de continuer à danser, oscillant morceau après morceau, sans se soucier de ce qui les entourait. Elle était de plus en plus troublée à mesure qu'elle sentait croître l'excitation de Riley.

Aucun des deux ne fit mine de se dégager de leur étreinte.

Lorsqu'elle sentit ses lèvres sur sa tempe, elle se figea, terrifiée.

Elle avait peur d'aimer et de perdre…

Mais ne pas aimer du tout l'effrayait bien plus encore !

Il était presque 23 heures lorsque Brenna coucha Derek dans son berceau. Après le barbecue, Riley avait insisté pour raccompagner Carol McDougall, ce que celle-ci avait semblé apprécier. Brenna était heureuse que leurs relations se normalisent. Le barbecue chez les Decker avait fait resurgir à sa mémoire une kyrielle de souvenirs du temps où elle venait monter au ranch, de l'époque du lycée et de sa rencontre avec Riley.

Ce soir, ils avaient dansé ensemble…

Elle fit de son mieux pour ne pas s'appesantir sur cette image et reprit sa réflexion concernant la robe qu'elle devait créer pour Anna. Peut-être ferait-elle quelques croquis, si elle ne parvenait pas à dormir… Tout en cherchant des idées, elle se prépara pour la nuit. Elle ferma sa porte comme elle le faisait chaque soir et commença à se déshabiller. Elle était en sous-vêtements lorsqu'une idée particulièrement intéressante lui vint à l'esprit. Une idée qui, bien entendu, ne pouvait pas attendre ! Attrapant son carnet de croquis, elle chercha une page blanche et commença à dessiner avant que l'idée ne s'envole.

C'était ainsi que la création se faisait parfois...

Elle était tellement absorbée qu'elle n'entendit pas Riley rentrer. Quelle ne fut donc pas sa surprise lorsqu'un coup fut frappé à sa porte et qu'elle vit celle-ci s'ouvrir...

Riley était déjà entré dans sa chambre à cette heure sans s'annoncer davantage, mais habituellement elle était toujours emmitouflée dans son peignoir !

Hélas... ce soir, ce n'était pas le cas.

Il fit quelques pas dans la pièce, s'attendant de toute évidence à la trouver habillée. Se rendant compte qu'il n'en était rien, il se figea net. Il ne prononça toutefois pas un mot d'excuse, pas plus qu'il ne fit mine de s'en aller. Bien au contraire, il resta planté là, caressant son corps du regard comme si c'était la première fois qu'il le voyait.

— Que fais-tu ? lui demanda-t-il, comme s'il avait l'intention d'engager une conversation tout à fait banale.

— Riley...

Elle avait supposé que son ton de reproche le ferait battre en retraite. En vain. Elle supposa aussi qu'elle pourrait parfaitement attraper son peignoir et se couvrir !

— Est-ce ton uniforme favori quand tu travailles tard le soir ? ironisa-t-il d'une voix rauque.

— Riley ! répéta-t-elle, exaspérée tout en posant son carnet de croquis sur la commode.

« Il faut que tu te couvres... il le faut vraiment ! », se répétait-elle vainement. Comment se faisait-il qu'elle ne se sente ni mal à l'aise, ni embarrassée. C'était inconcevable !

En voyant son regard s'obscurcir, elle éprouva

même une bouffée d'orgueil. Il tendit la main vers son soutien-gorge de dentelle rose.

— C'est ça que tu portais ce soir ?

— Oui.

— Si j'avais été au courant, je n'aurais pas tenu le coup !

Elle déglutit péniblement.

— Qu'aurais-tu fait si tu l'avais su ? parvint-elle quand même à articuler.

— Je t'aurais entraînée dans un des boxes de l'écurie et je t'aurais fait l'amour. Et cesse de prononcer mon prénom comme si tu cherchais à empêcher ce qui va se passer…

C'était bien le problème ! Elle ne pouvait laisser *cela* se passer. Il lui fallait absolument enfiler son peignoir ! Le problème était que pour le récupérer, il fallait qu'elle contourne Riley. Courageusement, elle fit une tentative, mais il ne l'entendait pas de cette oreille. Il l'attrapa au passage en nouant son bras autour d'elle et la colla contre lui.

— J'aimerais danser avec toi dans cette tenue…

Sa voix était grave et incroyablement sexy. Il se mit à osciller lentement, au rythme d'une musique que lui seul semblait pouvoir entendre. Elle se laissa aller, se délectant du frôlement de ses cuisses contre les siennes. Soudain, elle sentit sa main dans son dos dégrafer son soutien-gorge. Elle voulut articuler de nouveau le nom de Riley mais finit par céder sous le baiser qu'il déposa sur sa joue.

Elle décida alors de le suivre là où il voulait l'emmener. Elle ne pouvait tout bonnement plus lutter. Elle l'avait toujours trouvé irrésistible. Autant cesser de nier !

Tandis qu'il la soulevait et prenait le chemin de sa chambre, elle entreprit de déboutonner sa chemise.

— Tu as trop de vêtements, murmura-t-elle en l'embrassant dans le cou.

— Je vais y remédier tout de suite, marmonna-t-il en l'allongeant sur le matelas.

Il l'observa d'un regard lourd de désir.

— Tu ne vas pas changer d'avis, n'est-ce pas ?

— Non, souffla-t-elle.

Il ne prit pas la peine d'allumer la lumière. Au son d'un froissement de tissu, elle comprit qu'il retirait sa chemise. Puis, la boucle de son ceinturon heurta le plancher. Quand elle l'entendit faire glisser sa fermeture Eclair, une vague d'excitation monta en elle.

Pendant qu'elle retirait son soutien-gorge, il fouilla dans un tiroir. Puis, le matelas s'affaissa sous son poids et il la rejoignit, fondant immédiatement sur sa bouche.

A partir de là, il ne lui laissa plus le loisir de reprendre son souffle. Sa langue explora sa bouche avec exigence et elle répondit à sa voracité avec la même ardeur. Elle sentait une sorte de rage désespérée dans ses gestes, comme s'il cherchait à la convaincre de quelque chose… La convaincre qu'ensemble ils faisaient des merveilles au lit ? Ou bien qu'ils pourraient être de bons parents ? A moins qu'il ne cherche à la persuader de rester à Miners Bluff.

Chaque baiser faisait monter d'un cran l'intensité de leur passion. Elle promenait avec délice ses mains dans son dos, tandis qu'il titillait ses seins. Il embrassa l'un, puis l'autre, avant de tracer un chemin de baisers vers son nombril. Il s'intéressa ensuite à son string rose — c'est celui qu'elle préférait. Elle n'aurait jamais imaginé qu'il puisse devenir un instrument de torture lorsqu'au travers du fin tissu il pressa ses doigts sur le point le plus sensible de sa féminité.

— Riley ! cria-t-elle.

— Tu veux le garder ou l'enlever ? lui demanda-t-il.

— L'enlever ! suffoqua-t-elle tandis qu'il laissait échapper un rire rauque.

Après l'avoir débarrassée de sa culotte, il revint vers elle. Ses lèvres butinèrent son ventre, puis s'égarèrent sous son nombril. Certes, ils avaient déjà été intimes auparavant, mais étaient restés plutôt traditionnels dans leur façon de s'aimer. Cette fois, il entreprenait quelque chose d'inédit. Quelque chose sur lequel elle n'avait aucun contrôle et qui la rendait incroyablement vulnérable !

Enfouissant son visage dans le cœur de sa féminité, il s'employa à la satisfaire de ses lèvres et de sa langue, l'amenant à un tel degré d'excitation qu'elle faillit jouir aussitôt. Elle s'agrippa à ses épaules, en désirant davantage mais ne sachant comment l'exprimer par des mots. Il ne releva pas la tête, s'appliquant à la contenter jusqu'à ce qu'un orgasme fulgurant la transperce et la laisse pantelante.

Il ne lui laissa pas le temps de recouvrer ses esprits. Prenant appui sur ses coudes, il s'installa au-dessus d'elle.

— Nous n'en avons pas fini toi et moi !

S'offrant sans vergogne, elle ouvrit les bras et les jambes pour l'accueillir. Sans plus attendre, il la pénétra et imprima à ses hanches un mouvement de va-et-vient. Leurs grognements et leurs gémissements se mêlèrent, montant crescendo, tandis que leurs peaux brillantes de sueur glissaient l'une contre l'autre.

Elle se sentait submergée par des sensations délicieuses qu'elle n'avait encore jamais éprouvées. Tous deux avaient enfin baissé la garde et leurs ébats s'aventuraient dans des contrées inexplorées. Elle caressait frénétiquement ses cheveux, puis s'agrippait à ses fesses tout en s'arc-boutant pour s'offrir toujours plus.

Elle voulait lui donner son amour. Elle en avait tellement à lui prodiguer ! Mais l'accepterait-il seulement ? Etait-il en mesure d'accepter le changement ?

La passion eut raison des questions et des doutes qui la tourmentaient. Sentant un nouvel orgasme monter elle, elle accueillit chacun de ses coups de reins avec ferveur. Ils atteignirent au même moment le pic du plaisir et furent emportés dans un tourbillon extatique qui bouleversa leur corps et leur âme.

Epuisés, ils restèrent immobiles plusieurs minutes, cherchant à reprendre leur souffle. Elle se doutait qu'il voudrait parler de ce qui venait de se passer, mais elle n'en avait pas envie. Elle voulait juste profiter de ce moment comme suspendu dans le temps.

— Comment te sens-tu ? dit-il en roulant sur le côté.

« Tellement amoureuse de toi que je pourrais en pleurer », pensa-t-elle.

— Je me sens bien ! Et toi ?

— Tu es vraiment la meilleure, Brenna. Tu l'as toujours été !

Elle ne sut comment interpréter cette remarque.

— Pourquoi suis-je la meilleure, Riley ?

— Parce que tu te laisses guider entièrement par la passion.

Ce n'était pas exactement ce qu'elle avait envie d'entendre. Une autre question pourrait peut-être clarifier la situation… Il ne lui laissa pas le loisir de la poser. Il noua ses bras autour d'elle et l'attira à lui. Elle se blottit contre lui, tandis qu'il embrassait tendrement le point sensible derrière son oreille.

Elle eut pleinement conscience que, par ce baiser, il cherchait à lui montrer qu'il tenait à elle.

Mais la question qui la taraudait était la suivante : quel était le degré de cet attachement ?

- 11 -

Chaque fois que Riley pénétrait chez McDougall's, il se crispait. Il savait cependant qu'il lui fallait surmonter cette hostilité. Son fils n'était-il pas en position d'hériter un jour de ce magasin ? C'était une pensée étrange qui lui avait traversé l'esprit, tout comme bien d'autres encore plus étranges, depuis la semaine dernière. Depuis que Brenna et lui avaient couché ensemble.

Ils avaient toujours formé une alchimie physique incroyable, mais ce qu'ils partageaient aujourd'hui le bouleversait. Peut-être était-ce la présence de Derek dans la chambre à côté qui exacerbait ses sensations...

Le matin même, il avait reçu le fameux coup de fil lui confirmant sa paternité. Il n'avait pas encore mis Brenna au courant... Pensée stupide, puisque bien entendu, elle connaissait déjà ce résultat ! Et lui aurait dû être suffisamment malin pour la croire. Avait-il réellement douté d'elle ? Ou bien était-ce la méfiance qu'il éprouvait à l'égard des femmes en général qui l'avait poussé à exiger ce test ADN ?

A mesure qu'il progressait dans le magasin, il fut bientôt saisi par l'agitation qui régnait dans l'attente du défilé imminent, clou de l'événement « Printemps nuptial ». Il avait fait le déplacement pour deux raisons... D'abord, il voulait annoncer à Brenna les résultats du test et lui faire savoir qu'il regrettait de l'avoir exigé. Ensuite, il était curieux de découvrir le résultat du travail de la jeune femme.

Le magasin avait radicalement changé d'allure, pensa-t-il en remarquant une arche couverte de fleurs sous laquelle les clients passaient en entrant. Le thème du mariage était décliné dans tous les rayons, à l'aide de tulle, de boîtes dorées et argentées posées çà et là, de cloches suspendues au plafond. Après avoir remonté l'allée centrale, il vit les clients se regrouper de part et d'autre du grand escalier. Le défilé était prévu à 11 heures…

Il ne lui restait que quelques minutes pour essayer de s'entretenir avec Brenna. Il monta deux par deux les marches du grand escalier et pénétra dans une autre ruche bourdonnante. Des mannequins en robes de mariée papillonnaient un peu partout, leurs voiles et traînes flottant derrière elles, dans un parfum floral entêtant.

Il aperçut enfin Brenna. Elle était à genoux, des aiguilles à la main, en train de faire une retouche à une traîne. Son tailleur-pantalon de couleur pêche faisait ressortir sa peau crémeuse, l'expressivité de ses yeux et la brillance de ses cheveux blonds qu'elle avait relevés en chignon sur le sommet de son crâne. Les mèches qui dansaient de chaque côté de son visage lui donnèrent l'envie d'y enrouler ses doigts pour défaire sa savante coiffure. Comme il la buvait du regard, des pensées érotiques le traversèrent. Il connaissait les sous-vêtements couleur pêche qu'elle portait sous son tailleur…

Lorsque leurs regards se croisèrent, il esquissa un sourire. Elle leva la main pour lui faire signe de patienter, coupa un dernier fil et indiqua au jeune mannequin qu'elle pouvait y aller.

Les joues rouges et l'air un peu las, elle le rejoignit.

— Nous sommes pratiquement prêtes, mais certaines filles sont encore au maquillage.

— Puis-je te parler une minute ? Je t'assure que je ne serai pas long.

Elle lança un coup d'œil derrière elle et sembla rassurée. Elle lui fit alors signe de la suivre et tous deux se réfugièrent derrière l'une des immenses affiches annonçant la manifestation.

— Est-ce que tout va bien ? s'enquit-elle.

— Très bien ! Derek est chez Shannon, et Jackie s'occupe de lui comme s'il était l'héritier de la couronne !

— Je ne sais pas si c'est une bonne idée, dit-elle en riant de bon cœur.

— Brenna, j'ai reçu ce matin les résultats du test ADN. Tu sais déjà quelle est la probabilité pour que je sois le père de Derek, n'est-ce pas ?

— En effet, répondit-elle en se rembrunissant.

— Je suis désolé d'avoir insisté pour faire ce test, Brenna.

— Mais tu voulais être sûr ! s'écria-t-elle en ouvrant de grands yeux.

— J'aurais dû te croire sur parole. Je voulais juste que tu saches que je regrette amèrement de ne pas t'avoir fait confiance.

Il fut soulagé en voyant son visage s'illuminer.

— Merci de ton honnêteté…

Il fit un pas vers elle et prit son menton entre ses doigts pour l'embrasser.

Soudain, ils entendirent quelqu'un toussoter bruyamment dans leur dos. Il interrompit leur baiser et recula. Ils découvrirent alors Angus McDougall qui les observait, l'air fort mécontent.

— Alors c'est ainsi que ça se passe entre vous deux, depuis que vous vivez sous le même toit ! s'offusqua-t-il.

— Papa ! protesta Brenna. Ce n'est ni le lieu, ni le moment pour parler de…

— En effet, ce n'est pas le moment, l'interrompit-il. Maurice a besoin de toi là-bas.

Elle regarda successivement son père, puis Riley, comme si elle hésitait à les laisser en tête à tête.

— Vas-y, intervint Riley. Je vais descendre moi aussi pour ne pas manquer le spectacle…

Elle s'éloigna à contrecœur. Comme Riley faisait mine de partir à son tour, Angus le retint d'un geste. Il ne semblait pas décidé à le laisser s'en tirer à si bon compte.

— Que comptez-vous faire après le départ de Brenna ?

— De quoi me parlez-vous exactement ?

— Je suppose que vous voudrez passer du temps avec votre fils ?

— Vous supposez bien.

— Mais vous savez qu'un enfant a besoin de sa mère ?

— Un enfant a besoin de ses deux parents.

— Brenna a l'intention de rester à New York.

— Je le sais, mais il existe des vols qui traversent le pays et j'entends bien en profiter.

— Brenna et vous avez passé un accord sur la façon dont vous allez gérer la situation ? insista Angus d'un ton toujours aussi sec.

Riley n'avait pas la moindre envie de faire savoir

au père de Brenna que la jeune femme et lui n'étaient arrivés à aucun accord.

— Nous ferons ce qui est le mieux pour Derek, se contenta-t-il de répondre.

Angus l'observa comme s'il doutait de sa sincérité.

— Je l'espère. Ma femme a pris contact avec votre père hier. Nous seront présents à la fête qui aura lieu demain au Shamrock.

— Parfait, dit Riley. Je suis heureux que vous puissiez être des nôtres. C'est important pour Brenna.

— Je le sais. Nous ferions tout pour notre fille.

Riley hocha pensivement la tête.

— Je vais descendre, monsieur McDougall. Je ne voudrais manquer le défilé pour rien au monde.

Cette fois, Angus ne le retint pas.

Brenna avait conscience de sourire béatement. Elle avait envie de chanter, de crier du sommet de Moonshadow Mountain que Riley lui faisait confiance !

Elle l'avait vu dans ses yeux. Elle en avait la certitude.

Elle n'était pas allée rejoindre Maurice immédiatement mais avait observé Riley et son père discuter ensemble. Certes, ils ne souriaient pas, mais ils ne s'étaient pas non plus jetés l'un sur l'autre. Alors peut-être…

Peut-être quoi ? Que Riley et elle allaient se marier ? Riley ne croyait pas au mariage !

Quant à elle, elle prenait finalement conscience qu'elle attachait beaucoup d'importance au mariage. Elle en avait eu la conviction en regardant les jeunes femmes descendre une par une le grand escalier, radieuses dans leurs robes de mariée. Aujourd'hui, elle comprenait que cet engagement pour la vie signifiait bien plus qu'une simple aventure sexuelle, une liaison amoureuse, ou même le fait de vivre ensemble. Etait-elle aussi traditionnelle que ses parents ? s'interrogeait-elle. Sans doute. Après tout, comment pourrait-elle créer des robes de mariées sans croire en ce qu'elles symbolisent ?

Elle emboîta le pas au dernier mannequin qui descendait les marches afin de discuter avec les clients de son père et leur expliquer le processus de création et la signification de cette journée. Arrivée au milieu de l'escalier, elle aperçut Riley qui l'observait.

Elle était revenue à Miners Bluff dans l'espoir qu'il accepterait de jouer son rôle de père auprès de Derek. Aujourd'hui cependant, elle attendait beaucoup plus de lui !

— Tu as fait un excellent boulot, la félicita-t-il quand elle fut à côté de lui. Ton père doit être fier de toi.

— Je pense qu'il n'en attendait pas autant, admit-elle avec un sourire.

— Tu veux dire que lorsqu'il t'a demandé de l'aider, il ne t'estimait pas vraiment à ta juste valeur ?

— C'est un peu ça…

Une cliente du rayon bijouterie faisait un signe dans leur direction. Brenna lui fit comprendre qu'elle ne tarderait pas à la rejoindre. Elle aurait préféré rester auprès de Riley et écouter ses commentaires. Mais une fois encore, elle se sentait des obligations envers son père. Elle tenait à ce que cette journée soit une réussite éclatante !

— Je sais que tu dois y aller, lui dit Riley. A quelle heure penses-tu pouvoir te libérer ?

— Le magasin ferme à 18 heures. Je serai à la maison vers 19 heures.

Il fronça les sourcils lorsqu'elle prononça les mots « à

la maison » ! Elle-même s'étonna de cette expression qui lui était venue sans réfléchir. Elle commençait donc à considérer la maison de Riley comme son propre foyer.

— La soirée va être belle, nous pourrions manger sur la terrasse, proposa-t-il. Je me charge du dîner. Nous pourrons ainsi passer un peu de temps tous les deux, puisque Shannon s'occupe de Derek.

Elle comprit à son regard à quoi ce temps serait consacré et l'idée n'était pas pour lui déplaire !

— C'est super. Je t'appellerai quand je serai en route.

— D'accord. Je serai chez Clay cet après-midi pour étudier le programme de la semaine à venir. Si tu as besoin de moi, appelle-moi sur mon portable.

Il tendit la main et prit la sienne qu'il serra.

Elle pressa la sienne en retour.

Oui, elle l'appellerait si elle avait besoin de lui. Ce qui signifiait qu'elle aussi lui faisait confiance.

Qui sait, peut-être ce soir parleraient-ils d'avenir…

Riley mit les travers de porc dans la mijoteuse et ajouta la sauce, conformément aux indications de son père. Après sa douche, il glisserait le gratin de pommes de terre au four et arrangerait la salade Caesar du Shamrock dans deux assiettes. Il envelopperait les muffins dans du papier aluminium et les mettrait au four au moment où Brenna l'appellerait. Enfin, il disposerait sur la terrasse les bougies qu'il avait achetées en revenant du défilé…

Des coups frappés à sa porte interrompirent ses préparatifs. Quelle ne fut pas sa surprise de trouver son frère Patrick sur le seuil !

— Salut frangin ! fit celui-ci en entrant sans attendre qu'on l'y invite.

— Que fais-tu ici ?

— Tu n'es pas content de me voir ?

— Bien sûr que si, mais tu prétendais ne pas vouloir mettre les pieds ici tant que Brenna y serait…

— Mais elle n'est pas là ! riposta Patrick avec un sourire. Je me suis arrêté chez Shannon, qui m'a informé que Brenna serait retenue toute la journée au magasin de son père.

— Alors tu as rencontré Derek ? s'enquit Riley.

— Oui, il est mignon, ce petit. Es-tu certain qu'il soit de toi ?

Lorsque Patrick avait découvert l'infidélité de sa femme, il en avait été profondément blessé. Il ne s'était toujours pas remis de cette trahison, et avait tendance à juger toutes les femmes avec sévérité.

— Nous avons eu les résultats du test ADN, annonça Riley. Je suis bel et bien le père de Derek.

— Que comptes-tu faire, alors ?

Au ton de son frère, Riley comprit qu'il était venu dans l'intention de se disputer avec lui.

Mais il n'était pas d'humeur. Il avait beaucoup appris chez les Marines, et notamment à maîtriser son agressivité.

— Allez, je t'offre une bière, dit-il d'un ton léger. Tu n'as pas tes enfants ce week-end ?

— Non, ils seront avec moi le week-end prochain. C'est d'ailleurs ce dont je voulais te parler.

Riley se dirigea vers le réfrigérateur et en sortit deux bières.

— Alors il ne s'agit pas que d'une visite de courtoisie, fit-il remarquer en tendant une bière à son frère. Tu avais une bonne raison de t'arrêter.

— C'était l'une des rares occasions que j'avais de te parler en l'absence de Brenna.

Il sortit une carte de sa poche et la posa sur le comptoir.

— C'est la carte d'un avocat spécialisé dans les problèmes de garde. Il est bon… j'ai eu recours à ses services.

— Brenna et moi allons régler ça entre nous, affirma Riley en secouant négativement la tête.

— Vraiment ? Et comment feras-tu quand elle sera repartie pour New York ? Tu dois régler ça avant qu'elle s'en aille. Il faut que tes droits soient stipulés par écrit.

Riley n'y était pas favorable. Mais pouvait-il faire confiance à Brenna pour qu'elle le laisse voir Derek autant de fois qu'il le jugerait nécessaire ? D'un autre côté, s'il exigeait que ses droits soient stipulés par écrit, ne risquait-il pas de creuser un fossé définitif entre Brenna et lui ?

— Je vais y réfléchir, promit-il, sachant que son frère ne le lâcherait pas si facilement.

Patrick hocha la tête et avala une gorgée de bière :

— Alors, à ton avis, qui va gagner le match ce soir ?

Tout excitée à l'idée de retrouver son amant, Brenna poussa la porte de la maison. Le plus grand calme y régnait. Elle posa son sac sur le sofa et traversa le salon à la recherche de Riley.

Une fois sur la terrasse, elle se figea, stupéfaite.

Riley était assis à la table en cèdre, dressée pour deux : serviettes en tissu, couverts en argent, un verre à vin et un verre à eau… Il n'avait pas lésiné sur les détails ! Un bouquet de marguerites blanches ornait le centre de la table, à côté d'un chandelier à deux bougies. D'autres bougies avaient été posées çà et là sur la terrasse, lui conférant une atmosphère intime et chaleureuse. Riley avait entassé du bois dans la cheminée, signe qu'il avait l'intention d'allumer un feu, une fois la nuit tombée…

Il s'était donné beaucoup de mal pour cette soirée qui s'annonçait parfaite.

— Ouah ! s'exclama-t-elle. Qu'est-ce que c'est que ça ?

Elle avança lentement vers lui, ne sachant quelle attitude adopter. Certes, elle avait passé pas mal de temps dans son lit ces derniers jours, mais ça, c'était différent !

— Ça, c'est un rendez-vous amoureux officiel, lui répondit-il. Juste toi et moi.

Il prit un paquet cadeau posé sur l'une des chaises.

— Je me suis dit que tu aimerais passer quelque chose de plus confortable…

Excitée comme une gamine, elle ouvrit le paquet et en sortit une tunique multicolore en satin, aux manches mi-longues et à l'encolure en V. Riley, lui, avait passé un chino et une chemise d'un style décontracté. Ses pieds étaient nus et il avait l'air superbe… tellement superbe qu'elle se sentait des envies de le déshabiller sur-le-champ !

A la façon dont il l'observait, elle en déduisit qu'il pensait la même chose. Sa gorge se serra à la pensée de tout ce qu'ils pourraient partager ensemble. Elle s'efforça néanmoins de lui adresser un sourire qui, l'espérait-elle, ne laissait rien voir de sa vulnérabilité.

— Je vais me changer, annonça-t-elle.

— Et moi servir le vin en t'attendant.

Elle n'avait pas besoin de vin pour se sentir étourdie. Il lui suffisait de plonger son regard dans celui de Riley pour que sa tête tourne ! Une fois dans sa chambre, elle retira les épingles de son chignon et se brossa les cheveux. Puis, après s'être rafraîchie et parfumée, elle enfila le cadeau de Riley. Elle avait remarqué cette tunique chez McDougall's. Le jeune homme semblait connaître parfaitement ses goûts !

Quand elle revint sur la terrasse quelques minutes plus tard, il l'accueillit avec un long sifflement d'admiration. Elle se sentit un peu gênée, telle une jeune fille à son premier rendez-vous. Elle ne portait rien sous sa tunique et elle savait que cela ne lui avait pas échappé…

— Suis-je censé ne penser qu'au dîner ? lui demanda-t-il.

— C'est à toi de voir. En tout cas, ça m'a l'air délicieux.

— Les travers de porc de papa le sont toujours. Mettons-nous à table… Il y a du shortcake à la fraise en dessert.

— Tu as pensé à tout.

— J'aime à le croire.

Elle prit son verre et but une gorgée de vin.

— A la réussite de ton défilé, dit-il en trinquant avec elle. Je peux t'assurer que les affaires ont bien marché chez McDougall's aujourd'hui. J'ai dû faire la queue pendant une demi-heure pour faire l'acquisition de cette tunique !

Ses yeux s'attardèrent sur l'encolure en V qui plongeait entre ses seins, puis se promenèrent sur le tissu soyeux qui laissait tout voir de la forme de ses hanches et de ses cuisses.

Miraculeusement, ils ne parlèrent pas de leurs familles pendant le dîner. Ils discutèrent de leur métier respectif, et de sujets plus légers, comme le projet de Riley d'installer une balançoire dans le jardin. Ce soir, elle ne voulait pas songer au fait que tout allait se terminer et qu'elle repartirait bientôt pour New York. Ce soir, elle ne permit pas à cette idée de faire plus qu'effleurer son esprit.

Une fois le dîner terminé, il se leva.

— Installe-toi sur la chaise longue pendant que j'allume le feu.

Elle lui obéit avec bonheur et ne le quitta pas des yeux tandis qu'il enflammait le petit bois. Il rajouta ensuite quelques bûches, puis appuya le tisonnier contre le mur de briques avant de venir s'installer à coté d'elle.

— Tu n'as pas trop froid ? lui demanda-t-il en la prenant dans ses bras. Veux-tu que j'aille chercher une couverture ?

— Je n'ai pas besoin de couverture puisque tu es là.

C'était l'invitation qu'il attendait. Il se pencha et l'embrassa à en perdre haleine jusqu'à ce que le désir les emporte, sans penser au lendemain. Elle aimait l'embrasser, et le simple fait de le toucher décuplait son excitation…

Quand il rompit leur baiser, ce fut pour enfouir son visage dans son cou.

— Tu n'as rien là-dessous, grogna-t-il tandis que sa main s'aventurait sous sa tunique.

Il l'embrassa de nouveau avec une ferveur insatiable. Sa langue entraîna la sienne dans une danse sensuelle propice à éveiller tous les fantasmes. Cette soirée avait tout d'ailleurs d'un fantasme devenu réalité : le feu qui crépitait dans le foyer, les étoiles scintillant dans un ciel de velours, le parfum enivrant de la sauge…

Il avait réalisé son fantasme le plus fou !

— J'aime être ici avec toi, murmura-t-elle, sans oser exprimer ce qu'elle pensait vraiment.

Elle ne se sentait pas encore prête à prononcer les mots « Je t'aime » et doutait qu'il soit disposé à les entendre. Car si le sexe compliquait déjà leur rôle de parents, l'amour ne ferait que renforcer cette difficulté.

Surtout s'il s'agissait d'un amour à sens unique…

Mais elle était tourmentée par certaines questions. Pourquoi avait-elle tant de mal à lui faire confiance ? Pourquoi doutait-elle autant que Riley et elle puissent souhaiter la même vie ?

Les réponses surgissaient d'elles-mêmes. Parce que Riley vivrait ici et elle à New York. Parce que leur fils se sentirait écartelé si cela ne fonctionnait pas entre eux. Et parce que, jusqu'à présent, l'amour ne lui avait apporté que de la souffrance, et non de l'épanouissement.

Ce moment passé avec Riley, comme suspendu hors du temps, semblait être la seule façon de toucher le bonheur du doigt, ne serait-ce que de manière fugace. Ce soir, elle lui dirait avec son corps ce qu'elle aurait aimé pouvoir lui témoigner avec ses lèvres…

Blottie contre lui, elle éprouvait la sensation d'avoir trouvé sa place. Elle se sentait transportée là où les serments avaient un sens et où une vie de couple durable et heureuse était possible.

Les mains de Riley se firent aussi possessives que sa bouche et, très vite, elle se retrouva complètement nue. De ses doigts tremblants, elle s'attaqua alors aux boutons de la chemise de Riley, puis à la ceinture de son chino.

Quand il sortit un préservatif de sa poche, elle le fixa de ses yeux fiévreux, anticipant le plaisir à venir.

— Tu es prête ? souffla-t-il.

Comme elle acquiesçait, il se positionna entre ses jambes et glissa en elle. Alors, ce ne fut plus qu'un maelström de sensations qui les plongea dans un bien-être infini.

Elle frissonna longtemps du plaisir qu'ils avaient partagé, Riley toujours en elle.

Son vœu le plus cher était que leur couple dure éternellement… Ce soir, elle concevait pour la première fois l'espoir que ce souhait puisse être exaucé.

Riley était parti au Shamrock afin de donner un coup de main à son père pour les préparatifs de la réception. Brenna, elle, était censée amener Derek vers 16 heures.

Les festivités pourraient alors commencer…

Contre toute attente, elle avait hâte que cette fête ait lieu. Elle était impatiente que la famille de Riley et la sienne puissent enfin se réconcilier.

Tout en remédiant au désordre qu'ils avaient laissé la veille au soir, elle s'émerveillait des petits cris de joie de Derek, confortablement installé dans sa balancelle. Il avait de l'énergie à revendre ! Monterait-il à cheval ? Serait-il un amateur de vélo ? De moto ? Elle n'osait songer à cette dernière éventualité ! Elle savait que voir son fils grandir et prendre son indépendance lui donnerait plus d'un cheveu blanc, mais n'était-ce pas cela, avoir des enfants et les aimer ?

Comme elle continuait à s'affairer dans la cuisine, elle avisa soudain un morceau de papier qui avait glissé sous le buffet. On aurait dit une carte de visite… Elle la ramassa et lut : « Walter Turnbull, Avocat spécialisé en droit de la famille ».

Elle sentit son cœur bondir dans sa poitrine. Qu'est-ce que cela signifiait ? Riley avait-il consulté cet avocat et décidé que la garde de Derek devrait faire l'objet d'un accord écrit ? La scène de séduction de la nuit dernière n'était-elle qu'un moyen de saper ses défenses et de la convaincre d'en passer par où il voulait ?

Indignée, elle se raidit. Elle sentait son corps frémir de colère. Le sentiment de trahison était terrible, mais elle était aussi contrariée que Riley l'ait prise pour une imbécile. « A quoi t'attendais-tu ? ! » pensa-t-elle avec amertume.

Jamais il ne lui avait murmuré des mots d'amour…

Jamais ils n'avaient parlé d'avenir.

Elle seule s'était imaginé qu'ils avançaient progressivement vers un avenir commun. Aujourd'hui, hélas, elle n'avait plus guère d'espoir qu'il puisse tenir un autre rôle que celui de père pour Derek.

Mais il y avait pire : elle craignait qu'il ne mijote quelque chose qui lui fasse regretter d'être revenue à Miners Bluff pour lui faire part de sa paternité !

- 12 -

Lorsqu'elle arriva au Shamrock, Brenna se rendit compte avec dépit qu'elle était loin d'être la première. Elle avait pourtant espéré prendre Riley à part pour lui demander des explications au sujet de cet avocat.

Elle devrait attendre pour cela !

Elle aperçut Shannon et son petit garçon, ainsi que les deux frères de Riley, qu'elle reconnut sans peine malgré les années qui avaient passé. Sean était en compagnie d'une jolie jeune femme brune et de deux bambins qui sautillaient autour d'eux. Patrick, lui, s'entretenait avec son père à l'entrée de la cuisine. Une vingtaine de personnes étaient présentes, parmi lesquelles Celeste et Clay, Mikala et Dawson, Jenny et Zack. Seule Katie, qui avait fait savoir qu'elle serait un peu en retard, manquait à l'appel.

Elle fut réconfortée par l'idée que tous étaient venus afin de célébrer la naissance de son fils.

Riley apparut tout à coup, le sourire aux lèvres. Le regard dont il la couva la troubla. Le souvenir de la nuit qu'ils avaient partagée était si vif ! Elle espéra de tout son cœur que cela n'avait pas été qu'une comédie.

Il vint à sa rencontre et prit Derek dans ses bras.

— Viens, papa nous a installés à la table d'honneur.

Elle examina les nombreux plats qui constituaient le buffet de hors-d'œuvre.

— Il s'est donné beaucoup de mal, fit-elle remarquer.

— Attends un peu de voir la suite ! Il y a des travers de porc, de la dinde et toutes sortes de garnitures…

— L'as-tu aidé à préparer tout ça ? demanda-t-elle.

— J'ai donné un coup de main pour la mise en place de la salle. Pour le reste, c'est surtout le cuisinier qu'il faudra remercier !

Liam aperçut Brenna et la salua d'un geste de la main. Il avait l'air content et enthousiaste.

C'est à cet instant que la porte du restaurant s'ouvrit et qu'Angus et Carol McDougall firent leur entrée dans la salle. Les conversations baissèrent d'un ton. Brenna, elle, se surprit à retenir sa respiration.

— Reprends Derek, lui souffla Riley. Je vais les accueillir.

Elle lui fut reconnaissante de cette initiative et ressentit pour lui un élan d'amour infini, au point que les larmes lui montèrent aux yeux.

Son père avait revêtu un costume cravate tandis que Carol McDougall portait l'une de ces robes qu'elle réservait pour les conseils d'administration de ses œuvres de bienfaisance. Certes, ils étaient un peu trop habillés, mais elle-même avait choisi de mettre une robe élégante et des chaussures à talons hauts.

L'occasion le valait bien !

Son père paraissait terriblement mal à l'aise. Puis il l'aperçut et lui sourit. Cependant, lorsque Riley s'avança vers lui, son sourire laissa place à une expression méfiante. Elle était trop loin pour comprendre ce que Riley disait à ses parents, mais après quelques mots échangés, il les guida jusqu'à elle.

Peu à peu, les conversations reprirent parmi les convives.

Sa mère la serra contre elle, puis se pencha pour embrasser Derek. Angus la prit à l'écart par le coude.

— J'ai une surprise pour toi, lui chuchota-t-il à l'oreille.

— Quel genre de surprise ?

— Tu verras… Je pense que tu apprécieras.

Elle le jaugea avec méfiance. Elle n'était pas certaine que le jour soit bien choisi pour les surprises !

Comme Liam s'approchait d'eux, les conversations baissèrent de nouveau d'un ton.

— Bonjour Angus, dit-il simplement.

— Bonjour Liam, répondit le père de Brenna. Je vous remercie d'avoir organisé cette fête en l'honneur de Derek. Carol a apporté son appareil photo pour immortaliser l'événement.

— C'est une bonne idée. Je crois que Riley a également apporté le sien. Nous pourrons faire des échanges.

— Ce que vous avez préparé a l'air délicieux, intervint Carol en esquissant un geste vers le buffet.

— J'ai prévu que nous soyons assis tous ensemble, annonça-t-il en montrant la table d'honneur. Servez-vous au buffet et installez-vous.

Brenna se détendit un peu, quoiqu'elle fût toujours inquiète à l'idée de la surprise que son père lui avait réservée.

La porte du restaurant s'ouvrit de nouveau pour laisser entrer Katie. Celle-ci vint directement vers Brenna.

— Quelle foule ! s'exclama-t-elle. Alors, est-ce que les fleurs te plaisent ?

Brenna avait bien sûr remarqué les compositions

florales qui ornaient les tables et la caisse de l'établissement.

— Elles sont ravissantes, comme toujours !

— C'est ma contribution à l'événement.

Il y eut du mouvement vers l'entrée de la cuisine. Noah Stone recula pour laisser passer un serveur. Il jetait vers Katie de fréquents regards qui n'échappèrent pas à Brenna.

Katie, elle, se détourna.

— Je vais saluer Celeste et Jenny, annonça-t-elle. Nous nous retrouverons plus tard.

Sur ces mots, elle se hâta de rejoindre l'autre extrémité de la pièce, aussi loin que possible de Noah. Brenna n'eut pas le temps de s'appesantir sur cet incident, Liam pressant les convives de s'installer à table. Patrick fit un bref signe de tête à Brenna. Sean ne fut guère plus chaleureux, et son expression devint carrément hostile quand son regard se posa sur le père de Brenna.

Elle s'assit entre Riley et Derek. Shannon prit place de l'autre côté de Derek afin de lui témoigner toute l'attention que requiert un bébé de cet âge.

— Merci de t'être occupée de lui hier soir, lui dit Brenna en se penchant vers elle.

— Riley et toi aviez besoin de passer du temps ensemble, déclara Shannon d'un ton compréhensif. Au fait, tout le monde parle du succès de « Printemps nuptial ». Toutes mes félicitations !

— Le défilé s'est bien passé, acquiesça Brenna. Si jamais tu as besoin d'une robe de mariée, n'hésite pas !

— Je n'envisage pas ça de sitôt ! renchérit Shannon en riant.

Le brouhaha des conversations monta à mesure que le repas avançait. Comme Liam tenait absolument à tout superviser, il était plus souvent debout qu'assis. Cela ne l'empêcha pas pour autant de profiter des mets, de discuter sports avec Riley et Angus et de lancer des regards désapprobateurs à ses fils, qui s'obstinaient à faire bande à part.

Après le plat principal, Derek se mit à pleurer, signe qu'il réclamait le sein de sa mère.

— Va t'isoler dans le bureau de papa, proposa Riley à Brenna. Tu veux que je vienne avec toi ?

Elle hésita. Elle souhaitait toujours s'entretenir seul à seul avec lui, mais estimait le moment inopportun. Elle se leva donc et prit Derek dans ses bras, ainsi que le sac contenant tout le matériel dont elle avait besoin.

— Non merci, ça ira. Je ne serai pas longue.

Elle sentit le regard de Riley dans son dos tandis qu'elle se frayait un chemin entre les tables et gagnait le bureau de Liam. Une fois à l'intérieur, elle ferma presque entièrement la porte, car Derek avait besoin de calme pour se nourrir. Elle connaissait si bien son fils ! Ses préférences, ses petites habitudes… Riley paraissait les connaître lui aussi, mais elle n'arrivait toujours pas à envisager de se séparer de son bébé, ne serait-ce qu'une journée !

Après l'avoir allaité, elle attendit qu'il fasse son rot et le changea. Puis, elle le prit dans ses bras et l'embrassa sur le front. Il grandissait si vite… Elle se fit la réflexion qu'elle devrait prendre des photos de lui chaque jour afin d'immortaliser le moindre détail de sa croissance.

Elle s'apprêtait à récupérer son sac quand des voix en provenance du couloir lui parvinrent. Etait-ce Riley qui venait la rejoindre ? Non, elle ne reconnaissait pas l'intonation du jeune homme… Elle entrebâilla discrètement la porte et découvrit Sean et Patrick devant la porte des toilettes. Ils étaient tellement absorbés par leur discussion qu'ils ne l'entendirent pas.

— J'ai conseillé à Riley de consulter l'avocat qui s'est occupé de mon cas, disait Patrick.

— Riley est intelligent, renchérit Sean. Il sait que les termes d'un accord doivent être stipulés par écrit.

— Quoi qu'il en soit, Turnbull est un excellent avocat. Jamais je n'aurais obtenu les droits de visite que j'ai actuellement si je n'avais pas eu recours à ses services. Je suis certain que Riley va prendre contact avec lui sans tarder.

Elle avait conscience de ne pas agir de façon très polie et qu'elle aurait dû signaler sa présence d'une façon ou d'une autre, mais elle s'en trouva incapable tant elle était angoissée par ce qu'elle venait d'entendre. Elle tenait Derek serrée convulsivement contre elle, dans une sorte de fascination atterrée.

— Il a couché avec elle au lycée uniquement pour venger notre père, reprit Patrick d'un ton plein de dédain. C'est dommage que la nuit qu'ils ont passée ensemble le soir de leur fête des anciens lui soit revenue comme un boomerang en pleine figure !

Elle crut qu'elle allait se trouver mal. Riley était proche de ses frères. Ces derniers savaient donc exactement ce qu'il en était… Riley était-il animé, aujourd'hui encore, par un esprit de revanche ? Se jouait-il d'elle depuis le début, dans l'unique but d'obtenir des droits sur son fils ?

Sa tête tournait. Elle se sentait gagnée par la nausée. Silencieusement, elle referma la porte du bureau de Liam. Elle devait absolument se ressaisir avant d'affronter Riley pour en avoir le cœur net.

Et pour cela, elle allait devoir rassembler tout son courage !

Noah donna une tape amicale dans le dos de Riley.

— Cette petite fête est une belle réussite, le félicita-t-il. Qui l'aurait cru ? Moi qui craignais de devoir faire appel à mes agents…

— C'est un premier pas, acquiesça Riley en souriant. Il reste maintenant à convaincre Sean et Patrick de faire un petit effort pour surmonter les vieilles rancœurs.

Il aperçut Brenna qui revenait dans la salle de restaurant. Il lui trouva un air bizarre, presque contrarié. Son visage était pâle et ses yeux paraissaient brillants… Il s'apprêtait à la rejoindre lorsque Angus McDougall se leva et fit signe à sa fille de regagner sa place à table.

Il eut un désagréable pressentiment. Le père de Brenna n'allait tout de même pas oser faire une déclaration officielle pendant une fête organisée par Liam O'Rourke !

Il tira la chaise de Brenna pour lui permettre de s'installer, mais elle ne lui accorda pas un regard, ce qui confirmait sa première impression.

— Brenna, que se passe-t-il ? lui murmura-t-il.

Elle se contenta de lui faire un signe de rejet de la tête.

— Nous discuterons plus tard, décréta-t-elle tandis qu'Angus levait la main pour réclamer le silence.

— C'est un plaisir de vous voir tous ici réunis aujourd'hui, commença-t-il avec un large sourire. Je sais que beaucoup d'entre vous ont des enfants… Etant récemment devenu grand-père, j'ai réfléchi à ce dont mon petit-fils pourrait avoir besoin, à ce dont notre ville a besoin ! Nous n'avons pas d'hôpital pour enfants ici, et parfois il vous faut emmener vos bambins à Flagstaff afin qu'ils soient pris en charge. J'ai donc décidé de faire un don au service des urgences du centre médical de Miners Bluff, afin que puisse être créée une unité dédiée aux enfants. Je pense que cela sera très utile à notre communauté. Qui plus est, j'envisage d'organiser une collecte de fonds de manière à équiper cette unité d'un matériel hautement performant.

Il tourna la tête vers Brenna et Derek avant d'ajouter :

— Rien n'est trop beau pour nos enfants !

L'annonce d'Angus McDougall fut accueillie par une salve d'applaudissements.

Riley, lui, fulminait. Quel parent n'accueillerait pas cette nouvelle avec reconnaissance ? C'était une belle idée, mais une idée qu'Angus n'aurait jamais dû annoncer ici ! Un coup d'œil vers son père suffit à lui indiquer que celui-ci n'appréciait pas du tout cette annonce. Lui, qui s'était démené pour que cette fête soit un moment de paix et de célébration en l'honneur de son petit-fils, se faisait voler la vedette par son ennemi juré !

Le regard de Riley se posa ensuite sur Brenna. De toute évidence, elle était aussi stupéfaite que lui.

— Etais-tu au courant ? lui demanda-t-il néanmoins.

— Bien sûr que non !

Plusieurs invités se levèrent pour venir féliciter Angus de cette initiative. Puis, une fois le dessert terminé, les convives se regroupèrent par affinités. Jenny, Mikala, Celeste et Katie vinrent entourer Brenna, tandis que Patrick, Sean et même Shannon ne cachaient pas leur mécontentement.

Riley sentit la présence de Clay à côté de lui.

— J'imagine qu'on ne peut pas tout contrôler, n'est-ce pas ?

— C'est le moins qu'on puisse dire, soupira-t-il.

Non sans inquiétude, il vit son père faire signe à Angus de le rejoindre sur la terrasse.

— Bon sang, marmonna-t-il dans sa barbe.

— Peut-être vont-ils se contenter de régler leurs comptes par une bonne discussion, avança Clay.

Comme Brenna lui lançait un regard angoissé, il hésita. Devait-il intervenir ?

Au bout de plusieurs secondes, les voix en provenance de la terrasse étaient déjà plus fortes.

A l'intérieur du restaurant, le silence se fit.

Riley comprit alors qu'il n'avait plus le choix. Quand il arriva sur la terrasse, les deux hommes hurlaient presque.

— Vous avez anéanti mon mariage ! criait Liam.

— Et vous, ma réputation !

Riley ne fut pas en mesure de déterminer qui porta le premier coup. En fait, les deux hommes semblèrent lever le poing simultanément… Lorsque Riley arriva près d'eux, le nez d'Angus McDougall était en sang et il y avait une vilaine marque rouge sous l'œil droit de son père.

Il s'interposa en posant ses paumes sur le torse de chacun des deux hommes.

— Ça suffit ! leur intima-t-il d'une voix forte. Dois-je demander à Noah de vous arrêter pour trouble à l'ordre public ?

Liam et Angus le considérèrent avec ahurissement.

— Noah ! appela Riley.

Liam secoua la tête et frotta son œil meurtri tout en se dégageant de la poigne de son fils. Voyant son ennemi juré reculer, Angus en fit de même et sortit un mouchoir de sa poche pour s'essuyer le nez.

— Vous savez, reprit Riley d'une voix sévère, aucun de vous deux ne mérite d'être le grand-père de Derek. Vous êtes des adultes, mais vous vous conduisez comme des gamins ! Je refuse que mon fils soit témoin de ce genre de comportement, alors si vous ne retrouvez pas la raison, je ne vous laisserai plus l'approcher. C'est bien compris ?

Comme pour appuyer ses dires, un cri de bébé se fit entendre.

Liam, Angus et Riley se retournèrent et découvrirent Brenna qui était venue les rejoindre, son fils dans les bras. Elle ne paraissait pas tant furieuse qu'extrêmement déçue. Mais aussi tellement triste…

Riley tourna le dos aux deux hommes pour s'adresser à elle :

— Viens, rentrons à la maison.

Elle lança un regard inquiet vers son père, mais Riley lui prit le coude et l'entraîna vers la salle afin qu'ils puissent récupérer leurs affaires et sortir du restaurant.

Ils ne dirent pas un mot pendant tout le trajet du retour. Brenna semblait s'être retirée dans son monde et lui était tout aussi tourmenté.

— Je vais coucher Derek, nous parlerons plus tard, décréta-t-elle, une fois qu'ils furent arrivés à destination.

Sur ces mots, elle disparut dans sa chambre pendant près de trois quarts d'heure. Quand elle revint dans le salon, où Riley l'attendait en regardant la télé, elle semblait toujours aussi morose. Constatant qu'elle ne comptait pas prendre place sur le sofa à côté de lui, Riley se mit debout.

Immédiatement, et sans doute à cause du regard qu'elle lui lança, il fut sur la défensive :

— Ton père n'aurait jamais dû faire ça ce soir ! asséna-t-il.

Elle parut interloquée par cette sortie. Puis, elle arbora cet air rebelle qu'il lui connaissait si bien.

— Il a fait ce qui lui semblait bien pour Derek et les autres enfants de Miners Bluff. Ne peux-tu pas apprécier son geste à sa juste valeur ?

— Ce que je n'apprécie pas, c'est qu'il ait coupé l'herbe sous le pied de mon père ! Ton père n'a pas supporté que cette journée soit à l'initiative du mien. Il a absolument tenu à être le centre de l'attention !

Il s'attendait à ce qu'elle réplique vertement. A ce qu'elle en veuille à Liam d'avoir mis son poing dans la figure d'Angus McDougall…

Etonnamment, elle n'en fit rien. Elle se contenta de le dévisager avec un air accusateur.

— Quand tout cela va-t-il finir, Riley ? Tu disais que cette querelle entre nos familles ne devait pas nous affecter, mais c'est malheureusement le cas. Cela nous a affectés lorsque nous étions ados, et rien n'a changé aujourd'hui. Les ressentiments entre nos parents nous ont toujours contaminés…

— Que veux-tu dire exactement ?

Il n'aimait pas la note de résignation dans son ton, ni la souffrance qui transparaissait dans son regard. « Que lui arrive-t-il ? » s'interrogea-t-il. Il eut la réponse à son questionnement dans la seconde qui suivit :

— Es-tu sortie avec moi au lycée pour venger ton père ?

A l'émotion dans sa voix, il comprit qu'elle venait d'exprimer sa pire crainte. Il sentit son cœur se serrer et se demanda comment il allait se tirer de ce mauvais pas…

Il n'eut cependant pas à le faire, puisqu'elle avait lu sur son visage la réponse à sa question.

Aussitôt, elle se détourna aussitôt.

— Brenna, regarde-moi, la supplia-t-il en lui attrapant le coude.

Quand elle lui fit face, il sut qu'il ne pouvait plus reculer.

— Cela a commencé comme ça, oui, avoua-t-il.

Elle parut si choquée qu'il eut envie de la prendre dans ses bras et de la serrer à l'étouffer. Mais elle croisa ses bras sur sa poitrine, le dissuadant de tout geste de la sorte.

— C'était seulement au début, reprit-il à la hâte. Je t'assure qu'à la fin de cet été-là je ne pensais plus du tout à la querelle qui opposait nos deux familles !

— Comment veux-tu que je te croie ! Jamais plus je ne te ferai confiance. La nuit dernière, je t'ai tout donné, Riley. Tout ! Y compris ma confiance la plus totale. Et aujourd'hui, après ton départ, j'ai trouvé ça par terre…

Elle sortit la carte de visite de sa poche et la lui tendit.

— C'était de ça que je voulais que nous parlions.

Il regarda la carte mais ne fit pas un geste pour la prendre.

— As-tu l'intention de consulter un avocat ? reprit-elle.

Il hésita un instant, puis décida qu'il valait mieux dire la vérité pure et simple :

— Patrick m'a donné cette carte parce qu'il a eu recours à cet avocat pour son divorce. Il me l'a conseillé, pensant que nous souhaiterions un accord écrit pour organiser la garde de Derek. Mais comme je l'ai expliqué à Patrick, je ne vois aucune raison de faire appel à un avocat tant que toi et moi sommes d'accord sur ce que nous souhaitons.

— Eh bien, Patrick ne semble pas croire que nous soyons d'accord, parce qu'il a raconté à Sean que tu allais contacter ce Turnbull cette semaine. Il a aussi dit que tu avais couché avec moi au lycée pour venger ton père, et qu'en réitérant l'expérience, le soir de la fête du lycée, cela t'était, hélas, revenu en boomerang dans la figure…

Il serra les poings.

— Quand as-tu entendu de telles stupidités ?

— Tout à l'heure. J'étais dans le bureau de ton père, et Patrick et Sean dans le couloir. Je les ai entendus très distinctement et, crois-moi, j'ai bien compris leurs paroles. Je ne sais pas ce qu'il y a entre nous, Riley, ni ce que la nuit dernière signifiait. Je sais juste que je suis perdue et que j'ai besoin de prendre mes distances. Je vais donc m'installer chez mes parents… Je ne t'empêcherai pas de voir Derek. Appelle quand tu voudras nous rendre visite, mais je ne peux plus rester ici, Riley, c'est impossible !

Elle pivota sur ses talons et regagna sa chambre à la hâte.

Il ne chercha pas à la rattraper ou à la faire changer d'avis. Pas plus que son père ou qu'Angus McDougall, il n'était en mesure de changer le passé.

Et cette certitude le laissait complètement démuni.

Carol McDougall entra dans la chambre de sa fille avec le plateau du petit déjeuner.

Brenna esquissa un faible sourire. Jamais elle ne

s'était sentie autant trahie et anéantie ! Quand elle avait quitté Riley après le lycée, elle l'avait fait à contrecœur, malgré son amour pour lui, car son bon sens lui avait laissé penser qu'ils étaient trop jeunes et ne se faisaient pas suffisamment confiance. Elle découvrait aujourd'hui qu'elle avait eu raison. Elle qui avait toujours espéré s'être trompée devait se rendre à l'évidence : Riley n'avait jamais été amoureux d'elle !

Peut-être aurait-elle pu lui pardonner s'il avait admis plus tôt s'être joué d'elle. Hélas, cela n'avait pas été le cas. Le comportement de Riley par le passé la poussait à croire que son attitude aujourd'hui envers Derek et elle n'était que manipulation.

Désormais, elle y voyait parfaitement clair !

Le plateau que sa mère posa sur son lit ne lui donna pas faim.

— Merci, mais une tasse de thé aurait suffi…

— Tu dois manger, décréta sa mère en prenant Derek dans ses bras. Et raconte-nous ce qui s'est passé avec Riley ! Comment pouvons-nous t'aider si…

Angus frappa au battant de la porte et fit quelques pas hésitants dans la chambre.

— Comment te portes-tu ce matin ? s'enquit-il.

— Pas vraiment mieux qu'hier soir, admit-elle avec honnêteté.

— Veux-tu bien t'occuper de Derek quelques instants ? demanda Angus à son épouse. J'aimerais parler à Brenna.

— Bien sûr, cet enfant est un don du ciel ! Nous allons sortir admirer les fleurs…

Une fois son épouse partie, Angus se rapprocha du lit.

— Je suis désolé, dit-il tout de go en s'asseyant auprès de Brenna.

Celle-ci ne put dissimuler sa surprise.

— De quoi es-tu désolé ?

— Je suis navré pour hier. J'aurais dû rester à ma place et me taire. Jamais je n'aurais dû parler de mon projet.

— En effet, tu n'aurais pas dû, renchérit-elle. Pas alors que Liam s'était donné tant de mal pour organiser cette réception et nous réunir. Tu as gâché son cadeau, papa…

— Je comprends qu'on puisse le considérer ainsi, mais je n'ai jamais voulu provoquer une bagarre, je te le jure !

— Sans doute, mais c'est arrivé. Et maintenant…

Sa voix s'étrangla dans sa gorge, à la grande consternation de son père.

— Ah, Brenna, je suis désolé que cela n'ait pas marché, parce que, Riley et toi, vous êtes faits l'un pour l'autre.

Abasourdie, elle se mit à bégayer.

— Faits… faits l'un pour l'autre ?

— Ne joue pas l'innocente avec moi, Brenna, je n'ai pas l'intention de rentrer dans les détails. Vous vous attirez comme des aimants, c'est tout !

— Des aimants ?

— Eh bien oui, comment appelles-tu ça ? Euh, non… ne le dis surtout pas !

Elle réussit à lui adresser un pauvre sourire.

— Tu es malheureuse ici sans lui, reprit son père.

— Je ne suis là que depuis hier soir, papa. Comment peux-tu affirmer une telle chose ?

— Il me suffit de regarder dans tes yeux pour m'en rendre compte. Je te connais bien, tu sais. Et depuis ce jour où je t'ai sauvée de la noyade, je considère que te protéger est la mission de toute mon existence. D'ailleurs, cela ne semblait pas te déranger avant que Riley n'entre dans ta vie…

— Tu ne savais pas que Riley était entré dans ma vie ! objecta-t-elle.

— Tu me crois sourd et aveugle ? Ma précieuse petite fille couvait Riley O'Rourke du regard comme s'il était un dieu vivant ! Je m'en suis aperçu, bien sûr. Et je savais que lorsque tu étais en retard, c'était parce que tu étais avec lui. Je t'ai fait suivre un jour par l'un de mes gardes de sécurité…

— Oh ! papa !

— Je sais, je n'en suis pas fier. Et j'ai été incroyablement soulagé lorsque tu as décidé de t'installer à New York. Certes, je te perdais, mais tu échappais à ses griffes.

L'air pensif, elle marcha jusqu'à la commode, ouvrit machinalement un tiroir et le referma.

— Je ne vais pas rester à Miners Bluff plus longtemps, papa, lui apprit-elle. Tu n'as plus besoin de moi au magasin. Il faut que je retourne à New York.

— La dernière fois que tu as quitté Miners Bluff, c'était pour accomplir un rêve. Cette fois, j'ai l'impression que tu fuis. Penses-tu que tu seras plus heureuse là-bas ?

— Que suis-je censée faire ? J'aime Riley, mais je ne pense pas que ce sentiment soit réciproque. Riley veut juste avoir accès à son fils.

Angus l'observa d'un air soucieux.

— C'est vrai, nous avons de l'attirance l'un pour l'autre, reprit Brenna, mais cela n'a rien à voir avec de l'amour.

— Es-tu certaine des sentiments de Riley ?

— Non, je n'en suis pas certaine, puisqu'il ne dit rien ! Je suis lasse de tout cela. Riley s'est servi de moi quand nous étions jeunes, et il recommence aujourd'hui afin d'obtenir des droits sur Derek. Il n'avait pas besoin de faire ça, papa ! J'ai toujours aimé Riley. Je lui aurais laissé tout le temps qu'il aurait souhaité passer avec son fils. Maintenant, je ne sais pas ce que nous allons faire.

Angus passa son bras autour des épaules de sa fille.

— Tu trouveras une solution, lui assura-t-il. Tu es une battante, tu y arrives toujours…

Brenna regarda son père avec une émotion non dissimulée.

Elle aurait aimé être aussi confiante que lui !

- 13 -

Riley leva la hache au-dessus de sa tête et l'abattit avec fracas sur la bûche qui se fendit en deux.

Il entendit un crissement de pneus sur les graviers et n'eut pas besoin de lever le nez pour savoir qui venait lui rendre visite. Posant une autre bûche sur la souche, il visa et propulsa la hache sur le rondin avec une violence non contenue.

— Est-ce que ça t'aide ? fit la voix de son père.

Riley savait qu'il avait une allure lamentable avec son T-shirt trempé de sueur et sa barbe de plusieurs jours qui lui mangeait les joues et le menton.

Sans dire un mot, il jeta un coup d'œil à son père par-dessus son épaule.

— Es-tu toujours en colère contre moi à cause de cette bagarre avec Angus ? s'enquit ce dernier.

— Qu'est-ce que ça peut faire, marmonna Riley.

— Ecoute, il faut que nous discutions.

— De quoi ?

— D'abord, est-ce que tu as revu Brenna depuis qu'elle s'est réfugiée chez ses parents ?

— Non… pas plus que je ne lui ai parlé.

— Pourquoi ?

— Parce qu'elle ne veut ni me voir, ni me parler ! J'ai l'intention d'aller voir Derek d'ici quelques jours.

— Tu sais mon garçon, après le départ de ta mère, j'ai fermé mon cœur et l'ai gardé ainsi pendant des années, déclara Liam. Au bout du compte, ma vie a été très solitaire…

Surpris, Riley laissa tomber sa hache et fit brusquement volte-face. Si son père voulait attirer son attention, il avait parfaitement réussi !

— Tu voudrais me faire croire que tu t'es mis à boire à cause de la solitude ? s'exclama-t-il. Mais tu nous avais tous autour de toi !

— Je me suis mis à boire parce que ta mère ne voulait plus de moi, ni de la vie que je pouvais lui offrir. Alors, oui, je me suis senti seul, même lorsque vous étiez autour de moi. Une femme remplit la vie d'un homme de façon irremplaçable. Je n'ai pas voulu prendre de nouveau ce risque avec une autre femme.

— Pourquoi me racontes-tu cela ?

— Parce que je ne veux pas que tu fasses la même erreur que moi.

— Je ne bois pas, répliqua Riley d'un ton bref.

— Certes, mais je te connais. Tu vas te noyer dans le travail ou fendre du bois jusqu'à l'épuisement. Tu dois faire face à la réalité !

Riley lui jeta un regard ironique.

— Et quelle est-elle, selon toi ?

— Brenna n'est pas tombée amoureuse d'un autre homme. Elle ne t'a pas tourné le dos parce que tu ne peux pas te remettre sur tes pieds…

— Non, elle m'a tourné le dos parce qu'à l'origine je suis sorti avec elle pour satisfaire un besoin de vengeance ! s'exclama Riley. Et parce qu'elle croit que je ne lui fais pas confiance.

— Est-ce le cas ?

Riley songea au test ADN et au fait qu'il ait envisagé de consulter un avocat. Ah, bon sang, pourquoi ne s'était-il pas débarrassé de cette carte ! Brenna, elle, avait toujours été parfaitement honnête avec lui. Elle lui avait amené Derek pour qu'il puisse faire sa connaissance. Comme elle l'avait dit, elle lui avait donné tout ce qu'elle était.

Malgré tout, un léger doute avait toujours subsisté dans son esprit… Pourquoi ? Parce qu'il n'était pas certain des sentiments que Brenna éprouvait pour lui ? Ou parce qu'il ne voulait pas se retrouver en position de faiblesse en admettant ce que, lui, ressentait pour elle ?

— J'ignore comment régler ça, papa.

— Est-ce que tu l'aimes ?

— Oui, souffla-t-il.

Il se redressa. Cet aveu lui donnait la sensation d'être soulagé d'un grand poids.

— Alors tu devrais pouvoir régler ça assez facilement. Il te suffit de la convaincre que tu l'aimes. Peut-être même devrais-tu demander l'aide d'Angus…

— Son père ?

— Eh bien oui ! N'est-ce ainsi que l'on fait ? Demander à un père la permission d'épouser sa fille ?

Aux aguets à Starfall Point, le célèbre promontoire de Moonshadow Mountain, Riley perçut les voix des jeunes femmes avant même de les apercevoir.

Non content d'avoir fait appel à Angus McDougall, Riley avait aussi recruté Mikala, Celeste, Jenny et Katie pour mettre son projet à exécution. Quand il avait téléphoné au père de Brenna, celui-ci l'avait écouté en silence lui exposer son plan. Le rôle d'Angus consistait à encourager Brenna à sortir faire une randonnée avec ses amies.

Bien entendu, Riley lui avait fait part de la véritable raison de l'embuscade qu'il comptait tendre à la jeune femme.

— Si je vous aide, lui avait dit Angus, qu'est-ce qui me prouve que vous ferez le bonheur de ma fille ?

— Je ne peux vous donner aucune garantie, monsieur. Seulement vous assurer que je serai le meilleur époux possible pour Brenna, et le meilleur père de la terre pour Derek.

— Et qu'en est-il de notre vieille querelle familiale ?

— Peut-être devriez-vous à votre tour m'assurer que vous ferez tout ce qui est en votre pouvoir pour la surmonter…

Leur conversation ne s'était pas poursuivie plus longtemps, mais en raccrochant Riley avait eu la certitude qu'Angus et lui avaient fini par trouver un terrain d'entente.

Bien que mourant d'envie de courir à la rencontre de Brenna, il resta immobile. Les jeunes femmes apparurent enfin parmi les herbes hautes parsemées d'ancolies, bavardant et riant.

Bientôt, Brenna fut devant lui. Sans marquer véritablement de surprise, la jeune femme plongea ses yeux dans les siens.

— Que fais-tu là, Riley ?

— J'ai demandé à tes amies de t'amener jusqu'ici afin que nous puissions parler. Merci, mesdemoiselles…

Mikala posa sa main sur le bras de Brenna.

— A plus tard, lui dit-elle.

— Où allez-vous ? s'enquit Brenna, une note d'angoisse dans la voix.

— Riley et toi avez besoin de discuter, argua Celeste en souriant. Nous ne serons pas très loin, rassure-toi…

Puis, après avoir fait un signe d'encouragement à Riley, les quatre jeunes femmes reprirent le sentier dans la direction d'où elles étaient venues.

— Tes amies ne te laissent pas tomber, déclara-t-il en s'approchant de Brenna. Elles t'ont juste confiée à mes bons soins.

Comme elle ne paraissait pas convaincue, Riley se saisit de sa main. Elle résista un court moment, mais sembla finalement décider que ce n'était pas la meilleure option. Ses cheveux blonds voletaient dans la brise, et tandis qu'il la buvait des yeux, dans son jean usé et son T-shirt tout simple, il se fit la réflexion qu'elle n'avait jamais été aussi belle et que, jamais, il ne l'avait autant désirée.

Il l'entraîna alors vers Starfall Point d'où ils découvrirent une vue splendide sur la vallée où se nichait Miners Bluff.

— J'ai quelque chose pour toi, annonça-t-il.

Sous le regard méfiant de Brenna, il sortit une enveloppe de la poche de son pantalon et la lui tendit.

— Riley, s'il s'agit d'un quelconque accord au sujet de la garde de Derek…

Il l'interrompit en posant doucement son index sur ses lèvres.

— Ouvre-la, la pressa-t-il.

Elle sortit de l'enveloppe une feuille de papier qu'elle lut avant de lever les yeux sur lui.

— C'est une réservation pour trois allers simples pour New York, murmura-t-elle.

— En effet. Lorsque je suis revenu à Miners Bluff, j'ai cru que j'avais surtout besoin de plein air et de liberté. Et puis, il y a eu la fête des anciens du lycée, et depuis tu n'as cessé d'occuper mes pensées, même si je n'ai pas voulu l'admettre tout de suite. Après tout, c'est une vieille habitude pour moi que de lutter contre mes sentiments pour toi ! Oui, quand je suis sorti avec toi au lycée, c'était par esprit de vengeance, mais petit à petit, les sentiments que tu m'as inspirés sont devenus très forts et je ne savais comment les gérer. Quand tu n'as pas voulu révéler notre relation au grand jour, je me suis senti trahi, mais mes sentiments pour toi sont restés les mêmes. C'est pour cette raison que, le soir de la fête, j'ai de nouveau craqué. Ce soir-là, je n'avais pas le passé en tête… juste la passion !

— Riley…

— Laisse-moi finir, s'il te plaît. Hier, j'ai passé des coups de fil. Plusieurs sociétés de New York sont intéressées par mon profil. Je peux aisément travailler en tant que consultant informatique, en attendant de développer un autre projet.

— Mais tu n'aimes pas les grandes villes !

— Nous pourrions vivre dans le Connecticut. La nature y est si belle… Nous discuterons de tout cela. L'important est que nous construisions une vie pour tous les trois.

Cette fois, ce fut de la poche de sa chemise qu'il sortit quelque chose. Une bague sertie d'une multitude de diamants qui leur rappelleraient toutes ces années pendant lesquelles ils s'étaient aimés d'un amour qui avait pris racine autrefois, puis avait grandi et mûri au fil du temps.

Voyant Riley poser un genou à terre, Brenna porta sa main à sa bouche.

— Brenna McDougall, je t'aime de tout mon cœur,

lui dit-il avec passion en lui prenant la main. Cet amour a grandi avec les années et j'ai la certitude qu'il continuera à grandir. Notre amour va nous porter vers l'avenir et donner à Derek tout ce dont il a besoin pour avoir une vie merveilleuse. Je t'ai aimée bien avant que notre enfant naisse et j'ai à cœur de t'épouser au nom de cet amour. Brenna, veux-tu être ma femme ?

Emue aux larmes, elle laissa tomber la réservation au sol pour prendre le visage de Riley entre ses mains et s'agenouiller devant lui dans l'herbe, au beau milieu des fleurs sauvages, dans l'air chargé de la senteur des pins.

— Je t'aime, Riley O'Rourke. Oh oui, je veux t'épouser !

Tandis que le papier s'envolait et entamait sa descente vers la vallée, ils s'étreignirent dans un baiser qui sembla durer une éternité.

S'aimer éternellement…

Oui, il n'avait jamais rien voulu d'autre !

Epilogue

Tout en remontant avec Riley et Derek l'allée qui menait au belvédère du parc de Miners Bluff, Brenna se fit la réflexion qu'elle n'avait jamais été aussi heureuse de toute son existence. Depuis que Riley lui avait demandé de l'épouser, elle flottait sur un petit nuage. A Starfall Point, elle avait lu la sincérité et l'amour inconditionnel dans ses yeux. C'était tout ce qu'elle avait toujours rêvé de susciter en lui.

Elle avait réintégré depuis la maison de Riley, et ils parlaient d'un mariage pour le mois d'octobre. Dès le lendemain, ils devaient s'envoler pour New York afin de prendre des dispositions pour leur future installation.

Sans doute reviendraient-ils passer leurs étés à Miners Bluff, ainsi que de plus courtes vacances pendant l'année. Mais pour l'instant, ils étaient surtout préoccupés par la façon dont ils allaient s'organiser, de manière à ce que leurs deux familles y trouvent leur compte.

— Ton père ne t'a pas précisé pourquoi il souhaitait nous retrouver ici ? demanda-t-elle à Riley qui berçait Derek dans le creux de son bras.

— Non… seulement qu'il voulait nous parler.

Des bruits de pas les firent se retourner. Quelle ne fut pas leur surprise de découvrir Liam et le père de Brenna, côte à côte, remontant le sentier d'un bon pas !

— Oh mon Dieu, la terre va dévier de son axe, murmura-t-elle, médusée.

— C'est déjà arrivé le jour où je t'ai rencontré, plaisanta Riley en passant son bras autour de sa taille.

Les deux hommes parvinrent à leur hauteur.

— Eh bien, que se passe-t-il ? s'enquit Riley après les salutations d'usage.

Angus et Liam échangèrent un regard complice. Ce fut Liam qui prit la parole :

— Ne croyez pas que nous soyons les meilleurs amis du monde, ce n'est pas le cas, mais nous avons décidé de mettre notre différend de côté pour votre bien. Il se trouve que je connais très bien le maire de la ville, et qu'en vertu de notre amitié il vous donne l'autorisation de vous marier dans ce belvédère et d'organiser votre réception de mariage dans le parc.

Angus s'éclaircit la gorge et enchaîna :

— Pour ma part, j'ai offert de m'occuper de toute l'organisation matérielle et des fleurs. Liam se chargera aussi du repas. Alors, qu'en pensez-vous ?

Riley et Brenna avaient étudié de nombreuses options. Ils n'avaient pas particulièrement envie de se marier en grande pompe, mais seulement d'inviter leurs familles et leurs amis proches. L'idée proposée par leurs pères respectifs semblait parfaite !

Brenna leva les yeux vers Riley.

— Qu'en penses-tu ?

— J'aime cette idée. Et toi ?

— Elle ne me déplaît pas, à moi non plus !

— Vous devriez fixer une date pour le début d'octobre, leur conseilla Liam. Il fait encore beau à cette période.

— Combien de temps avez-vous mis pour élaborer ce plan ? demanda Brenna d'un ton taquin.

— Et qui a pris l'initiative d'appeler l'autre ? renchérit Riley.

— C'est mon épouse, leur apprit Angus. Les femmes sont plus douées pour les réconciliations que les hommes.

— Quant à moi, j'ai fait la leçon à Patrick et à Sean, déclara Liam. Ils sont disposés à mettre de l'eau dans leur vin. Nous avons besoin d'un peu de temps pour pacifier les relations, mais nous y arriverons, parce que nous vous aimons.

Brenna sentit les larmes lui monter aux yeux, comme c'était souvent le cas ces derniers temps. Mais il s'agissait bien sûr de larmes de joie.

Derek poussa un petit gloussement de joie.

— Puis-je ? demanda Liam.

Riley installa son fils dans les bras de son grand-père.

— Nous allons marcher un peu pour vous donner le temps de vous consulter, dit Angus. Quand nous reviendrons, vous nous ferez part de ce que vous avez décidé.

Les deux hommes s'éloignèrent avec leur petit-fils dans l'allée bordée de chênes centenaires.

— Nous n'avons pas besoin de discuter, n'est-ce pas ? fit Riley.

— Absolument pas. J'adore ce projet !

Il l'entraîna pour monter les marches du belvédère.

— Tant mieux ! Comme ça, nous pouvons batifoler jusqu'à ce qu'ils reviennent…

Il la prit dans ses bras et l'embrassa fougueusement.

Elle lui rendit son baiser avec passion.

Cette fois, elle croyait aux lendemains qui chantent…

Passions

Le 1er juin

Passions n°400

Le secret d'un père - Yvonne Lindsay

Alors qu'il arrive chez Erin Connell – officiellement pour louer une de ses chambres d'hôtes –, Sam reste un moment subjugué par la beauté de la jeune femme. A n'en pas douter, sa mission sera plus difficile que prévu. Car s'il se trouve ici aujourd'hui, ce n'est pas pour jouer les séducteurs, mais pour enquêter sur Erin et trouver ce qu'elle cache. Toute information pourra en effet devenir une arme entre ses mains, une arme qu'il n'hésitera pas à utiliser lorsqu'il révèlera à Erin – et au monde entier – qu'il est le père biologique de Riley, le bébé qu'elle élève et dont il compte bien obtenir la garde...

Troublante parenthèse - Charlene Sands

Tandis qu'elle émerge des brumes du plaisir, dans les draps de soie d'un hôtel luxueux de Las Vegas, Sammie prend conscience de l'erreur qu'elle a commise : elle a passé la nuit dans les bras de Jackson Worth. Bien sûr, elle ne peut s'empêcher d'être flattée qu'un tel Apollon ait posé son regard ardent sur elle – avant d'embraser tous ses sens –, mais elle redoute déjà la tournure que va prendre leur relation. Car si Jackson est l'homme le plus sexy, le plus envoûtant qu'elle ait jamais rencontré, il est aussi et surtout son associé en affaires...

Saga : Destins Princiers *Passions n°401*

Scandale au palais - Leanne Banks

Réservée et sérieuse, la princesse Pippa Devereaux de Chantaine s'est toujours tenue à l'écart de tout scandale. Et c'est par devoir qu'elle a mis fin, le cœur serré, à la romance qui la liait à Nic Lafitte, l'ennemi de sa famille. Seulement voilà, elle est incapable d'oublier son regard sombre, et le désir presque palpable qui existait entre eux. Aussi, à la faveur de leurs retrouvailles, Pippa finit-elle par braver le plus grand des interdits – en cédant à l'attirance qu'elle éprouve pour le seul homme qu'elle ne pourra jamais avoir...

Princesse malgré elle - Leanne Banks

Le jour où Coco découvre qu'elle est une princesse royale de la famille Devereaux, elle tombe des nues. Mais lorsqu'elle est harcelée par les paparazzis, elle commence vraiment à paniquer. Heureusement, Benjamin Garner, son nouveau patron qui l'a embauchée pour s'occuper de sa petite Emma, se porte à son secours, en lui faisant une proposition des plus troublantes. Pour la protéger des médias et faire taire les spéculations, il se fera passer pour son fiancé, et l'accompagnera – avec sa fille – au palais de Chantaine...

Passions n°402

Une incontrôlable passion - Robyn Grady

Jamais Taryn n'aurait dû accepter que Cole Hunter, son patron, l'accompagne pour un repérage à l'autre bout du monde. Car maintenant qu'elle se retrouve en tête à tête avec lui sur une île du Pacifique aussi paradisiaque que déserte, elle a bien du mal à se concentrer sur son travail. C'est bien simple, la façon dont Cole la regarde – avec une lueur d'admiration et de désir mêlés – la fait se sentir infiniment féminine. Au point qu'elle ne songe bientôt plus qu'à une chose : qu'il pose ses lèvres sur les siennes, qu'il lui fasse l'amour sous les étoiles...

Le rôle de sa vie - Judy Duarte

Si Catherine s'est rendue à Brighton Valley, c'est pour se ressourcer. Mais contre toute attente, cette petite ville du fin fond du Texas lui réserve dès son arrivée une surprise de taille. Informé qu'elle n'est là que de passage, un certain Ray Mendez lui propose en effet un travail des plus déconcertants : jouer le rôle de sa fiancée, le temps de décourager ses trop nombreuses prétendantes. D'abord hésitante, Catherine finit par accepter d'aider Ray – même si elle redoute de prendre un peu trop de plaisir à se tenir au bras de cet homme infiniment séduisant...

Passions n°403

L'ivresse d'une rencontre - Marie Ferrarella

Série : Passions dans le Montana

Lorsque, à la suite d'une chute, elle atterrit dans les bras d'un inconnu, Catherine a soudain l'impression que le temps suspend son vol. Car ce cow-boy aux larges épaules et aux yeux verts est tout simplement époustouflant, et elle a le sentiment immédiat que l'amour vient de la foudroyer. Hélas, au fur et à mesure qu'elle apprend à connaître Cody Overton, au hasard de leurs rencontres à Thunder Canyon, elle découvre que l'homme de ses rêves, après avoir eu le cœur brisé, n'est pas disposé à aimer de nouveau...

Tendre découverte - Sarah M. Anderson

Pour mener une brillante carrière d'avocat à Chicago, Nick a tout quitté : sa famille, sa vie au sein de la réserve indienne – et la douce Tanya, qui a refusé de l'accompagner, alors qu'il était prêt à lui offrir son cœur... Aussi est-il plus que mal à l'aise quand une affaire le ramène sur les terres de ses ancêtres. Confronté à ce passé qu'il a tant cherché à fuir, Nick comprend en effet qu'il est devenu un étranger pour les siens. Pis, il est un étranger pour le petit être que Tanya a mis au monde – son fils...

Passions n°404

Pacte avec un Irlandais - Maureen Child

Une relation sans attaches, nécessairement éphémère. Voilà le marché que Georgia passe avec Sean Connolly. Pourquoi ne profiterait-elle pas, en effet, des fantastiques nuits que son bel Irlandais est prêt à lui offrir ? Hélas, à mesure que leur liaison se poursuit, Georgia se sent de plus en plus proche de Sean, jusqu'à se demander si elle n'a pas commis une erreur en imaginant qu'elle pourrait se contenter d'une liaison passionnée, mais sans amour...

Un mois pour t'aimer - Nancy Robards Thompson

Lorsqu'il arrive à Celebration, le sergent-chef Shane Harrison n'est pas particulièrement enthousiaste. Six semaines d'ennui mortel dans une banlieue texane, c'est un cauchemar pour un homme aussi actif que lui ! Pourtant, sa rencontre avec la charmante Jane vient bientôt donner un nouveau sens à ce séjour forcé. Séduire la jeune femme pourrait être la plus douce des distractions, il le pressent. A moins que les sentiments étranges et troublants qu'il éprouve pour elle ne le mettent, quand il devra repartir, devant un choix impossible ?

Passions n°405

Six semaines de plaisir - Kate Hoffmann

Série «Le défi des frères Quinn»

En arrivant à Vulture Creek, Cameron Quinn est incapable de masquer son inquiétude. Jamais il ne tiendra six semaines dans ce trou perdu au milieu du désert. Mais alors qu'il s'apprête à tourner les talons en direction de la grande ville la plus proche, son attention est soudain attirée par une jeune femme. Une jeune femme d'une beauté à couper le souffle avec ses longs cheveux noirs et son corps de liane si sexy... Certes, le regard qu'elle pose sur lui est plutôt farouche, mais à cet instant, il a l'intime conviction que les six prochaines semaines pourraient finalement être les plus intenses de sa vie !

Un quiproquo très sexy - Leslie Kelly

Si la raison lui conseille d'épouser Dimitri, le bras droit de son père, Mimi ne peut s'empêcher d'entendre ce que lui crie son instinct : si beau soit-il, Dimitri n'éveille en elle aucun désir, et la perspective de passer sa vie avec lui la glace d'avance d'ennui. Ce dont elle rêve, en réalité, c'est d'un homme excitant, imprévisible. Un homme qui la fasse vibrer... Autrement dit, tout le portrait du sublime inconnu qui vient malencontreusement de la surprendre en petite tenue lors d'une fête donnée dans la maison qu'elle partage avec d'autres locataires. Et qui se révèle être son nouveau voisin. Alias M. Sexy...

BestSellers

A paraître le 1er mai

Best-Sellers n°559 • suspense

Un tueur dans la nuit - Heather Graham

Un corps atrocement mutilé, déposé dans une ruelle mal éclairée de New York en une pose volontairement suggestive…

En s'avançant vers la victime – la quatrième en quelques jours à peine –, l'inspecteur Jude Crosby comprend aussitôt que le tueur qu'il traque vient une fois de plus d'accomplir son œuvre macabre. Qui est ce déséquilibré, qui semble s'ingénier à imiter les crimes commis par Jack l'Eventreur au 19e siècle ? Et comment l'identifier, alors que le seul témoin à l'avoir aperçu n'a distingué qu'une ombre dans la nuit, vêtue d'une redingote et d'un chapeau haut de forme ? Se pourrait-il, comme le titrent les médias, déchaînés par l'affaire, qu'il s'agisse du fantôme du célèbre assassin, ressuscité d'entre les morts pour venir hanter le quartier de Wall Street, désert la nuit ? Une hypothèse qui exaspère Jude, lui qui sait bien qu'il a affaire à un homme en chair et en os qu'il doit arrêter au plus vite. Quitte pour cela à accepter de collaborer avec la troublante Whitney Tremont, l'agent du FBI qui lui a été envoyé pour l'aider à résoudre l'affaire. Même si Jude ne croit pas un seul instant au don de double vue qu'elle prétend posséder…

Best-Sellers n°560 • suspense

L'ombre du soupçon - Laura Caldwell

Après des mois difficiles durant lesquels elle a été confrontée à la perte d'un être cher ainsi qu'à une déception amoureuse, Izzy McNeil, décidée à ne pas se laisser aller, accepte sans hésiter de devenir présentatrice d'une nouvelle chaîne de télévision. Mais si la chance semble lui sourire à nouveau, il lui reste encore à retrouver sa confiance en elle et à remettre de l'ordre dans sa vie sentimentale. Pourtant, tout cela passe d'un seul coup au second plan quand elle retrouve Jane, sa meilleure amie, sauvagement assassinée. Anéantie, Izzy doit en outre affronter les attaques d'un odieux inspecteur de police qui la soupçonne du meurtre de son amie. Comment se défendre face à ces accusations quand des coïncidences incroyables la désignent comme la coupable idéale – tandis que de sombres secrets que Jane aurait sans doute voulu emporter dans la tombe commencent à remonter à la surface ? Désormais, Izzy le sait, elle est la seule à pouvoir dissiper l'ombre du soupçon.

Best-Sellers n°561 • thriller

L'hiver assassin - Lisa Jackson

Ne meurs pas. Bats-toi. Ne te laisse pas affaiblir par le froid et la morsure du vent. Oublie la corde et l'écorce gelée. Bats-toi. C'est la quatrième femme morte de froid que l'on retrouve attachée à un arbre dans le Montana, un étrange symbole gravé au-dessus de la tête. Horrifiées par cette série macabre, Selena Alvarez et Regan Pescoli, inspecteurs de police, se lancent dans une enquête qui a tout d'un cauchemar, au cœur d'un hiver glacial et de jour en jour plus meurtrier à Grizzly Falls. Au même moment, Jillian Rivers, partie à la recherche de son mari dans le Montana, se retrouve prisonnière d'une violente tempête de neige. Un homme surgit alors pour la secourir avant de la conduire dans une cabane isolée par le blizzard. Malgré son soulagement, Jillian éprouve instinctivement pour cet être taciturne un sentiment de méfiance. Et si ses intentions n'étaient pas aussi bienveillantes qu'il y paraissait ? Et s'il se tramait quelque chose de terrible ? Pour Selena, Regan et Jillian, un hiver assassin se profile peu à peu dans ces forêts inhospitalières…

BestSellers

Best-Sellers n°562 • thriller

Et tu périras par le feu - Karen Rose

Hantée par une enfance dominée par un père brutal – que son entourage considérait comme un homme sans histoire et un flic exemplaire –, murée dans le silence sur ce passé qui l'a brisée affectivement, l'inspecteur Mia Mitchell, de la brigade des Homicides, cache sous des dehors rudes et sarcastiques une femme secrète, vulnérable, pour qui seule compte sa vocation de policier. De retour dans sa brigade après avoir été blessée par balle, elle doit accepter de coopérer avec un nouvel équipier, le lieutenant Reed Solliday, sur une enquête qui s'annonce particulièrement difficile : en l'espace de quelques jours, plusieurs victimes sont mortes assassinées dans des conditions atroces. Le meurtrier ne s'est pas contenté de les violer et de les torturer : il les a fait périr par le feu… Alors que l'enquête commence, ni Mia ni Reed, ne mesurent à quel point le danger va se rapprocher d'eux, au point de les contraindre à cohabiter pour se protéger eux-mêmes, et protéger ceux qu'ils aiment…

Best-Sellers n°563 • roman

La vallée des secrets - Emilie Richards

Si rien ne changeait, le temps aurait raison de son mariage : telle était la terrible vérité dont Kendra venait soudain de prendre conscience. Blessée dans son amour, elle part s'installer dans un chalet isolé au cœur de la Shenandoah Valley, en Virginie. Une demeure héritée par son mari, Isaac, d'une grand-mère qu'il n'a jamais connue, seule trace d'une famille qui l'a abandonné après sa naissance. Dans ce lieu enchanteur et sauvage, elle espère se ressourcer et faire le point sur son mariage. Mais c'est une autre quête qui la passionne bientôt : celle du passé enfoui et mystérieux des ancêtres d'Isaac. Une histoire intimement mêlée aux secrets de la vallée, précieusement protégés par les habitants qui en ont encore la mémoire. Mais qu'importe : Kendra, qui n'a rien oublié de son métier de journaliste, est prête à relever le défi. Car, elle en est persuadée, ce n'est qu'en sachant enfin d'où il vient qu'Isaac pourra construire avec elle un avenir serein…

Best-Sellers n°564 • roman

Un automne à Seattle - Susan Andersen

Quand elle apprend qu'elle hérite de l'hôtel particulier Wolcott, près de Seattle, Jane Kaplinski a l'impression de rêver. Car avec la demeure, elle hérite aussi de la magnifique collection d'art de l'ancienne propriétaire ! Autant dire une véritable aubaine pour elle, conservatrice-adjointe d'un musée de Seattle. Mais à son enthousiasme se mêlent des sentiments plus graves : de la peine, d'abord, parce qu'elle adorait l'ancienne propriétaire de Wolcott, une vieille dame excentrique et charmante qu'elle connaissait depuis l'enfance. Et de l'angoisse, ensuite, parce qu'elle redoute de ne pas être à la hauteur de la tâche. Heureusement, elle peut compter sur l'aide inconditionnelle de ses deux meilleures amies, Ava et Poppy, qui ont hérité avec elle de Wolcott. Et sur celle, quoique moins chaleureuse, de Devlin Kavanagh, chargé de restaurer la vieille bâtisse. Un homme très séduisant, très viril et très sexy, mais qui l'irrite au plus haut point avec son petit sourire en coin, et son incroyable aplomb. Mais comme il est hors de question qu'elle réponde à ses avances à peine voilées, elle n'a plus qu'à se concentrer sur son travail. Sauf que bien sûr, rien ne va se passer comme prévu…

Best-Sellers n°565 • historique
La maîtresse du roi - Judith James
Cressly Manor, Angleterre, 1662
Belle, sensuelle et déterminée, Hope Matthews a tout fait pour devenir la favorite du roi d'Angleterre, quitte à y laisser sa vertu. Pour elle, une simple fille de courtisane, cette réussite est un exploit, un rêve inespéré auquel elle est profondément attachée. Malheureusement, son existence dorée vole en éclats lorsque le roi lui annonce l'arrivée à la cour de la future reine d'Angleterre. Du statut de maîtresse royale, admirée et enviée de tous, elle passe soudainement à celui d'indésirable. Furieuse, Hope l'est plus encore lorsqu'elle découvre que le roi a mis en place un plan pour l'éloigner de Londres : sans la consulter, il l'a mariée à l'ombrageux et séduisant capitaine Nichols, un homme arrogant qui ne fait rien pour dissimuler le mépris qu'il éprouve pour elle…

Best-Sellers n°566 • historique
Princesse impériale - Jeannie Lin
Chine, 824.
Fei Long n'a pas le choix : s'il veut sauver l'honneur de sa famille, il doit à tout prix trouver une remplaçante à sa sœur fugitive, censée épouser un seigneur khitan sur ordre de l'empereur. Hélas ! à seulement deux mois de la cérémonie, il désespère de rencontrer la candidate idéale. Jusqu'à ce que son chemin croise celui de Yan Ling, une ravissante servante au tempérament de feu. Bien sûr, elle n'a pas l'élégance et le raffinement d'une princesse impériale, mais avec un peu de volonté – et beaucoup de travail –, elle jouera son rôle à la perfection, Fei Long en est convaincu. Oui, Yan Ling est la solution à tous ses problèmes. A condition qu'il ne tombe pas sous son charme avant de la livrer à l'empereur…

Best-Sellers n°567 • érotique
L'emprise du désir - Charlotte Featherstone
Parce qu'il croit avoir perdu à jamais lady Anaïs, la femme qu'il désire plus que tout au monde, lord Lindsay s'est laissé emporter entre les bras d'une autre maîtresse, aussi voluptueuse mais autrement dangereuse : l'opium. Semblables à de langoureux baisers, ses volutes sensuelles caressent son visage et se posent sur ses lèvres, l'emportant vers des cimes inexplorées. Et quand survient l'extase, le rideau de fumée se déchire, et, le temps d'un rêve, il possède en imagination la belle Anaïs. Hélas, pour accéder encore et encore à cet instant magique, Lindsay a besoin de plus en plus d'opium, qui devient vite pour lui une sombre maîtresse, exigeante, insatiable. Alors, le jour où lady Anaïs resurgit dans sa vie, encore plus troublante, encore plus désirable, il comprend qu'il va devoir faire un choix. Car il ne pourra les posséder toutes les deux…

Composé et édité par les
éditions HARLEQUIN
Achevé d'imprimer en France (Malesherbes)
par Maury-Imprimeur
en avril 2013

Dépôt légal en mai 2013
N° d'imprimeur : 180519